不朽的诗魂

——穆旦诗解析、英译与研究

王宏印　著译

MU DAN
AND HIS POEMS

A CHINESE-ENGLISH VERSION
WITH CRITICAL COMMENTARY

BY WANG HONGYIN

南开大学出版社

天　津

Nankai University Press

Tianjin

图书在版编目(CIP)数据

不朽的诗魂：穆旦诗解析、英译与研究 / 王宏印著
译.—天津：南开大学出版社，2018.4 （2019.5重印）
ISBN 978-7-310-05573-9

Ⅰ.①不… Ⅱ.①王… Ⅲ.①穆旦(1918－1977)—
诗歌研究 Ⅳ.①I207.25

中国版本图书馆 CIP 数据核字(2018)第 048984 号

南开大学出版社出版发行
出版人：刘运峰
地址：天津市南开区卫津路 94 号　　邮政编码：300071
营销部电话：(022)23508339　23500755
营销部传真：(022)23508542　　邮购部电话：(022)23502200
＊
唐山鼎瑞印刷有限公司印刷
全国各地新华书店经销
＊
2018 年 4 月第 1 版　　2019 年 5 月第 2 次印刷
230×170 毫米　16 开本　32.25 印张　2 插页　491 千字
定价：98.00 元

如遇图书印装质量问题,请与本社营销部联系调换,电话:(022)23507125

纪念穆旦诞辰一百周年

穆旦小传（附照片）

　　穆旦（1918—1977），著名诗人，翻译家。祖籍浙江海宁，生于天津，本名查良铮。17 岁考入清华大学外文系，"七七"事变后，随校南迁昆明的西南联大，受到闻一多等前辈诗人影响，并直接接受英国现代派诗人燕卜荪的授课。创作了《野兽》《赞美》等著名诗篇，出版了《探险队》《穆旦诗集》《旗》等个人诗集，形成了自己硬朗深沉的诗风，代表着一代诗人的心路历程。1942 年参加中国远征军入缅甸作战，做随军翻译，亲历震惊世界的野人山战役，九死一生，后来写了诗歌《森林之魅——祭胡康河上的白骨》，堪称战争诗篇的杰作。1948 年赴美留学，在芝加哥大学获硕士学位。1953 年与夫人周与良一起回国，在南开大学任教。1958 年被打为"历史反革命"，长期身心受到摧残，但坚持翻译英语和俄语诗歌，包括普希金的《奥涅金》和拜伦的《唐璜》，以及现代派诗歌艾略特的《荒原》与奥登等人的诗篇，翻译家查良铮享誉翻译界。穆旦的创作可分为前后两期。前期的诗风，直接受到英美现代主义诗歌的影响，晦涩难懂，变幻莫测，而后期诗风，主要是 1975 年以后的晚年诗风，显得更加深沉而含蓄，更多了一些后期象征主义的因素。《智慧之歌》《冬》是其后期代表作品。

1949 年 2 月 2 日离上海去泰国前照

初版前言

中国是诗国，是闻名世界的诗歌大国。以《诗经》《楚辞》为渊源，以唐诗宋词为代表，她的古典诗歌和诗论曾经达到过世界诗歌的顶峰。到了现代，受到中国古典诗词哺育的西方现代派诗歌反哺回来，以西学东渐的新的姿态，通过五四以来中国新文化新文学运动的内在机制，又促进了中国新诗的诞生和发展。这就是20世纪40年代异军突起的新诗高潮。

40年代现代主义新诗在整个中国新诗史上占有高峰地位。它意味着中国新诗开始与世界诗潮汇合，为中国新诗走向世界做了准备。在40年代以前中国新诗的主要方向是从语言和感情、意识上摆脱古典诗词的强大影响。反叛、创新，以古典语言和思想感情，走向现代化是五四文学运动后新文学的创新总倾向。但一直到40年代，才因为形势的发展新文学获得突破，走向普遍的成熟。（郑敏：《回顾中国现代主义新诗的发展，并谈当前先锋派新诗创作》，见郑敏著《诗歌与哲学是近邻——结构—解构诗论》，北京大学出版社，1999年版，第224页）

实际上，作为一个现代主义运动所推向的诗歌高峰，如果在时间上再宽泛到前十年即包括少数30年代诗人到40年代或稍后些，在这样一个较大的视野里更容易看出中国当时的新诗是中国和世界诗歌传统的一个总继承，或者说是当时中国种种矛盾的一个小缩影——都浓缩在以内外战争为背景的苦难深重的中华民族和她的知识分子的挣扎、感受与呼救中。其杰出的代表人物在懂外语这一共同的语言基础上，可以说分别继承了中外古今的诗歌传统而又各有侧重：偏重于继承中国古典诗词而又融化了某些现代主义写法的如卞之琳，偏重于借鉴继承法国象征主义诗歌传统而略有文言味的如稍早的李金发，偏重于继承德国浪漫主义和奥地利玄思派的如冯至，偏重于从英美浪漫主义过渡到现代主义的如穆旦，偏重于现实主义传统的现代主义如唐祈、杜运燮等。在这一代新诗精英中，穆旦无疑是其中最有才华最有成就的后起之秀。

穆旦（1918—1977）本名查良铮，出身于一个具有深厚文化积淀而又没落的商贾仕宦家庭，自幼聪慧好学，博览群书，在南开中学上学时就开始发表作品，步入清华后更是刻苦求进，但他真正的诗歌学校是西南联大。由于战争的步步进逼，北大、清华和南开三所大学撤出北京和天津，转移到长沙，又从长沙出发经过一次文化长征，转移到西南大后方云南，一度在边陲小城蒙自，最后定居在昆明组成西南联大。西南联大是中国教育史上的一个奇迹，一个壮举。当时集中了三所中国最高学府的一流教授和一批有志求学的热血青年。在文学和诗歌方面，就有闻一多、朱自清、冯至、卞之琳，还有外国现代派诗人燕卜荪等从事文学和诗歌教学。也就是在这种环境下，穆旦和后来一起成为"九叶派"诗人的郑敏、杜运燮、袁可嘉一起，通过名师的指点，接触到叶芝、艾略特、奥登、里尔克、燕卜荪等现代派大师的作品，并积极投入新诗的实验和创作中去。诗歌评论家谢冕教授曾十分恰当地评价了当时的诗歌盛况和不可替代的历史地位：

> 作为中国文化的精英，联大师生以其开放的视野、前驱的意识和巨大的涵容性，在与大西北遥遥相对的西南一隅掀起了中国新诗史上的现代主义的"中兴"运动。（谢冕：《一颗星亮在天边——纪念穆旦》，见《穆旦诗全集》，李方编，中国文学出版社，1996年版，第12页）

如果说良好的先天素质和勤奋的书斋读写是造就诗人的温床，那么，广阔的社会生活和民族命运的经历则是造就诗人的课堂。在后一方面，穆旦具有某些奇特的个人的生活经历，构成他的诗歌艺术非同寻常的机理品质。他作为护校队队员，亲历了那跨越湘、黔、滇三省，全程3500华里的文化长征，一路进行文化考察，"沿途随读随撕读完一部英汉辞典"。他曾任中国远征军的随军翻译，深入滇缅的抗日战争前线，经历了野人山战役的生死考验，断粮八天，从印度转程回国。在留学美国期间，他不仅系统学习了外国文学，而且在英文之外进一步打好了俄语基础，为他后来的英俄两种语言的诗歌翻译做好了准备。他从事过各种各样的职业,先是留校西南联大,办过报纸,当过翻译,而回国后就一直在南开大学外文系教书。也就是在这个"人类灵魂的工程师"的崇高位置上,他受到了长达二十年的错误的政治对待,一直到死都没有看到改正,但他一生始终没有停止过诗歌的翻译或创作。

诗人穆旦的诗歌创作和翻译活动,可以分为五个时期:

第一时期(1934—1937)尝试期:主要是南开中学阶段,开始在《南开中学生》上发表诗作,已经显示出早慧和诗才。

第二时期(1938—1948)高峰期:从清华到西南联大,再到 1948 年出国留学为止,穆旦的大部分诗作属于这一时期的作品,在创作思想、语言风格上最具代表性。

第三时期(1951—1957)受挫期:从留学归国到"反右"运动,以《九十九家争鸣记》招来大祸,结束了这一时期艰难的适应和很难适应的创作实践。一般说来,这一时期的创作成就不很高,数量也不大,但有些诗作具有很强的史料价值。

第四时期(1958—1977)翻译期:1958 年接受机关管制,不能发表诗作,诗人以本名查良铮(实际上译作开始于 1953 年)发表大量翻译作品,包括苏联文艺理论、普希金、丘特切夫等俄国诗歌以及拜伦、雪莱等英国浪漫派诗歌。其翻译成就无论在数量上还是质量上都为译者赢来当代中国最优秀的翻译家之一的荣誉。翻译活动一直持续到1977年诗人去世。

第五时期(1975—1976)圆熟期:1975 年只有一首《苍蝇》戏作,从此,诗人重新拿起诗笔,1976 年诗人有近 30 首(组)诗作,其思想和艺术达到了圆熟老到炉火纯青的很高境界,与前期诗风有明显不同。

诗人一生共创作诗歌 146 首(组),出版诗集 8 部(生前 3 部:《探险队》1945 年,《穆旦诗集》1947 年,《旗》1948 年),翻译作品 25 部。此外,还写有少量论文,而其诗歌理论则反映在为数不多的书信中。

这个选集,虽然只是穆旦一生新诗创作的不足半数,但已经可以看到他的最优秀的诗作代表。这些诗作一方面记录了他不同寻常的一生的重大事件(如《原野上走路》《森林之魅》),反映了诗人成长和成熟的基本历程(如《智慧的来临》《三十诞辰有感》《老年的梦呓》)。另一方面,则可以按主题把他的全部诗作归结为十大类别：劳苦大众（如《更夫》《报贩》《洗衣妇》）、民族命运（如《野兽》《合唱二章》《赞美》《控诉》《饥饿的中国》）、战争思考（如《出发》《奉献》）、浪漫爱情（如《诗八首》《一个战士需要温柔的时候》）、自我追寻（如《自己》《我》《听说我老了》《问》）、自然景色（如《云》《黄昏》《自然底梦》）、精神信仰（如《祈神二章》《隐现》）、生存处境（如《被围者》《活下去》《智慧之歌》）、文明反思（如《良心颂》《暴力》《城市的街心》）、诗歌艺术（如《诗》）。

穆旦在我国新诗创作上的最大贡献，在我看来，就是塑造了"被围者"形象，使得中国现代诗歌史上与"倦行者"和"寻梦人"三足鼎立的格局得以形成。"被围者"是一个人群，他真实地记录了抗日战争中的中国孤立无援的状态，和急于突围得救的生存意识与消沉涣散的民族存在状态。"被围者"是一个自我，他生动地写出了中国知识分子处于强大的社会和文化传统的包围中而不得出的狂躁心态和沉沦过程。"被围者"是一种文化，他不写实体也不写关系，而是写一种个体群体在时间和空间化一的旋转和沉没的惯性中肉体无法自救灵魂无法拯救的悲惨处境和悲剧氛围。在这个意义上，诗人穆旦获得了巨大的成功。他的"被围者"较之"倦行者"和"寻梦人"深刻得多，普遍得多。作为智慧型诗人，即使一生未能杀出重围，也很少流露出倦行的老态和寻梦的幻灭，倒是显示了一贯的荒原意识。这是诗人穆旦一生新诗创作能保持形上高度和独立品位的文化心理动力学上的基本定位所使然，也是至今读他的诗仍然使人能在强烈的冲击和震撼之余感到"丰富和丰富的痛苦"的文化心理内涵的奥秘所在。

至于穆旦新诗的语言艺术风格，谢冕教授有一段十分中肯的描绘：

> 但穆旦更大的辉煌却表现在他的艺术精神上。他在整个创作趋向于整齐一律的格式化的进程中，以奇兀的姿态屹立在诗的地平线上。他创造了仅仅属于他自己的诗歌语言：他把充满血性的现实感受提炼、升华而为闪耀着理性光芒的睿智；他的让人感到陌生的独特意象的创造极大地拓宽和丰富了中国现代诗的内涵和表现力；他使疲软而程式化的语言在他的魔法般的驱遣下变得内敛、富有质感的男性的刚健；最重要的是，他诗中的现代精神与极丰富的中国内容有着完好的

结合，他让人看到的不是所谓"纯粹"的技巧的炫示，而是给中国的历史重负和现实纠结以现代性的观照，从而使传统中国式的痛苦和现代人类的尴尬处境获得了心理、情感和艺术表现上的均衡和共通。（谢冕：《一颗星亮在天边——纪念穆旦》，见《穆旦诗全集》，李方编，中国文学出版社，1996年版，第22页）

对于这样一位卓越的诗人的诗作，要进行解读和翻译又谈何容易？何况诗，作为语言文字的艺术作品，本来就是诗无达诂而又不可尽解的。于是，我们只能在极为有限的范围内，根据每一首诗的具体情况，从总体上或者在局部上给予必要的文字层面的疏通和意象上的解释，以及主题上的探索和诗路上的说明。之所以要做此明知不可为而为之的事情，就是因为穆旦的作品有相当的难度和深度，与现在的青年读者又有了一定的距离，无非是想通过这种方式起一点"解"读的作用。好在个别的诗作，例如《诗八首》，已经有了郑敏、孙玉石等教授的解读可做参考，但见仁见智和篇幅的要求不同，自然也就各有不同了。归根结底，赏析或解析毕竟只能提供参考，而读者的阅读欣赏才是诗作的最终裁判和艺术过程的最终完成。

至于穆旦诗的英文翻译，主要是为了有助于向外的流传，使更多的英语世界的读者能够借助译文了解这位杰出诗人的作品的概貌，或者也可以为懂英文的中国读者提供一些英汉汉英翻译比较的机会和材料。若说到要完全传达原作的精神和韵味，甚至要达到"信达雅"的高标准，实在是很难。总体而言，译者有三点体会和做法：第一，穆旦的诗借鉴中国古典诗词的语言很少，而受到外国现代诗歌写法影响的地方很多，而且是用纯粹的现代汉语所写，因此与英语在词组和句子水平上比较契合。这是译文基本上采取直译法的比较语言学的根据。第二，穆旦的诗虽然分节，但是句子往往很长，节与节之间有时很连贯，有时甚至整首诗就是一个句子，因此造成连贯多于间断的特点，使得翻译时很难用标点，尤其是很难用句点断开。译者在翻译时的处理方法是：只要不影响层次划分或语义明晰，宁可保持这种连贯而不强行分开。第三，在意象组合和时空调度上，诗歌的意义布置和心理接受的前后顺序具有关键性的作用，因此译文尽量尊重原诗的分行分节和语序安排，除非有绝对理由，一般不做较大幅度的语序调整，即便忍受不太通顺和转折突兀也在所不惜，因为这是新诗的特点之一。至于这样翻译的效果如何，尚有待于读者尤其是外语读者评价和批评。

　　穆旦是我最喜欢的中国现代诗人。他所在的南开大学外文系也是自己目前任教的单位。能够为这位杰出的诗人和翻译家的作品的传播和研究做一点事，是我感到十分光荣而有意义的。至于是否做得完满和理想，就不仅取决于个人的努力，而且有待于海内外诗界学人的共同努力和广大读者的批评指正。

王宏印（朱墨）

2001 年 12 月于南开大学

新版序言

在纪念穆旦诞辰一百周年的时候，一本旧作能够重版与读者见面，是一件值得纪念的事。不知不觉，时隔十七年矣！

在重版的序言里，有一件重要的事，需要强调一下。那就是关于中国现代派诗歌的开端和发展问题，由此可以进入重读穆旦诗歌的意义。

五四以来的中国新诗，可以说，是反对古典的格律诗的与旧诗相对应的新诗概念，其中混杂着一些自由诗的概念，甚至仍然具有浪漫主义色彩的新诗的写法，例如徐志摩的诗歌。另一种就是所谓的现代派诗歌，主要受到西方的现代派诗歌创作手法和观念的影响，主要是法国的波德莱尔为首的现代诗歌（象征派诗歌），以及英美的艾略特和奥地利的里尔克等写法影响而产生的中国的现代派诗歌。西南联大时期的穆旦所从事的诗歌创作，就属于这个现代派诗歌的阵营。那是 20 世纪 40 年代在"国统区"出现的一个青年诗人的流派，他们一共有九个人，在上海的《诗创造》和《中国新诗》两个刊物上集中发表诗作，后来被称为"九叶"诗派。其创作成就体现为 1981 年以九位诗人的名义合辑出版的《九叶集》。就来源而论，他们九个人实际上又分为两个阵营，一个是正宗的智性现代派，包括穆旦、杜运燮、郑敏、袁可嘉几人，他们属于西南联大诗人群，穆旦在其中，无疑是最年轻、最有才华和成就的诗人。另一派大约是从现实主义、浪漫主义走向现代派的，他们中间有辛迪、杭约赫、陈敬容、唐祈、唐湜等。无论如何，40 年代的九叶派是中国现代诗歌最早的最正统的一个流派，似乎是无可置疑的。

1949 年以后，在中国大陆的现代诗歌，进入了一个转折期。其中的原因是多重的。第一，40 年代的所谓的现代派诗歌，因为是"国统区"的，1949 年以后的中国大陆不太提及了。第二，当然是主流意识形态方面的原因，以及对于新诗的主张不同，积极提倡以新民歌体为主，押大体和谐的韵，采用方言形式所写的新诗，成为主流。而这个 40 年代的受西方影响的

1

新诗，竟然是如此的不同，不可接受，以至于许多年后，当有人读到穆旦的诗作，还是那样的觉得陌生，不可理解。经过"文化大革命"动乱以后，到了 70 年代末、80 年代初的时候，在中国大陆出现了"朦胧"诗派，其代表人物有北岛、舒婷、顾城、欧阳江河、杨炼等，作为一个年轻的创作群体，朦胧诗派属于"文化大革命"地下文学，后来转入地上，许多诗歌发表在《今天》杂志上。他们并没有一个统一的组织，也未发表过诗歌宣言。但一般认为朦胧诗精神内涵有三个层面：其一，不满和揭露现实，进行社会批判；其二，在黑暗中寻找光明，具有反思与探求意识，以及浓厚的英雄主义色彩；其三，在人道主义基础上建立起来的对人的特别关注。除了直接的政治方面的影响，如果把朦胧诗也算作中国的现代派诗歌的话，因为它并没有受到西方现代派诗歌的正统的训练和直接的影响，所以在艺术上并非完全成熟，其成就，一般说来，也不能和 40 年代的西南联大诗人群的创作成就相比，但它毕竟标志着中国的现代诗歌在枯木逢春的历史时期一次新的革新的浪潮。

中国台湾是一个完全不同的地方。兴起于 20 世纪 50 年代、衰落于 70 年代的台湾现代派诗歌，是整个中国新诗现代化过程中的重要一环和不可分割的组成部分。马悦然曾说："我认为台湾现代诗是中华文化的一面里程碑。"（《二十世纪台湾诗选》，马悦然、奚密、向阳主编，麦田出版社，2008 年版，《中文版序》第 3 页）诚然，台湾是一个十分复杂的地方。早期的台湾少数民族的原始遗风姑且不论，后来的西方殖民和日本人的统治，使这个小岛具有复杂的文化背景和文学要素。1949 年天翻地覆的革命之后，国民党的一些精英人物和军政要员去了台湾，其中包括胡适、傅斯年等人在内的五四运动余脉，到台湾后对当地的学术、文学，乃至政治、思想等均产生了重要的影响。而台湾国民党军政要员及其子女，如白崇禧的儿子白先勇等有才华的一代，在台湾的现代文化发展中占领了前沿和制高点，创办《现代文学》杂志，发表文学作品，也推动了新文化和新文学及艺术的复兴运动。

台湾现代诗史通常将 50—60 年代视为三大诗社鼎足而立的局面：即纪弦一九五三年创立的《现代诗季刊》与一九五六年的"现代

派"；覃子豪、钟鼎文、夏菁等一九五四年创立的"蓝星诗社"；以及张默（1931—）、洛夫（1928—）、痖弦（1932—）同年创立的"创世纪"诗社。（《二十世纪台湾诗选》，马悦然、奚密、向阳主编，麦田出版社，2008年版，《导论》第51页）

这一时期台湾诗坛诞生了余光中、叶维廉、纪弦、痖弦、洛夫等在世界华文文学界享有盛誉的诗人，他们对汉语新诗如何借鉴西方理论，如何创新等问题既做了理论上的争鸣与探索，更做了创作上的革新与实践，在汉语新诗发展的历史上做出了难以磨灭的贡献（尽管他们中的有些人不属于现代派诗歌的主流，而属于"新古典主义"的余脉）。1956年2月1日出版的《现代诗》第13期，刊登了纪弦的《现代派信条释义》，还发表了"六大信条"，表达了十分激进的现代派诗学观念。这是大陆现代派诗歌在理论上难以比拟的突出现象，是值得重视和研究的。

诚然，海峡两岸，一水之隔，其新诗的创作殊途，分开了两岸风流。但无论如何，台湾的现代派诗歌和大陆的朦胧派诗歌都已走过了它的繁华期，而在整个世界范围内，诗歌的创作已进入一个反现代派或后现代派（后现代主义）时期。在这一方面，就现代派诗歌的对外翻译和接受效果而论，中国台湾和中国香港无疑走在了中国大陆的前面，例如，洛夫作为台湾诗人，在接连获取几个大奖之后，移居加拿大，开始了他的"天涯美学"的诗歌创作体验，成就可谓蔚为大观。大陆朦胧诗人中的顾城，客死异乡；新锐中的海子，卧轨身亡；而北岛，在经历了多年的漂泊之后，回到香港；杨炼，依然在漂泊和探索中。中国的现代诗，在"北京诗派"的旗帜下，仍然在进行艰苦的探索和仔细的打磨，被德国汉学家顾彬推崇和翻译的王家新等人，也在持续地发生影响。中国当代的现代诗歌，和后现代诗歌，正在发挥着自己的作用。在这个意义上，在穆旦诞辰一百周年的时候重读"九叶"派代表人物穆旦的诗作，加以解读和翻译，也可谓是经典重读，兼有传播的推介作用，也就显示出另一番不同寻常的意义来。

关于穆旦诗歌的英语翻译，是基于穆旦诗歌的研究而进行的一项严肃的工作。它属于现代派诗歌的翻译，和浪漫主义诗歌的翻译有本质的区别，在翻译原则和翻译方法上，必须找到一条新的路子。本书初版的前言中，我曾经结合"信达雅"三字诀，讲了自己的几点做法，现在再举一首诗作为例证，来说明我的翻译方法和翻译原则。在我的几个文学翻译选本中，都曾经选过穆旦晚年的代表作《智慧之歌》。这首诗意象繁多，哲思绵绵，情感深沉。翻译不易，但值得一试。庞秉钧等编译的《中国现代诗一百首》中，选译了这一首，其英文地道，别有特色，可供参考。而我的译文，讲究诗性智慧的传达，讲究行进的速率和节奏，每一诗节的情绪变化会有体现，但个别地方有创译成分，以求特殊的诗歌效果。以下是这首诗的翻译和每一节诗的说明：

智慧之歌

我已走到了幻想底尽头，
这是一片落叶飘零的树林，
每一片叶子标记着一种欢喜，
现在都枯黄地堆积在内心。

有一种欢喜是青春的爱情，
那是遥远天边的灿烂的流星，
有的不知去向，永远消逝了，
有的落在脚前，冰冷而僵硬。

另一种欢喜是喧腾的友谊，
茂盛的花不知道还有秋季，
社会的格局代替了血的沸腾，
生活的冷风把热情铸为实际。

另一种欢喜是迷人的理想，
它使我在荆棘之途走得够远，
为理想而痛苦并不可怕，
可怕的是看它终于成笑谈。

4

只有痛苦还在，它是日常生活
每天在惩罚自己过去的傲慢，
那绚烂的天空都受到谴责，
还有什么彩色留在这片荒原？

但唯有一棵智慧之树不凋，
我知道它以我的苦汁为营养，
它的碧绿是对我无情的嘲弄，
我咒诅它每一片叶的滋长。

（1976 年）

【英文翻译】

SONG OF WISDOM

I've now reached the end of fancy,
Where lies a foliage-shed forest;
Each leaf stands for a kind of joy,
All heap up in my heart, withered and dry.

One joy is the love of youthful days,
They're shooting stars far in the night space;
Some can be found nowhere, and forever gone;
Some land at my foot, cold and hard.

Another joy is a hubbub of friendship,
Full blossom knows no incoming fall;
Society's stereotype dammed boiling blood,
Life's cold current shaped passion into reality.

Still another joy is ideal, so fascinating,

It led me further away through thorns;

It's not unlucky to die for one's ideal,

But to see it becoming a joke, oh, my dear!

Only pain stays with me in everyday life,

Everyday it punishes me for my self-content;

When the colorful sky is being condemned,

What color could remain in this wasteland?

But the tree of wisdom stands evergreen,

Feeding on the fluid of my suffering, I know;

I feel being mocked by your green growth,

And I curse the shoot of each bud in you.

（朱墨译）

《智慧之歌》是一首有一定格律的现代诗，又是一种常见的四行一节的诗体，比较容易抒情或叙事，出句用了从现代生活提炼出来的诗歌语言，自然而流畅，深沉而锐利。因此，在翻译时可以运用现代英语的句法和词汇，保持一种自然的节奏和韵律，不必追求严格的押韵，以至于损害了诗歌的意境和美感。在这里，任何人为的雕饰和做作都是不应当的。（可参看第一节）

在自然的行文和走笔中，注意诗人情绪的起伏，以及由此而决定的诗意的一张一弛，一抑一扬，否则会流于平淡或平庸。英语选词和造句的节奏感，可以放在长短元音的相间上，和句子推进中的呼吸顺畅上，而不应当太多地或过严地控制句子的长短和音节数目。这样，可力求形成一个诗节的自然的运气循环，完成一个完整的诗歌单元，即所谓的意尽而曲终。（可参看第二节）

有一些特殊的地方，例如第三节，有些诗句带有当时政治生活的特点，而逻辑转换的顺畅和寓意的合理是翻译的关键。例如："社会的格局代替了血的沸腾，/生活的冷风把热情铸为实际。"前一句的"代替"在语言逻辑上会有一些问题，需要在"热血"的动词上下功夫，而后一句的"铸"和主语"冷风"也不搭配。可参照译文的处理方式进行思考。

诗歌情绪的高端处会留有诗眼，诗眼也可能处于意义的关键处，或转换或折行的灵动处，在翻译上应允许夸张、变形等特殊的处理方式。注意不要把句子译得死板，而是要靠逻辑转换和语气感叹译得灵动而感人。"为理想而痛苦并不可怕，/可怕的是看它终于成笑谈。"译好这样的句子，一般说来，直陈语气不如反问或感叹有力，把话说尽不如措辞含蓄而诗味永长。

为了追求理想的艺术效果，一定要善于借用或利用英语本身的语言符号因素，包括音韵，如头韵、尾韵，声响，如浑厚、响亮，连接，如顶针，重复，尤其在一个词语有几种选择时，或者在短语的构成方式上有不同的可能性时，都要给予足够的注意。不要以为原文没有的修辞手段译文就不能采用，但一定要出得自然，而不可勉强为之。（参见《诗与翻译：双向互动与多维阐释》，王宏印编著，南开大学出版社，2015 年版，第 417-418 页）

【对照阅读】

Song of Wisdom

I have reached illusion's end
In this grove of falling leaves,
Each leaf a signal of past joy,
Drifting sere within my heart.

Some were loves of youthful days—
Blazing meteors in a distant sky,
Extinguished, vanished without trace,
Or dropped before me, stiff and cold as ice.

Some were boisterous friendships,

Fullblown blossoms, innocent of coming fall.

Society dammed the pulsing blood,

Life cast molten passion in reality's shell.

Another joy, the spell of high ideals,

Drew me through many a twisting mile of thorn.

To suffer for ideals is no pain;

But oh, to see them mocked and scorned!

Now nothing remains but remorse—

Daily punishment for past pride.

When the glory of the sky stands condemned,

In this wasteland, what colour can survive?

There is one tree that stands alone intact,

It thrives, I know, on my suffering's lifeblood.

Its greenshade mocks me ruthlessly!

O wisdom tree! I curse your every growing bud.

（庞秉钧等编译）

　　国外的著名诗人，关于他们的诗歌创作，都有专门的研究，其中大多数还有诗歌手册一类，往往是全集，每一首诗都有详细的注解和说明。在我们国内，关于古代的唐诗宋词，也许有类似的辞典，而当代诗人的诗作研究，还没有做到这样的精细和周到。也许有朝一日，我们有了足够的时间和精力，可以把穆旦的诗歌做一本全集的翻译和解读，编写出一本完整的穆旦诗歌手册来，供广大诗歌爱好者阅读，供专门的研究人员参考。

　　当这本书的重印版趋于完成的时候，我发现它已不仅仅是一本穆旦诗选集的解读和英文翻译了，由于下编内容的添加，它已经是一本带有研究性质和纪念意义的专著了，故而在这里做一简要的说明：

关于穆旦诗的选译和解读，除了原来所选译的，有些许文字的修改和必要的内容添加之外，只添加了一首《停电之后》及其翻译和解析，因为它太重要，不能没有。而本书所增加的研究部分，包括了笔者初期的穆旦生平和诗歌活动研究，穆旦诗自译、他译与双语写作活动的完整论述，以及穆旦诗在主题和形式上对笔者诗歌创作的影响等，共形成三章内容。虽然这些内容，在编辑过程中已做了较大幅度的压缩处理，但由于有些是论文的改写，也有些许引证资料的雷同，所以极个别的地方难免有所重复，仅为在上下文中便于沟通而已，不烦再劳改动。附录包括了笔者关于新著《诗人翻译家穆旦（查良铮）评传》的对话，以及陆续创作的纪念穆旦的诗作五首。鉴于本书内容有较大的变化，篇幅有较大的添加，因此，按照内容将正文分为上下两编，添加附录以别伦次，并将书名改为现在的名字，使其兼有人物纪念与内容提示的作用吧。

感谢南开大学外国语学院的积极赞助，南开大学出版社同仁的努力加班，以及我的学生杨森女士的仔细编校，时隔多年，本书得以重新出版，以便在来春穆旦诞辰一百周年的时候，作为一项献礼，置于穆旦的塑像前。那是诗人年轻的身影，奔走在西南联大转移的途中，高昂着头，信心百倍，风华正茂啊！

> 最大的悲哀在于无悲哀。以今视昔，我倒要庆幸那一点虚妄的自信。使我写下过去这些东西，使我能保留一点过去生命的痕迹的，还不是那颗不甘变冷的心吗？当我翻阅这本书时，我仿佛看见了那尚未灰灭的火焰，斑斑点点的灼炭，闪闪的，散播在吞蚀一切的黑暗中。我不能不感到一点喜。（《穆旦诗文集（2）》，人民文学出版社，2006年版，第59页），

这一段话，原是诗人写在他自费出版的诗集《探险队》的前面，作为前言的。那是诗人穆旦在 20 世纪 40 年代留下的关于自己诗作的唯一的文字。如今读来，倒像是诗人给我们这个集子所写的文字似的。那口气也逼肖，语言也逼肖。

我们由此想到，也许在经历了那么多尘世的苦难之后，诗人在天堂是

感到了一点喜的。

于是，我们感到欣慰，以为我们关于诗的努力，没有白费。

而于更多活着的人，我们的努力，是一种激励！

王宏印（朱墨）

2017 年 12 月 13 日

南开大学龙兴里寓所

目 录

上 编

穆旦诗英译与解析（65首）

更　夫

冬夜的街头失去了喧闹的
脚步和呼喊，人的愤怒和笑靥，
如隔世的梦；一盏微弱的灯火
闪闪地摇曳着一付深沉的脸。

怀着寂寞，像山野里的幽灵，
他默默地从大街步进小巷；
生命在每一声里消失了，
化成声音，向辽远的虚空飘荡；

飘向温暖的睡乡，在迷茫里
惊起旅人午夜的彷徨；
一阵寒风自街头刮上半空，
深巷里的狗吠出凄切的回响。

把天边的黑夜抛在身后，
一双脚步又走向幽暗的三更天，
期望日出如同期望无尽的路，
鸡鸣时他才能找寻着梦。

（1936 年 11 月）

A NIGHT WATCHMAN

Winter night, the street lost its noise
Of footsteps and cries, human anger and smile,
Loom like a dream of another world; a dim light
Glimmers faintly on a deepened face.

Lonely, like a ghost from the wild mountain,
A watchman is pacing roads and lanes;
Life fades into each of his cry,
Which fleets into distant void;

Into a cozy sleep, and perplexed
Travelers are startled from their midnight wonder;
A gust of cold wind arises from the ground into the air,
Echoed by saddened barks of a dog afar.

Throwing darkness behind into skyline,
He steps up all the way into the small hours,
Expecting sunrise as expecting an endless road,
Only to find his dream at cockcrow time.

(1936.11)

［解析］

古老的中国，古老的夜色。夜色里一个古老的身影在闪烁。一盏煤油风灯，摇曳着一张深沉的脸。"像山野里的幽灵"，闪烁在喧嚣不再的大街小巷之间。一声声梆子，一声声呼喊，惊醒沉睡中的人们，出于彷徨和惶恐和睡意绵绵。犬吠声声，回应着沙哑的呼唤，寒风阵阵，独与这孤独的灵魂做伴。无尽的路，无尽的期盼，盼望一个新的黎明，于鸡鸣时分，升起在东方遥远的天边。

《更夫》是穆旦早期较成熟作品，经过南开中学的准备，写于清华求学时期的 1936 年 11 月，刊载在《清华周刊》第 45 卷第 4 期上，是第一首以笔名"穆旦"署名的诗作。尽管如此，单个意象的丰富和深刻，象征手法运用的纯熟，以及英美现代派诗歌创作的影响，在这首早期诗作中都已经隐约可见。关注生活，同情贫穷，是这位热血青年的本质特征。

在旧中国沉沉的黑夜里，一根微弱而敏感的神经在颤抖，一个直面人生、关怀生灵的灵魂在哭泣。一个新生的诗人正孕育在艰苦的探索中——一如这黑夜里手执灯火巡夜的更夫，他要守候一个黑暗的时代，直到黎明。

1935 年至 1937 年北平清华大学期间

野　兽

黑夜里叫出了野性的呼喊，
是谁，谁噬咬它受了创伤？
在坚实的肉里那些深深的
血的沟渠，血的沟渠灌溉了
翻白的花，在青铜样的皮上！
是多大的奇迹，从紫色的血泊中
它抖身，它站立，它跃起，
风在鞭挞它痛楚的喘息。

然而，那是一团猛烈的火焰，
是对死亡蕴积的野性的凶残，
在狂暴的原野和荆棘的山谷里，
像一阵怒涛绞着无边的海浪，
它拧起全身的力。
在黑暗中，随着一声凄厉的号叫，
它是以如星的锐利的眼睛，
射出那可怕的复仇的光芒。

（1937 年 11 月）

THE BEAST

Wild howls are heard in the dark,
Who, who bit and wounded him so terribly?
Those deep-cut bloody ditches in the solid flesh,
Bloody ditches that water
Pale flowers, on the skin of bronze!
Alas! Wonder! From a purple flooding of blood
He'd shudder, stand up and spring,
Lashed by wind in his panic puff and blow.

But it's a ferocious flame of fire,
A wild brutality of a beast before death,
In the wildness and valley of thorns,
A sea of billows beaten by billows,
He screws up all his might and main,
Making a soaring howl through dark,
A pair of penetrating starry eyes,
Cast a figure of terrific revenge.

(1937.11)

[解析]

一声嗥叫，叫出了一个时代的诞生。"是谁？谁噬咬它受了创伤？/在坚实的肉里那些深深的/血的沟渠，血的沟渠灌溉了/翻白的花，在青铜样的皮上！"是谁？谁用如此惨烈的词语，来塑造自己祖国的形象，于苦难中，与挣扎中，于喘息中？

一声嗥叫，叫出了一个诗人的诞生。在民族灾难深重的血泊里，在母亲遭受鞭挞的呻吟里，一种野性的思维，要注定一种野性的形象，在反抗，在复仇，在求生存，在继绝世。看，那"猛烈的火焰"，那"野性的凶残"，那如荆棘横生的山谷，那似蛟龙闹腾的怒海，是"它拧起全身的力"，"发出一声凄厉的号叫"。听啊，这一刹那间，一道如电的眼光迸发出如炬的火焰。在这眩目的光焰中，黑暗被撕破，露出一道无法弥合的缺陷。在天地交接处，一个诗人诞生了。听，《野兽》，这如雷吼般的闪电般的宣言。

这不是西方绘画史上的野兽派，而是一个现代派诗人诞生在中国。诚然，从《野兽》一诗中可以找出英国浪漫派诗人布莱克的《虎》的影子，也有奥地利现代派大师里尔克的《豹》的启示。但是，"野兽"毕竟超越了"虎豹"那静态的象征和隐晦的玄思。不是吗，《野兽》那激动人心的形象，颤动在中国抗日战争的血色背景上，具有了中国文化的青铜内涵和搏动的质感。

是呀，当战争把大学驱赶到云南边陲一个小镇上的时候，当华中平原再也容不下一张小小的书桌的时候，当诗歌不是写在给情人的信纸上悄悄地塞在生日的鲜花里以博取微笑，而是写在西南联大破纸拼贴成的墙报上让每一个过路的中国人可以大声朗读的时候，扮作"野兽"的中国现代派诗人穆旦就此诞生了。

别忘了，时间是 1937 年 11 月，那 7 月 7 日之后。

那团燃烧的鲜血，正如诗人穆旦的名字一样闪耀着太阳初升的生机。

于是，《野兽》，出现在诗人第一部诗集《探险队》的篇首。

不过，那是后话。因为时间已经推进到 1945 年年初，日本投降已在咫尺，而出版地仍然在抗日大后方的昆明。

8

《怒吼吧！中国》 李桦 1935 年

合唱二章

1

当夜神扑打古国的魂灵，
静静地，原野沉视着黑空，
O飞奔呵，旋转的星球，
叫光明流洗你苦痛的心胸，
叫远古在你的轮下片片飞扬，
像大旗飘进宇宙的洪荒，
看怎样的勇敢，虔敬，坚忍，
辟出了华夏辽阔的神州。
O黄帝的子孙，疯狂！
一只魔手闭塞你们的胸膛，
万万精灵已踱出了模糊的
碑石，在守候、渴望里彷徨。
一阵暴风，波涛，急雨——潜伏，
等待强烈的一鞭投向深谷，
埃及，雅典，罗马，从这里陨落，
O这一刻你们在岩壁上抖索！
说不，说不，这不是古国的居处，
O庄严的圣殿，以鲜血祭扫，
亮些，更亮些，如果你倾倒……

2

让我歌唱帕米尔的荒原，
用它峰顶静穆的声音，
混然的倾泻如远古的熔岩，

10

TWO CHORUS

1.

The night prays upon the soul of Cathy,

Quietly, the plain gazes at the dark sky,

Oh, take your wings, spinning planets,

Let the light wash through your painful bosom,

Let the antiquity flee under your speeding wheels,

Like banners flying into ends of the universe,

Look, with what brave and reverence and persevering,

China is born so vast and great a nation.

Oh, offspring of the Yellow Emperor, crazy!

An evil hand thrusts into your bosom,

Numerous spirits grow out of the fading

Stone tablets, awaiting and aspiring in pause.

A spell of storms and waves—hidden somewhere,

Expect for a devastating lash flashing into the valley,

Where Egypt, Athens, and Rome all fall,

Oh, Shudder, you all on the rock cliff!

No, No, you say, this is no place for ancients,

Oh, sacred palace, bloody sacrifice,

Shining and bright, if you fall…

2.

Let us sing of the Pamirs,

In the wordless voice from its top,

Flowing down like lava from time immemorial,

缓缓进涌出坚强的骨干，
像钢铁编织起亚洲的海棠。
O让我歌唱，以欢愉的心情，
浑圆天穹下那野性的海洋，
推着它倾跌的喃喃的波浪，
像嫩绿的树根伸进泥土里，
它柔光的手指抓起了神州的心房。
当我呼吸，在山河的交铸里，
无数个晨曦，黄昏，彩色的光，
从昆仑，喜马，天山的傲视，
流下了干燥的，卑湿的草原，
当黄河，扬子，珠江终于憩息，
多少欢欣，忧郁，澎湃的乐声，
随着红的，绿的，天蓝色的水，
向远方的山谷，森林，荒漠里消溶。
O热情的拥抱！让我歌唱，
让我扣着你们的节奏舞蹈，
当人们痛苦，死难，睡进你们的胸怀，
摇曳，摇曳，化入无穷的年代，
他们的精灵，O你们坚贞的爱！

（1939 年 2 月）

12

Slowly surging out mainstays so strong and so steely,

That makes up Chinese flowering crabapples in Asia.

Oh, let us sing a song, in delightful spirit,

Of the wild sea under the dome of heaven,

Surging forward with her billows upon billows,

And like roots of a tree growing deep into the earth,

Whose tender fingers touch lovingly the heart of China.

I breathe in the air, and in the mode of the great landscape,

In numerous twilight of dawn and dusk so colorful,

From the Kunlun, the Himalayas, and the Tianshan Mountains,

Flow down into the dry-and-wet grassland that lies so low,

When the Yellow, the Yangtse, and the Pearl Rivers are at rest,

How many merry and melancholic music in endless tones,

With the red and green and sky-blue waters, flow,

Melting into the remote hills and dales and woods and wastes.

Oh, embrace in open arms! Let us sing a song,

Let me dance in the pace of your singing,

While people wail and die and sleep in our arms,

Rock and rock into the endless ages,

Their spirits, oh, your endeared love!

(1939.2)

[解析]

1939 年，在抗日烽火已燃烧到黄河岸边的危急关头，中华民族又一次面临保国保种的危难时刻，著名音乐家冼星海和词作家未光然，在共产党领导下的黄土高原的中心——延安，创作了气吞山河的《黄河大合唱》。也就在同一年，而且是在 2 月，当时正在西南联大外文系学习、年仅 21 岁的穆旦，在祖国西南的另一块大后方，与陕北的黄河遥遥相对，创作了他的大气磅礴的《合唱二章》。由于歌曲的通俗性和演唱性，以及政治力量的大力推进等等原因，前者的流传更为广远；而后者，作为现代派诗歌的力作，虽意境更其深刻而精妙玄远，却只是为知己者所欣赏和赞叹，成为一曲名副其实的诗歌史上的空谷足音，微弱地，然而久久地，回响在知识精英的心田。

如同是歌者站在黄河岸边，望那滔滔黄水东流去，"伸出千万条铁的臂膀"，拥抱古老的土地和人民，诗人却不限于眼前景色，而是看到了和听到了："当黄河，扬子，珠江终于憩息，/多少欢欣，忧郁，澎湃的乐声，/随着红的，绿的，天蓝色的水，/向远方的山谷，森林，荒漠里消溶。"于是，诗人的拥抱、歌唱，乃至和全民族的舞蹈，就有了更多的内涵和分量："当人们痛苦，死难，睡进你们的胸怀，/摇曳，摇曳，化入无穷的年代，/他们的精灵，O 你们坚贞的爱！"

同样是涉及祖国危难的题材，《合唱二章》与诗人的恩师闻一多先生的《一句话》《祈祷》（1928 年）相比，少了些直露与浮进，多了些博大与深沉。同样是具有世界文明史的辽阔视野，较之于卞之琳先生的《距离的组织》（1935 年），《合唱二章》一扫阴郁晦涩消沉的书卷气，而代之以勃起的民族阳刚的稚气，显示了中华民族即将复兴于诸多东西方古老文明衰落之机的豪迈气概。"埃及，雅典，罗马，从这里陨落，/O 这一刻你们在岩壁上抖索！/说不，说不，这不是古国的居处，/O 庄严的圣殿，以鲜血祭扫，/亮些，更亮些，如果你倾倒……"

诗人并没有倾倒在历史的沉睡于蛛网里，而是感到了异族野蛮的挑战，痛感于本民族的复杂的历史反应："一只魔手闭塞你们的胸膛，/万万精灵已踱出了模糊的/碑石，在守候、渴望里彷徨。"正因为这里有他所推崇的鲁迅先生的深刻和锐利，于是乎，诗人并不哀叹自我的迷失，而是呼吁民族的觉醒："O 黄帝的子孙，疯狂！"在茫茫的黑夜里，诗人以高亢的强音，鼓动起整个民族的齐声合唱：

> O 飞奔呵，旋转的星球，
> 叫光明流洗你苦痛的心胸，
> 叫远古在你的轮下片片飞扬，
> 像大旗飘进宇宙的洪荒，
> 看怎样的勇敢，虔敬，坚忍，
> 辟出了华夏辽阔的神州。

这里，我们分明感到了屈原式的浪漫和拜伦式的浪漫的合一状。毫不奇怪，这是诗人穆旦从浪漫派转入现代派诗风的一个门槛，然而这是一个飞翔在天宇的高起点的门槛。不徒是诗人的气质所使然，而且是时代的精神所使然。而这两者的结合的道路，则落实为中国新诗在一个不断学习和探索的青年诗人的成长与成熟道路上的一个个扎实的脚步。

童 年

秋晚灯下，我翻阅一页历史……
窗外是今夜的月，今夜的人间，
一条蔷薇花路伸向无尽远，
色彩缤纷，珍异的浓香扑散。
于是有奔程的旅人以手，脚
贪婪地抚摸这毒恶的花朵，
（呵，他的鲜血在每一步上滴落！）
他青色的心浸进辛辣的汁液
腐酵着，也许要酿成一盅古旧的
醇酒？一饮而丧失了本真。
也许他终于像一匹老迈的战马，
披戴无数的伤痕，木然嘶鸣。

而此刻我停伫在一页历史上，
摸索自己未经世故的足迹
在荒莽的年代，当人类还是
一群淡淡的，从远方投来的影，
朦胧，可爱，投在我心上。
天雨天晴，一切是广阔无边，
一切都开始滋生，互相交溶。
无数荒诞的野兽游行云雾里，
（那时候云雾盘旋在地上，）
矫健而自由，嬉戏地泳进了
从地心里不断涌出来的
火热的熔岩，蕴藏着多少野力，

CHILDHOOD

Fall night, in the lamplight, I read a page from history…
Outside the window is the moon tonight, and the world tonight,
A rosy road stretches into the endless distance,
So colorful, a rare strange sweet smell diffusing.
And then, a traveler, with his hands or feet,
Greedily touches these poisonous flowers,
(He is bleeding with each passing step!)
His blackened heart dips into the hot liquid
Fermenting, maybe it brews into a cup of ancient
Wine? A mere drink of it will lose the innocence.
Maybe at last he behaves like an old horse,
Covered with cuts and bruises, neighing.

And now I stop and stay at a page of history,
Searching through my inexperienced steps
In a wild ancient year, when human beings
Cast a bunch of thin figures from afar,
Hazy and lovely, onto my heart.
Shine or rain, all is so broad and boundless,
All starts growing and blending.
Numerous strange animals moving through clouds,
(At that time, clouds lingered near the ground,)
Graceful and free, playfully swimming into
Blazing lava which surges up from the center of
The earth, which encloses a great amount of wild power,

多少跳动着的雏形的山川，
这就是美丽的化石。而今那野兽
绝迹了，火山口经时日折磨
也冷涸了，空留下暗黄的一页，
等待十年前的友人和我讲说。

灯下，有谁听见在周身起伏的
那痛苦的，人世的喧声？
被冲击在今夜的隅落里，而我
望着等待我的蔷薇花路，沉默。

（1939年10月）

And a great amount of bounding mountains,

This is the remarkable fossil. Till today the animals

Become extinct, the crater is frozen

Through the ages, and only a fading page

Survived, awaiting a friend of mine to comment.

Under the lamplight, who ever can hear

The painful outcries of a struggling man?

And I, washed away into a corner tonight,

Look forward for my rosy road, speechless.

(1939.10)

[解析]

诗歌虽然可以说是终生的事业，而诗神偏最爱光顾青年。

一首留在诗友杨苡纪念册上的《怀恋》，便是穆旦后来收入《探险队》时的《童年》。以青年观照童年，特别在诗友之间，总会有更多的同感吧。然而，这一页《童年》，一旦脱离了那本纪念册，却像一只蝴蝶，飞出窄狭的语境之匣，翩翩于绿荫芬芳的草地和白云悠悠的蓝色天空下，别有一番情趣了。

这是一首发表给读者的诗。

虽然此时，诗人说："晚秋灯下，我翻阅一页历史……/窗外是今夜的月，今夜的人间，……"

深沉的历史感，和向我走来的即时感，展望出一条瑰丽的玫瑰之路，经过旅人的欲望的触摸，这"恶之花"将会喋血，腐酵，"也许要酿成一盅古老的醇酒？一饮而丧失了本真"。丰富的意象，微妙的变化，是生活在青春面前呈现出粗鲁的本相，和原始的蜕变。另一个与之相关的意象是"马"。穆旦属马，小时尤爱画马。"也许他终于像一匹老迈的战马，/披戴无数的伤痕，木然嘶鸣。"又一重意象，将人生的里程和生命的归宿，延伸到了一个思绪可及的长远之地。

今日之历史，是昨日远古的一个投影，在心灵上。张望面前景色，不再是柳暗花明，或莺歌燕舞，一如唐诗宋词一类虚饰的景象，或夸大的乐观的心境，而是现代诗人眼中那心灵与世界互感交融的心象——古典浪漫派从未达到过的一种物我化一的玄思境界。于是乎，云雨蒸腾，万象交融，"一切都开始滋生"。无数荒诞的野兽游行于云雾中，地心升腾的熔岩蕴藏着多少野力，跳动的山峦呈现为美丽的化石。在这童话般的景色里，诗人笔锋一转，直视冰冷的现实：火山冷凝，野兽绝迹，历史积淀为一页黄纸，要今人与之对话才肯显形呢。

潜藏在历史之下的奥义，其玄机毕竟是难以泄露的。而个体人生的含义，尚有待于自己去摸索，去体验，去争取，去品味。于是，青春，在历史的长河边叹息，"而我/望着等待我的蔷薇花路，沉默"。

沉默的是一颗年轻的早慧的心，而且注定是暂时的。

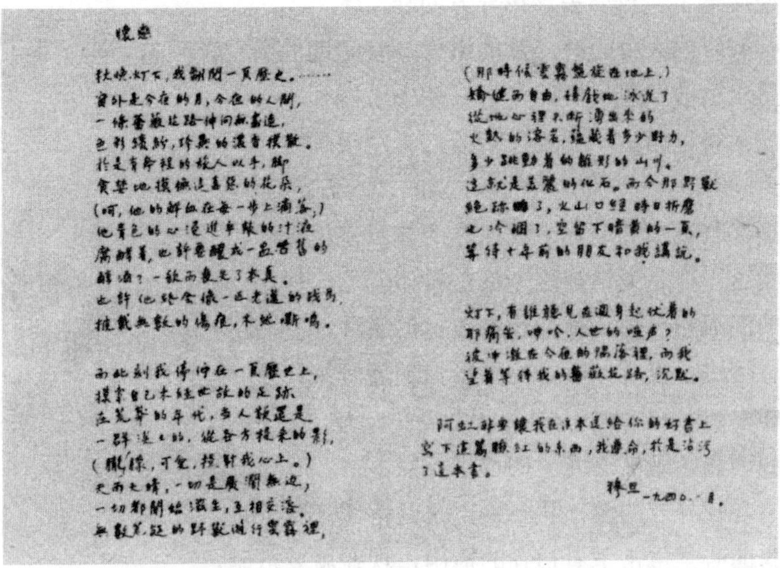

1940 年 1 月应同学赵瑞蕻（阿虹）邀请将《怀恋》抄写在赵送给杨苡的书后面

玫瑰之歌

1. 一个青年人站在现实和梦的桥梁上

我已经疲倦了，我要去寻找异方的梦。
那儿有碧绿的大野，有成熟的果子，有晴朗的天空，
大野里永远散发着日炙的气息，使季节滋长，
那时候我得以自由，我要在蔚蓝的天空下酣睡。

谁说这儿是真实的？你带我在你的梳妆室里旋转，
告诉我这一样是爱情，这一样是希望，这一样是悲伤，
无尽的涡流飘荡你，你让我躺在你的胸怀，
当黄昏溶进了夜雾，吞蚀的黑影悄悄地爬来。

O让我离去，既然这儿一切都是枉然，
我要去寻找异方的梦，我要走出凡是落絮飞扬的地方，
因为我的心里常常下着初春的梅雨，现在就要放晴，
在云雾的裂纹里，我看见了一片腾起的，像梦。

2. 现实的洪流冲毁了桥梁，他躲在真空里

什么都显然褪色了，一切是病恹而虚空，
朵朵盛开的大理石似的百合，伸在土壤的欲望里颤抖，
土壤的欲望是裸露而赤红的，但它已是我们的仇敌，
当生命化作了轻风，而风丝在百合忧郁的芬芳上飘流。

A SONG OF ROSE

1. A Yong Man Standing on the Bridge of Reality and Dream

I'm so tired, I'm going elsewhere to find a dream,
Where there're green fields, ripen fruits, and a bright sky,
Where sunshine smells good, and seasons grow,
When I'm free, I will sleep under the azure sky.

Who said it's real here? You take me spinning in your dressing room,
And tell me this is love, this is hope, and that is grief;
Boundless whirling fluids push you and you lay me in your arms,
When dusk fades into darkness, a dark figure slips near.

Oh, let me go, now that all is in vain here in this place,
I'm going elsewhere to find a dream, and out of any place where catskins fly,
Because it often rains in my heart, and now it's brighten up,
In the cracks of clouds and mists I see a haze of cloud, like a dream.

2. The Bridge is Washed Away by the Current of Reality and He Hides Himself in the Vacuum

All is fading away, all is sickened and void,
Marble-colored lilies quiver out of the desire of soil,
The desire of soil, bare and dark-red, is our enemy,
When life turns into a breeze, which floats over gloomy fragrant lilies.

自然我可以跟着她走，走进一座诡秘的迷宫，
在那里像一头吐丝的蚕，抽出青春的汁液来团团地自缚；
散步，谈电影，吃馆子，组织体面的家庭，请来最懂礼貌的朋友茶会，
然而我是期待着野性的呼喊，我蜷伏在无尽的乡愁里过活。

而溽暑是这么快地逝去了，那喷着浓烟和密雨的季候；
而我已经渐渐老了，你可以看见我整日整夜地围着炉火，
梦寐似地喃喃着，像孤立在浪潮里的一块石头，
当我想着回忆将是一片空白，对着炉火，感不到一点温热。

3. 新鲜的空气透进来了，他会健康起来吗

在昆明湖畔我闲踱着，昆明湖的水色澄碧而温暖，
莺燕在激动地歌唱，一片新绿从大地的旧根里熊熊燃烧，
播种的季节——观念的突进——然而我们的爱情是太古老了，
一次颓废列车，沿着细碎之死的温柔，无限生之尝试的苦恼。

我长大在古诗词的山水里，我们的太阳也是太古老了，
没有气流的激变，没有山海的倒转，人在单调疲倦中死去。
突进！因为我看见一片新绿从大地的旧根里熊熊燃烧，
我要赶到车站搭一九四○年的车开向最炽热的熔炉里。

虽然我还没有为饥寒，残酷，绝望，鞭打出过信仰来，
没有热烈地喊过同志，没有流过同情泪，没有闻过血腥，
然而我有过多的无法表现的情感，一颗充满熔岩的心
期待深沉明晰的固定。一颗冬日的种子期待着新生。

（1940 年 3 月）

24

Naturally, I could follow her into a mysterious maze,

Where I'm like a silkworm, shutting myself in a self-made cocoon of youth,

Walking, talking about movie, dining in the restaurant, organizing a decent family, and invite modest friends for a tea party,

But I'm ready for a wild outcry, I curl myself up in endless homesickness.

And the hot season ends too soon, the season with so much smoke and rain;

And I'm getting old, and you see me by the fire day and night,

Murmuring as if in a dream, like a rock stricken one tide after another,

While I think that memory is empty, feeling no warmth before a fire.

3. Fresh Air Comes in, and Will He be Healthy?

I walk leisurely by Kunming Lake, its water is blue and warm,

Nightingales sang merrily, and a new green flame burns up from the old root of the earth,

A season of sowing—advance of ideas—yet our love is too old,

A train of decadence draws along a broken death of softness, and infinite trail of a bitter life.

I grow up out of the traditional poetry, and our sun is too old,

Without change of atmosphere and turnover of the world, men die in monotony and tiredness.

Rush! Because I see a new green flame burning from the old root of the earth,

And I'm going to the railway station to catch up the train of 1940 for a blazing furnace.

Although I never lash my faith for the sake of hanger, cruelty, and despair,

And I never enthusiastically call "Comrade", never shed tears of sympathy, and smell blood,

I have too many feelings to express, and a heart as hot as lava,

Expecting a deep and clear fixation. A seed in winter expects a new birth.

(1940.3)

［解析］

　　无论从哪个意义上来说，《玫瑰之歌》都是《童年》的继续。

　　这里蜕变出一种来自历史的深沉的现实的考虑。而过去的是稳定，是传统，将来只是一种幻想，一阵期望。

　　就在这首三段论式的诗歌里，诗人以更长的句子，和更舒展的思绪，面对现实，交错在历史与未来之间的现实，而思考，和想象。

　　1. "一个青年人站在现实和梦的桥梁上"，"要去寻找异方的梦"，他心里下着"初春的梅雨，现在就要放晴"，而眼前，只"看见了一片腾起的，像梦"。

　　2. "现实的洪流冲毁了桥梁，他躲在真空里"。冲毁的是平庸，和无聊，和烦闷，和一切的一切，但要青春的热情来做动力，做洪流。躲进的若是"乡愁"，或者孤独，则有衰老的迹象，有僵化的可能。

　　3. "新鲜的空气透进来了，他会健康起来吗"？昆明湖畔，"新绿从大地的旧根里熊熊燃烧，/播种的季节——观念的突进"，"一次颓废列车，沿着细碎之死的温柔，无限生之尝试的苦恼。"（很有点儿李金发的味道，不是吗？）

　　若是说"新鲜的空气"就是当时诗人正在如饥似渴地吮吸的西方现代诗歌的新写法，则传统在穆旦看来是太古老了：

　　　　我长大在古诗词的山水里，我们的太阳也是太古老了，
　　　　没有气流的激变，没有山海的倒转，人在单调疲倦中死去。

　　正是基于对传统诗词的这般认识，穆旦是拒绝了旧诗词的语言和构思的，于是也就更彻底地走进了西方现代派的写法里去。因为他有"过多的无法表现的情感，一颗充满着熔岩的心/期待深沉明晰的固定。一颗冬日的种子期待着新生"。

须知诗国这里早已经是古典诗词的冬日，而现代新诗的萌生正当其春时啊！

时在 1940 年，3 月。

在旷野上

我从我心的旷野里呼喊，
为了我窥见的美丽的真理，
而不幸，彷徨的日子将不再有了，
当我缢死了我的错误的童年，
（那些深情的执拗和偏见！）
我们的世界是在遗忘里旋转，
每日每夜，它有金色和银色的光亮，
所有的人们生活而且幸福
快乐又繁茂，在各样的罪恶上，
积久的美德只是为了年幼人
那最寂寞的野兽一生的哭泣，
从古到今，他在遗害着他的子孙们。

在旷野上，我独自回忆和梦想：
在自由的天空中纯净的电子
盛着小小的宇宙，闪着光亮，
穿射一切和别的电子化合，
当隐隐的春雷停伫在天边。

在旷野上，我是驾着铠车驰骋，
我的金轮在不断的旋风里急转，
我让碾碎的黄叶片片飞扬，
（回过头来，多少绿色的呻吟和仇怨！）
我只鞭击着快马，为了骄傲于
我所带来的胜利的冬天。

IN THE WILDS

I outcry from the wilds of my heart
For the beautiful truth that I see,
But I stand no longer in hesitation
Since I smothered my fault childhood,
(Those deep-felt bigots and bias!)
Our world spins on forgetfulness,
Day and night, it glitters like gold or silver,
All people live and enjoy happiness
And merriment and prosperity on sins,
Virtues of old are meant for the youngsters'
Weeping in solitary and brutality of life;
Through ages he brought calamity upon posterity.

In wilds, I recall and dream alone:
In the free air, pure electronics
Contain the tiny universe, glittering,
Penetrating into all and other compounds of electronics,
When a spring thunder is heard from a distant sky.

In wilds, I drive my war carriage along,
And its golden wheels revolve rapidly in whirlwind,
Hurling broken rotten leaves up into the air,
(Turning back, I see lots of green moans and resentments!)
I whip my horse ahead, for the sake of my pride of
The victorious winter that I brought about.

在旷野上，无边的肃杀里，
谁知道暖风和花卉飘向何方，
残酷的春天使它们伸展又伸展，
用了碧洁的泉水和崇高的阳光，
挽来绝望的彩色和无助的夭亡。

然而我的沉重、幽暗的岩层，
我久已深埋的光热的源泉，
却不断地迸裂，翻转，燃烧，
当旷野上掠过了诱惑的歌声，
O，仁慈的死神呵，给我宁静。

（1940 年 8 月）

In wilds, in a boundless desolate scene,

Who knows where're warmth and flowers gone?

Cruel spring stretched them inch by inch

With clean fountains and noble sunshine,

And with desperate colors and helpless death.

Yet my heavy and darkened rock formation,

The source of my light and heat embedded so long,

Breaks up and turns over and burns hot

When an incentive song's passing over the wilds,

Oh, my mirthful God of death, grant me with calm.

(1940.8)

[解析]

1940 年，对于确定了方向的青年诗人穆旦而言，是一个多产的年份。从《蛇的诱惑》到《合唱二章》，从《漫漫长夜》到《在旷野上》，一直到这一年晚些时候写的《还原作用》《我》《五月》《智慧的来临》等名篇，穆旦的产量虽不是最高，而质量却是稳定而持续上升。应当说，这是一个了不得的真正的开端。

如果说《蛇的诱惑》（1940 年 2 月）中穆旦在借用《圣经》神话，为的是要"离开亚当后代的宿命地"，并发出了"我是活着吗？我活着吗？我活着/为什么？"这样终极性的发问，而在《漫漫长夜》（1940 年 4 月）里，穆旦却身处现实之中，以民族代言人的身份，诉说自己一个古老民族的老故事：

> 但是我的孩子们战争去了，
> （我的可爱的孩子们茹着苦辛，
> 他们去杀死那吃人的海盗。）

到了 8 月，穆旦已经走出低谷，来到旷野上，"从我心的旷野里呼喊，/为了我窥见的美丽的真理"。他告别了"错误的童年（那些深情的执拗和偏见！）"，"彷徨的日子将不再有了"，因为他晓得，"世界是在遗忘里旋转"。而昔日世界的真相，无非是快乐繁茂在罪恶上，美德及于"年幼人那最寂寞的野兽一生的哭泣，/从古到今，他在遗害着他的子孙们"。

> 在旷野上，我独自回忆和梦想：
> 在自由的天空中纯净的电子
> 盛着小小的宇宙，闪着光亮，
> 穿射一切和别的电子的化合，
> 当隐隐的春雷停伫在天边。

这里，我们的现代诗人，运用科技的原理遐想人文的世界：自由组合的宇宙，自由飞翔的人生。其高度、广度和深度，远远超出了新诗的先辈和同时代的许多诗人，如冰心的《繁星》，或者郭沫若的《天上的街市》，而与郭老的《天狗》相媲美。

不过，《天狗》是以明喻和拟人动态地追随（我是 X 光线的光，/我是全宇宙 Energy 的总量！），和自我的膨胀（我便是我呀，我的我要爆了！），这里的穆旦却是在隐喻中静态的玄想，和企求着宁静：

> 然而我的沉重、幽暗的岩层，
> 我久已深埋的光热的源泉，
> 却不断地迸裂，翻转，燃烧，
> 当旷野上掠过了诱惑的歌声，
> O，仁慈的死神呵，给我宁静。

不幸的人们

我常常想念不幸的人们，
如同暗室的囚徒窥伺着光明，
自从命运和神祇失去了主宰，
我们更痛地抚摸着我们的伤痕，
在遥远的古代里有野蛮的战争，
有春闺的怨女和自溺的诗人，
是谁的安排荒诞到让我们讽笑，
笑过了千年，千年中更大的不幸。

诞生以后我们就学习着忏悔，
我们也曾哭泣过为了自己的侵凌，
这样多的是彼此的过失，
仿佛人类就是愚蠢加上愚蠢——
是谁的分派？一年又一年，
我们共同的天国忍受着割分，
所有的智慧不能够收束起，
最好的心愿已在倾圮下无声。

像一只逃奔的小鸟，我们的生活
孤单着，永远在恐惧下进行，
如果这里集腋起一点温暖，
一定的，我们会在那里得到憎恨，
然而在漫长的梦魇惊破的地方，
一切的不幸汇合，像汹涌的海浪，
我们的大陆将被残酷来冲洗，

THE MISERABLE

Very often I miss my people, the miserable,
Like a prisoner peeping sunlight from a dark cell,
Ever since fate and gods lost their power of control,
We stroke our cuts and bruises with more pain;
In the distant past there were brutal wars,
And resentful maids and self-drowned poets;
Who's arranged this absurdity to our satirical tone,
Mocking through thousands of years and still more miserable?

After birth we began to learn to confess,
And we also weeped for being aggressed and insulted,
So many errors are made for each other by men,
As if man is a fool plus another fool and—,
Whose design and distribution is this? Year in and year out,
Our common heavenly kingdom is divided and subdivided,
No wisdom could be put together,
And the best wish slopes into silence.

Like a bird fleeting, our life passes in
Isolation, and in ever-lasting fear,
If here we collect some warmth,
Then there resentment should gather,
Yet where a long nightmare is startled,
All miserables should confluence into surges of a sea,
Then our land would be washed away by cruelty,

洗去人间多年的山峦的图案——
是那里凝固着我们的血泪和阴影。
而海，这解救我们的猖狂的母亲，
永远地溶解，永远地向我们呼啸，
呼啸着山峦间隔离的儿女们，
无论在黄昏的路上，或从碎裂的心里，
我都听见了她的不可抗拒的声音，
低沉的，摇动在睡眠和睡眠之间，
当我想念着所有不幸的人们。

（1940 年 9 月）

Together with that map of mountains—

Where our blood and tears and shadows condensed.

And sea, our mother who saved us from crazy,

Forever dissolving and roaring to us,

To us male and female divided by mountains;

Whether on the road of dusk, or in the broken heart,

I heard her voice irresistible,

So deep, rocking between a sleep and another sleep

When I miss my people, the miserable.

(1940.9)

［解析］

热爱生命，哀其不幸，是诗人的天职。而对不幸的理解，古今中外，则有深浅之分，即便诗人总是站在人民一边。英国浪漫派先驱华兹华斯的名篇《孤独的收割女》，是从文人的外部的观望态度去欣赏和联想的，而杜甫的《三别》，则是从人民的生离死别的命运中去寄托无限的同情的。这其中的原因，固然有诗人的世界观在起作用，而一时的心境和个体诗风的形成，也不能说没有影响。

穆旦的哀怜不幸的人们，却具有三个明显的特点：

一是内视角，一是神的高度，一是历史感。

内视角就是诗人作为人民的一分子切身感受、上下求索，而不是站在人群之外边旁观边指手画脚。神的高度是为了遍览人的世界和人类命运，追索无限的根源，而不是只摆现象而不问根底。历史感，就是考察社会的演变轨迹和今日苦难的类型，有不同于过去的，也有始终如一的。当然诗歌不是论文，不可能是直接的理性的发问或回答，而是借助形象和想象，艺术地展开诗人的怒其不争、哀其不幸的思绪的。

其实，一节诗就可以看出三个因素的混合体：

> 我常常想念不幸的人们，
> 如同暗室的囚徒窥伺着光明，
> 自从命运和神祇失去了主宰，
> 我们更痛地抚摸着我们的伤痕，
> 在遥远的古代里有野蛮的战争，
> 有春闺的怨女和自溺的诗人，
> 是谁的安排荒诞到让我们讽笑，
> 笑过了千年，千年中更大的不幸。

在神的"统一"下，始可以言说"我们共同的天国忍受着割分"，一处有"温暖"，另一处就会有"憎恨"，而爱的世界却始终未见（在这里，历史的向善论和目的论，就显得幼稚而天真了）。当然，哭泣，忏悔，以"仿佛人类就是愚蠢加上愚蠢"来质疑人世，也就同时否定了天国，即便人的学习，包含了祈祷和忏悔。自然，在自然神论者的字典里，"自然"是"神祇"的代名词。于是，在一个更大的图景里和一个更深的层次上，大陆、山峦、海洋，便有了象征的含义。

　　而海，这解救我们的猖狂的母亲，
　　永远地溶解，永远地向我们呼啸，
　　呼啸着山峦间隔离的儿女们，

　　而那"低沉的""不可抗拒的声音"，却总是回响在"睡眠和睡眠之间"，诗人说，"当我想念着所有不幸的人们"。
　　沉睡于苦难之中的民族啊，何时才得苏醒，而奋起呀？

原野上走路
——三千里步行之二

我们终于离开了渔网似的城市，
那以窒息的、干燥的、空虚的格子
不断地捞我们到绝望去的城市呵！

而今天，这片自由阔大的原野
从茫茫的天边把我们拥抱了，
我们简直可以在浓郁的绿海上浮游。

我们泳进了蓝色的海，橙黄的海，棕赤的海……
噢！我们看见透明的大海拥抱着中国，
一面玻璃圆镜对着鲜艳的水果；
一个半弧形的甘美的皮肤上憩息着

村庄，
转动在阳光里，转动在一队蚂蚁的脚下，
到处他们走着，倾听着春天激动的歌唱！
听！他们的血液在和原野的心胸交谈，
（这从未有过的清新的声音说些什么呢？）
噢！我们说不出是为什么（我们这样年青）
在我们的血里流泻着不尽的欢畅。
我们起伏在波动又波动的油绿的田野，
一条柔软的红色带子投进了另外一条
系着另外一片祖国土地的宽长道路，
圈圈风景把我们缓缓地簸进又簸出，
而我们总是以同一的进行的节奏，
把脚掌拍打着松软赤红的泥土。

A 3000 *LI* LONG MARCH (2)

At last we left the fishing net-like city,
Which, with its dry and dull and stifling checks,
Drags us continuously up to the despair!

And today, this free vast plain
Embraces us from skylines all around,
And we can swim in this dark green sea.

We swim into a sea of blue and yellow and orange…
Oh! We see China in the arms of a transparent sea,
A round glass mirror reflecting freshening fruits;
Villages resting on the tender skin of an arc body,
Spinning in the sunlight, at the foot of ants,
They walk everywhere, listening to the exciting song of spring!
Listen! Their blood is whispering with the heart of the plain,
(What on earth could this new voice express?)
Oh, we can't tell what (we are so young after all)
And an endless joy flows through our blood.
We walk ups and downs through the green plain;
A red soft band throws itself into another band,
Which ties up another part of our motherland;
Circle in and circle out we're leaping and bounding,
And we actually are in the same pace of moving,
Patting our feet on the brown and soft soil.

我们走在热爱的祖先走过的道路上，
多少年来都是一样的无际的原野，
（噢！蓝色的海，橙黄的海，棕赤的海……）
多少年来都澎湃着丰盛收获的原野呵，
如今是你，展开了同样的诱惑的图案
等待我们的野力来翻滚。所以我们走着
我们怎能抗拒呢？噢！我们不能抗拒
那曾在无数代祖先心中燃烧着的希望。

这不可测知的希望是多么固执而悠久，
中国的道路又是多么自由而辽远呵……

（1940 年 10 月）

We're walking on the road that our beloved forefathers walked,

For so many years it is the same endless plain,

(Oh! A sea of blue and yellow and orange…)

For so many years it is a plain stirring with harvest,

Today, you unroll your map charming all the same,

Awaiting us to tuck dive forward and backward. So we walk,

And how can we reject? Oh! We cannot reject

The hope that burnt in the hearts of our ancestors.

How long and firm is the hope unforeseen,

How long and free is China's way…

(1940.10)

［解析］

中国现代历史上有过两次名副其实的长征。

一次是以毛泽东为核心的共产党领导的中国工农红军经历的一次由南到北的军事大转移——红军三支武装爬雪山过草地，一路摆脱国民党军队的围追堵截，横跨十一个省，长驱二万五千里，于1935年10月胜利到达陕北根据地的军事长征。这次长征不仅奠定了毛泽东在我党的政治和军事领袖的稳定地位，而且为后来人民军队由北方返回南方解放全中国打下了基础。

一次是当时中国最高学府北京大学、清华大学、南开大学组成的长沙临时大学，为躲避日寇的持续袭击，坚持正常的教学活动，全校师生（除了乘车之外）从长沙出发，组成一个徒步旅行团，于1938年2月到4月，跨越湘、黔、滇三省，全程3500华里，南迁云南蒙自，后到昆明，组成西南联大的文化长征。说后者是文化长征，一点也不夸张，因为当时不仅是一次师生齐动员的迁校运动，而且有计划地沿途考察民风民情，搜集民歌，是一次名副其实的文化长征。

诗人穆旦，作为诞生中的西南联大的学生，亲身经历了这次长征的全过程，而且是护校队员之一。他以诗人的热情和彩笔，生动地描绘了这次文化长征。

诗一组，共两首，在"三千里步行之一"和"之二"的副标题之上，分别是两个正标题：《出发》和《原野上走路》。

第一首诗比较简单，以迅速流过的片断取胜，所见所闻，映照在欢喜和潇洒的瞬间：

> 千里迢遥，春风吹拂，流过了一个城脚，
> 在桃李纷飞的城外，它摄了一个影：
> ……
>
> 一扬手，就这样走了，我们是年青的一群。

在军山铺，孩子们坐在阴暗的高门槛上
晒着太阳，从来不想起他们的命运……

可见，另一方面，总不乏穆旦式的深沉，特别是写到一路所见"广大的中国人民，/在一个节日里，他们流着汗挣扎，繁殖！"

而《原野上走路》则要沉稳而深刻得多。

诗一开始，扑面而来的是对城市生活的厌弃，和对广袤自然的拥抱。

我们终于离开了渔网似的城市，
那以窒息的、干燥的、空虚的格子
不断地捞我们到绝望去的城市呵！

而今天，这片自由阔大的原野
从茫茫的天边把我们拥抱了，
我们简直可以在浓郁的绿海上浮游。

可以想象，这一群青年知识分子，爱国的热血青年，行走在自由的原野上是何等的高兴啊！他们倾听自然的声音，春天的歌唱，说不尽的欢畅和自豪。他们走在祖先走过的道路上，展开了无限的遐想，享受不尽大自然那诱惑的图案。一股不能遏止的青春欲望在心头升腾，澎湃。然而，他们也感到了道路的漫长和任务的艰巨：

这不可测知的希望是多么固执而悠久，
中国的道路又是多么自由而辽远呵……

还原作用

污泥里的猪梦见生了翅膀，
从天降生的渴望着飞扬，
当他醒来时悲痛地呼喊。

胸里燃烧了却不能起床，
跳蚤，耗子，在他身上粘着：
你爱我吗？我爱你，他说。

八小时工作，挖成一颗空壳，
荡在尘网里，害怕把丝弄断，
蜘蛛嗅过了，知道没有用处。

他的安慰是求学时的朋友，
三月的花园怎么样盛开，
通信联起了一大片荒原。

那里看出了变形的枉然，
开始学习着在地上走步，
一切是无边的，无边的迟缓。

（1940 年 11 月）

EFFECT OF REDUCTION

A pig in mud dreamt of himself growing wings,
He who was born in the sky wants to take wings,
He cried in pain when he awoke from sleep.

He was anxious but couldn't get out of bed;
Flea and rats stick to his body. They asked:
Do you love me? Yes, I love you. He said.

Eight-hour work made anyone an empty shell.
One is afraid that the hanging thread be broken,
A spider smelled it and saw no more use in it.

He needs the condolence from his schoolmates,
How flourishing the garden is in March!
Communication connects a large wasteland.

There he saw that deformation is in vain,
He began to learn to walk on the ground,
All is endless, and an endless delay.

(1940.11)

［解析］

现代派的诗是不好读的，穆旦的诗尤其不好懂。青年时期比较难懂的，首先要数这首《还原作用》。在写这首诗的时候，穆旦已经系统地学习过西方现代派的代表作，如艾略特的《荒原》，和燕卜逊、奥登等人的诗作，而且尽量回避中国传统诗词的写法。35 年后，诗人在给一位年轻诗友的一封信里，专门谈起了这首诗：

> 这首诗是仿外国现代派写成的，其中没有"风花雪月"，不用陈旧的形象或浪漫而模糊的意境来写它，而是用了"非诗意的"辞句写成诗。这种诗的难处，就是它没有现成的材料使用，每一首诗的思想，都得要作者去现找一种形象来表达；这样表达出的思想，比较新鲜而刺人。因为你必得对这里一些乱七八糟的字的组合加以认真的思索，否则你不会懂它。……可是，现在我们要求诗要明白无误地表现较深的思想，而且还得用形象和感觉表现出来，使其不是论文，而是简短的诗，这就使现代派的诗技巧成为可贵的东西。

现在可以讨论这首诗分节的大意了。

第一节：写青年人（猪）"梦想自己生了翅膀"，而真正会飞的应当是天鹅（第二句潜在的形象），于是"醒来时悲痛地呼喊"，抗议这造物和世道的不公。

第二节：写醒来的猪（青年）不得不和现实妥协，虽然他心里燃烧着理想，对现实又极度厌恶。注意跳蚤、耗子粘身的形象，和"你爱我吗，我爱你"的对话（以厌恶的假情话暗示青春的窝囊）。

第三节：意思较为明显，写为生计的工作把人"挖成一个空壳"（只有人才有"八小时工作"），而又不能和现实（尘网）拉断关系，蜘蛛的嗅，加强了"丝"的比拟作用。

第四节：这一节写心理上的失落感和合理化（弗洛伊德的"文饰"）作用。花园与荒原的意象，不仅是理想与现实的残酷对照，而且具有深刻的英语文学的原型意义。试参考莎士比亚剧作如《哈姆雷特》中的花园和艾略特《荒原》诗的意象。

第五节：写对于现实的适应和学习，借助"变形的枉然"逻辑，回到了第一节猪的意象，构成了全诗的统一。这就是所谓的"还原作用"（"变形"是对"还原"的提示）。于是标题之谜得以揭开。

最后，让我们再引证一段穆旦自己的说法，来验证我们上述的分析吧：

> 在三十多年以前，我写过一首小诗，表现旧社会中青年人如陷入泥坑的猪，（而又自以为是天鹅，）必须忍住厌恶之感来谋生活，处处忍耐，把自己的理想都磨完了，由幻想是花园变为一片荒原。

归根结底，相对于诗的品读，诗的分析也可以说是一种"变形的枉然"，需要读者自己的"还原作用"才能恢复为一首诗呢。

我

从子宫割裂，失去了温暖，
是残缺的部分渴望着救援，
永远是自己，锁在荒野里，

从静止的梦离开了群体，
痛感到时流，没有什么抓住，
不断的回忆带不回自己，

遇见部分时在一起哭喊，
是初恋的狂喜，想冲出樊篱，
伸出双手来抱住了自己，

幻化的形象，是更深的绝望，
永远是自己，锁在荒野里，
仇恨着母亲给分出了梦境。

（1940 年 11 月）

I

Out of womb and warmth,

The wane part is thirsty for help;

I'm forever myself, locked in the wilds.

From the static dream I leave the group,

Feeling that current of time, nothing to grasp;

Constant recall brings back no self,

As one part meets another, and cry together,

Joy of virgin love cry out for a breakthrough;

Stretching out one's arms only to embrace oneself,

An illusive image, in a deeper despair;

Forever is the self locked in wilds,

Hating that mother departs it from dream.

(1940.11)

［解析］

自我的探索，是诗人穆旦一生作诗和做人的一条主线。

这首写"我"的诗，从头至尾四个小节只有一个句子，是典型的外国诗写法，即便在中国现代派诗人中，也属罕见。究其原因，正是因为它是从一首英文诗翻译而来，然后又加以改写的结果。详细的考证，请参阅本书下编关于穆旦诗歌自译与他译及其双语创作的情况（第 406-411 页）。

第一节写出生："从子宫割裂，失去了温暖"是最明显的提示。人生从出生到入世，是第一次脱离最有力的保障而进入毫无防卫的冰冷境地。从此以后，"永远是自己，锁在荒野里"。

第二节写认同："离开了群体"，因而成为个体。这是第二次的失落，也是第二次的诞生。失落的是自然人，诞生的是社会人。于是，欲再分离就会"痛感到时流"，却抓不住什么。但是，无论人性如何复归，毕竟无法回到第一个阶段，故而说"不断的回忆带不回自己"。

第三节写求偶："遇见部分时在一起哭喊，/是初恋的狂喜，想冲出樊篱，/伸出双手来抱住了自己"。其中的"部分"，即是英文 better half（另一半）的说法，也可理解为个人作为群体的"一部分"（part）的意思。但即便是爱情或者是朋友，毕竟无法达到人类的全体和自我的真实，所以拥抱的只是自己的"幻化的形象"。这就通向了下一节。

第四节写孤独：在自我幻象和幻想的追求中，感到的是"更深的绝望"，因此回到了第一节"永远是自己，锁在荒野里"的孤独状态之中。既然每一个分离都无法返回本原，那么，梦想中渴望返回母亲或母爱而不得，转而仇恨母亲使自己出生入世，就是一个最根本的人生悔悟了。

总之，这是一首写自我的诗，涉及个体与群体（全体）的关系、个体与另一个体（爱情或友情，以及亲情）的关系，以及个体与自己及自我形象（幻象或理想）的关系等，是一首哲理深奥，寓意无穷的诗。正因为诗人不是简单地写自己，而是写一个普遍的"我"，因此诗的意义是永远不会过时的。但因为翻译的痕迹和创作的艰辛，诗艺方面流露出的复杂与断裂，是一个不争的事实，同时加剧了理解的难度和研究的迷雾。

少年穆旦

五 月

五月里来菜花香
布谷流连催人忙
万物滋长天明媚
浪子远游思家乡

勃朗宁，毛瑟，三号手提式，
或是爆进人肉去的左轮，
它们能给我绝望后的快乐，
对着漆黑的枪口，你就会看见
从历史的扭转的弹道里，
我是得到了二次的诞生。
无尽的阴谋；生产的痛楚是你们的，
是你们教了我鲁迅的杂文。

负心儿郎多情女
荷花池旁订誓盟
而今独自倚栏想
落花飞絮满天空

而五月的黄昏是那样的朦胧！
在火炬的行列叫喊过去以后，
谁也不会看见的
被恭维的街道就把他们倾出，
在报上登过救济民生的谈话后，
谁也不会看见的

MAY

May comes in the smell of rape flowers,
Cuckoos fly and fondle men into work,
Everything grows well in a fine summer,
Travelers wander and fall into homesick.

Browning, Mauser, and portable gun No.3,
Or a revolver that shoots into man's muscles,
They give me rejoice soon after despair;
At a black gunpoint, you could see that
Through the twisted channels of the barrel of history,
I get out and gain a rebirth.
Endless plots; pain of growth is yours,
It's you who taught me Lu Xun's satire.

Man is unfaithful and woman, faithful in love,
Man and woman swear their love by a lotus-pool.
But then she is alone, thinking, leaning on a railing,
And the sky is full of flying petals and catkins.

But dusk of May is so dim and obscure!
After the outcry of the torch-parade which is gone,
No one could see
That the streets so much flattered pour the people out;
And after the talks on poverty-aid appear in the newspapers,
No one could see

愚蠢的人们就扑进泥沼里，
而谋害者，凯歌着五月的自由，
紧握一切无形电力的总枢纽。

　　春花秋月何时了
　　郊外墓草又一新
　　昔日前来痛哭者
　　已随轻风化灰尘

还有五月的黄昏轻网着银丝，
诱惑，溶化，捉捕多年的记忆，
挂在柳梢头，一串光明的联想……
浮在空气的小溪里，把热情拉长……
于是吹出些泡沫，我沉到底，
安心守住了你们古老的监狱，
一个封建社会搁浅在资本主义的历史里。

　　一叶扁舟碧江上
　　晚霞炊烟不分明
　　良辰美景共饮酒
　　你一杯来我一盅

而我是来飨宴五月的晚餐，
在炮火映出的影子里，
在我交换着敌视，大声谈笑，
我要在你们之上，做一个主人，
知道提审的钟声敲过了十二点。
因为你们知道的，在我的怀里
藏着一个黑色小东西，
流氓，骗子，匪棍，我们一起，

That folk of folly are thrown into the ditch of dirt,

And the murderer is singing triumphantly of May,

Holding the handle of power-machine that controls all.

    Spring flower and autumn moon seem endless,

    Grass on the tomb in the outskirts is renewed.

    The one who came and cried over it yesterday

    Is now forever gone with the wind into dust.

And dusk of May is a net of silvery threads,

Inductive, dissolving, and captive of the past long ago,

Hanging from the willow, a thread of lightning hope…

Floating over a stream in the air, stretching the zeal…

And then foams are flown, and I sink to the bottom,

And wait on the old jail of yours, at ease,

A feudal society reaches a deadlock of the capitalist history.

    A leaf of fishing-boat is flowing freely in a blue river,

    Evening clouds and cooking smock mingle in the scene.

    A good night and a good feast calls for a good drink,

    And you drink yours first, and then I will drink mine.

But I am here to dine and wine at the feast of May,

With shadowed figures fresh from a battlefield,

And we exchange hostilities and words and laughter,

And I will be a master above all of you

Until 12 o'clock, when the time for trial is over.

For you know, I keep in my pocket

A little, black thing, and

Rascals, swindlers, and robbers, and what not, we all

在混乱的街上走——

他们梦见铁拐李
丑陋乞丐是仙人
游遍天下厌尘世
一飞飞上九层云

（1940 年 11 月）

Walk along the street in turmoil—

In a dream they see Li Tieguai, one of the eight Taoists,
But he is after all an immortal, though an ugly beggar,
Who is also a good traveler tired of the worldly cares,
And flying off into the ninth heaven the highest palace.

(1940.11)

［解析］

新旧事物并存是一种永久的现象，而新事物终究要战胜旧事物则是一条千古不变的规律。中国新诗的发展也是一样。五四以来在外国诗影响下和白话文运动中产生的新诗，要完全取代已经存在了几千年的旧诗，是十分困难的，然而却是一种不可更改的趋势。

《五月》在形式上是新旧并存的一种诗，而在实质上则通过新旧比照表现了以新诗代旧诗的倾向，因此是具有反叛传统意味的可贵尝试。

穆旦对于中国传统的格律诗是持否定态度的。在创作实践上，他采取的是地道的现代派写诗法，用的是纯粹的现代语言而不杂旧体和典故。而在理论上，他认为旧诗对于写新诗并无帮助，也无法表达现代人的思想。他在晚年写给一位年轻诗友的信里这样说：

> 因为我们平常读诗，比如一首旧诗吧，不太费思索，很光滑地就溜过去了，从而得不到什么或所得到的，总不外乎那么一团"诗意"而已。

> 我有时想从旧诗获得点什么，抱着这目的去读它，但总是失望而罢。它在使用文字上有魅力，可是隐在文言中，白话利用不上，或可能性不大。至于它的那些形象，我认为已太陈旧了。

以下仅列出全诗的格局和大意，以供对照参考：

旧体之一：良辰美景，游子思乡。
新体之一：面对残酷的现实，对于死亡的思考，
　　　　　在历史的扭转的弹道里获得新生。
旧体之二：痴男怨女，失恋凭栏。
新体之二：平民游行示威无效，灾民情愿之后，
　　　　　谋害者高歌自由，操生死大权在手。

旧体之三：哀世伤时，怀旧悼亡。

新体之三：理想的虚幻，现实的险恶，中国的
封建社会搁浅在资本主义的历史里。

旧体之四：逍遥泛舟，畅怀对饮。

新体之四：战争背景下的饮宴，敌视与欢笑，
阴谋与暗杀，各色人杂然共处于世。

旧体之五：得道成仙，幻想不朽。

新体之五：（缺）

值得一提的是，旧体五首夹新体四首于其间，有旧诗包围新诗或新诗难突出旧诗围困之喻，暗示了新诗成长之艰难，但更多的是表明人们以陈旧的观念和心态对待新诗的残酷的现实，故而现代诗的创作，其危险与不合时宜之状，跃然纸上。

智慧的来临

成熟的葵花朝着阳光移转，
太阳走去时他还有感情，
在被遗留的地方忽然是黑夜，

对着永恒的像片和来信，
破产者回忆到可爱的债主，
刹那的欢乐是他一生的偿付，

然而渐渐看到了运行的星体，
向自己微笑，为了旅行的兴趣，
和他们一一握手自己是主人，

从此便残酷地望着前面，
送人上车，掉回头来背弃了
动人的忠诚，不断分裂的个体

稍一沉思听见失去的生命，
落在时间的激流里，向他呼救。

（1940 年 11 月）

THE COMING OF WISDOM

A ripening sunflower turns towards the sun;
He bends on to the sun when it is gone,
And is left suddenly in the dark.

Looking at the everlasting photos and letters,
The bankrupt recalls his lovely creditor;
A moment joy is a life-long commitment.

But slowly he sees planets moving around,
Smiling to himself, for the interest of travel,
He shakes hands with them one by one, like a boss.

From now on he looks forward mirthlessly,
Sends someone off on the train, and turns back to
The moving devotion, an ever-divided individual,

At a moment ponder, he heard of the life lost,
Lost in the tide of time, calling him for help.

(1940.11)

［解析］

诗有哲理之诗、情感之诗、意志之诗，如同人有知识、情绪、意愿的组合与倾向各不相同一样。穆旦是智性诗人，关心智慧胜于关心其他，因而智慧的来临对于他是一种人生经验成熟和性格成熟的标志，非抒发不能尽其性情的。于是，就有了这首《智慧的来临》，和晚年的《智慧之歌》遥遥相对应。

这首诗的写法和《还原作用》十分相似，故而解读之法也近似。

首先是全诗分五节，各三行，最后一节只有两行，算一种破格写法。而整首诗又连成一个长句，暗示一种连续的过程。不过，每一阶段或侧面的意象不同而已。

第一节的意象是向日葵，其与太阳的关系，象征个体与其养育者或生存环境之间的依存关系。而在太阳落山之后，向日葵陷入黑暗与被抛之中。智慧的来临萌芽于个体独立的意识之中。

第二节的意象是债务，尤其表示人生感情和义务的债务，一旦为了一时的欢乐或友谊而许诺，就得付出终生的努力来履行。义务感作为人生智慧成熟的共识，可以在不同的维度上与他人和社会分享。

第三节借助于星体运行的认识，表达觉悟的个体意识到社会是由无数个和自己一样的个体在相对运动中构成，在相互关系中结成网络，在每一碰撞或相遇或告别的一刹那，更感到自己的成熟和主人公应有的地位。

第四节利用人生常见的送别经验，构思个体不断分裂和背弃过去从而获得新生的痛苦历程。虽然现实是残酷的，每一个人又都必须面对它而无法回避，无法逃离。前景毕竟是难以完全预测的。

第五节是对于失去的日子也就是生命消失本身的怀念，在沉思中一如在沉沦中。时间如流水，一去不复返，要拼命挣扎才能拯救自我和世界。

智慧底来臨

盛開的葵花朝着陽光移轉，
太陽走去時他還有感情，
在被遺留的地方忽然是黑夜，

對着永恆的像片和來信，
破產者回憶到可愛的債主，
剎那的歡樂是他一生的償付，

然而漸漸看見運行的星體
孤獨的在各自的軌道上，
和他們一一握手自己是主人，

於是便殘酷地從他們走過，
稍一沉思會听見過去的生命，
在時間的激流裡，向他呼救。

一九四四，一月廿夜。

1944 年 1 月 30 日《智慧底来临》手迹

在寒冷的腊月的夜里

在寒冷的腊月的夜里，风扫着北方的平原，
北方的田野是枯干的，大麦和谷子已经推进村庄，
岁月尽竭了，牲口憩息了，村外的小河冻结了，
在古老的路上，在田野的纵横里闪着一盏灯光，
　　　　一副厚重的，多纹的脸，
　　　　他想什么？他做什么？
　　　　在这亲切的，为吱哑的轮子压死的路上。

风向东吹，风向南吹，风在低矮的小街上旋转，
木格的窗纸堆着沙土，我们在泥草的屋顶下安眠，
谁家的儿郎吓哭了，哇——呜——呜——从屋顶传过屋顶，
他就要长大了渐渐和我们一样地躺下，一样地打鼾，
　　　　从屋顶传过屋顶，风
　　　　这样大岁月这样悠久，
　　　　我们不能够听见，我们不能够听见。

火熄了么？红的炭火拨灭了么？一个声音说，
我们的祖先是已经睡了，睡在离我们不远的地方，
所有的故事已经讲完了，只剩下了灰烬的遗留，
在我们没有安慰的梦里，在他们走来又走去以后，
　　　　在门口，那些用旧了的镰刀，
　　　　锄头，牛轭，石磨，大车，
　　　　静静地，正承接着雪花的飘落。

（1941 年 2 月）

COLD NIGHT OF THE LAST MONTH OF A YEAR

Cold night of the last month of a year, wind sweeps through the plain of the North,

Fields of the North are dry, and barley and millet, wheeled to the village,

Days end, cattle rest, river frozen outside the village,

On the old road, across the fields, glimmers a faint light of oil lamp,

      A heavy, wrinkled face,

      What's he thinking about, and doing?

   On the road so intimate and squeezed under the heavy-loaded wheels.

Wind blows eastward and southward, whirls around the low-housed streets,

Wooden-framed windows choked with sand, and inside we are asleep under
    straw-roofs,

Whose baby is crying with fear, WaaaaaWuuuuWuuuu, from shelter to shelter,

He is going to grow up and lie down and sleep soundly, like us,

      From shelter to shelter, wind

      So hard, and time so long,

   We cannot hear, we cannot hear.

Fire goes out? Put the blazing charcoal fire out? A voice asked,

Our ancestors are sleeping, sleeping not far away from us,

All the stories are told, only ashes remain,

In our unsafe dream, after they walked in and out,

      At the door, those used sickles,

      Hoes, yokes, stone-mills, oxen-carts,

   Lying quiet, bearing the weight of the falling snow.

(1941.2)

［解析］

中国是一个农业大国，不理解农民就不理解中国，不能写农民的诗人就不是一个典型的中国诗人。而穆旦确是有着农民的情感和思想的诗人，虽然他出生于天津，出身于一个破落的官僚商贾和文人之家。他与农民的血肉联系是怎样建立和保持的呢？我们不得而知，但读他的诗，写农民和其他社会下层人民的痛苦与同情的，不在少数。而他对于农村与农民的理解，可以说远远超过了当时的旧式知识分子，甚至于超过了某些进入革命阵营的先进作家和进步诗人。这其中具体的原因，还有待深入地研究。

《在寒冷的腊月的夜里》，穆旦为我们展示了一幅中国 20 世纪 40 年代广大农村的冬夜图，其用语言描绘现实生活的技法之高超，不亚于国画大师。而其思想之深刻，融于基调之沉稳，又非绘画所可比拟。

艺术上一个引人注目的特点，就是散文化。散文化是现代新诗违背传统的一种尝试，以散文的也就是"非诗意的"语言构思和行文，运用日常生活语言或散文写作的长句子、长段落和迟缓节奏与推进速度，形成凝滞厚重的文体风格。这种写法，特别适合于描写中国北方农村的冬夜。

你看，"在寒冷的腊月的夜里，风扫着北方的原野，/北方的田野是枯干的，大麦和谷子已经推进了村庄，/岁月尽竭了，牲口憩息了，村外的小河冻结了，/在古老的路上，在田野的纵横里闪着一盏灯光，……"

一幅厚重的多纹的脸，在这样的背景中出现，他在想什么？他在做什么？一种亲切而非疏远，理解而非嫌弃的抒情基调油然而生，纯真而自然，且富于诗意，一种真诚而非造作的诗意，充溢在一个寒冷的腊月的夜里。

听，从哪里吹来了风？当"我们在泥草的屋顶下安眠，/谁家的儿郎吓哭了，哇——呜——呜从屋顶传过屋顶"。他们就要长大，和我们一样地躺下，祖先就躺在我们不远的地方，一个声音在问："火熄了么？"

故事已经讲完，雪飘落在户外的农具上，只剩下了灰烬的遗留。

这不就是一部中国农民史吗？

而一部中国农民史，就是中国历史，和中国文化史。

《抗战中诗人的任务》 卢鸿基 1938 年

鼠　穴

我们的父亲，祖父，曾祖，
多少古人借他们还魂，
多少个骷髅露齿冷笑，
当他们探进丰润的面孔，
计议，诋毁，或者祝福，

虽然现在他们是死了，
虽然他们从没有活过，
却已留下了不死的记忆，
当我们乞求自己的生活，
在形成我们的一把灰尘里，

我们是沉默，沉默，又沉默，
在祭祖的发霉的顶楼里，
用嗅觉摸索一定的途径，
有一点异味我们逃跑，
我们的话声说在背后，

有谁敢叫出不同的声音？
不甘于恐惧，他终要被放逐，
这个恩给我们的仇敌，
一切的繁华是我们做出，
我们被称为社会的砥柱，

RATS' CAVE

Our father, grandfather, and grand grandfather,
In whose body so many ancients find reincarnation,
So many skulls grin with bitterness and helplessness
When they return into their pink faces, then
They discuss, defame, or ask a blessing,

Although they are dead now,
Although they are never alive,
They leave an ever-lasting memory,
When we beg for a life of ourselves,
In a handful dust that we are made of,

We are silent, silent and again silent,
In a rotten attic we worship our ancestors,
And we search our way by means of smell,
And flee whenever we find something unusual,
And if we talk, we talk only behind others,

Who ever dare to voice a different view?
A fearless guy would be sent into exile,
And to do this we owe a great deal to our enemy.
We have done everything for this prosperity,
And we are called the mainstay of the society,

因为，你知道，我们是
不败的英雄，有一条软骨，
我们也听过什么是对错，
虽然我们是在啃啮，啃啮
所有的新芽和旧果。

（1941 年 3 月）

Because, you know, we are heroes

Never fail, and our back-bone is so soft,

We've learnt of rights and wrongs,

Although we are always gnawing, gnawing

All new buds and old fruits alike.

(1941.3)

［解析］

老鼠是人类的近邻、紧邻，时常与人同住一室，分享人的食物和事物，于是，与人也便有了若干共同之点，正所谓"人鼠之间"。从鼠类的身上，人类有哪些东西可以引以为鉴呢？

不入鼠穴，焉得鼠旨？

原来，老鼠也是一种社会生物，有着祖先崇拜的传统。有其父亲、祖父、曾祖父，"虽然现在他们是死了，/虽然他们从没有活过"，却有"多少古人借他们还魂"？

老鼠的世界，是一个沉默的世界，在本能的重复的运作中，只许发出啮咻的单调之音，不同的声音决不容许；异味是不祥的信号，唯一的策略是逃跑；恐惧是一贯的心理，永远不败，只因依仗一身软骨头。"所有的新芽和旧果"，都要被他们啮啮，再啮啮，啮啮个殆尽，才肯罢休。

其实，是到另一处安家，一如人类啮啮着地球上的生灵和资源，管不了那么多子孙万代的事业和生计，"当我们乞求自己的生活，在形成我们的一把灰尘里"。

> 有谁敢叫出不同的声音？
> 不甘于恐惧，他终要被放逐，
> ……

穆旦一首《鼠穴》，真是深入而浅出，着实使人幡然醒悟了许多。

然而，人鼠之间，就只限于这样的异同类比，抑或就只是一种"除四害"的关系吗？

未必！但这种写法，已远远超出了中国古代的"比德"之法。

"摄于湘黔滇旅行之后，一九三八年五月一日"，云南昆明。

摇篮歌
——赠阿咪

流呵，流呵，
馨香的体温，
安静，安静，
流进宝宝小小的生命，
你的开始在我的心里，
当我和你的父亲
洋溢着爱情。

合起你的嘴来呵，
别学成人造作的声音，
让我的被时流冲去的面容
远远亲近着你的，乖乖！
去了，去了
我们多么羡慕你
柔和的声带。

摇呵，摇呵，
初生的火焰，
虽然我黑长的头发把你覆盖，
虽然我把你放进小小的身体，
你也就要来了，来到成人的世界里，
摇呵，摇呵，
我的忧郁，我的欢喜。

LULLABY——TO AH MI

Flow, flow,
My fresh warmth
Quietly, quietly,
Flow into the little life of my baby;
Your beginning lies in the heart of mine,
When your father and I
Flow with love.

Close your little mouth,
Learn not unnatural voice of man;
Let my season-washed face
Caress you from a distance, my baby!
Away, away,
How we envy
Your soft voice.

Rock, rock,
New-born flame,
I cover you with my long black hair,
I place you into this small body;
You'll come, come into the world of men;
Rock, rock,
My worry, my joy.

来呵，来呵，
　无事的梦，
　　轻轻，轻轻，
落上宝宝微笑的眼睛，
等长大了你就要带着罪名，
　　从四面八方的嘴里
　笼罩来的批评。

但愿你有无数的黄金
使你享到美德的永存，
　一半掩遮，一半认真，
　　睡呵，睡呵，
　在你的隔离的世界里，
别让任何敏锐的感觉
使你迷惑，使你苦痛。

睡呵，睡呵，我心的化身，
恶意的命运已和你同行，
它就要和我一起抚养
你的一生，你的纯净。
　　去吧，去吧，
　为了幸福，
　　宝宝，先不要苏醒。

（1941 年 10 月）

Come, come,
My idle dream,
　　Gently, gently,
Land on your smiling eyes,
But you'll bear sin in the name of a man,
　　　Covered by Criticism
　　From all directions.

May you have a wealth of gold,
May you enjoy eternal virtue,
　　Half covert, half earnest,
　　　Sleep, sleep,
　　In your isolated world,
Let no sense so sensitive
Confuse or sadden you.

Sleep, sleep, My heart's embodiment,
Ill-intended fate goes with you,
Together with me it takes care of you,
Of all your life, and your purity.
　　Go ahead, go ahead,
　For your happiness,
　　My baby, sleep on.

（1941.10）

［解析］

同学生了一个孩子，诗人要表示祝贺，最好的礼物，莫过于一首诗，而最好的篇名，莫过于《摇篮曲》。

为了模仿新生儿的天真活泼，这诗的格式，也是格外的活泼：短句见长，频频换行，朗朗上口，昵声喃喃。

仔细听来，却有一番弦外之音在《摇篮曲》外回响。

略加收拾，权当解读，编成一首"信天游"儿歌：

婚床是爱情的结晶，
铸就了小小的生命。

孩子的童真之语，
成人造作难相比。

生命来到这人世间，
一半喜来一半怨。

"但愿你有无数的黄金，
使你享到美德的永存。"

但莫要过分的敏感，
以免被迷惑，或刺穿。

须知这世道是多么凶险，
生活的名分行之艰难。

虽然我要养育你一生，
厄运也要和你同行。

古今中外，有过不少诗人写过各式各样的《摇篮曲》，而我相信，能这样写的，而且写成这样的，唯有穆旦一人。

这首诗，原本是写给诗人的好友王佐良先生的孩子的。可是对于初生儿来说，显然是过于深奥了吧！

那便可以看作是借助摇篮曲，而写给成年的、成熟的人生看的吧！

赞 美

走不尽的山峦的起伏，河流和草原，
数不尽的密密的村庄，鸡鸣和狗吠，
接连在原是荒凉的亚洲的土地上，
在野草的茫茫中呼啸着干燥的风，
在低压的暗云下唱着单调的东流的水，
在忧郁的森林里有无数埋藏的年代。
它们静静地和我拥抱：
说不尽的故事是说不尽的灾难，沉默的
是爱情，是在天空飞翔的鹰群，
是干枯的眼睛期待着泉涌的热泪，
当不移的灰色的行列在遥远的天际爬行；
我有太多的话语，太悠久的感情，
我要以荒凉的沙漠，坎坷的小路，骡子车，
我要以槽子船，漫山的野花，阴雨的天气，
我要以一切拥抱你，你，
我到处看见的人民呵，
在耻辱里生活的人民，佝偻的人民，
我要以带血的手和你们一一拥抱。
因为一个民族已经起来。

一个农夫，他粗糙的身躯移动在田野中，
他是一个女人的孩子，许多孩子的父亲，
多少朝代在他的身边升起又降落了
而把希望和失望压在他身上，
而他永远无言地跟在犁后旋转，

PRAISE

Endless hills and rivers and prairies,

Numerous villages, cock-crows and dog-barks,

Gather in this ever wasteland of Asia;

Across the vast grassland blows a dry wind,

Under the low-pressed clouds flows a river eastward,

And buried underneath the gloomy forests are countless ages.

All these embrace me in silence:

Never-ending stories are never-ending miseries; Silent

Being our love, and eagles hovering high in the sky,

Dry eyes expecting a well of hot tears,

While a motionless line is creeping at the distant horizon;

I have too much to say, and already too much to feel,

With this deserted sands, twisting paths, mule-carts,

With these wooden boats, wild flowers, and gloomy days,

With all these I'll embrace you, you,

My people that I can see everywhere,

My people living in disgrace and rags,

I'll embrace you all, with my bleeding hands.

For a nation is standing up.

A farmer, a poor rough figure moves in the fields,

Who is a son of one woman, and a father of many children,

Dynasties rise and fall beside him,

Hopes and despairs lay heavy on him,

And he goes and turns behind his plow, saying nothing,

翻起同样的泥土溶解过他祖先的，
是同样的受难的形象凝固在路旁。
在大路上多少次愉快的歌声流过去了，
多少次跟来的是临到他的忧患；
在大路上人们演说，叫嚣，欢快，
然而他没有，他只放下了古代的锄头，
再一次相信名词，溶进了大众的爱，
坚定地，他看着自己溶进死亡里，
而这样的路是无限的悠长的
而他是不能够流泪的，
他没有流泪，因为一个民族已经起来。

在群山的包围里，在蔚蓝的天空下，
在春天和秋天经过他家园的时候，
在幽深的谷里隐着最含蓄的悲哀：
一个老妇期待着孩子，许多孩子期待着
饥饿，而又在饥饿里忍耐，
在路旁仍是那聚集着黑暗的茅屋，
一样的是不可知的恐惧，一样的是
大自然中那侵蚀着生活的泥土，
而他走去了从不回头诅咒。
为了他我要拥抱每一个人，
为了他我失去了拥抱的安慰，
因为他，我们是不能给以幸福的，
痛哭吧，让我们在他的身上痛哭吧，
因为一个民族已经起来。

一样的是这悠久的年代的风，
一样的是从这倾圮的屋檐下散开的
无尽的呻吟和寒冷，

Overthrows the same earth that buried his forefathers,

And casts a figure condensed all the same by the roadside.

Many a merry songs flow and fly away,

Many a disasters that follow befall him;

On the road, they speak loudly, or cry joyfully,

But not for him, he lay down his hoe of old,

Once more he trusts the noun, dissolving into love of mass,

Firmly, he sees himself dissolving into death,

And such a road is long and endless,

And he cannot shed tears,

He has no more tears, for a nation is standing up.

In the arms of mountains, under the azure sky,

When spring and autumn come across his home,

Sadness is hidden deepest in the dark valley:

An old woman expects her children, many children expect

Hunger, and endure in hanger;

A hut still collects darkness by the road,

Still there's a fear unknown, still

The soil in nature erodes life,

And he goes away and never turns back and curse.

For his sake I'll embrace anyone,

For his sake I've lost comfort of embracing,

For him, we have no happiness to give,

Only cry, cry over his body,

For a nation is standing up.

All the same, the wind blows of ages old,

All the same come the endless moan and freezing cold

Dispersing from under the eave that is sloping,

它歌唱在一片枯槁的树顶上，
它吹过了荒芜的沼泽，芦苇和虫鸣，
一样的是这飞过的乌鸦的声音。
当我走过，站在路上踟蹰，
我踟蹰着为了多年耻辱的历史
仍在这广大的山河中等待，
等待着，我们无言的痛苦是太多了，
然而一个民族已经起来，
然而一个民族已经起来。

（1941 年 12 月）

That sings atop a withered tree,

That blows over the waste marsh, weeds and groan of insects,

All the same crows of the crow flying overhead.

When I stand by the road, by passing,

I hesitate for a long history of shame

Which is still waiting in the vast land,

Waiting, we have too many wordless pains

But a nation is standing up,

But a nation is standing up.

(1941.12)

［解析］

上个月，诗人写下了一首《控诉》，这个月，诗人又写下一首《赞美》。

他赞美什么？又控诉什么？为什么一面赞美，一面还要控诉？我们不得而知。也许，诗人的思维是极化的，两极分化的，一如科学上的地球有两极，哲学上的阴阳成两仪一样。不妨说，极化思维，是诗人把握世界的一种方式，一如马克思、恩格斯《共产党宣言》中的无产阶级和资产阶级。

以上的推测（其中的辩证法），可以从以下《控诉》的诗句中得到些许印证：

> 那些盲目的会发泄他们所想的，
> 而智慧使我们懦弱无能。
> ……
> 一个平凡的人，里面蕴藏着
> 无数的暗杀，无数的诞生。

照例，赞美者往往要登高远望，例如，杜甫之写《望岳》，必要"会当凌绝顶"，才能"一览众山小"。是时心胸得到扩张，视通万里，思接千载，心理学上叫做"高峰体验"。在穆旦的诗歌创作中，甚至在中国新诗不长的历史上，《赞美》，无疑是一座高峰。

可是，奇怪，诗人穆旦在《赞美》中（如果说诗中的抒情主人公就是诗人自己的话），似乎并没有，至少是没有一直站在高处，然而他看得也很远，想得也很深。

你看，他一开始似乎在原野上行走：

> 走不尽的山峦的起伏，河流和草原，
> 数不尽的密密的村庄，鸡鸣和狗吠，
> 接连在原是荒凉的亚洲的土地上，
> 在野草的茫茫中呼啸着干燥的风，

在低压的暗云下唱着单调的东流的水，
　　在忧郁的森林里有无数埋藏的年代。
　　它们静静地和我拥抱：

　　到了中间，他似乎是停下来融化到"天下"的"国"和"家"中去了，甚至一度落入最悲哀的低谷中去了。

　　在群山的包围里，在蔚蓝的天空下，
　　在春天和秋天经过他家园的时候，
　　在幽深的谷里隐着最含蓄的悲哀：

　　可是，那深沉的雄健的诗人的胸膛的起伏和心脏的搏动，伴随着那铿锵之间有力的诗歌的起伏和跳跃，就是隐藏在这辽阔而神秘的国土里，闪烁在春天和秋天走过的日子里的。正是，也只有在这样的氛围里，诗人作为觉悟的知识分子才能够与整个民族及其代表劳苦人民同呼吸共命运，因而在诗人的笔下，他，就是民族形象与命运的化身：

　　一个农夫，他粗糙的身躯移动在田野中，
　　他是一个女人的孩子，许多孩子的父亲，
　　多少朝代在他的身边升起又降落了
　　而把希望和失望压在他身上，
　　而他永远无言地跟在犁后旋转，
　　翻起同样的泥土溶解过他祖先的，
　　是同样的受难的形象凝固在路旁。

　　为了这样一个人，一样生活，一种命运，诗人要痛哭，要以带血的手拥抱他，并一一拥抱一切"在耻辱里生活的人民"，"因为一个民族已经起来"。
　　于是，我们在《赞美》接近尾声时，终于看到了诗人，或者那个形象，即便是在半个世纪之后的今天，如同他在中国历史上一样，一样地给我们留下了不可磨灭的印象：

　　当我走过，站在路上踟蹰，
　　当我踟蹰着为了多年耻辱的历史
　　仍在这广大的山河中等待，
　　等待着，我们无言的痛苦是太多了，
　　然而一个民族已经起来，
　　然而一个民族已经起来。

　　1949 年 10 月，8 年之后，毛泽东在天安门城楼上终于宣布："中国人民从此站起来了！"在这鼓舞人心的宣告中，我们，如果真的了解那段历史，了解中国的过去和那场变革的意义，就会在其中听到年轻的诗人在《赞美》诗章中那反复终结的预言般的声音：

　　一个民族已经起来。

　　我们因此而认为，《赞美》不仅是一个高峰，而且是一个宣言。
　　雪莱说，诗人是预言者。此言不虚！

1938 年 12 月高原文艺社社员游昆明海源寺。

左起：李廷揆，周正仪，陈登亿，林蒲（坐），邵森棣，王鸿图，周定一，
向长清，于仅，穆旦，周贞一，何燕晖。（周定一 2003 年提供）

黄　昏

逆着太阳，我们一切影子就要告别了。
一天的侵蚀也停止了，像惊骇的鸟
欢笑从门口逃出来，从化学原料，
从电报条的紧张和它拼凑的意义，
从我们辩证的唯物的世界里，
欢笑悄悄地踱出在城市的路上
浮在时流上吸饮。O 现实的主人，
来到神奇里歇一会吧，枉然的水手，
可以凝止了。我们的周身已是现实的倾覆，
突立的树和高山，淡蓝的空气和炊烟，
是上帝的建筑在刹那中显现，
这里，生命另有它的意义等你揉圆。
你没有抬头吗看那燃烧着的窗？
那满天的火舌就随一切归于黯淡，
O 让欢笑跃出在灰尘外翱翔，
当太阳，月亮，星星，伏在燃烧的窗外，
在无边的夜空等我们一块儿旋转。

（1941 年 12 月）

DUSK

Against the sun, all our shadows are fading away.

A day's erosion ceases, like a bird startled,

Merriment escapes from the door, from chemical materials,

From telegraph massage so tense and textual,

From a world so dialectical and materialized,

Merriment quietly slips out to the street of a city,

Sucking on the current. Oh, master of reality,

Come and rest a while in this wonder, worthless sailors,

You may well condense. Our whole body is the reality overthrown,

Upright trees and hills, light blue air and smog,

All at once, the constructions of God emerge.

Here, life has another meaning for you to round off.

Look up, and see the burning window glass?

The flame of sky is slowly going out,

Oh, let merriment leap out of the earthly world and fly,

When the sun, the moon, and the stars—all crawt in the window-framed scene,

In the boundless night space waiting for us to spin together.

(1941.12)

［解析］

与朝霞相比，黄昏似乎更为诗人所青睐。可能是由于黄昏容易引起思乡之情、怀旧之感，一如鸟儿归巢、牛羊入栏一般。也可能是黄昏具有美景不再、时光将尽的寓意，容易勾起诗人的生命易逝的意识吧。

不过这些都是古典诗歌的意味，如"夕阳无限好，只是近黄昏"一类，而新诗里的黄昏就未必要如此写法和读法。穆旦的《黄昏》，是少有的写景的小篇什，然而却不乏大家气度，别有一番诗意在字里行间充溢。

开头是一句直率的总括式的说法，也是一张逆光的彩色照片：

　　逆着太阳，我们一切影子就要告别了。

接下来就有些对生活的内容和意义的探索了：

　　一天的侵蚀也停止了，像惊骇的鸟
　　欢笑从门口逃出来，……
　　欢笑悄悄地踱出在城市的路上
　　浮在时流上吸饮。

好一个"浮在时流上吸饮"！简直把杂乱一天劳累一天的生命的喘息之状，给写活了。从工作间一跃而到大街上，"现实的主人"，"枉然的水手"，何不歇息片刻，到这神奇里凝止一会儿。因为"我们的周身已是现实的倾覆"——一个具有"颠覆"意味的意象，如同前面的"逃离"意象一样，深层的观念已经是现代的，甚至后现代的了！

可当我们注目面前的景色时，一切原来是如此的神奇：

　　突立的树和高山，淡蓝的空气和炊烟，
　　是上帝的建筑在刹那中显现，
　　这里，生命另有它的意义等你揉圆。

当我们正在琢磨"上帝的建筑"，无疑高于人工，高于自然，乃至于生命的另类意义如何叫你"揉圆"时，诗人却指给你"看那燃烧着的窗"，而"那满天的火舌"正一刻一刻地又突然在一瞬间黯淡下去。

O 让欢笑跃出在灰尘外翱翔，
当太阳，月亮，星星，伏在燃烧的窗外，
在无边的夜空等我们一块儿旋转。

似乎诗人已经置身于屋内，遥想夜空了！

洗衣妇

一天又一天，你坐在这里，
重复着，你的工作终于
枉然，因为人们自己
是脏污的，分泌的奴隶！
飘在日光下的鲜明的衣裳，
你的慰藉和男孩女孩的
好的印象，多么快就要
暗中回到你的手里求援。
于是世界永远的光烫，
而你的报酬是无尽的日子
在痛苦的洗刷里
在永久不反悔里永远地循环。
你比你的主顾要洁净一点。

（1941 年 12 月）

A WASHERWOMAN

Day after day, you sit here
Repeat, your work ends
For nothing, for men themselves
Are dirty and secretive slaves!
The freshening clothes flying in the sunlight,
As your comfort and the good impression
That attracts boys and girls, soon will, by any means,
Return to the hands of you for help.
And the world is thus forever shining and clean,
But your pay lies in the endless days,
And in the saddened washing process,
And in the never-repentant, never-ending cycle.
You're cleaner than your patron.

(1941.12)

［解析］

一天又一天，你坐在这里，
重复着，你的工作终于
枉然，因为人们自己
是脏污的，分泌的奴隶！

一个洗衣妇的形象，在重复的劳动和重复的诗句中活现出来，同时一个肮脏的世界的形象，也在无意间揭示出来了。更有甚者，一种荒唐的逻辑，也给挑明了：洗衣妇和被洗衣的（人，男人），都是奴隶：不断分泌出肮脏的东西。如此不合情理的循环，世界何日才得干净？

经过洗刷的世界虽然暂时获得了光烫，而你痛苦的洗刷毕竟是无休止的循环，虽然你一点也不反悔，而肮脏仍然在周期性地返回。可你终归，唉，"比你的主顾要洁净一点"。

洁净总是讨人喜欢的，可穆旦，没有称赞过抽象的美。

诗要由抽象上升为具体，具象的美。

《到前线去吧！走上民族解放的战场》　野夫

报 贩

这样的职务是应该颂扬的:
我们小小的乞丐,宣传家,信差,
一清早就学会翻斛斗,争吵,期待——
只为了把"昨天"写来的公文
放到"今天"的生命里,燃烧,变灰。

而整个城市在早晨八点钟
摇摆着如同风雨摇过松林,
当我们吃着早点我们的心就
承受全世界踏来的脚步——沉落
在太阳刚刚上升的雾色之中。

这以后我们就忙着去沉睡,
一处又一处,我们的梦被集拢着
直到你们喊出来使我们吃惊。

(1941 年 12 月)

A NEWSBOY

This duty is praiseworthy:
Our little beggars, reporters, newsboys,
Learn to run and argue and expect at dawn,
Only to set yesterday's documents
On today's fire of life, and burn them to ashes.

The whole city, at eight in the morn,
Shakes as if a storm shakes pine woods,
While we're having our breakfast, our hearts
Bear the world's heavy footsteps—that fall
Into the mist while the sun is rising.

Afterwards we began busy sleeping in,
From one place to another, our dreams are collected
Till we are startled awake by your hawks.

(1941.12)

［ 解析 ］

说报贩是乞丐、信差、宣传家。他们的工作，斟斗，争吵，期待，只是"把'昨天'写来的公文/放到'今天'的生命里，燃烧，变灰"。穆旦自有穆旦式的幽默和深刻。

早餐时分的新闻，让我们的心沉重，因为要"承受世界踏来的脚步"。然而人们并没有觉醒，却又忙着去沉睡，直到报童们"喊出来让我们吃惊"。

然而，吃惊终究不过是吃惊，吃惊完了也许就是传闻、闲谈，然后，就淡忘个干净。

可这一切已经不是报贩的职务所辖。故而当然用不着写进诗里去。

而只有新闻没有思想的读者将永远不过是读者而已。

提醒一下，该诗写于 1941 年 12 月。幸亏新诗不是新闻。

《青纱帐里》　古元　1939 年

春

绿色的火焰在草上摇曳，
他渴求着拥抱你，花朵。
反抗着土地，花朵伸出来，
当暖风吹来烦恼，或者欢乐。
如果你是醒了，推开窗子，
看这满园的欲望多么美丽。

蓝天下，为永远的谜迷惑着的
是我们二十岁的紧闭的肉体，
一如那泥土做成的鸟的歌，
你们被点燃，却无处归依。
呵，光，影，声，色，都已经赤裸，
痛苦着，等待伸入新的组合。

（1942 年 2 月）

SPRING

Green flames flicker over the grass,
He is thirsty for embracing you, flower.
Rebellious against the earth, flower shoots
When a warm wind blows anxiety or joy.
If you awake, push the window open,
Watch the beauty of desire overflowing the garden.

Under the azure sky, puzzled by eternal mystery,
Are our closed bodies of twenty years old,
Like twittering songs of clay-made birds;
You're burning, but nowhere to land.
Ah, light, shade, sound, color, all naked,
Pain for getting into a new pattern.

(1942.2)

［解析］

穆旦在写《春》之前，先写了一首《春的降临》，如同他年轻时写了《智慧的来临》，而到了老年才写了《智慧之歌》。不过《春》距《春的降临》只是一月和二月之隔，是算不了什么的。

我们选了《春》，主要因为它凝练，也更精彩。

> 绿色的火焰在草上摇曳，
> 他渴求着拥抱你，花朵。

从绿色看出火焰，当然要诗人的慧眼。而说"他"渴求着拥抱"花朵"，则又多了一重暗示。倒装句法，在现代诗里不少见。于是，花朵的伸出，是对于土地的反抗，可不知暖风吹来的是烦恼，是欢乐？这其中，必然含有青春期成长的烦恼与欢乐。此时：

> 如果你是醒了，推开窗子，
> 看这满园的欲望多么美丽。

以"我们"的名义说出的"二十岁的紧闭的肉体"，却"为永远的谜迷惑着"。于是，身体和身体以外的世界，便都成了谜，而禁闭的肉体之谜，倒比较地容易揭开，至于另一种谜，也许要永远地迷惑下去了。这年轻的认识，抑或过于成熟，也未可知。

"泥土做成的鸟"，也许是易碎的，其"歌"如何，很难想象。除歌之外，肉体可为春色点燃，但也许点燃的是鸟，最好是一页纸，飞翔着，却无处归依。青春的漂泊和无定，热烈之极，莫过于此态了。

终于忍耐不住了：

> 呵，光，影，声，色，都已经赤裸，
> 痛苦着，等待伸入新的组合。

也许有性的暗示，但更多的是融入社会和自然，投入生活。

穆旦的诗有时难懂，但总是耐读，因为多义。

但这首诗，是一个做过不少修改的稿子，原诗不完全是这样的。

它曾经在中央电视台春节节目上朗诵过，但未必适合于朗诵。

因为在本质上，穆旦的诗，不是为朗诵而写，而是为阅读而写。

诗八首

1

你底眼睛看见这一场火灾，
你看不见我，虽然我为你点燃；
唉，那燃烧着的不过是成熟的年代。
你底，我底。我们相隔如重山！

从这自然底蜕变底程序里，
我却爱了一个暂时的你。
即使我哭泣，变灰，变灰又新生，
姑娘，那只是上帝玩弄他自己。

2

水流山石间沉淀下你我，
而我们成长，在死底子宫里。
在无数的可能里一个变形的生命
永远不能完成他自己。

我和你谈话，相信你，爱你，
这时候就听见我底主暗笑，
不断地他添来另外的你我
使我们丰富而且危险。

108

EIGHT POEMS

1.

You see the fire as a disaster,
You see not me, who burns for you;
En, nothing but the age of ripening is burning,
Yours, and mine. Yet we stand so far apart.

From the procedure of a natural change,
I fall in love with a transient you.
Even if I cry, turn to ashes, and gain a rebirth,
My girl, to you, that's God plays with Himself.

2.

We are born out of a stream through rocks,
And we grow up, in the womb of death.
A changeable life, in numerous possibilities,
Can never bring itself to completion.

I talk to you, trust you and love you
When I heard my God chuckles.
He constantly adds more "you" and "I"
To enrich and endanger us two.

3

你底年龄里的小小野兽，
它和春草一样地呼吸，
它带来你底颜色，芳香，丰满，
它要你疯狂在温暖的黑暗里。

我越过你大理石的理智殿堂，
而为它埋藏的生命珍惜；
你我底手底接触是一片草场，
那里有它底固执，我底惊喜。

4

静静地，我们拥抱在
用言语所能照明的世界里，
而那未成形的黑暗是可怕的，
那可能和不可能的使我们沉迷。

那窒息着我们的
是甜蜜的未生即死的言语，
它底幽灵笼罩，使我们游离，
游进混乱的爱底自由和美丽。

5

夕阳西下，一阵微风吹拂着田野，
是多么久的原因在这里积累。
那移动了景物的移动我底心
从最古老的开端流向你，安睡。

3.

Your age fumbles a little animal,
Who breathes like green grass,
Who brings your color, smell and full figure,
Who makes you crazy in the warm darkness.

I come across your marble temple of reason,
And cherish the life buried under it;
The touch of our hands presents a grassland,
Where it's obstinate, and I, pleasantly surprised.

4.

Quietly we hold in each other's arms,
In a world that language enlightens,
Unshaped darkness is fearful,
And the possible and impossible puzzle us.

And what more often than not smothers us
Is a sweet word that too soon passes away,
Whose spectre bewilders us and makes us wander,
Wander into a mess of freedom and beauty of love.

5.

In twilight, a gentle breeze caresses the fields,
Lasting reasons gather here in this place.
That which moves the landscape moves my heart,
And from the ancient beginning it flows to you, asleep.

那形成了树木和屹立的岩石的，
将使我此时的渴望永存，
一切在它底过程中流露的美
教我爱你的方法，教我变更。

6

相同和相同溶为怠倦，
在差别间又凝固着陌生；
是一条多么危险的窄路里，
我制造自己在那上面旅行。

他存在，听从我底指使，
他保护，而把我留在孤独里，
他底痛苦是不断的寻求
你底秩序，求得了又必须背离。

7

风暴，远路，寂寞的夜晚，
丢失，记忆，永续的时间，
所有科学不能祛除的恐惧
让我在你底怀里得到安憩——

呵，在你底不能自主的心上，
你底随有随无的美丽的形象，
那里，我看见你孤独的爱情
笔立着，和我底平行着生长！

That which gives life to trees and erect rocks

Perpetuates my expectations hereof,

That beauty all revealed in this process

Tells me how to love you, and change myself.

6.

Like and like melt into tiredness,

And differences froze into estrangement;

In that dangerous narrow channel

I make myself travel along.

He is there, at my disposal,

He protects, and left me in loneliness;

His pain lies in a constant pursuit

Of your order; but once he gets it, he must betray.

7.

Rain storm, long way, and lonely night,

Forget, recall, and everlasting time,

All fears that science cannot rid of

Place me at rest in your arms—

Ah, in your none-autonomous heart,

And your beautiful image now on, now off,

There, I see your lonely love

Erect, and grow together with mine.

8

再没有更近的接近，
所有的偶然在我们间定型；
只有阳光透过缤纷的枝叶
分在两片情愿的心上，相同。

等季候一到就要各自飘落，
而赐生我们的巨树永青，
它对我们的不仁的嘲弄
（和哭泣）在合一的老根里化为平静。

（1941 年 2 月）

8.

There's no nearer nearness,
And chances stand fixed between us;
Only sunrays come through tree leaves
Onto our two willing hearts, all the same.

We are to fall apart in due season,
But the tree that begets us remains evergreen.
Its ruthless mockery at us (and its weep)
Will calm down in the united root of ages old.

(1942.2)

[解析]

　　《诗八首》是穆旦关于爱情的组诗，但不是传统意义上的抒发个人对某一特定恋人的感情的"抒情"诗，而是超脱具体的人际关系体验，或把个人体验上升为爱情思辨的"哲理"诗。八首诗组成一个完整的序列，以新诗的形式演说了爱情的全过程和丰富的意义。由于其复杂而新颖的写法，隐藏在貌似规整的诗的形式中，使读者觉得十分难懂。幸而以前有郑敏和孙玉石二位先生的分析可供借鉴，但也有诸多不相吻合之处。今笔者不揣谫陋，再作解说于下，以就教于先辈时贤，并期望能与诸君共学。

　　第一首：

> 你底眼睛看见这一场火灾，
>
> 你看不见我，虽然我为你点燃；

　　诗中的"你""我"显然指恋爱的双方，但从言说的角度和语气来看，有性别之分。我为你点燃，而你看不见我，只看见一场火灾。写的是初恋，可以说是单相思。尤其在女性一方，主要是生理上的冲动与心理上的压力，在有"被攻击"感觉的时候，会产生莫名其妙的恐惧与逃避心态。下来说明，"那燃烧着的不过是成熟的年代"，包括了你的、我的年龄的成熟，而不是彼此相爱的火焰。可见，前面看到的火灾，就不仅是对方酿成的，也有自己一方的渴望，也许由于归因作用的影响，不愿意承认罢了。这样，"我们相隔如重山！"感叹其隔膜，就有了充足的理由，但不过是一方自己的道理而已——因为你并没有进入对方的视野。

　　于是转向自责："我却爱了一个暂时的你。"虽然恋爱是人生一个自然的阶段，我的爱是来自"自然底蜕变的程序"，一个何等有力的理由，简直是普遍而必然的真理啊！可你只是一个"暂时的你"，暂时状态的你，未必能构成永久对象的你，未必不能发生变化的你，至少此时此刻不能理解甚至不理会我的你。想到此，一个不能说出来的誓言，甚至有几分赌咒的蛮

116

语，就冒了出来：

> 即使我哭泣，变灰，变灰又新生，
> 姑娘，那只是上帝玩弄他自己。

不敢用"玩弄"指向对方（亵渎），不好说自己被"玩弄"（知耻），甚至不能说上帝玩弄恋爱中的你（此时还没有权利用"和"来连接）我。终于说出了："那只能是上帝玩弄他自己"这样一个很俏皮，很智慧，很合理的格言。

连失恋都算不上的我，纵然说自己伟大如同上帝，自尊如同上帝，又有何用呢？不过是自己玩弄自己而已，又关别人什么事？

上帝啊，你为什么造了人而分为男女，使人有欲望而又有理智，或者有面子？你使人陷入如此尴尬的境地，姑娘，不，上帝，你玩弄我（们），嘘……如同玩弄你自己呀！

第二首：

> 水流山石间沉淀下你我，
> 而我们成长，在死底子宫里。
> 在无数的可能里一个变形的生命
> 永远不能完成他自己。

前两行写你我相遇在人间，但伸展到人的出世和成长，同时隐藏着死亡的危险和生存的局限这样一些存在论的根本问题。

"水流山石间"带有"水落石出"的变形和天道运行的暗示，即自然规律所使然，但同时也有上帝意志一直在起作用：既然让人出生，却隐藏了死的终结，既然让我们成长，却设定了死的子宫。这两句诗因此同时包含了生命只有一次的迫切感，和爱情只应有一次的纯洁的认识。但我们不过是"在无数的可能里一个变形的生命/永远不能完成他自己。"指的是人的生命只是世间无数生命的一种，而人的生命的哲学目的论意义上的完成，即神学上按照上帝造人时对人的设计的理想而言，是永远无法实现的。也只有在这样一个特大的统一的玄思的语境里，你我，作为我们，第一次被并置地言说。

若说没其缘，今生偏又遇上你，若说有其缘，哎……

毕竟，双方已经进入了一个可以交流的境地。

于是进入了亲切的谈话："我和你谈话，相信你，爱你"——何等轻松而自如，节奏又是何等轻快。可是

> 这时候就听见我底主暗笑，
> 不断地他添来另外的你我
> 使我们丰富而危险。

人一思考，上帝就笑。笑恋人的幼稚，抑或是俗套？于是上帝不断地施展自己的小技巧，添加些新的你我，也就是自我的不同的新生和不同的侧面，由此生出些新的矛盾、新的乐趣，使爱情和恋爱丰富而危险。因为此时的恋爱，尚处于初级阶段，关系并不稳定，也不深入，而爱情，作为体验，只是新鲜，而非全面，萌动而朦胧，带有历险的性质。

第三首：

真正的危险来自内部，它是你体内一只"小小野兽"，"和春草一样地呼吸，/它带来你底颜色，芳香，丰满，/它要你疯狂在温暖的黑暗里"。

这里的"小小野兽"，是一个有趣的意象，特意和青年相联系。《在旷野上》有这样的诗句："积久的美德只是为了年幼人/那最寂寞的野兽一生的哭泣，/从古到今，他在遗害着他的子孙们。"此处"野兽"可能指青年人身心被压抑的寂寞而躁动的灵魂，因此同那首《野兽》中狂暴的复仇的"野兽"有所不同，但是，二者在原始野性和冲动上则具有类似性。在恋爱的语境里，加了爱称"小小"的"野兽"，既保留了人类异性原始野性的性欲冲动，也有可能驯服于爱情和情人怀抱中的可感性，具有颜色、温暖、芳香、丰满等肌体特质和特有感觉。由于这种原始的冲动，爱情才有了感情的生理基础，并且在适当的时候，有了向对方要求的权利和内容："它要

你疯狂在温暖的黑暗里"。

然而，人毕竟是人，以兽性为基础又转而监控兽性的人性（荣格意义上的"自我"），在人的意识与潜意识之间起更大的"警察"的作用（弗洛伊德的比喻）。你的"理智殿堂"，犹如"大理石"般冰冷坚硬，其下埋藏了多少生命和时间，我为之而惋惜，更珍惜，当我终于能够"越过你大理石的理智殿堂"的时候：

> 你我底手底接触是一片草场，
> 那里有它底固执，我底惊喜。

这里的"它"（"你"的委婉语），其核心仍然是你那可爱的"小小野兽"，它有固执的守望，和渴求，和拒绝，和接受，如此等等。而在两只手的接触如电击一般的刺激效果里，我的惊喜，你，也有吧？

这一首，说的大约是肉体的第一次的亲密接触（对于恋爱，这可是一个惊喜的信号噢）。

而要越过理智（和道德）的监控，可真"危险"哪！

第四首：

感情的洪水一旦漫过理智的堤岸，就使两性之间迅速地靠近，接触，亲密无间，于是，个体之间的距离近乎消失了，"静静地，我们拥抱在/用言语所能照明的世界里"。

言语，或语言，是人特有的思维和情感表达的工具，他使许多很难说明的事物得以说明，因此语言像灯光一样可以照亮（英文 illustration, enlightenment）我们面前的世界。当两个人的言语戳破那一层纸的一瞬间，突然会发现共同面对着或者暂时共处于一个明亮的世界之中。

然而语言的照明是有限的。这里有两重含义：其一，语言的意指能力和表达能力有限，不可能遍及整个世界，内部的和外部的世界，你的或我的世界，或者我们两个的世界。其二，爱情是不能用语言完全说明的，至少在语言之外，还有大量需要用其他方式（例如表情、手势等体态语）能够发现和表达的内容。

> 而那未成形的黑暗是可怕的，
> 那可能和不可能的使我们沉迷。

之所以未成形，就是因为存在着语言尚未照明的世界，因而光明的中心以外仍然是黑暗包围着的更广大的世界，或曰眼前的路是黑的。之所以可怕，就因为它同时包含了可能和不可能两种情况，而这两者又同时为我们所沉迷——既沉醉于其中，又不得其解，这正是爱情说不清、道不明的本质，也正是爱情既可知，又不可全知的本质。

> 那窒息着我们的
> 是甜蜜的未生即死的言语，

这里似乎有着和前文相矛盾的地方。一会儿说言语能照明世界，一会儿又说言语能把人窒息。其实，若是深入分析，一点也不矛盾。而焦点正在这"未生即死"四个字上。前文说到语言的局限，而恋爱中的双方在语言无法明说或说不明的时候，就会出现"失语症"，"甜蜜"已经为之做了界定，可见这里指的是想表达而又无法表达旋即又咽回去的情话。在最需要语言挑明的时候，既然没有说出，就潜藏了误会的可能，而误会一旦产生，又不好解释，解释可能反而更糟。于是说：

> 它底幽灵笼罩，使我们游离，

游离于周围的压力，或者游离于我们自己，相互的或个别的。这里的"它"，应当是失语造成的误会的阴影，而不大可能是"上帝"或者前文的"小小野兽"，更不可能是黑暗的社会甚至战争等等不大相干的说法。

最后一句，"游进混乱的爱底自由和美丽"具有多重暗示：或是猜疑，或是逃避，或是"慌乱的手指"在摸索爱的肌体，或是"欢乐的智慧"陷入爱的抽象的自由与美丽的遐想而迷失，因而造成事实上或心理上的混乱、混沌，需要一种宁静，一种澄清。

第五首：

> 夕阳西下，一阵微风吹拂着田野，
> 是多么久的原因在这里积累。

激烈与混乱之后，转入宁静和澄明。既然有这么久的原因积累在这里，也就有了承认的理由和权利。于是爱的脚步在希望的原野上，转向内心的思索和独白：

> 那移动了景物的移动我底心，
> 从古老的开端流向你，安睡。

能"移动景物的"大约是时间，而时间使我的心移向你。爱之心自有其"古老的开端"，如长河流向一个必然的归宿，那就是你。只有你，才是我的灵魂的永久安息之地。

> 那形成了树林和屹立的岩石的，
> 将使我此时的渴望永存，

能形成树木和岩石的，大约是自然。一种自然的生命的动力，"将使我此时的渴望永存"，也即是将爱情化入生命中去的一种委婉的表达。而树木又象征顽强的生命力，岩石则象征坚贞和永固的品质。"此时"，乃是可以复指到上句的抽象而长久的时间概念上去的一个提示语。抚永恒于一瞬，正是此时的人对生命与宇宙的爱情式的综合把握。

> 一切在它底过程中流露的美
> 教我爱你的方法，教我变更。

用不着到很远的地方再去寻找，"它底过程"，即是爱情作为一个过程本身。爱的过程流露出美，在爱人与人爱中相互间感到的美，人体的美，个性的美，关系的美，等等的美不胜收。美是一种力量，美的感召可以改变人，教育人，使人学会不会的东西，学会适应与服从。"爱你的方法"，爱的艺术是也。

这是爱的独立思考可以到达的结论和境界吗？

即便如此，不过是悟性而已。

第六首：

由遐想转如实际，如同从天上掉落地上。人际的关系十分复杂而又微妙，恋爱中的青年更难以例外。追求中似乎要寻找志同道合的朋友，但是，太多的共同之点若缺少差异，则使得人际间的相处缺少刺激和比照，因而容易陷入倦怠。可是，差别过大也可能因为缺乏必要的连接纽带，久而久之双方失去共同语言，转为陌生。这可真是近不得，远不得。因此，诗人发出悲叹：

> 是一条多么危险的窄路里，
> 我制造自己在那上面旅行。

此时的爱情已经不是纯粹的感情问题，自我在人际关系的隧道里变形。个体除了要面临一般人际关系的异同规律之外，还有异性之间更难应付的种种矛盾，尤其是对特定异性的"这一个"的认识。何况二人关系会走向一条别人无法把握的独特之路，连自己也无法把握。岂不是一条危险的窄路！在上面旅行倒也罢了，可是为什么又说是"制造自己"呢？

> 他存在，听从我底指使，
> 他保护，而把我留在孤独里，

孙玉石先生把"他"解释为上帝，似有些问题，而郑敏先生的解释是"人格分裂"，颇有道理。今再加以推演："他"是"外在的我"，"我"是"内在的我"，于是内我与外我之间的矛盾，便是"我制造自己"的明证。这样，外我（人格面具）作为我（形上自我）的外显的化身，其存在不容怀疑，而且是由内我（真实自我）来指使的。反过来，外我对于内我也有保护作用，不过，当他努力保护内我的时候，我就要与外界分开，因此陷入"孤独"。以此为线索，则以下的诗句不难解索：

> 他底痛苦是不断的寻求
>
> 你底秩序，求得了又必须背离。

穆旦诗的分行，有时可以造成一句多读的诗化效果。此处的"你底秩序"既是前一行"寻求"的宾语，又是第二行"求得了又必须背离"中"求得"与"背离"的共同的宾语。另外，也可以造成第一行单独成句的读法：外我在不断追求的过程中会感到痛苦。而"你底秩序"，就是"爱的秩序"，虽然在追寻之中，可是一旦求得了又必须背离。为什么？为了避免僵化和呆滞，因为这是爱的自我毁灭的一条平庸的途径。也就是说，爱情是一个不断发现和创造的过程，不可能一劳永逸。在这个意义上，也可以说，爱情"永远不能完成他自己"。故而也可以说，"他底痛苦是不断的寻求"。而在外我的反面或内部，内我则要不断地经历孤独，因为任何个体，即便是在热恋中，除了有依附和迎合对方的一面之外，还要保持自我的整合状态，因而灵魂深处的孤独总是难免的。

也许正由于此，西方人把婚姻比作一把演奏得和谐的小提琴，而夫妻各自则是两根独立颤动的弦。或曰：恋爱中的二人，如蝶，即便是比翼双飞的幸福时刻，也是一对扇动的翅膀，相背而动，飞也，非非也。

第七首：

第七首诗进入持续的坚定而稳定的感情关系和爱的发展之中，在经历了复杂而微妙的爱的历程及其反思之后。至此，一切爱的试探，狂热，误会，谅解，都不过是昨天，是记忆，是谈资，是动力。于是，诗的开始这样写道：

> 风暴，远路，寂寞的夜晚，
>
> 丢失，记忆，永续的时间，

所有科学不能祛除的恐惧
让我在你底怀里得到安憩——

前两行以破碎而连贯的小句，讲各种可能的人生磨难和爱情的折磨，别离，或独行中，虽然有相思的漫漫长夜，各种可能的心理体验例如回忆和回忆不起的烦人经验，甚至会包括科学也不能彻底祛除的种种恐惧感，但只要一想起你，一有了你的依靠，我的灵魂就可以得到安憩。所谓"所有科学不能祛除的恐惧"，如果不是指哲学玄思的补救作用，也实在地具有宗教拯救的精神意味。而宗教与玄学，却是用来比喻神秘而不是冰冷的爱情的——爱情，原是可以让人依偎在怀中使灵魂得到安憩的摇篮般的温馨呀。至于"安憩"之后的破折号，有两个意义：一是表示与下一节诗的连接；一是因为本节诗四行的字数相同，过于规整，这与新诗的排列原则不符，故而有借标点以打破呆板的意图。

呵，在你底不能自主的心上，
你底随有随无的美丽的形象，
那里，我看见你孤独的爱情
笔立着，和我底平行着生长！

这是一段抒情性的描写。之所以你的心"不能自主"，是因为爱情的力量和逻辑，有时，不，此时已经达到了支配人的地步而难以自己；你的形象之所以"随有随无"，是因为在我的记忆或想象里，你的爱的形象飘忽不定，闪烁着梦幻般的美丽的光影。而我，在你的心上，和你的形象里，分明是看到了你的爱，和我的爱，并立着，平行地生长。只有到了情人之间相互完全信任而毫无猜疑，爱情真诚可感又坚定不移，才可以说，二者的爱在同时生长，一同升华，向着一个终极的完美的境界升华！

值得一提的是这里的感叹号（在全诗是第二次出现），可以说标志着爱的高峰的一次欢呼。与第一首出现在"你底，我底，我们相隔如重山！"之后，那近乎绝望的感叹，形成了鲜明的对照！

可是，为什么在此时还要说"你孤独的爱情"呢？

在我看来，其间大有两义，小则有四义：

其一，与下一句的"笔立着"相联系，既然是笔立，就具有"单独"的意思，如一棵大树，和另一棵，并排站立，共同生长。同时，这里仍然具有"连理枝"的意象（即偏于相互依赖的另一层意思），虽然穆旦一般拒绝运用中国古典诗词的意象。

其二，单独中包含着孤独，而这里的"孤独"，因为是在我的"看见"里，所以带有"爱怜"的意思。但若是从对方本人的内视角去看，从个体灵魂的深处去感受，仍然是"孤独"的本来意思。

应当说，这种用语义逻辑方法推演出来的多义性，是隐藏在诗的互文性，即中文原有的"互文见义"，和现代意义上的"文本间性"之中的。换言之，这种多重性，是诗的内在的特殊结构所包含的，既隐藏又显露的，在阅读中是随有随无的。

第八首：

独立而相互依存的爱情终于形成在最后的阶段里，而以树的形象为象征。不过，其抽象的可以言说的道理却是：两颗心靠得很近很近，以至于没有距离（亲密无间）。此时，偶然（偶然往往是爱情的发端）已不存在。"所有的偶然在我们间定型"，实际上就是只有必然的意思。用象征性的树的语言来说，就是：

> 只有阳光透过缤纷的枝叶
> 分在两片情愿的心上，相同。

"两片情愿的心"，就是一切都是自愿的，义务和权利融为一体的爱的至高境界。而此时的阳光，无非是一种比喻，让两颗心象两片树叶分享阳光一样相同。这里的相同，在爱的本质而非形态的意义上，恐怕已经消失了爱的性别差异，或年龄差距，或一切可能的人与人的差别，是真正意义上的我爱你、你爱我了。若要硬说阳光也有所指，那便是抽象的"爱"的本体了。而你我之爱，不过是爱的本体的变形和具体的实现而已。

等季候一到就要各自飘落，

而赐生我们的巨树永青，

"季候"暗示生命的大限的来临，各自飘落的只是接受爱的阳光的树叶（爱的肌体），而爱情这棵巨树却是永远常青永不凋谢的。飘落的不仅是叶子，叶落归根的哲理在诗人的思考中仍然潜在地在起作用。然而，更加深刻和复杂的思想，却隐藏在最后两行诗中：

它对我们不仁的嘲弄

（和哭泣）在合一的老根里化为平静。

这里的"它"，应当是上帝。他对于我们的"不仁的嘲弄（嘲笑与玩弄的压缩形态）"可以这样解释：

其一，关于"不仁"，可参考老子，"天地不仁，以万物为刍狗"的教义。西方有个典故，说上帝既造了人，便把人体一分而为男女，让他们各自寻求自己的另一半（another half），而当爱情已经找到并且成熟到可以安全地享用的时候，却让他们的生命突然终结（而且常常是一前一后的生离死别）。这难道还不残酷吗？

其二，关于"嘲弄"，其实从一开始就有，并且从来没有停止过。一开始的"上帝玩弄他自己"，后来的"我底主暗笑"，都是如此。只是到了后来，由于恋爱中的人们陶醉或纠缠在爱的事务和体验中而无暇顾及甚至根本不愿理会，才不感觉到上帝的存在和影响而已。

最后，玩弄，嘲笑，哭泣，是三位一体的。首先，上帝造人时，使人的生命与爱情同时具有，即一次性地把生命（以死亡为归宿）和爱的权利（以偶然为契机并经过努力在尘世实现）给予人；人死时爱情并未消亡，或曰，人是在爱情进入最高的和谐阶段时突然死亡的，而这种命运是包含在上帝对人的设计中的，而上帝又是知道的。这还不是玩弄吗？这不等于在玩弄他自己吗？

其次，正因为上帝是无所不知的，他对这一切是事先知道的，而且在不断地关注事态的发展。他看到人的爱情生活的开始、发展和稳定、和谐等等阶段的所作所为，一言一行，才会带着嘲笑的态度。只有当人在爱情的完美境界中突然死去之时，上帝才会不觉间动了悔悟和恻隐，以至于哭泣（为人类也为他自己）。这恰恰又说明了上帝是既不仁又不忍，既是设计者又是旁观者，既应为之负责又不能完全负责的复合体。而这一切，将随着人间飘落的爱，一起化入老根中而归于平静。

而这树，就不单是自然，也含有人事，和上帝意志在内，合而成为三位一体的象征了。

总之，穆旦的《诗八首》，是一套设计精良制作精细的爱情艺术珍品。其中男女主人公的设定，既是一定的角色又有普遍的意义。而恋爱过程的一致性和各阶段的划分和连接，又是合乎情理的，不露痕迹而又清晰可辨。最重要的是上帝的显露和隐藏，使整个组诗具有一个形而上的高度和统一性的连续。至于抒情与哲理的交融，以及戏剧化处理、语言艺术等诗歌效果，就有待于读者自己去辨析，去品味，而非这里的解读可以穷尽了。

顺便说一下，《诗八首》中的第七首的第一节，诗人曾赠送给即将出国的未婚妻周与良女士，写在照片的背面。那是 1948 年。上海。

出 发

告诉我们和平又必需杀戮，
而那可厌的我们先得去欢喜。
知道了"人"不够，我们再学习
蹂躏它的方法，排成机械的阵式，
智力体力蠕动着像一群野兽，

告诉我们这是新的美。因为
我们吻过的已经失去了自由；
好的日子去了，可是接近未来，
给我们失望和希望，给我们死，
因为那死的制造必需摧毁。

给我们善感的心灵又要它歌唱
僵硬的声音。个人的哀喜
被大量制造又该被蔑视
被否定，被僵化，是人生的意义；
在你的计划里有毒害的一环，

就把我们囚进现在，呵上帝！
在犬牙的甬道中让我们反复
行进，让我们相信你句句的紊乱
是一个真理。而我们是皈依的，
你给我们丰富，和丰富的痛苦。

（1942 年 2 月）

128

START OFF

Tell us that peace needs killing,
And we should first love what we hate.
To know "man" is not enough, we must learn
How to devastate him, in a mechanical battle array,
With our physical and mental movements, like beasts,

Tell us that this is the new beauty. Because
What we kissed has lost its freedom;
Good days are gone, but approach to the future
Gives us hope and despair, and death,
Because what makes death we must destroy.

We are gifted with a sensitive heart but made to
Sing a stiff song. Individual joy and sorrow
Are mass-produced and to be held in scorn,
Denied and fossilized, that's what life means;
Your plane has a part of poison,

Imprison us into today, alas, God!
In the jigsaw-like corridor we repeatedly
March, let's believe that your confused sentences
Each is a truth. And we are converted,
You enrich us and enrich our pains.

(1942.2)

［解析］

1942 年，中国人民的抗日战争进到了艰苦的关头。年仅 24 岁的穆旦怀着"天下兴亡，匹夫有责"的报国志向，参加了杜聿明将军率领的中国远征军，任随军翻译，后入罗又伦师长的 207 师，出征缅甸抗日战场。然而，诗人并不是普通意义上的军人，他在战斗的同时，便开始了对于战争与和平的正面思考。《出发》一首诗，是和平对战争的宣战，是良心对战争的宣言。诗的一开始就表现出诗人非凡的直面战争的勇气和揭破与陈述真理的气势：

> 告诉我们和平又必需杀戮，
> 而那可厌的我们先得去欢喜。
> 知道了"人"不够，我们再学习
> 蹂躏它的方法，排成机械的阵式，
> 智力体力蠕动着像一群野兽，

这里既有心灵的震撼与悖谬，又活画出一幅战争的图形。一方面是学习那些违背人性蹂躏人格的东西，而且要喜欢它，利用它，这样就使得现代文明变成了杀人的机器，人类变成了相互残杀的野兽。这里的"野兽"意象，同早期诗歌中的"野兽"既有不同也有相同之处。共同点是，二者都是人性的悖谬，和文明的倒退（复仇在终极意义上也是不人道的、不文明的），而不同之点在于：较之早先的作为反抗形象的凝练的野兽，这里是具有更高层次的概括意义上的野兽，即与人性相对的兽性，但又不是一般意义上与人性能共处一体的兽性，而是践踏和蹂躏人性的兽行、兽性。

穆旦诗的真，由此可见一斑。然而，具有讽刺意味的是，由于利益集团的文化防卫机制和人类心灵上的驯化作用，人类面对战争，不以为丑，反以为美："告诉我们这是新的美。"这里的美丑观念，是相对立的水火不容的美丑观念，而不是现代美学意义上的观念，即以丑为美、美丑兼审来理解的新美学观。然而，对于战争状态下的人类而言，这种比较实用的美学观，却具有区分善恶、伸张正义的现实意义。与此同时，这一美学高度，使得穆旦诗歌在真理的维度之上又有了一个美的维度。这是十分难能可贵的。毕竟，在逻辑上战争的消亡，是一个必须提出的问题："那死的制造必需摧毁。"以战争捣毁战争，只能导致战争升级和人类的毁灭性灾难，是永远无法彻底地消灭战争恶魔的。只能以和平来遏止和遏制战争，从根本上认识战争的反人类反人性反文明的性质，才能最终有效地使战争归于消亡。由此通向善的观念，即进一步体现在战争对于人性，特别是个性的毁灭和压制的申诉上。

> 给我们善感的心灵又要它歌唱
> 僵硬的声音。个人的哀喜
> 被大量制造又该被蔑视
> 被否定，被僵化，是人生的意义；

似乎冥冥之中，有一只手在苍天上书写人类的命运："在你的计划里有毒害的一环，/就把我们囚进现在，呵，上帝！"

从造物和命定的高度出发，穆旦认识了人类的秩序是有某种隐藏在背后的超人类超自然的力量在左右，在支配，而不是仅仅赌咒战争的双方的具体行为所能够了解和了结的。然而，上帝难道就没有错误吗？

> 在犬牙的甬道中让我们反复
> 行进，让我们相信你句句的紊乱
> 是一个真理。而我们是皈依的，
> 你给我们丰富，和丰富的痛苦。

上帝能说些什么，我们不知，而"给我们丰富，和丰富的痛苦"却成为诗人的名言。

自然底梦

我曾经迷误在自然底梦中，
我底身体由白云和花草做成，
我是吹过林木的叹息，早晨底颜色，
当太阳染给我刹那的年轻，

那不常在的是我们拥抱的情怀，
它让我甜甜的睡：一个少女底热情，
使我这样骄傲又这样的柔顺。
我们谈话，自然底朦胧的呓语，

美丽的呓语把它自己说醒，
而将我暴露在密密的人群中，
我知道它醒了正无端地哭泣，
鸟底歌，水底歌，正绵绵地回忆，

因为我曾年轻的一无所有，
施与者领向人世的智慧皈依，
而过多的忧思现在才刻露了
我是有过蓝色的血，星球底世系。

（1942 年 11 月）

132

DREAM OF NATURE

Lost in the dream of nature,
I'm embodied in clouds and plants,
I'm a sigh of woods, colors in the morn
When the sun dyes me with youth,

Not very often, we embrace,
And fall a sound sleep: zeal of a maid
Makes us so proud and tender.
We talk, the implicit utter of nature,

Sweet utter calls up itself from sleep,
And exposes me in the crowd,
I know that it weeps once it awakes,
Birds' and rivers' songs are remembrance.

For I was once young and penniless,
To be converted to the worldly wisdom.
Too many concerns now reveal a truth to me:
I share blue blood and the cosmic hereditary system.

(1942.11)

［解析］

诗人是自然的孩子。对自然的迷恋，常常使诗人离开喧嚣的人群，荡尽处世的心机，而沉醉在自然的梦中。

> 我曾经迷误在自然底梦中，
> 我底身体由白云和花草做成，
> 我是吹过林木的叹息，早晨底颜色，
> 当太阳染给我刹那的年轻，

不仅在自然中，诗人有了自然的身体形状，如白云，如野花，如林木，如晨曦，而且和自然化为一体，成为自然的一部分，或叹息，或欢娱。这种物我化一的忘我境界，自然是人生难求的，其美妙是难以语言描述的。正如一对恋人，拥抱以至于入睡，热烈而柔顺。正所谓"那不常在的是我们拥抱的情怀"。可是，好景不长，

> 美丽的呓语把它自己说醒，
> 而将我暴露在密密的人群中，
> 我知道它醒了正无端地哭泣，
> 鸟底歌，水底歌，正绵绵地回忆，

虽然从自然中醒来，感觉到回到现实的无奈，可是诗人仍然把这苏醒时刻写得哀婉动人，无比缠绵。而且用诗的思维，让飞鸟和流水，唱出忧伤的歌，做回忆的缠绵，对人表示依恋。其诗境之优美真切，感人至深。回到社会，并不是要背弃自然，或永久地离开自然，而是"施与者领向人世的智慧皈依"，以弥补我年轻无知和一无所有。而一旦在尘世的平庸中领悟了人生的真谛，我仍然要回到自然的本原里去。因为"我是有过蓝色的血，星球底世系"的自然之子。

源于自然，返归自然，正是我合适的去处呀！

我曾经迷误生自然底梦中：
我底身体由白云和花草做成，
我是吹过林木的喟息，早晨底颜色，
当太阳染给我刹那的年青，

一个少女底思想底化身，
呵，为了我毒害的，诱人的热情，
是这样的骄傲又这样的柔驯，
我们谈话自然底朦胧的藝語—

美麗的囈語把它自己記醒，
而將我逼出了生寞的人群中，
我知道它醒了正無端地哭泣，
鳥底歌·水底歌·正綿綿地回憶，

因為我曾年輕的一無所有，
施与者領向人世底智慧皈依，
而辻多的夏尼現生才刻露了
我曾有過蓝色的典，貴族底世系，

一九四二·十一月·

自然底夢

1942 年 11 月《自然底梦》手迹

祈神二章

1

如果我们能够看见他
如果我们能够看见
不是这里或那里的茁生
也不是时间能够占领或者放弃的，

如果我们能够给出我们的爱情
不是射在物质和物资间把它自己消损，
如果我们能够洗涤
我们小小的恐惧我们的惶惑和暗影
放在大的光明中，

如果我们能够挣脱
欲望的暗室和习惯的硬壳
迎接他——
如果我们能够尝到
不是一层甜皮下的经验的苦心，

他是静止的生出动乱，
他是众力的一端生出他的违反。
O 他给安排的歧路和错杂！
为了我们倦了以后渴求
原来的地方。
他是这样的喜爱我们

TWO PRAYERS

1.

If we could see Him
If we could see
Neither here or there the growing life
Nor the occupation or desertion that time could make it,

If we could give out our love
Yet not shine between matters in self-wane,
If we could wash away
Our little fear, our perplex and shadows
In the great enlightenment,

If we could shake off
Cell of desire and shell of habit
Welcome Him—
If we could taste
Not the bitter heart of experience under many a sweet cover,

He is static but turmoil,
He is rebellious at one end of many a dimensions,
Oh, he arranged all these astray and crisscross!
So that we, when tired, can desire for
The original place.
He loves us so much

他让我们分离
他给我们一点权利等它自己变灰。
O 他正等着我们以损耗的全热
投回他慈爱的胸怀。

2

如果我们能够看见他
如果我们能够看见
我们的童年所不意拥有的
而后远离了，却又是成年一切的辛劳
同所寻求失败的，

如果人世各样的尊贵和华丽
不过是我们片面的窥见所赋予
如果我们能够看见他
在欢笑后面的哭泣哭泣后面的
最后一层欢笑里，

在虚假的真实底下
那真实的灵活的源泉，
如果我们不是自禁于
我们费力与半真理的密约里
期望那达不到的圆满的结合，

在我们的前面有一条道路
在这路的前面有一个目标
这条道路引导我们又隔离我们
走向那个目标，
在我们黑暗的孤独里有一线微光

That he divides us,

He gives us a little power that will grow gray.

Oh, he awaits us to, with all our waning heat,

Plunge into his blessing arms.

2.

If we could see Him

If we could see

What our childhood did not want to have

And we later lack, and find it deserves all toil

To find and get in vain,

If all the worldly nobility and beauty

Is nothing but our biased observation

If we could see Him

Weep behind joy and behind weep

The last joy, in which

And under the false truth

The resource of truth and spirituality,

If we are not self-confined in

The agreement between the half-truth and us through our effort

And the expectation to enjoy a perfect combination that is never available,

Before us there's a road

At the end of the road is a goal

This road leads us and at once prevents us

From reaching that goal,

In our darkened solitary there's a faint light

这一线微光使我们留恋黑暗
这一线微光给我们幻象的骚扰
在黎明确定我们的虚无以前

如果我们能够看见他
如果我们能够看见……

（1943年3月）

The faint light lingers us to the dark
The faint light troubles us with illusion
Before daybreak settles our void

If we could see Him
If we could see…

(1943.3)

[解析]

> 如果我们能够看见他
> 如果我们能够看见

这反复出现的句子，表明了一种宗教的世界观，也就是对世界的看法。第一行的"他"，当然是上帝。

第二行的"看见"后面的宾语，却在下一行或数行诗句里出现，那就是尘世，而这尘世，因为有了第一行的看见上帝的存在作为信仰的前提，便看到了一个非同寻常的世界，一个充满了尘世本身的各种矛盾和根本缺陷的世界。在这样的世界里，诗人看到或感到：一个不受时间和空间限制的永恒的世界：

> 不是这里或那里的苗生
> 也不是时间能够占领或者放弃的，

但是，要真正看见并不容易。它要我们放弃常人的眼光和习惯的思维，甚至要我们把爱情投射到天空而不是大地，不是关注物质利益而且要消除灵魂的恐惧，而且要能够挣脱"欲望的暗室和习惯的硬壳"，而是在企求光明的心境里"迎接他——"

上帝之光！

如果，此时，你并不是为了某种功利的打算或世俗的目的，也不是苦心经营着意争取，而是在心灵的平静中感觉到骚动，甚至有点背离众生，感觉到上帝给安排的路为何如此崎岖错杂，你也许会体验到：上帝如此安排正是出于爱，让我们各自在经受了各种考验以后，投入他的怀抱。于是，你释然。

这是《祈神》的第一首，描述了寻求上帝之光的心灵历程。

第二首似乎在用同样的句式，却进入了更深入的思考和描写，深入社

142

会人生的本质里去，深入人生意义的探索中去，当然是信仰者本身的人生意义，而且是从信仰者的角度和眼光去观看始得发现：

童年所拥有的，到了成年乃至于以后永远无法追求得到的东西；

人世的各种尊贵和华丽不过是片面的窥见或给予；

欢笑后面隐藏着痛哭，而痛哭后面也还有欢笑的希望在；

在虚假的真实底下压抑着灵动的生命的精神的源泉；

透过半明半暗的真理，期望是一个永远无法兑现的圆满。

而追寻信仰的路的前面是有一个目标在导引我们，但这条路本身是既导引又隔离的，而那信仰的希望之光也是双重的：既吸引我们到它那里去，又使我们犹豫、迟疑，怀疑那尽头到底是什么，在那里，是幻象或虚无……

有人势必会怀疑我们这里的解读，或者为穆旦本人考虑，以为在一个宗教势力相对较弱的国度何以会有这样一种比较纯正的基督教的信仰的因子潜藏在诗人的灵魂里，而且是以如此明目张胆的诗的形式表现出来。果真如此，那么，我们只能让他从头再读一遍《祈神二章》，一直到最后：

　　如果我们能够看见他
　　如果我们能够看见……

诗二章

1

我们没有援助，每人在想着
他自己的危险，每人在渴求
荣誉，快乐，爱情的永固，
而失败永远在我们的身边埋伏，

它发掘真实，这生来的形象
我们畏惧从不敢显露；
站在不稳定的点上，各样机缘的
交错，是我们求来的可怜的

幸福，我们把握而没有勇气，
享受没有安宁，克服没有胜利，
我们永在扩大那既有的边沿，
才能隐藏一切，不为真实陷入。

这一片地区就是文明的社会
所开辟的。呵，这一片繁华
虽然给年轻的血液充满野心，
在它的栋梁间却吹着疲倦的冷风！

TWO POEMS

1.

We don't help, everyone thinks about
His own danger, and desires for
Honor, joy and solid love,
Yet failure lies always by our side,

It digs up truth, the original image
We awe but never expose; yet
At an unstable standpoint, various chances
Concur, which is what we beg for poor

Happiness, we hold without encouragement,
Enjoy without ease, overcome without victory;
We forever push ahead the already-existent frontier
So as to cover up all without sinking into reality.

This is an area that the civilized society
Cultivated. Ah, this prosperity
Injects ambition into the blood of youth,
Yet it blows a cold wind between its beams.

2

永在的光呵，尽管我们扩大，
看出去，想在经验里追寻，
终于生活在可怕的梦魇里，
一切不真实，甚至我们的哭泣

也只能重造哭泣，自动的
被推动于紊乱中，我们的肃清
也成了紊乱，除了内心的爱情
虽然它永远随着错误而诞生，

是唯一的世界把我们溶和，
直到我们追悔，屈服，使它僵化，
它的光消殒。我常常看见
那永不甘心的刚强的英雄，

人子呵，弃绝了一个又一个谎，
你就弃绝了欢乐；还有什么
更能使你留恋的，除了走去
向着一片荒凉，和悲剧的命运！

（1943 年 4 月）

2.

The eternal light, in which we enlarge
And look out, searching through our experience,
At last we live in a terrible dream,
All untruth, even our weep

Can only remake weep, automatically
We are pushed in confusion, our clarification
Turns out to be confusion, except our love
Which is born along with errors,

Such is the only world that melts us
Until we regret, and yield and fossilize it,
And its light wanes. I often see
The ever-ambitious powerful hero,

Son of man, abandon lies one by one
And you abandon joy; and what else
That makes you linger, but leave
For a wasted and tragic fate!

(1943.4)

[解析]

1943 年，经历了野人山战役的随军翻译穆旦，从战争的死亡线上回到了人间，先在印度养病，后撤回国内，为生存而奔波于昆明、重庆、贵阳、桂林等地，做过翻译、职员、学员，时时面临失业的威胁，生活和思想都陷入了危机之中。

然而，诗人没有忘记写诗。这一年，他写了两首诗。

一首是《祈神二章》，在 3 月；一首是《诗二章》，在 4 月。

后一首是前一首的继续，也是诗人当时在滚滚红尘中境域的自况：

> 我们没有援助，每人在想着
> 他自己的危险，每人在渴求
> 荣誉，快乐，爱情的永固，
> 而失败永远在我们的身边埋伏，

在祈神之后，那在失败中"发掘真实"的猛醒，那在"各种机缘的交错"中求来的"可怜的幸福"的品尝，那"享受没有安宁，克服没有胜利"的悖谬，虽然每个人"永远在扩大既有的边沿"，而生活的本相却是要隐藏。这就是战场以外的文明的繁华吗？

> …… 呵，这一片繁华
> 虽然给年轻的血液充满野心，
> 在它的栋梁间却吹着疲倦的冷风！

转向上苍的诗人，倍感到人间的荒谬和凄凉，如一场"可怕的梦魇"，"一切不真实"。肃清造成紊乱，自动陷入被动，哭泣重造哭泣，错误催生爱情——只有一个世界要我们溶入、混合，只有一个人生要我们追悔、屈服，而那"永在的光"却在消殒。然而，诗人却以他那非凡的目光穿透现实，分明看见了心目中"那永不甘心的刚强的英雄"，于是乎发出一阵近乎绝望的质问和期待：

> 人子呵，弃绝了一个又一个谎，
> 你就弃绝了欢乐；还有什么
> 更能使你留恋的，除了走去
> 向着一片荒凉，和悲剧的命运！

是对人类的背弃吗？走在这苍凉的人间的荒原上，我们分明看见了诗人那超凡的目光，和瘦弱的身影，走在中国 20 世纪 40 年代贫瘠的土地上。

赠　别

1

多少人的青春在这里迷醉，
然后走上熙攘的路程，
朦胧的是你的怠倦，云光和水，
他们的自己丢失了随着就遗忘，

多少次了你的园门开启，
你的美繁复，你的心变冷，
尽管四季的歌喉唱得多好，
当无翼而来的夜露凝重——

等你老了，独自对着炉火，
就会知道有一个灵魂也静静地，
他曾经爱你的变化无尽，
旅梦碎了，他爱你的愁绪纷纷。

2

每次相见你闪来的倒影
千万端机缘和你的火凝成，
已经为每一分每一秒的事体
在我的心里碾碎无形，

A FAREWELL REMARK

1.

Here so many youth are fanciful,
And then step on the crowded road,
Hazy is your tiredness, and clouds and rivers,
They lost their self and before long forget it,

For so many times your garden is open,
Your beauty, regained, your heart frozen,
A singing voice is so nice of all seasons
When the wingless dewdrops condense—

When you're old, before a fire, alone,
You'll be aware of a soul, quietly, approaching,
He was a lover of your infinite variation in youth,
Now dream broken, he loves the sorrows in you.

2.

Every time your figure is seen flashing,
By your fire and thousands of chances condensed,
By events of every minute and every second
It is crashed to pieces at the bottom of my heart.

你的跳动的波纹，你的空灵
的笑，我徒然渴望拥有，
它们来了又逝去在神的智慧里，
留下的不过是我曲折的感情，

看你去了，在无望的追想中，
这就是为什么我常常沉默：
直到你再来，以新的火
摒挡我所嫉妒的时间的黑影。

（1944 年 6 月）

Your dancing ripple, your graceful
Smile, I desire to owe but in vain,
They appear and disappear in god's wisdom,
And my twisted emotion is left over.

Seeing you off, I'm in hopeless recall,
That is why I remain silent all the time:
Till you come again, and with a new fire,
To screen off the dark figure of time I envy.

(1944.6)

[解析]

　　赠别是诗人常用的题目,因为它表达聚散离合的人生际遇,古今皆然。在唐诗宋词中,一直有充分的表现。不过,现代诗人穆旦的《赠别》,虽然也有聚散离合的人生际遇,却具有现代人的意识和现代诗的味道,一扫传统诗词的重复和因循之风。

　　写告别,兼有自我的失落:"多少人的青春在这里迷醉,/然后走上熙攘的路程,/朦胧的是你的怠倦,云光和水,/他们的自己丢失了随着就遗忘"。

　　写相见,如火焰跳动在眼前:"每次相见你闪来的倒影/千万端机缘和你的火凝成,/已经为每一分每一秒的事体/在我的心里碾碎无形"。

　　写思念,感慨不能永久地占有:"你的跳动的波纹,你的空灵/的笑,我徒然渴想拥有,/它们来了又逝去在神的智慧里,/留下的不过是我曲折的感情"。

　　写目送,企盼着重新相聚的憧憬:"看你去了,在无望的追想中,这就是为什么我常常沉默:/直到你再来,以新的火/摒挡我所嫉妒的时间的黑影"。

　　不过,在新诗形成的过程中,借鉴外国诗的写法和意境是常有的事。穆旦的借鉴一般是融化在创作之中的,而在这里,却可以感觉出一丝挪用的痕迹,尽管它挪用是经过了部分的改变和创造的,尤其是最后两行:

> 等你老了,独自对着炉火,
> 就会知道有一个灵魂也静静地,
> 他曾经爱你的变化无尽,
> 旅梦碎了,他爱你的愁绪纷纷。

　　请比较《赠别》第一首的第三节和叶芝《当你老了》的第一、二两节。为了便于比较,这里征引叶芝的全诗如下:

当你老了

当你老了，满头白发，睡意沉沉，
在炉火前打盹儿，你会取下这诗作，
慢慢地读，梦见你的眼神柔情脉脉
在秀目中流转，也梦见你幽思深深。

多少人爱过你青春欢畅的时分，
爱你的美貌，有假意，有真心；
只有一个人爱你那朝圣者的灵魂，
爱着你日渐衰老的脸上愁苦的皱纹。

在火光闪闪的炉栅前你弯下身，
喃喃地诉说，一丝苦涩：爱已逝，
在头顶上方的远山间飘逝，
在群星灿灿的夜空中消隐。

（朱墨译）

裂　纹

1

每一清早这安静的街市
不知道痛苦它就要来临，
每个孩子的啼哭，每个苦力
他的无可辩护的沉默的脚步，
和那投下阴影的高耸的楼基，
同向最初的阳光里混入脏污。

那比劳作高贵的女人的裙角，
还静静地拥有昨夜的世界，
从中心压下挤在边沿的人们
已准确地踏进八小时的房屋，
这些我都看见了是一个阴谋，
随着每日的阳光使我们成熟。

2

扭转又扭转，这一颗烙印
终于带着伤打上他全身，
有翅膀的飞翔，有阳光的
滋长，他追求而跌进黑暗，
四壁是传统，是有力的
白天，扶持一切它胜利的习惯。

CRACKS

1.

Every dawn, the quiet street
Unaware of the coming pain,
Every cry of the child, every laborer,
And his indisputable soundless steps,
And the tall buildings that casts shadows,
All together pollute the first rays of the sun.

The corner of a woman's skirt, nobler than labor,
Owes in its silence the world of last night,
People, pressed from the center to the margin,
Step on time into the eight-hour shops,
All this I see as a scheme, a conspire
Making us mature with the daily sunlight.

2.

Turn and turn again until his body
Bears the brand of cuts all over;
Some take on wings, some take in sunlight,
And he pursues and falls into darkness,
Surrounded by tradition, and powerful
Daylight, helping all victorious conventions.

新生的希望被压制，被扭转，
等粉碎了他才能安全；
年轻的学得聪明，年老的
因此也继续他们的愚蠢，
睡顾惜未来？没有人心痛：
那改变明天的已为今天所改变。

（1944 年 6 月）

New-born hopes are oppressed and distorted,

On whose smash is his safety based;

Youth learn to be wiser, the aged

For the same reason remain foolish.

Who cares the future? None feels painful:

What may change tomorrow is changed by today.

(1944.6)

[解析]

诗无达诂。故而诗的标题有时可以改动，从而表现出对内容的某一侧面的强调或挖掘。穆旦的诗，因为它含有的多义性，这一类改变就很容易。例如，写于 1944 年 6 月的这首诗《成熟二章》，原发表于 1947 年 3 月 16日的《大公报·文艺》（天津版），后来收入《穆旦诗集》（1939-1945）；收入《旗》时改为《裂纹》。

对于穆旦，这 1944 年似乎是一个安静的年份，因而这首诗也写出一个安静的开端。清晨，街上孩子在啼哭，苦力的脚步沉默，女人沉浸在前一晚的世界里，人们忙着拥挤着进入八小时工作，而那最初的太阳光却已经浑浊，诗人从中看出了一个阴谋。

然而这不过是表面。在事物的深层，诗人看出来一种扭转，颇类似于庞德的诗论中的"漩涡"，不过带上了不同的含义。围绕着这一中心意象，诗人的思路展开了：

> 扭转又扭转，这一颗烙印
> 终于带着伤打上他全身，
> 有翅膀的飞翔，有阳光的
> 滋长，他追求而跌进黑暗，
> 四壁是传统，是有力的
> 白天，扶持一切它胜利的习惯。

跌进黑暗的飞翔者，痛感到四周是传统和习惯，牢不可破，而"那新生的希望被压制，被扭转，/等粉碎了他才能安全"。这里的境域，是一个深刻的隐喻，构成穆旦后来所谓"被围者"核心意象的基础。这是一个空间化思维的模型，其核心是有中心有边缘，而边缘化这一十分"后现代"的观念，在穆旦那里已经可喜的清晰可辨：

从中心压下挤在边沿的人们
已准确地踏进八小时的房屋，
这些我都看见了是一个阴谋，
随着每日的阳光使我们成熟。

这里似乎又可以找到"成熟"的迹象，或许"成熟"可以直接联想到年龄：

年轻的学得聪明，年老的
因此也继续他们的愚蠢，

于是，一个突如其来的问题发了出来：

谁顾惜未来？没有人心痛：
那改变明天的已为今天所改变。

永远不变的循环和扭转，成了一个怪圈，一种恶性循环。感谢诗人，以艺术的直觉，活画出一个中国文化的运行机制——超稳态结构图。

时在 1944 年 6 月。准确地说，《裂纹》，以持续扭转中由于离心力作用而产生的断裂为模型，预示了一种文化理论的诞生。《裂纹》比《成熟二章》好，因为它暗示得准确而丰富，也深刻。

寄——

海波吐着沫溅在岩石上，
海鸥寂寞的翱翔，它宽大的翅膀
从岩石升起，拍击着，没入碧空。
无论在多雾的晨昏，或在日午，
姑娘，我们已听不见这亘古的乐声。

任脚步走向东，走向西，走向南，
我们已走不到那辽阔的青绿的草原；
林间仍有等你入睡的地方，蜜蜂
仍在嗡营，茅屋在流水的湾处静止，
姑娘，草原上的浓郁仍这样的向我们呼唤。

因为每日每夜，当我守在窗前，
姑娘，我看见我是失去了过去的日子像烟，
微风不断地扑面，但我已和它渐远；
我多么渴望和它一起，流过树顶
飞向你，把灵魂里的霉锈抛扬！

（1944 年 8 月）

162

A MESSAGE—

Sea waves splash on a rock, foaming,

A sea gull hovers lonely in the air, on its large wings,

It's rising from the rock, flapping, merging into the blue sky.

Whether in misty twilight or at noontime,

My girl, the eternal music we hear no more.

Whether we step eastwards, westwards, or southwards,

We can no longer reach the vast green grassland;

Woods spares a place for you to sleep, bees

Still bumming, a hut rests at the bend of a stream,

My girl, dense flavor of the grassland is still calling us.

For day and night, when I sit by the window,

My girl, I look into the distant bygone days like smoke,

Gentle breeze caresses my face, but seemingly far away to me;

How I wish I could flow with it over all these treetops,

Fly to you, shaking off rusts and moulds of my soul!

(1944.6)

［解析］

《寄》是一篇优美的抒情诗。从诗中三节每一节都有一个"姑娘"的呼语来看，至少是有点爱情的味道。这在穆旦的诗中是不多见的。这首诗又在写风景，而且写得壮阔而深情，与爱情的抒情交相辉映，增加了《寄——》的魅力。

第一节写海。海边岩石屹立，浪涛拍岸，海鸥飞翔，没入碧空。而诗人说"无论在多雾的晨昏，或在日午，/姑娘，我们已听不见这亘古的乐声"。似乎诗人是想用静默来暗示二人已进入了一个"两个人"的世界，却又不通音信。

可见这爱情的世界并没有完全来临，因为第二节诗人用了草原作为终极的目标，而说他们只能到达森林。虽然"林间仍有等你入睡的地方，蜜蜂/仍在嗡营"，但那"草原上的浓郁仍在这样的向我们呼唤"。

森林是一个神秘的意象，自然、幽暗而又充满诱惑力，草原则是一片展开的空间，象征着博大与自由。与草原相比，森林是更其原始的文化意象（人类发源地），越过森林方能到达草原（游牧文化意象），于是更见出爱情之路的长远，和思念的长远。

到了最后一节，诗人是每日每夜，守在窗前（可见这里已经进入农业文明，进入平原舒服的室内生活），那失去的日子如烟，使得诗人倍觉遥远，于是，诗人爆发出一个强烈的愿望，他要像清风一阵，飞向远方：

> 我多么渴望和它一起，流过树顶
> 飞向你，把灵魂里的霉锈抛扬！

虽然是一首爱情诗，可是由于最后一句，涉及灵魂的净化，倒是给爱情赋予了特别的纯化灵魂的作用。

而在韵律的运用上，诗人也就不拘一格，在第二、三两节几乎是通韵（AN）的最后，来了一个大大的破格，突然改为（ANG）韵，使得在前两节比较平稳的"原唤前烟远"诸韵之后，一下子明朗起来，乐观起来了。

164

但这一破格又是有根据的，有目的的。仔细考究起来，可发现最后一个破格（ANG）与第一节的（ANG）和（ONG）两韵，构成了遥相呼应的格局，又极妙地暗示了思念的主题，实现了整首诗在音乐感和意义上的统一。

最有趣的是，爱情史隐含了一部大陆文明史（第二节、第三节）。

而它的对立面是海洋文明，"那亘古的乐声"（第一节）。

活下去

活下去，在这片危险的土地上，
活在成群死亡的降临中，
当所在的幻象已变狰狞，所有的力量已经
如同暴露的大海
凶残摧毁凶残，
如同你和我都渐渐强壮了却又死去。
那永恒的人。

弥留在生的烦忧里，
在淫荡的颓败的包围中，
看！那里已奔来了即将解救我们一切的
饥寒的主人；
而他已经鞭击，
而那无声的黑影已在苏醒和等待
午夜里的牺牲。

希望，幻灭，希望，再活下去
在无尽的波涛的淹没中，
谁知道时间的沉重的呻吟就要坠落在
于诅咒里成形的
日光闪耀的岸沿上；
孩子们呀，请看黑夜中的我们正怎样孕育
难产的圣洁的感情。

（1944 年 9 月）

BE ALIVE

Be alive, in this dangerous land,
Be alive among an army of incoming death,
When all illusive images become hideous, all forces
Like a rough sea,
Cruelty destroying cruelty,
Like you and I growing from strength to death,
That immortal man.

Be dying in the trouble of living,
Surrounded in a licentious and decadent circle,
Look! There comes up our all-saving savior,
Master suffering with hunger and cold;
And he lashes,
And the silent dark figure is awaking and awaiting
The midnight sacrifice.

Hope, disillusion, hope, and go on living
In the merge of boundless billows,
Who knows that time's deep moan is crashing
On the sun-shining coastline
Being formed in curse;
My children, look, in the dark night how we conceive
A difficult labor of our sacred feeling.

(1944.9)

[解析]

活下去，是中国人几千年的一种生活现实，而当这种现实难以为继时，就成为一种愿望，一种强烈的共同的愿望。穆旦的《活下去》，既是一种现实，也是一种愿望。

可怕的是，这里已看不出是写战争或是和平，也看不出战争与和平的界限了。求生成为一种本能，和思考，和行动，在极端恐怖的令人难以置信的中国的故土上：

> 活下去，在这片危险的土地上，
> 活在成群死亡的降临中，

当所有的幻象和力量已经变得狰狞而凶残，当"弥留在生的烦扰里"，就是处在"颓败的包围中"，这活下去的状态和滋味又如何呢？

顾不了意义和滋味，只要活下去。活下去也许得有人来救：

> 看！那里已奔来了即将解救我们一切的
> 饥寒的主人；

而也许，那"饥寒的主人"是又一群像我们自己一样的"在苏醒和等待午夜里的牺牲"的"饥寒的主人"。如此，还有什么可以指望的呢？

> 希望，幻灭，希望，再活下去
> 在无尽的波涛的淹没中，
> 谁知道时间的沉重的呻吟就要坠落在
> 于诅咒里成形的
> 日光闪耀的岸沿上；

在这沉溺的苦海中而又幻想有日光闪耀的岸沿的可悲的境域中，诗人发出了一句令人百感交集而又一时难于尽悟的句子：

孩子们呀，请看黑夜中的我们正怎样孕育
难产的圣洁的感情。

被围者

1

这是什么地方？时间
每一秒白热而不能等待，
堕下来成了你不要的形状。
天空的流星和水，那灿烂的
焦躁，到这里就成了今天
一片砂砾。我们终于看见
过去的都已来就范，所有的暂时
相结起来是这平庸的永远。

呵，这是什么地方？不是少年
给我们预言的，也不是老年
在我们这样容忍又容忍以后，
就能采撷的果园。在阴影下
你终于生根，在不情愿里，
终于成形。如果我们能冲出，
勇士呵，如果有形竟能无形，
别让我们拖进在这里相见！

2

看，青色的路从这里引出
而又回归。那自由广大的面积，
风的横扫，海的跳跃，旋转着

170

THE BESIEGED

1.

Where is it? And time, so hot,
No second is to lose in waiting,
Only to fall into an undesirable shape.
Shooting stars and vapour in the sky, the brilliant
Anxiety, come here to become today's
Ruins. At last we see
All pasts come to be becoming, all moments
Combined to become commonly eternity.

Ah, where is it? It is not what childhood
Foretold, nor aging, after our
Tolerance and more tolerance is paid,
Could harvest in the garden. In the shadow,
You finally take roots, and unwillingly,
You become yourself. If we could break through,
The brave, if we could turn shapeless,
Then, we'd never have met here!

2.

Look yonder, a blue road leads from here
To here again. In the free and vast area,
Whirlwind and rough sea revolve

我们的神智：一切的行程
都不过落在这敌意的地方。
在这渺小的一点上：最好的
露着空虚的眼，最快乐的
死去，死去但没有一座桥梁。

一个圆，多少年的人工，
我们的绝望将使它完整。
毁坏它，朋友！让我们自己
就是它的残缺，比平庸更坏：
闪电和雨，新的气温和泥土
才会来骚扰，也许更寒冷，
因为我们已是被围的一群，
我们消失，乃有一片"无人地带"。

（1945 年 2 月）

Our minds: and always in all ways
We arrive at this place of hostility.
At this tiny spot: the best
Look through empty eyes, the happiest
Die, die but there is no bridge.

A circle, as man's works of many years,
Will be brought to completion by our despair.
Destroy it, friends! Let us become
Its wane, worse than commonplace:
Lightning and rain, and new weather and soil
Would drop in to disturb, and may be colder
For we are a besieged group,
We vanish, and it turns out "a depopulated zone".

(1945.2)

［解析］

被围者是一个人群，是一样境遇，是一种心态。

首先是时间和地点的模糊，怀疑，泛化，消解。

先是时间。而时间和地点又经常混着询问和感受："这是什么地方？时间/每一秒白热而不能等待，/堕下来成了你不要的形状。/…… 我们终于看见/过去的都已来就范，所有的暂时/相结起来是这平庸的永远。……呵，这是什么地方？不是少年/给我们预言的，也不是老年/在我们这样容忍又容忍以后，/就能采撷的花园。"

到第二首诗才转而谈论地点。而地点又是线条，以路的回归和圆的封闭来象征的："看，青色的路从这里引出/而又回归。那自由广大的面积，/风的横扫，海的跳跃，旋转着/我们的神智：一切的行程/都不过落在这敌意的地方。/在这渺小的一点上：…… 一个圆，多少年的人工，/我们的绝望将使它完整。"

这里的时间和空间的交融状态，构成两首诗的思路和脉络。它避免了西方现代派诗歌中的抽象时间玄思的堆积（如艾略特《四个四重奏》第一首《烧毁的诺顿》的第一节），也不像中国现代派诗歌中流动的时间历史化的感叹（如卞之琳《距离的组织》），而是穆旦式的象征与思考、叙事与抒情的有机结合。

就《被围者》而言，在时间中重点写包围圈的形成和突围，而在空间中重点写包围圈的毁坏或消解。突围是虚拟的，实际上仍然在写包围圈的形成：

> 终于成形。如果我们能冲出，
> 勇士呵，如果有形竟能无形，
> 别让我们拖进在这里相见！

在空间中写毁坏，则是号召，实际上写出了包围圈（怪圈）毁坏之不可能：

毁坏它，朋友！让我们自己
　　　就是它的残缺，比平庸更坏：

为什么？

　　　因为我们已是被围的一群，
　　　我们消失，乃有一片"无人地带"。

　　可见，被围者乃是一种文化。它的消亡，是旧我的消灭，和新我的诞生。既是个体的，又是民族的旧我与新我的交替和升迁，以至于消亡。

　　穆旦的诗耐久，正是因为他写了文化心态，不仅是那个时代的文化心态，而且是整个民族的文化心态，尤其是后者，使他的诗经久耐读。

　　"被围者"形象，是穆旦对于现代诗的最突出的贡献。"倦行者"与"追梦人"，是其他两种有代表性的形象。三足鼎立，乃是中国现代派诗歌的基本结构，一如《圣经》中的三位一体。

　　而穆旦的意义，在于三分天下有其一，并置于"荒原"的背景上。

海 恋

蓝天之漫游者，海的恋人，
给我们鱼，给我们水，给我们
燃起夜星的，疯狂的先导，
我们已为沉重的现实闭紧。

自由一如无迹的歌声，博大
占领万物，是欢乐之欢乐，
表现了一切而又归于无有，
我们却残留在微末的具形中。

比现实更真的梦，比水
更湿润的思想，在这里枯萎，
青色的魔，跳跃，从不休止，
路的创造者，无路的旅人。

从你的眼睛看见一切美景，
我们却因忧郁而更忧郁，
踏在脚下的太阳，未成形的
力量，我们丰富的无有，歌颂：

日以继夜，那白色的鸟的翱翔，
在知识以外，那山外的群山，
那我们不能拥有的，你已站在中心，
蓝天之漫游者，海的恋人！

（1945 年 4 月）

176

LOVER OF THE SEA

Wanderer of the sky, lover of the sea,
Give us fish, give us water, and give us
That star-burning crazy guide,
We're closed tight in the heavy reality.

Freedom is like a formless song, great
Occupying all, is the joy of joys,
Expressing all and return to nothing,
We are left over in the tiny matter.

Dreams truer than reality, ideas
Wetter than water, wither here,
Blue monsters jumping, never cease,
Creator of road, traveler without way.

Your eyes see all beautiful scenes,
We're more and more concerned,
The sun under our feet, a formless
Force, our rich nothingness, singing:

Day after day, white birds' hover
Hills beyond hills,beyond our knowledge,
What we can't have, you stand in its center,
Wanderer of the sky, lover of the sea!

(1954.4)

［解析］

诗歌是延迟的艺术，是隐藏的艺术，是过程的艺术。

一切艺术莫不是一个过程，认知和体验的过程，也就是欣赏的过程。

> 蓝天之漫游者，海的恋人
> 给我们鱼，给我们水，给我们
> 燃起夜星的，疯狂的先导，
> 我们已为沉重的现实闭紧。

这一节诗，让我们感到一种模糊的意象，似乎是在海上和空中之间的一个"什么"，一个依恋着海而又在空中漫游的"什么"，它能把我们带到有鱼有水的一个所在。实际上，鱼和水在暗示和强化海的意象，同时也在铺垫我们（人）的饥饿和干枯，还有缺乏向导的疯狂状态（从渴望"燃起夜星"照明方向可知）。因为，现实把我们禁闭得太紧太紧了。

第二节以"自由"这一抽象概念开始，用"无迹""博大""欢乐"作为它的描述，使我们进入一个抽象的思索。而这一思索又和第一节的那个"什么"产生联想，于是，形象被赋予意义，抽象变得充实和可感。这是诗的要点，和一切艺术的要点。但形象与观念的结合化一，尚未完成。

而"我们却残留在微末的具形中"（与歌声的无形相比）。意识到这一点就在现实闭紧我们的感觉上更进了一步，于是，我们就感到"比现实更真的梦"（与现实相比照的那个"什么"：漫游者/恋人的"什么"），"比水/更湿润的思想（与海相联系的那个"什么"：自由作为之所求），在这里（现实中）枯萎。另一方面，"青色的魔，跳跃，永不休止"，不仅构成现实的另一方面，而且解释了梦和思想枯萎的原因。于是，人在陆地上，就成了"路的创造者，无路的旅人"——一种尴尬和矛盾的存在。

这样就形成了一个对照：

> 从你的眼睛看见一切美景，

我们却因忧郁而更忧郁，

一个高于人的存在，你，那作为漫游者和恋人的"什么"，那化形为歌声和思想的"自由"，能"看见一切美景"；一个低于人的存在，便是那"踏在脚下的太阳，未成形的力量"。而人，在天地之间的我们，却因为忧郁而更忧郁。我们"丰富的无有"，好像什么都有，又什么都没有。

我们拥有什么，世界吗？没有。自由吗？没有。

在拥有世界以前，也许我们首先要拥有自由。

在拥有自由以前，我们首先必须歌颂它：

现在，我们只能歌颂：

日以继夜，那白色的鸟的翱翔，

在知识以外，那山外的群山，

原来，那"白色的鸟的翱翔"，就是"海的恋人"，"蓝天之漫游者"，就是"自由"的象征啊！就是"比现实更真的梦"，"比水更湿的思想"，在海天之间夜以继日地飞翔啊！难怪你的眼睛能看见一切美景，难怪"那山外的群山"，都在我们的"知识以外"，我们都没有看见呢！

那我们不能拥有的，你已站在中心，

那我们不能拥有的，就是这个世界，而你，却已经站在它的中心，你是"超以象外，得其环中"。已经左右逢源，应运自如了。你就是"蓝天之漫游者，海的恋人"。

因为，你已经自由了。

你能漫游蓝天，因为你依恋大海，海是生命的源泉。

所以，你已经自由了。

你依恋着大海，而且向往蓝天，那自由的飞翔空间。

所以，你已经自由了。

旗

我们都在下面，你在高空飘扬，
风是你的身体，你和太阳同行，
常想飞出物外，却为地面拉紧。

是写在天上的话，大家都认识，
又简单明确，又博大无形，
是英雄们的游魂活在今日。

你渺小的身体是战争的动力，
战争过后，而你是唯一的完整，
我们化成灰，光荣由你留存。

太肯负责任，我们有时茫然，
资本家和地主拉你来解释，
用你来取得众人的和平。

是大家的心，可是比大家聪明，
带着清晨来，随黑夜而受苦，
你最会说出自由的欢欣。

四方的风暴，由你最先感受，
是大家的方向，因你而胜利固定，
我们爱慕你，如今属于人民。

（1945 年 5 月）

THE FLAG

We all stand below, you fly high above,
Wind is your body, the sun goes with you,
You're to fly off, yet tied to the ground.

Words written in the air, known to all,
Simple and clear, great but invisible,
You're heroes' souls still alive today.

Your small body is a driving power of war,
The war over, you are alone intact,
We become ashes, glory goes to you.

Too responsible, at times beyond our understanding,
Capitalists and landlords use you for an explanation,
And for a peaceful settlement among all people.

As everyone's heart, wiser than anyone,
Coming at dawn, suffering the whole night through,
You enjoy uttering of the joy of freedom.

Storms in all directions, you're the first to taste,
The direction of all is fixed victoriously owing to you,
We love you, now you belong to the people.

(1945.5)

[解析]

在战争的岁月里，旗是胜利的象征。

1945年5月9日，是欧战胜利日，穆旦难以抑制内心的欢喜，写了一首纪念欧战胜利的诗《给战士——欧战胜利日》。同月（具体日子不详），他写了一首《旗》，做了具有象征意义的总结性抒情，寄托了诗人对胜利的渴望和沉思。这首诗的写法是每节三行，每节都有形象和含义的巧妙结合。

首先是旗帜的一般印象的描写，可能是想用整齐的诗行排列模仿旗帜的形状，但仍然具有深层的步履整齐的进行曲的含义。

> 我们都在下面，你在高空飘扬，
> 风是你的身体，你和太阳同行，
> 常想飞出物外，却为地面拉紧。

旗帜是多义的一个复合体。旗帜是口号，"简单明确"；是英雄的游魂，"博大无形"；"是大家的心"，是"自由的欢欣"；是穿透黑暗的黎明，是留存光荣的完整。

> 四方的风暴，由你最先感受，
> 是大家的方向，因你而胜利固定，
> 我们爱慕你，如今属于人民。

用第二人称写成的诗，其基调是抒情的，但其中隐含着哲理。总体上是乐观的，但也有悲壮的时候。

> 你渺小的身体是战争的动力，
> 战争过后，而你是唯一的完整，
> 我们化为灰烬，光荣由你留存。

与著名的奥地利诗人里尔克的同名诗作《旗》相比，穆旦的《旗》，少了一些神秘主义，多了一些"具体的普遍性"。然而，在相当多的意义上，我们必须承认，穆旦的《旗》，是一首仿拟之作。仿拟，原本是现代派诗人的一种做法，假若是后现代诗人，就是更加常见的做法了。

　　下面给出里尔克的英文版的中文译本，以供参考对照只用：

旗

[奥] 里尔克

我们都在下方，你在高空飘扬，
风儿将你展开，太阳与你同行。
本想飞到天空，只因大地不放松。

你是言词写天上，人人心如明镜，
简单而清楚，无限而无形；
你是早已死去的英雄的魂灵。

虽然尺幅不大，你是战争的动力，
战争一旦结束，你是唯一的完美。
我们化为灰烬，光荣归你留存。

从来肯负责任，偶尔令人费解。
权贵得你一时，让你费心解释，
而在你的身后，取得大众的和平。

你是心灵的心灵，但比大家聪明，
你是破晓的光明，经过夜间苦痛，
你将自由的欢欣讲得最动听。

风暴来临，你是最好的象征代表！
因为你就是方向，指引我们到胜利，
你是我们的至贵，如今在人民的手中。

（朱墨译）

《他并没有死去》 黄新波 1941年

野外演习

我们看见的是一片风景：
多姿的树，富有哲理的坟墓，
那风吹的草香也不能伸入他们的匆忙，
他们由永恒躲入刹那的掩护，

事实上已承认了大地是母亲，
又把几码外的大地当作敌人，
用烟来掩蔽，用枪炮射击，
不过招来损伤：永恒的敌人从未在这里。

人和人的距离却因而拉长，
人和人的距离才忽而缩短，
危险这样靠近，眼泪和微笑
合而为人生：这里是单纯的缩形。

也是最古老的职业，越来
我们越看到其中的利润，
从小就学起，残酷总嫌不够，
全世界的正义都这么要求。

（1945 年 7 月）

FIELD WAR EXERCISE

What we see is a nice scenery,
Graceful trees, and a philosophical tomb,
Wind carries fragrance of grass not into their business,
They hide into a moment's bunker from eternity.

In fact, we accept that the earth is our mother,
And we take the earth yards away as our enemy,
Shielded in the smoke, shoot with a rifle,
Causing casualties: the real enemy is never present.

Distance between men is thus made long,
Distance between men is thus made short,
Danger is so near, tears and smile
Joint to become life: it's simply a miniature.

It's the most traditional job, though,
More and more we see the benefits in it;
We learn from childhood that we're not cruel enough,
For justice the world over demands this.

(1945.7)

［解析］

在《野外演习》这样一首诗里，我们可以感到一种奇特的现象：一方面是诗人作为参与者的亲身感受，描写得十分逼真；一方面诗人又作为观察者，流露出一种抒情而戏谑的笔调。这样的结合，就每每能产生出特殊的讽刺意味。

比如，本来是到了一个演兵场，气氛当然很紧张，可诗人却认真地说"我们看见的是一片风景"。你看，那"多姿的树"固然不错，还有那"富有哲理的坟墓"。坟墓何以会富有哲理？原来，"他们由永恒躲入刹那的掩护"时，连"那风吹的草香也不能伸入他们的匆忙"。可见这里有一个"匆忙得要死"的潜台词，等待读者自己去品味。

匆忙地进入各自的掩体（掩护）之后，就要开始瞄准射击了。这时才发现，原来并没有敌人存在。既然"已承认了大地是母亲，/又把几码外的大地当作敌人"，进行射击，这难道还不滑稽？"永恒的敌人从未在这里"，演习不过是演戏（虚戈）而已。

在射手的瞄准镜里，一推一拉地改变瞄准的距离，被哲理化：

> 人和人的距离却因而拉长，
> 人和人的距离才忽而缩短，

分明是说，战争使得人类分化。分裂为敌我关系的，是距离的拉大；压缩为战友关系的，是距离的缩小。何以会如此地不合人情和人性？乃是因为战争对于那些战争贩子和好战分子来说，"也是最古老的职业，越来/我们越看到其中的利润"。于是，叫我们从小学习仇恨和杀戮，"残酷总嫌不够"，杀人总嫌不多。整个一部人类文明史，充满了战争和征服，而政府的责任和民族的正义，都有战争的权利和义务。这不是什么耸人听闻，"全世界的正义都这么要求"。

"危险这样靠近"，虽然离战争仅一步之遥。而军事演习不过是战争的"单纯的缩形"。在这里，如同在和平时期一样，以文学的角度观之，以和平的角度观之，要是只把它看作危险，而不是战争本身，那么，"眼泪和微笑/合而为人生"，便是一句名言。而倘若把战争就看作战争，不加掩饰或谎言，那么，"男人流血，女人流泪"，就是不可避免。

一个战士需要温柔的时候

你的多梦幻的青春，姑娘，
别让战争的泥脚把它踏碎，
那里才有真正的火焰，
而不是这里燃烧的寒冷，
当初生的太阳从海边上升，
林间的微风也刚刚苏醒。

别让那么多残酷的哲理，姑娘，
也织上你的锦绣的天空，
你的眼泪和微笑有更多的话，
更多的使我持枪的信仰，
当劳苦和死亡不断的绵延，
我宁愿它是南方的欺骗。

因为青草和花朵还在你心里，
开放着人间仅有的春天，
别让我们充满意义的糊涂，姑娘，
也把你的丰富变为荒原，
唯一的憩息只有由你安排，
当我们摧毁着这里的房屋。

你的年代在前或在后，姑娘，
你的每一个错觉都令我向往，
只不要堕入现在，它嫉妒
我们已得或未来的幸福；

A SOLDIER NEEDS A MOMENT OF GENTLE

Your youth is filled with dreams, my girl,
Let no dirty feet of war tread and ruin it;
Only there, there is a real fire,
Ant not here, the burning cold
When the sun rises from the sea,
And a breeze awakes in the trees.

Let no cruel reason, so many, my girl,
Be woven into your colorful sky;
Your tears and smile have more to say,
And more is my belief in holding a rifle;
When toil and death seem to have no end,
I rather believe it is an untruth from the south.

Because grass and flowers grow in your heart,
The only garden in springtime for all men,
Let not our confusion of meanings, my girl,
Turn your enrichment into a wasteland;
The only arrangement of ease is up to you,
When we destroy the houses herein.

Your age may either be before or after it, my girl,
Each of your illusion is something I long for
Lest you fall into present, which is green with
Happiness we've got or we'll get, so

等一个较好的世界能够出生，
姑娘，它会保留你纯洁的欢欣。

（1945 年 7 月）

Wait for a better world to be born, which,
My girl, will keep your innocent joy.

(1945.7)

［解析］

战士是要打仗的，可一个战士也有需要温柔的时候。这就不是一般意义上的战士，而是一个对战争有认识的战士，一个真正懂得战争意义和目的的战士，一个懂得战争以外的事情的战士，一个懂得战争消亡条件的战士，一个为和平和爱情而战斗的战士，一个真正意义上的战士。

当一个战士需要温柔的时候，特别是在面对他所心爱的姑娘的时候，他应当怎样给她说？他应当说，来吧，姑娘，和我一起上战场，一起面对死亡。还是说点别的，比如，爱情，现在就爱，别等到以后。

穆旦不是这样说的。他先说：

> 你的多梦幻的青春，姑娘，
> 别让战争的泥脚把它踏碎，

因为在你的梦幻般的青春里，才有真正的火焰，而战争的烈火本质上却是寒冷。然后，他说：

> 别让那么多残酷的哲理，姑娘，
> 也织上你的锦绣的天空，

战争中，"当劳苦和死亡不断的绵延，/我宁愿它是南方的欺骗"。那"残酷的哲理"，也就是残酷的现实（倘若不是宣传），而"你的锦绣的天空"，却是美好的理想。你的微笑和眼泪，能增强战士的信念，如同你的青春的梦幻，能把战士的爱情点燃。

然后，他说；

> 别让我们充满意义的糊涂，姑娘，
> 也把你的丰富变为荒原，

因为你的心里有青草和花朵，开放着人间美丽的春天，那么丰富，那么鲜艳。怎么能容忍战争的狂轰滥炸，来破坏人类美好的家园？又怎么能枯萎心中的希望，忍心使它变得荒芜一片？

> 你的年代在前或在后，姑娘，
> 你的每个错觉都令我向往，
> 只不要堕入现在，它嫉妒
> 我们已得或未来的幸福；

现在，是战争，而在过去和将来，战争或许没有，而和平与幸福或许是时候。尤其是将来，"等一个较好的世界能够出生，/姑娘，它会保留你纯洁的欢欣"。

穆旦如是说。一个懂得温柔的战士对他心爱的姑娘如是说，一个真正的人民的诗人对他热爱的人民如是说。

穆旦坚信：战争的阴云即将散去，而一个较好（如果不是理想中完美的世界——穆旦没有说过什么是完美的话）的世界就会到来。

奉　献

这从白云流下来的时间，
这充满鸟啼和露水的时间，
我们不留意的已经过去，
这一清早，他却抓住了献给美满，

他的身子倒在绿色的原野上，
一切的烦扰都同时放低，
最高的意志，在欢快中解放，
一颗子弹把他的一生结为整体，

那做母亲的太阳，看他长大，
看他有时候为阴影所欺，
如今却全力的把他拥抱，
问题留下来：他唯一的回答升起，

其余的，都等着土地收回，
他精致的头已垂下来顺从，
然而他把自己的生命交还，
已较主所赐给的更为光荣。

（1945 年 7 月）

196

DEDICATION

Time that passes out of white clouds,
Time that is filled with birds' song and dewdrops,
Passes off in our unawareness, however,
This early morn, he seizes and dedicates it to perfection.

He falls down in the green fields,
And thus lays low all his cares,
The utmost will is set free in joy,
A bullet condensed his life to one unity.

The sun, the Mother, watches while he was growing
And sometimes was deceived by the shadow,
Now, with an effort, she takes him into her arms,
Question remains: his only answer is rising,

All the rest is waiting for the earth to keep,
His sophisticated head drops in obedience,
And he dedicates his life with more
Glory than the Lord bestowed upon him.

(1945.7)

[解析]

古今中外写悼亡的诗篇数不胜数，而写得如《奉献》这样壮观而优美的尚未见到。这不仅是因为用"奉献"这一独特的词语，既表达了中国文化独有的把个人无条件地给予集体或民族的价值观，又可以方便地翻译为英文的 DEDICATION，使其同时表达"奉献"和"献词"两种意思。

《奉献》第一节写献身的时间。这时间是"从白云流下来的"，和"充满鸟啼和露水的"。这两句极写天堂的祥和温馨，似乎要悦纳一切的造访者。而恰在"我们不留意的已经过去"的"这一清早，他却抓住了献给美满"。此所谓烈士之死，正当其时也。而"美满"二字，又道尽了烈士之死，死得其所也。

第二节写烈士饮弹倒地的一刹那，同时写出了放慢的倒地动作和一生作为整体的总结，颇有抒情意味：

> 他的身子倒在绿色的原野上，
> 一切的烦扰都同时放低，
> 最高的意志，在欢快中解放，
> 一颗子弹把他的一生结为整体，

烈士的死，具有双重的意义：一方面是对于尘世生活的超脱，而另一方面，又是对自由意志的解放。尤其在后一方面，诗人用了基督教信仰中灵魂从肉体飞出升上天堂的意象，有力地渲染了为正义事业而牺牲所感到的庄严和欣慰。

而此时，"那做母亲的太阳"，是"看他长大，看他有时候为阴影所欺"的太阳。之所以"为阴影所欺"，就是说，虽然烈士的死是壮烈的，总结了他的一生，但他作为一个人在生前也难免受制于阴影（真理的反面），因而不是十全十美的，如同上帝。而"那做母亲的太阳"，作为自然的象征（和下一节的土地一样），并没有嫌弃他，而是"全力的把他拥抱"，接纳了他的肉身。于是，一个奇怪的问题发生了：

问题留下来：他唯一的回答升起，

什么问题留了下来？什么是"他唯一的回答"？我以为，这里的用意是深刻的。"他唯一的回答"既然是"唯一的"，显然指的是他以死亡回答了人生意义的问题，而那留下来的问题，自然是留给我们每一个活着的人要回答的关于死亡的问题，从而也就是关于人生意义这一根本性的问题。而他的"回答升起"，更有一层高尚的暗示——在身体倒下的一瞬间，生与死的意义却向上飞升。这里在美学上，诗人运用了向上和向下两种方向相反的力的运行，产生了其他艺术手段无法比拟的理想效果。

其余的，都等着土地收回，
他精致的头已垂下来顺从，
然而他把自己的生命交还
已较主所赐给的更为光荣。

土地要收回的，自然不仅仅是他的身体，还有许多尘世的未来得及的交代都必须托付给土地，或许与做母亲的太阳相比，土地是父亲（FATHERLAND）也未可知。而烈士的头顺从地垂下来，不仅直接写出一个人如睡眠一样的死的安宁，而且令人极易联想到西洋油画中基督受难垂首而死的典型态势。一个"精致"，难道不是艺术语言的暗示？

最后，关于烈士之死的意义，用了一个比较：那就是他的生命是神给的，当他死时，即交还生命时，他的生命的价值已经远远超过了他出生时的价值，赢得了较之出生时"更大的光荣"。这种写法，较之中国传统说法"重于泰山"，要深刻和耐人寻味得多！

良心颂

虽然你的形象最不能确定，
就是九头鸟也做出你的面容，
背离的时候他们才最幸运，
秘密的，他们讥笑着你的无用，

虽然你从未向他们露面，
和你同来的，却使他们吃惊：
饥寒交迫，常不能随机应变，
不得意的官吏，和受苦的女人，

也不见报酬在未来的世界，
一条死胡同使人们退缩；
然而孤独者却挺身前行，
向着最终的欢快，逐渐取得，

因为你最能够分别美丑，
至高的感受，才不怕你的爱情，
他看见历史：只有真正的你
的事业，在一切的失败里成功。

（1945 年 7 月）

PRAISING CONSCIENCE

Your image is not decisive, though,
A nine-headed bird may adopt your persona;
They feel lucky when go against you,
Behind you, they mock at your uselessness.

Although you never show yourself to them,
What you bring about astonishes them:
Cold or hungery, you endure all the same,
An official out or a woman tortured

Meets no reward in the world next,
A dead lane makes people withdraw;
Yet the independent character strives ahead
Towards the final ecstasy he gradually reaches,

For you tell the beauty from the ugly,
Utmost experience is what you love;
He sees history: The true cause of
Yours succeeds in all failures.

(1945.7)

[解析]

德国古典哲学家康德先生认为：有两个问题是一个思想家永远要探索的，一个是抬头仰望灿烂的星空，一个是道德观念在我心中。在某种意义上说，诗人也是思想家。穆旦的《良心颂》，就是对于良心这一人类最基本的道德观念的探索和赞颂。

良心是一个抽象的东西，它的"形象最不固定"。没有道德的人（在诗中以九头鸟为代表），有时会"做出你的面容"，而他们的幸运常伴随着对良心的背离，于是"他们讥笑着你的无用"。与之相反，坚持良心的人，却由于不善于应变，常常落得个饥寒交迫。他们的典型代表是"不得意的官吏，和受苦的女人"。

俗话说："善有善报，恶有恶报。"但是，实际上并非如此。良心是人的自我发现和自我实现的内在机制，是有道德的人的行为准则和思考前提。良心有"分别美丑"、辨析善恶的功效。只有那些有道德的勇者才能"挺身前行，/向着最终的欢快，逐渐取得"（或许是英文的 ACHIEVEMENT）。要达到良心的发现和道德的自我实现，才能产生"至高的感受"，成为真正的道德主体。

而人类的历史，由此观之，则是一个道德实现的历史。这种历史观，颇有点类似于黑格尔的理性实现的历史观。于是，良心的事业，"在一切的失败里成功"。矛盾修辞格在诗中使用，并不在于俏皮，却是道出了另一重真理：道德的胜利，是以道德主体的牺牲为代价的。

唯其如此，良心才值得称颂。

天津西北角老城内恒德里南口（摄于 1987 年 7 月）。
穆旦出生于恒德里 3 号，并生活在这里直到高中毕业。

苦闷的象征

我们都信仰背面的力量，
只看前面的他走向疯狂：
初次的爱情人们已经笑过去，
再一次追求，只有是物质的无望，

那自觉幸运的，他们逃向海外，
为了可免去困难的课程；
诚实的学生，教师未曾奖赐，
他们的消息也不再听闻，

常怀恐惧的，恐惧已经不在，
因为人生是这么短暂；
结婚和离婚，同样的好玩，
有的为了刺激，有的为了遗忘，

毁灭的女神，你脚下的死亡
已越来越在我们的心里滋长，
枯干的是信念，有的因而成形，
有的则在不断的怀疑里丧生。

（1945 年 7 月）

SYMBOL OF DEPRESSION

We all believe in the force on the back,
And watch him running ahead and be mad:
Virgin love is already a laughing stock,
Next comes the material wealth in despair.

Those who feel lucky flee overseas,
Excusing themselves from a heavy lesson;
The honest students get no rewards,
There's no more news about them, then.

Those who are fearful, now have no fear,
For life is so short a course;
Marriage or divorce is but a game,
For stimulation or for forget.

Goddess of Destruction, death under your feet
Grows more and more in our hearts;
Faiths go dry, some come into being,
Some die in a constant distrust.

(1945.7)

[解析]

如果说《良心颂》是一首哲理诗，是从正面颂扬道德，那么，在同一个月写成的《苦闷的象征》则是一首抒情诗，抒发诗人内心的真实和矛盾。（请原谅，这里用的不是严格的文艺学上的诗歌分类，因为两首诗实际上都可以归入与叙事诗相对的抒情诗一类。）

这是一首充满矛盾和悖谬的诗，抒发了年轻人的苦闷心情。

一方面，我们都相信背面的力量，一方面却看着他走在前面疯狂。

一方面，初始的爱情人们已经笑过去，一方面物质的追求无望。

一方面是自觉幸运者跑到了海外，一方面是诚实的学生没受到褒奖。

> 常怀恐惧的，恐惧已经不在，
> 因为人生是这么短暂；
> 结婚和离婚，是同样的好玩，
> 有的为了刺激，有的为了遗忘。

信仰危机，学业危机，爱情危机，婚姻危机，年轻人面临的只有毁灭，只有死亡。于是，诗人分明感到：毁灭的女神脚下的死亡，正日益在我们的心里滋长。其实，死亡与毁灭，倒未必来得那么快，核心则是信念的枯萎。而信念是个复杂的东西，不好把握。也许信念本身也有生有死，于是诗人这样说：

> 枯干的是信念，有的因而成形，
> 有的则在不断的怀疑里丧生。

不难理解，当肉体和灵魂被囚禁在"欲望的暗室和习惯的硬壳"里，除了看到和感到"苦闷的象征"，此外，不知还能看到和感到些别的什么？

《苦闷的象征》原本是日本文学家厨川白村的一本文艺论著，鲁迅先生翻译成中文，并在北京大学用作教材。穆旦借了这个标题，表达了较之"生命力受了压抑而生的苦闷"乃是"广义的象征主义"文学的根底更为深广的含义。

森林之魅
——祭胡康河上的白骨

森林：

没有人知道我，我站在世界的一方。
我的容量大如海，随微风而起舞，
张开绿色肥大的叶子，我的牙齿。
没有人看见我笑，我笑而无声，
我又自己倒下去，长久的腐烂，
仍旧是滋养了自己的内心。
从山坡到河谷，从河谷到群山，
仙子早死去，人也不再来，
那幽深的小径埋在榛莽下，
我出自原始，重把秘密的原始展开。
那毒烈的太阳，那深厚的雨，
那飘来飘去的白云在我头顶，
全不过来遮盖，多种掩盖下的我
是一个生命，隐藏而不能移动。

人：

离开文明，是离开了众多的敌人，
在青苔藤蔓间，在百年的枯叶上，
死去了世间的声音。这青青杂草，
这红色小花，和花丛中的嗡营，
这不知名的虫类，爬行或飞走，
和跳跃的猿鸣，鸟叫，和水中的

208

THE FOREST: A DEMON
— A Dedication to the Dead Bodies by the Hukang River

Forest:

No one knows me, I stand on this side of the world.

I have a capacity as great as that of the sea, I dance with the breeze,

I draw out my large green leaves; they're my sharp teeth.

No one sees me grinning, I grin soundless,

And I fall to the ground, rotten gradually

To become nourishment for my inner being.

From the foot of the hill to the river valley, and again to the mountains,

Immortals are dead, and the mortals come no more;

A path is buried deep with luxuriant vegetation,

Out of the primitive I grow, and I reveal its mystery.

That blazing sun, that heavy rain,

That white clouds floating overhead,

All cover up my manifold-covered body

Being a living thing, hidden, and motionless.

Man:

Out of civilization, out of enemies of all sorts.

On the moss and vines green, on the dead leaves age old,

The voice of the world dies out. All green grass,

All red flowers, and bumming flies and bugs,

And the nameless worms and insects, crawling or flying

Or leaping apes, singing birds, as well as fish

游鱼，路上的蟒和象和更大的畏惧，
以自然之名，全得到自然的崇奉，
无始无终，窒息在难懂的梦里，
我不和谐的旅程把一切惊动。

森林：

欢迎你来，把血肉脱尽。

人：

是什么声音呼唤？有什么东西
忽然躲避我？在绿叶后面
它露出眼睛，向我注视，我移动
它轻轻跟随。黑夜带来它嫉妒的沉默
贴近我全身。而树和树织成的网
压住我的呼吸，隔去我享有的天空！
是饥饿的空间，低语又飞旋，
像多智的灵魂，使我渐渐明白
它的要求温柔而邪恶，它散布
疾病和绝望，和憩静，要我依从。
在横倒的大树旁，在腐烂的叶上，
绿色的毒，你瘫痪了我的血肉和深心！

森林：

这不过是我，设法朝你走近，
我要把你领过黑暗的门径；
美丽的一切，由我无形的掌握，
全在这一边，等你枯萎后来临。

Swimming in water, boas and elephants walking on land, and more fear,

In the name of nature, they are worshipped by nature itself,

With no beginning and no ending, sleeping in a incomprehensible dream,

Startled up by my untimely travel here.

Forest:

Welcome, you, shake off your flesh and skin.

Man:

What voice is calling? What is there

To avoid me? Behind the green leaves,

It's eyes flashing, gazing at me; I move,

It follows gently. Dark night brings its envious silence

To every inch of my body. Trees make up a net and

Muffle my breath, and screens off the sky I should share!

A space of hunger murmurs and hovers,

Like a witty soul that hints to me that

It wants something gentle and evil, it spreads

Disease and despair, and dead rest calling for my obedience.

By the large tree trunks lying across, and on the rotten leaves,

Green poison, you paralyze my blood and flesh, and my heart!

Forest:

It's me, but no way to get near you,

But I'll take you out of the darkened doorway;

All that is beautiful is under my formless control,

All that is on this side comes to you only when you're rotten.

美丽的将是你无目的眼，
一个梦去了，另一个梦来代替，
无言的牙齿，它有更好听的声音。
从此我们一起，在空幻的世界游走，
空幻的是所有你血液里的纷争，
一个长久的生命就要拥有你，
你的花你的叶你的幼虫。

葬歌：

在阴暗的树下，在急流的水边，
逝去的六月和七月，在无人的山间，
你们的身体还挣扎着想要回返，
而无名的野花已在头上开满。

那刻骨的饥饿，那山洪的冲击，
那毒虫的啮咬和痛楚的夜晚，
你们受不了要向人讲述，
如今却是欣欣的林木把一切遗忘。

过去的是你们对死的抗争，
你们死去为了要活的人们的生存，
那白热的纷争还没有停止，
你们却在森林的周期内，不再听闻。

静静的，在那被遗忘的山坡上，
还下着密雨，还吹着细风，
没有人知道历史曾在此走过，
留下了英灵化入树干而滋生。

（1945 年 9 月）

The beauty will be your eye without eyeball,

One dream is gone, another will come in its place,

Wordless teeth will make speech more pleasant to the ear.

And then we'll go together and travel in the world of void,

Void is all that struggles in your blood,

And an everlasting life will be yours,

Your flower, your leaf and your larva.

Funeral Song:

Under the shadowed trees, by the swift torrents,

Lost is June and July, in the unpopulated mountains,

Your body is struggling for returning home,

While nameless flowers grow on your head.

The biting hunger, the rushing flood,

The night of gnaw and agony is too

Much to bear and you finally want to tell,

And now all is forgotten in the luxuriant plants.

All is past, that your struggle against death,

And your death is for the sake of other's life,

But the blazing struggle is not ended yet,

When you lie in the circling forest, hearing nothing.

Quietly, on the hillsides already forgotten,

Still raining, still blowing a breeze,

No one knows that history once passed from here,

And left your soul now growing in the trees.

(1945.9)

［解析］

穆旦的诗，有一大部分发表于 20 世纪 40 年代，其中又有一大部分与抗日战争有关。

抗战初期，当他还在南开中学就读的时候，就发表了《哀国难》，在西南联大，又发表了著名的《野兽》。此后，抗战期间，几乎年年都有关于抗战的诗作发表。1945 年 5 月，欧洲战场胜利。他在当月就发表了《给战士——欧战胜利日》。1945 年 8 月，日本投降，抗日战争获得胜利。9 月，穆旦即写下了著名的《森林之歌——祭野人山死难的兵士/祭野人山上的白骨》一诗，起先发表在《文艺复兴》第一卷第六期（1946 年 7 月），到后来收入《穆旦诗集》（1939-1945）时，才改为现名，并对内容做了修改。这就是我们目前看到的这一首奇特的杰作。

这首诗描写的是诗人亲身经历的一场异常罕见而残酷的战役。

那是 1942 年 6 月和 7 月，穆旦随军战斗在缅甸抗日战场上的一次九死一生的奇险经历。

胡康河谷，缅甸语是"魔鬼居住的地方"，位于缅甸北端，北面是冰雪覆盖的喜马拉雅山，东西两面是高耸入云的横断山脉。这一带重峦叠嶂，林莽如海，沼泽遍地，瘴疠横行，蚊虫肆虐，传说是野人出没的地方，方圆数百里渺无人烟，故曰"野人山"。"野人山战役"，实际上就是我军撤退，日军穷追，在原始森林中人类大面积死亡的战役。

据诗人的好友王佐良先生亲耳聆听穆旦本人的讲述后的记载：

"那是 1942 年的缅甸撤退，他（穆旦）从事自杀性的殿后战。日本人穷追。他的马倒了地。传令兵死了。不知多少天，他给死去战友的直瞪的眼睛追赶着。在热带的豪雨里，他的腿肿了，疲倦得从来没有想到人能够这样疲倦，……更不能支持了，带着一种致命性的痢疾，让蚂蟥和大得可怕的蚊子咬着，而在这一切之上，是叫人发疯的饥饿，他曾经一次断粮达八日之久。但是这个 24 岁的年青人在五个月的失踪之后，结果是拖了他的身体到达印度。虽然他从此变了一个人，以后在印度三个月的休养里又几乎因为饥饿之后的过饱而死去，这个瘦长的、外表脆弱的诗人却有意想不

到的坚韧。他活了下来，来说他的故事。"（参见《蛇的诱惑》代序《一个中国诗人》）

杜聿明将军在《中国远征军入缅对日作战述略》中有这样的记载：

"一个发高烧的人一经昏迷不醒，加上蚂蟥吸血，蚂蚁啃啮，大雨侵蚀冲洗，数小时内即变为白骨。官兵死伤累累，前后相继，沿途白骨遍野，令人触目惊心。"

穆旦在回忆这次惨绝人寰的经历时说（根据王佐良先生的记述）：

"他对于大地的惧怕，原始的雨，森林里奇异的、看了使人害病的草木怒长，而在繁茂的绿叶之间却是那些走在他前面的人的腐烂的尸身，也许就是他的朋友们的。"

《森林之魅》是以诗剧的形式写的，但只有森林与人的对话，以及最后的葬歌部分。

一开始是森林的自语，以缓慢的节奏、低沉的声音、阴森的词语诉说着："没有人知道我，我站在世界的一方。"一句道明了这不为人知的森林，仍然属于世界上真实的存在，好像是说："我在这里，请注意我。"

以下分三层诉说：

1. 我是博大，一片绿色的海，狰狞，一个可怖的灵。

森林伸出宽大的叶子，轻轻摇摆，在微风中起舞，像露出千万条长牙；它笑，而无声，腐烂了，倒下了，滋养着自己的内心，延续着一种无以言状的存在。

2. 我是原始，生命的源泉，是自然，死亡的深渊。

森林"出自原始，重把原始的秘密展开"。在秘密展开的过程中，"仙子早死去，人也不再来"。只有森林，这原始的形态，在自然的深渊里等待，长久地等待，死亡。

3. 我是生命，隐藏而不动，我是遮盖，遮盖不住的静。

那毒烈的日头，深厚的雨，那飘过头顶而又不去的白云，统统是遮盖，但终究遮盖不住我的存在。我，森林，是"多重掩盖下的"一个生命，"隐藏而不能移动"的生命。

于是，展开了森林和人，这两种生命之间的对话。

人说："离开了文明，是离开了众多的敌人"，可见文明本身，也有许多值得思考的地方。而在进入自然之后，"世间的声音"的死去，又暗示了死亡，寂静中的死亡，和对这一切的感受。感受是一个过程，被组织在人的心理感受的分类里，成为各种知名的和不知名的花鸟草虫、飞禽走兽，水里的，陆上的，或是天空的，爬行的，飞翔的，行走的，等等。这一切，在这特殊的相遇的遭遇下，从最初的瞬间的好奇只能引起持久的更大的恐惧，虽然它以自然之名义，"全得到自然的崇奉"，而对于人，此刻又是"无始无终，窒息在难懂的梦里"。

这一场人与自然的心理遭遇战，给写得惟妙惟肖，惊心动魄。在人一方，他知道：

"我不和谐的旅程把一切惊动。"

森林的友好，是死亡的召唤，包裹在礼貌的接待里。

"欢迎你来，把血肉脱尽。"

人显然是听到了森林的言语，但出于本能，反应是机警：

是什么声音呼唤？有什么东西
忽然躲避我？在绿叶后面
它露出眼睛，向我注视，我移动
它轻轻跟随。……

最初的感觉是黑暗，是沉默，是压抑，是窒息。一种想逃离的感觉，继而是机体本身的需要，是饥饿，是头晕，渐渐地恢复了理智和清醒：

像多智的灵魂，使我渐渐明白
它的要求温柔而邪恶，它散布
疾病和绝望，和憩静，要我依从。

216

在横倒的大树旁，在腐烂的叶上，
绿色的毒，你瘫痪了我的血肉和深心！

森林回答了。

是我，没法朝你走近，然而，"我要把你领过黑暗的门径"。但得通过一片黑暗中的美丽，或美丽中的黑暗。在这里，"你无目的眼""无言的牙齿"，都是异常清晰的意象，来象征死亡（骷髅），而写作技法则是用美来反衬丑，来激发对丑的厌恶、对死的恐惧。

从此我们一起，在空幻的世界游走，
空幻的是所有你血液里的纷争，
一个长久的生命就要拥有你，
你的花你的叶你的幼虫。

这里，诗人不仅借助自然的语言写出了死亡的空幻，而且借助死亡的空幻意象，大大地揭示了生命的空幻——世事纷争的空幻。这是一次了悟，是生命的大彻大悟。有了这个高度，就可以享有永恒：为"一个长久的生命"所拥有，甚至再生（如你的花、叶、幼虫）。

可以写葬歌了，可以听葬歌了。

有了人与自然对话的形式，有了生与死交往的经历，葬歌就不是一般的了，就有形象了，就有思想了。

先唱出烈士死亡的过程。那不是一般的过程，是优美得令人难忘的过程。在阴暗的树下，在急流的水边，在无人的山间，时间，是6月和7月，已经逝去了。而那时，在那地，你

你的身体还挣扎着想要回返，
而无名的野花已在头上开满。

最后一刻留给你们的是，那饥饿的刻骨，那冲击的山洪，那噬咬的毒

虫，那夜晚的痛楚：

> 你们受不了要向人讲述，
> 如今却是欣欣的林木把一切遗忘。

你们对死的抗争虽然过去，你们为人民生存的抗争却不会忘记。虽然你们已经长眠在自然运行的周期里，无知无觉，不能听闻，然而，你们的生命将融入自然的大树，化作新的营养而造福后代。

也许，由于这些特殊原因而死亡的将士，就连他们为之献身的祖国也无法为之树碑立传进行纪念，或者由于时间的流逝他们的形象会逐渐淡漠。然而，英灵啊，我相信，一个著名诗人所写的一首诗足以纪念你们，一个曾经与你们一起战斗过的幸存者的一首诗足以纪念你们。

不信，请允许我引用莎士比亚的商籁诗（第十八首）的最后两行，权做证明：

> 只要人类一息尚存，双目有光，
> 我这诗就让你永存，万世流芳。
>
> （朱墨译）

1942 年初至 1943 年 10 月间。参加中国远征军入缅对日作战前后摄于昆明。

云

凝结在天边，在山顶，在草原，
幻想的船，西风爱你来自远方，
一团一团像我们的心绪，你移去
在无岸的海上，触没于柔和的太阳。

是暴风雨的种子，自由的家乡，
低视一切你就洒遍在泥土里，
然而常常向着更高处飞扬，
随着风，不留一点泪湿的痕迹。

（1945 年 11 月）

CLOUDS

Condensed on skyline, or at hilltop, or in grassland,
Boat of fancy, west wind loves you from far away,
One cluster after another, like our moods, you move
At the boundless sea, touched by the soft sun.

A seed of storm, a home of freedom,
Looking downwards, you rain into the soil,
Yet you often fly higher and higher
With the wind, leaving no trace of tears.

(1945.11)

［解析］

《云》是一幅素描，一个闪念。它很短，很美。共两节。

第一节的大的意象，是隐喻，是船行驶在海上。船是那云，海就是那天空。可是它的本相是幻想，于是有了"来自远方"的距离，有了"一团一团像我们的心绪"的深层意象，而最后那"触摸于柔和的太阳"的意象，又一次让我们联想到第一眼看到的天边、山顶、草原，这些漂浮在视觉世界里的真实的幻象。

第二节有两个重要的隐喻，"暴风雨的种子"和"自由的家乡"。前者撒遍在泥土里，可是作为后者又"常常向着更高处飞扬"，

> 随着风，不留一点泪湿的痕迹。

泪湿回到了暴风雨，自由的飞翔终于和暴风雨的种子，不留痕迹地合为一体。

于是，一节诗的两个意象结合了起来，完成了一个结合。

而第一节和第二节的结合，仔细看来，是靠了"来自远方"和"自由的家乡"，构成一个整体隐喻的。

一首写云的诗写完了。但没有出现一个"云"字。

可见这首诗，写法上有中国古典诗词的因子。但本质上，由于多重意象的复杂组合和自由联想的诗歌句法，尤其是在八行两节的韵律上，不遵循中国传统诗词的格局（最后一句是破格），可见又不能当作一首传统意义上的诗歌来读。而另一方面，第一节重在写景抒情而第二节重在抒情思虑的结构，也有一点上下阕的影子。

但这《云》，在总体上，毕竟是一首现代诗。

有传统融入现代，则是一首杰出的现代诗。

1934 年 7 月 10 日，天津法国花园亭

他们死去了

可怜的人们！他们是死去了，
我们却活着享有现在和春天。
他们躺在苏醒的泥土下面，茫然的，
毫无感觉，而我们有温暖的血，
明亮的眼，敏锐的鼻子，和
耳朵听见上帝在原野上
在树林和小鸟的喉咙里情话绵绵。

死去，在一个紧张的冬天，
像旋风，忽然在墙外停住——
他们再也看不见这树的美丽，
山的美丽，早晨的美丽，绿色的美丽，和一切
小小的生命，含着甜蜜的安宁，
到处茁生；而可怜的他们是死去了，
等不及投进上帝的痛切的孤独。

呵听！呵看！坐在窗前，
鸟飞，云流，和煦的风吹拂，
梦着梦，迎接自己的诞生在每一刻
清晨，日斜，和轻轻掠过的黄昏——
这一切是属于上帝的；但可怜
他们是为无忧的上帝死去了，
他们死在那被遗忘的腐烂之中。

（1947年2月）

224

THEY ARE DEAD

Poor people! They are dead;

We are still alive, enjoying now and springtime.

They lie beneath the awakening soil, senseless,

Motionless, but we have our warm blood,

Bright eyes, sharp nose, and

Ears hearing of God in the fields,

In the woods and birds' throat cooing of love.

Death on a tense winter day,

Like a whirlwind suddenly stops outside the wall—

They see no longer the beauty of trees,

Of hills, of morn, of green, and all

Little lives, which quiver with sweet ease,

Growing well everywhere, but they are dead miserably,

Before being thrown into the sorrowful loneliness of God.

Listen, and look! We're sitting by the window,

Birds flying and clouds flowing, and breezes caressing,

Dreaming of dreams, welcome our birth at any moment,

At dawn or noon, or sunset passing so gently—

All belong to God; but poor creatures,

They died for the carefree God,

They died in the rotten as is soon forgotten.

(1947.2)

［解析］

　　1947 年，2 月，抗日战争已经结束了，然而战争的阴云并没有完全散去。野人山战役的阴影还时不时地在眼前晃动，烈士的英灵还常常在心头敲起鼓声。于是，诗人写下了《他们死去了》，作为《森林之魅》的一点余响，或者遗忘的纪念。

　　这是从活着的人的角度对于死者的一种回想，有声的，有色的，有思想的回想。

> 可怜的人们！他们是死去了，
> 我们却活着享有现在和春天。

　　他们是死者，没有知觉地躺在地下，而我们却有各种的感觉，能听，能看，能嗅，能知觉种种发生的事情，"听见上帝在原野上/在树林和小鸟的喉咙里情话绵绵"。活着，多美好，可是他们

> 死去，在一个紧张的冬天，
> 像旋风，忽然在墙外停住——
> 他们再也看不见这树的美丽，
> 山的美丽，早晨的美丽，绿色的美丽，和一切

　　写了死的突然，是生命的凝固，寒冷，是生活的严冬。在前文关于听觉的描写以后，这里转向视觉的描写，看不见美丽和出生的小生命，也"等不及投进上帝的痛切的孤独"。

　　再一次用了上帝的意象，来帮助深化和升华思想。前面还是无所不在的欢乐的上帝，由于他们的死，这里就成了痛切和孤独的上帝了。最后一节，上帝则是"无忧的上帝"，虽然世间的一切都属于上帝，而他们，

他们是为无忧的上帝死去了，

他们死在那被遗忘的腐烂之中。

　　本相是这样的：时间造就遗忘，而纪念，只是仪式上的。行进的历史，原来如此。

　　可上帝，也是多方显形的呀！上帝的本质不容探讨，因为他是超存在？

三十诞辰有感

1

从至高的虚无接受层层的命令，
不过是观测小兵，深入广大的敌人，
必须以双手拥抱，得到不断的伤痛。

多么快已踏过了清晨的无罪的门槛，
那晶莹寒冷的光线就快要冒烟，燃烧，
当太洁白的死亡呼求到色彩里投生。

是不情愿的情愿，不肯定的肯定，
攻击和再攻击，不过是酝酿最后的叛变，
胜利和荣耀永远属于不见的主人。

然而暂刻就是诱惑，从无到有，
一个没有年岁的人站入青春的影子，
重新发现自己，在毁灭的火焰之中。

2

时而巨烈，时而缓和，向这微尘里流注，
时间，它吝啬又嫉妒，创造时而毁灭，
接连地承受它的任性于是有了我。

ON MY THIRTIETH BIRTHDAY

1.

Accepting orders from the Great Void,
I'm but a green observer, among a swarm of enemies,
And must embrace with both hands, and gain a constant pain.

Too soon I've stepped over the sinless threshold of early morn,
The crystal cold light is about to smoke and burn,
When pale death calls for a rebirth in colors.

Unwilling will, uncertain certainty,
Attack and re-attack, only to brew for the last rebel;
Victory and glory always go to the unseen master.

Yet temporarily there's an induction, from non-being to being,
An ageless figure stands into the shades of youth,
Rediscover himself, in the fire of destruction.

2.

Now ferocious, now moderate, that flows into the dust,
Time, both miserly and envious, at once creates and destroys.
Constantly bearing its willfulness, I come into being.

在过去和未来两大黑暗间，以不断熄灭的
现在，举起了泥土，思想和荣耀，
你和我，和这可憎的一切的分野。

而在每一刻的崩溃上，看见一个敌视的我，
枉然的挚爱和守卫，只有跟着向下碎落，
没有钢铁和巨石不在它的手里化为纤粉。

留恋它像长长的记忆，拒绝我们像冰，
是时间的旅程。和它肩并肩地粘在一起，
一个沉默的同伴，反证我们句句温馨的耳语。

（1947 年 3 月）

Between darkness of yesterday and tomorrow, is the light
Of today, ever going out, which lifts earth, idea and honor,
You and I as well as all these hateful divisions.

And in the destruction of every minute, a hostile I am seen,
Love and protect in vain, only to be broken and fall;
Steels and rocks are all crumbled in its mighty hands.

What keeps a long memory of it, and rejects us as coldly as ice,
Is the journey of time. Sticking shoulder to shoulder with it,
One silent companion disproves every whisper of our tender utterance.

(1947.3)

［解析］

孔子曰："三十而立。"

三十岁对于一个人应该是到了成家立业的时候了，而这一年的生日时的感受必然也很复杂。穆旦的《三十诞辰有感》，却是和自我问题一起来思考的，和时间问题一起来思考的，其中所包含的哲理实际上大于情感的诉说。诗共两首，第一首大约是侧重于自我的，第二首则侧重于时间。

关于第一首：

一开始的阵势似乎是说：此生是处于低层的，处于包围中的，注定会痛苦的。"从至高的虚无接受层层的命令"，似乎一下子概括了生物进化的历程，又写出了生命存在的层次，同时，又表明了生命所应履行的使命。

第二节写成长，"多么快已踏过了清晨的无罪的门槛"。这是许多人都感到过的成长的经历，而"无罪"似乎应当是英文的 innocent（纯洁无瑕）。随着成长和成熟，"寒冷的光线"到"冒烟，燃烧"，暗示了危险，而"太洁白的死亡"和"色彩里投生"则揭示了我的诞生，和新生。

第三节以矛盾的逻辑哲理给出各种思索："是不情愿的情愿，不肯定的肯定，/攻击和再攻击，不过酝酿最后的叛变"，极写人生的矛盾对立和成长的反叛本质。"胜利和荣耀永远属于不见的主人"，可解读为人生是一个悲剧，一个错误，一个失败，或许只有上帝才应享有胜利和荣耀。

第四节是对自我的探索，立足于现在，诱惑。这里用了"绝对自我"或"真我"的形象和观念（一个没有年岁的人），"站入青春的影子，/重新发现自己，在毁灭的火焰之中"。以毁灭为再生，乃生命的真谛。以重新认识为动力，才可以言进取。

关于第二首：

生命体验中的时间不是物理学上的抽象的时间，也不是哲学家所说的作为先天概念框架的时间，它是有快有慢，可创造可毁灭，任性而又嫉妒、吝啬的时间。

在时间的三维度结构中，过去和未来，都是黑暗的未知的领域，只有现在，举着"不断熄灭"的火炬，照亮周围，不断摸索前行。于是，一切事物，你和我，便有了分野，在各自的轨道上运行，熄灭。

"而在每一刻的崩溃上，看见一个敌视的我，/枉然的挚爱和守卫，只有跟着向下碎落"。这里写了自我的分裂和增殖，和在时间毁灭的终极意义上的毁灭，因为，一切都会在时间的"手里化为纤粉"，不可避免。

"时间的旅程"，坚定而无悔，冷漠而无情。它"拒绝我们像冰"，而"我们留恋它像长长的记忆"。时间是一个"沉默的同伴"，我们无法摆脱它，而它却能"反证我们句句温馨的耳语"。"反证"，作为一个逻辑学术语，是说以可以驳倒原论证的证据予以反驳，则时间会造成与我们的愿望和善良行为正相反的结果，乃是诗人的原义。

在三十诞辰的时候，思考人生和时间，实际上是一个问题。但这样过生日，即便对于诗人，似乎也是不多见的吧。

饥饿的中国（七选四）

1

饥饿是这些孩子的灵魂。
从他们迟钝的目光里，古老的
土地向着年青的远方搜寻，
伸出无力的小手向现在求乞，

他们鼓胀的肚皮充满了嫌弃，
一如大地充满希望，却没有人敢来承继。

因为历史不肯饶恕他们，推出
这小小的空虚的躯壳，向着空虚的
四方挣扎。是谁的债要他们偿付：
他们于是履行它最终的错误。

在街头的一隅，一个孩子勇敢的
向路人求乞，而另一个倒下了，
在他的弱小的，绝望的身上，
缩短了你的，我的未来。

2

我看见饥饿在每一家门口，
或者他得意的兄弟，罪恶；
没有一处我们能够逃脱，他的

CHINA IN HUNGER

1.

Hunger is the soul of these children.
From their dull eyes, the age old
Earth searches for a young distance,
Stretching their fragile hands, begging for now,

Their bulging belly is inflated with loathing,
Like the land full of hope, no one dares to succeed to it.

For history would not forgive them, pushing
Out this empty mortal coil struggling vainly
In all direction. Whoever owes them so much,
And makes them commit its final error.

At a corner of the street, one child bravely
Begs of the bystanders, another falls down.
In his little body of despair is the shortened
Future of yours and mine.

2.

I see at every gate hunger
Or evil, his complacent brother;
Nowhere could we escape from his

235

直瞪的眼睛：我们做人的教育，

渐渐他来到你我之间，爱，
善良从无法把他拒绝，
每一弱点都开始受考验，我也高兴，
直到恐惧把我们变为石头，

远远的，他原是我们不屈服的理想，
他来了却带着惩罚的面孔，
每一天在报上讲一篇故事，
太深刻，太惊人，终于使我们漠不关心，

直到今天，爱，隔绝了一切，
他在摇撼我们疲弱的身体，
像是等待有突然的火花突然的旋风
从我们的漂泊和孤独向外冲去。

3

昨天已经过去了，昨天是田园的牧歌，
是和春水一样流畅的日子，就要流入
意义重大的明天：然而今天是饥饿。

昨天是理想朝我们招手：父亲的诺言
得到保障，母亲安排适宜的家庭，孩子求学，
昨天是假期的和平：然而今天是饥饿。

为了争取昨天，痛苦已经付出去了，
希望的手握在一起，志士的血
快乐的溢出：昨天把敌人击倒，

Gazing eyes: we are thus taught to become.

Gradually, he comes between you and me, of love,
Human Kindness can never reject him,
Each weak-point is to be tested, I'm so glad,
Until out of fear we are turned into a stone.

Far away, he was our unending ideal,
He comes with a facial impression of punishment,
He tells a story in the newspaper everyday,
So deep, so alarming that it ends with our indifference.

Until today, my love, all is isolated,
He is still shaking our fragile body
As if awaiting a sudden sparkling and whirlwind
Rushing out from our wandering and loneliness.

3.

Yesterday is no more, a pastoral poem,
As fluent as spring days, about to flow into
Significant tomorrow: but today is hungry.

Yesterday is ideal waving to us: father's promise
Assured, mother's arrangement of household, kids going to school,
Yesterday is a peace of vocation: but today is hungry.

To win yesterday, pain is paid,
Hands of hope is held together, blood of martyrs
Flood joyfully: yesterday we knocked the enemy down,

今天是果实谁都没有尝到。

中心忽然分散：今天是脱线的风筝
在仰望中翻转，我们把握已经无用，
今天是混乱，疯狂，自渎，白白的死去——
然而我们要活着：今天是饥饿。

荒年之王，搜寻在枯干的中国的土地上，
教给我们暂时和永远的聪明，
怎样得到狼的胜利：因为人太脆弱！

4

我们希望我们能有一个希望，
然后再受辱，痛苦，挣扎，死亡，
因为在我们明亮的血里奔流着勇敢，
可是在勇敢的中心：茫然。

我们希望我们能有一个希望，
它说：我并不美丽，但我不再欺骗，
因为我们看见那么多死去人的眼睛
在我们的绝望里闪着泪的火焰。

当多年的苦难以沉默的死结束，
我们期望的只是一句诺言，
然而只有虚空，我们才知道我们仍旧不过是
幸福到来前的人类的祖先，

还要在无名的黑暗里开辟新点，
而在这起点里却积压着多年的耻辱：

Fruit is for today that no one could taste.

The center goes out suddenly: today is a kite flying off its string,
Turning-over at our looking-up, already out of reach,
Today is turmoil, riot, self-abuse, and die for nothing—
Yet we are alive: today is hungry.

King of famine, searching through the dry land of China,
Teaches me to be clever for now or forever,
How to win like a wolf: for man is too weak!

7.

We hope that we could hope
Before we bear insult, agony, struggle and death,
For bravery billows in our bright blood,
And in the center of bravery: hopeless muddle.

We hope that we could hope
It said, I'm no beauty, but I'll never deceive,
For we see so many eyes of the dead
Flashing their fire of tears in our eyes of despair,

When many years of suffering ends with a silent death,
Our expectation is merely a word of promise,
But only void is there, we know that we are nothing but
Ancestors of mankind before happiness really comes,

Waiting to start again in nameless darkness,
Where ages of insult is accumulated at the starting point:

冷刺着死人的骨头，就要毁灭我们一生，
我们只希望有一个希望当作报复。

（1947年8月）

When cold spears into bones of the dead, to destroy our life,
What we hope to have is a hope of revenge.

(1947.8)

［解析］

战争在过去，或者在远方，流血好像减少了，而饥饿却像瘟疫一样到处蔓延。在旧中国这张不断缩小的版图上，尤其是在"国统区"，饥饿就像挥之不去的蚊虫成群，吮吸着人们本来就很瘦弱的身体，消磨着人们早已经软弱不堪的心灵。而在中国几千年的历史上，饥饿也一直是一个常常拜访的老朋友。"民以食为天"的古训，恰好说明饥饿问题是一个一直没有解决好的老问题。人口，人口，人是要张口要吃的动物啊！

诗人穆旦对于饥饿问题的关注是一贯的。迄今为止所见到的穆旦所写的第一首诗，写于1934年的《流浪人》，就是以"饿"字开头的：

> 饿——
> 我底好友，
> 它老是缠着我
> 在这流浪的街头。

1947年1月，穆旦面对许多不公正的社会现实，一方面还在追忆和怀念死难的抗日将士，一方面又回到了人民苦难的主题。他写了《时感四首》，似乎是要对一些社会问题的根源做较系统的探索。到了8月，他终于理出了一个以饥饿为主题的线索，于是在新作4首的基础上，又容纳了《时感四首》的第2、3、4三首放在后面，全诗作为一个系列，算是完成了这个较大的主题作品。到了1948年初，《饥饿的中国》便发表在《文学杂志》第二卷第八期上。

这里选其中的四首，即全诗的1、2、3、7四首，分别予以评析。

第一首写饥饿的形象，形象得刻骨铭心：

那"迟钝的目光"，"无力的小手"，从灵魂里发出的饥饿，代表着"古老的土地"，"向现在求乞"。那"鼓胀的肚皮充满了嫌弃/一如大地充满了希望，却没有人敢来承继"。有的在伸出手来行乞，有的倒下了，而在他们"弱小的，绝望的身上，/缩短了你的，我的未来"。

这究竟是怎么回事呀？诗人回答说，这是一个历史的错误：

因为历史不肯饶恕他们，推出
这小小的空虚的躯壳，向着空虚的
四方挣扎。是谁的债要他们尝付：
他们于是履行它最终的错误。

这是一个历史的错误吗？那么，历史何时才能认识它，改正它？

在第二首诗里，诗人更进一步地进入了具体的仔细的思索：

原来，饥饿的孪生兄弟是罪恶，他们一起站在门口，用"直瞪的眼睛"
逼视"我们做人的教育"，使人不寒而栗；于是我们不得不思索，何以那连
善良也无法拒绝的爱，作为人类至高无上的价值，也在受着考验，而报纸
上的宣传，只能哗众取宠，"终于使我们漠不关心"。

直到今天，爱，隔绝了一切，
他在摇撼我们疲弱的身体，
像是等待有突然的火花突然的旋风
从我们的漂泊和孤独向外冲去。

第三首沿着历史的时间线轴向前摸索，展开了对历史和现实本身的思
考。昨天也许是田园牧歌，明天即便是意义重大，"然而今天是饥饿"。已
经争取过的许多明天，早已经变为昨天，而"为了争取昨天，痛苦已经付
出去了"。"昨天把敌人击倒，今天是果实谁都没有尝到"。

连今天也把握不住了：

中心忽然分散：今天是脱线的风筝
在仰望中翻转，我们把握已经无用，
今天是混乱，疯狂，自渎，白白的死去——
然而我们要活着：今天是饥饿。

于是，历史教给我们如何认识现实：

> 荒年之王，搜索在枯干的中国的土地上，
> 教给我们暂时和永远的聪明，
> 怎样得到狼的胜利：因为人太脆弱！

在最后一首诗里，诗人集中探讨希望。

> 我们希望我们能有一个希望，
> 然后再受辱，痛苦，挣扎，死亡，
> 因为在我们明亮的血里奔流着勇敢，
> 可是在勇敢的中心：茫然。

这是希望的心理根据，只有勇是无用的，也许希望本身是一种智慧，而不仅仅是欲望的合理化。一个基本的道理是：也许"希望并不美丽，但我不再欺骗"。从良心上说，欺骗的不仅是今人，而且是那些先烈的信仰。
即便说：

> 我们期望的只是一句诺言，
> 然而只有虚空，我们才知道我们仍旧不过是
> 幸福到来前的人类的祖先，

好一个"幸福到来前的人类的祖先"！在这里我们分明看到了诗人所达到的历史哲学的认识高度，即培根所说的在人类团结一致面对自然的时候，人类才能说进入了真正的历史。而今，我们

> 还要在无名的黑暗里开辟新点，
> 而在这起点里却积压着多年的耻辱：

不过，当诗人最后说"我们只希望有一个希望当做报复"的时候，我们能说这复仇的心理是健康的，有效的，抑或是历史在现阶段的必然吗？

祈神（选自《隐现》）

在我们的来处和去处之间，
在我们的获得和丢失之间，
主呵，那日光的永恒的照耀季候的遥远的轮转和
　山河的无尽的丰富
枉然：我们站在这个荒凉的世界上，
我们是廿世纪的众生骚动在它的黑暗里，
我们有机器和制度却没有文明
我们有复杂的感情却无处归依
我们有很多的声音而没有真理
我们来自一个良心却各自藏起，

我们已经看见过了
那使我们沉迷的只能使我们厌倦，
那使我们厌倦的挑拨我们一生，
那使我们疯狂的
是我们生活里堆积的、无可发泄的感情
为我们所窥见的半真理利用，
主呵，让我们和穆罕穆德一样，在他沙漠的岁月里，
让我们在说这些假话做这些假事时
想到你，

PRAYER

Between where we come and where we go,
Between what we gain and what we lose,
Lord, the eternal sunshine and seasons' revolution and
Landscapes' infinity
In Vain: we stand in this desolate world,
We are 20th century life in ferment of its darkness,
We have machinery and system without civilization,
We have complex emotions without sense of belonging,
We have manifold voices without truth,
We come from the same conscience but are hidden
    From each other,

We already see
What bewilders us soon tires us,
What tires us still stirs us all life,
What makes us crazy
Is our emotion piled up in life, which finds no vent for release
But is utilized by the half-truth we peep into,
Lord, let us behave like Mohammed, who told a lie
and did a wrong alone in the desert of his day
Let us do the same as he did and
Think of you,

在无法形容你的时候，让我们忍耐而且快乐，
让你的说不出的名字贴近我们焦灼的嘴唇，无所归宿的手和
　不稳的脚步，
因为我们已经忘记了
我们各自失败了才更接近你的博大和完整，
我们绕过无数圈子才能在每个方向里与你结合，

让我们和耶稣一样，给我们你给他的欢乐，
因为我们已经忘记了
在非我之中扩大我自己，
让我们体验我们朝你的飞扬，在不断连续的事物里，
让我们违反自己，拥抱一片广大的面积，

主呵，我们这样的欢乐失散到哪里去了

因为我们生活着却没有中心
我们有很多中心
我们的很多中心不断地冲突，
或者我们放弃
生活变为争取生活，我们一生永远在准备而没有生活，
三千年的丰富枯死在种子里而我们是在继续……

主呵，我们衷心的痛惜失散到哪里去了

每日每夜，我们计算增加一点钱财，
每日每夜，我们度量这人或那人对我们的态度，
每日每夜，我们创造社会给我们划定的一些前途，

主呵，我们生来的自由失散到哪里去了

Whenever we can't describe you, let us be patient and happy,

Let your wordless name touch our burnt lips, clumsy hands and

   unstable footsteps,

For we forget

Only after our failure we approach your greatness and perfection,

Only when we traveled a long way wrong can we join you in all directions,

Let's be like Jesus Christ, whatever happiness you give him give us, too,

For we forget

To enlarge our self in the non-self,

Let's experience how we fly to you, in the constant relation of things,

Let's go against ourselves, and embrace a vast area,

Lord, where is our happiness as such gone?

For we are living without center

We have many centers

Many centers of ours are in constant conflicts,

Or we change from abandoning

Life into achieving life, we are preparing all our lives for life without life,

The 3000 years' wealth dry and die in seeds and we are going on…

Lord, where is our heart-felt regret gone?

Day and night, we count and add up some more money,

Day and night, we figure out this man or that man's attitude toward us,

Day and night, we create some future that society defines for us,

Lord, where is our born-freedom gone?

等我们哭泣时已经没有眼泪
等我们欢笑时已经没有声音
等我们热爱时已经一无所有
一切已经晚了然而还没有太晚，当我们知道我们
　　还不知道的时候，

主呵，因为我们看见了，在我们聪明的愚昧里，
我们已经有太多的战争，朝向别人和自己，
太多的不满，太多的生中之死，死中之生，
我们有太多的利害，分裂，阴谋，报复，
这一切把我们推到相反的极端，我们应该
忽然转身，看见你

这是时候了，这里是我们被曲解的生命
请你舒平，这里是我们枯竭的众心
请你揉合，
主呵，生命的源泉，让我们听见你流动的声音。

（1947 年 8 月）

250

We have no more tears when we cry,

We have no more sound when laugh,

We have nothing left when we love,

All is late but not too late, when we know there's something we don't know,

Lord, for we see in our wise folly,

We have too many wars, declared on others and on ourselves,

Too many discontent, too many life-in-death, death-in-life,

We have too many vital interests, plots for splitting, and revenge,

All these push us to an opposite extreme, we should

Turn back quickly, and see you

It's high time, this is our distorted life,

Pray you, stroke it smooth, this is our withered heart,

Pray you, knead it round,

Lord, the source of life, let us hear your flowing sound.

(1947.8)

［解析］

我们已经知道，穆旦诗中始终有一种或隐或显的宗教情结，尤其是基督教的信仰，而不大是佛教的或道教的情结。从我们前面所解读过的《祈神二章》中，这一点已经得到了证明。而在这里，我们还要摘要解读诗人1947年10月发表于《大公报文艺》（天津版）上的《隐现》一诗，由于原诗较长，这里只取最后一部分《祈神》，作以解读。需要指出的是，这里的文本是诗人生前留在家中的修订本，收入20世纪桂冠诗丛《穆旦诗全集》之中。

《隐现》共分三部分。

第一部分是《宣道》。

第二部分是《历程》，由前面一个小引和《情人自白》《合唱》《爱情的发见》《合唱》等几首小诗构成。

第三部分便是《祈神》。

如果打开《祈神》的结构，我们可以看到它是三部分的结合。其一是痛感人类文明的矛盾和绝望，其二是痛惜人性中权利的丧失和滥用，其三是祈求神能给予灵魂的再生和安宁。当然在时间排列上，这三者是交错进行谐调化一的。

1. 关于文明的矛盾：
首先是关于人类文明和这个时代的根本矛盾：

> 枉然：我们站在这个荒凉的世界上，
> 我们是20世纪的众生骚动在它的黑暗里，
> 我们有机械和制度却没有文明
> 我们有复杂的感情却无处归依
> 我们有很多的声音而没有真理
> 我们来自一个良心却各自藏起，

接着是关于我们的生活本身：

> 因为我们生活着却没有中心
> 我们有很多中心
> 我们的很多中心不断地冲突，
> 或者我们放弃
> 生活变为争取生活，我们一生永远在准备而没有生活，

关于人类的生存状况：

> 我们已经有太多的战争，朝向别人和自己，
> 太多的不满，太多的生中之死，死中之生，
> 我们有太多的利害，分裂，阴谋，报复，

关于人类的心理：

> 等我们哭泣时已经没有眼泪
> 等我们欢笑时已经没有声音
> 等我们热爱时已经一无所有
> 一切已经晚了然而还没有太晚，当我们知道
> 我们还不知道的时候，

2. 关于人类天赋权利的丧失：
诗人是用几个疑问句提出的：

> 主啊，我们这样的欢乐失散到哪里去了

> 主啊，我们衷心的痛惜失散到哪里去了

> 主啊，我们生来的自由失散到哪里去了

我自己理解，从上下文的逻辑联系和诗人的宗教知识的结合上来看，"这样的欢乐"，指的是世界之初人类和上帝共处于天上的理想境界，或者至少是人类在沉沦中转身飞向天堂飞向上帝的过程中感到的欢乐。"衷心的痛惜"，指的正是在此意义上的痛惜，痛惜人类忘记了"我们各自的失败了"才接近上帝，"绕过了无数的圈子"才寻求与主的结合，忘记了"在非我中扩大我自己"，以便"拥有一片广大的面积"。而"我们生来的自由"主要指的是精神的自由，如摆脱社会划定的一些前途，摆脱物质利用的诱惑，摆脱他人对我们的态度的顾虑等等，当然也包括自由哭笑，爱智慧和爱上帝的权利在内。

3. 关于对上帝的祈求：

一个是在各种情况下"想到你"，一如穆哈穆德"在沙漠的岁月里"想到真主。可见穆旦有点泛神论或多神论的意思，而不仅局限在基督教的观念里，目的是要对自己忠实，和忠实于神。即便"在无法形容你的时候"，也要"忍耐和快乐"。

一个是最后的请求：

> 这是时候了，这里是我们被曲解的生命
> 请你舒平，这里是我们枯竭的众心
> 请你揉合，
> 主啊，生命的源泉，让我们听见你流动的声音。

与西方的基督徒相比，穆旦的祈求有三点不同：

一，他不仅为自己也为人类祈求，而且似乎更加重在后者。

二，他祈求的并不全是灵魂而是生命和生活的理想化的改正。

三，他似乎并不完全相信他的祈求，因为他渴望得到神的声音。

1947 年 2 月于《新报》（沈阳）

我想要走

我想要走，走出这曲折的地方，
曲折如同空中电波每日的谎言，
和神气十足的残酷一再的呼喊
从中心麻木到我的五官；
我想要离开这普遍而无望的模仿，
这八小时的旋转和空虚的眼，
因为当恐惧扬起它的鞭子，
这么多罪恶我要洗消我的冤枉。

我想要走出这地方，然而却反抗：
一颗被绞痛的心当它知道脱逃，
它是买到了沉睡的敌情，
和这一片土地的曲折的伤痕；
我想要走，但我的钱还没有花完，
有这么多高楼还拉着我赌博，
有这么多无耻，就要现原形，
我想要走，但等我花完我的心愿。

（1947 年 10 月）

I WANT TO LEAVE

I want to leave, leave this twisted place,
Twisted like a rumor on the air everyday,
Crying out together with an airy cruelty,
Numbing from the center to my senses;
I want to leave this general and hopeless mimicry,
Leave this eight-hour circling and empty eyes,
Because when terror waves its whip,
I must wash away so many sins that wrong me.

I want to leave this place, but I rebel:
An painful heart, when it wants to escape,
Bought information about its enemy asleep,
And the twisted wounds of this land;
I want to leave, but my money has not been spent,
So many tall buildings are dragging me for gambling,
So much shamelessness needs exposing;
I want to leave, but I have to spend my hopes first.

(1947.10)

［解析］

穆旦的诗，有时似乎没有章法，写得很乱，很浪漫，很随意，有时又似乎写得很规矩，很实际，循规蹈矩，一板一眼。《我想要走》属于后者。你看，全诗分为两节，一节八行，四行一个层次，用分号隔开，而两节诗又用句号隔开。

我想不仅是主题所使然，写诗的心境也在起作用吧。

此时的主要事件，大约是在东北办报被查封的前后，是要离开的一个打算吧。实际上，甚至可以说，是诗人对于亚珍《送穆旦离沈》一文的一种回答，所以是有社会交际意义的。但也可以说，是穆旦赴美留学的前奏。

就更大的环境而言，穆旦前面写过一首《被围者》，这里可以说写的是突破被围的处境的心态。本来应当是激烈的，而它却平和，拟或是压抑下的平和心态？

不过，我想，这首诗仍然是很激烈的反叛的。一开头就是如此明朗的逃逸心态：

> 我想要走，走出这曲折的地方，

可是用词并不很狠，只是说这地方"曲折"，但具体的描写却很狠，说它空中的电波是谎言，有神气十足的残酷的呐喊，而中心却异常麻木，从中心直麻木到我的五官——人和世界都麻木到彻头彻尾了。

普遍而无望的模仿，忙碌的旋转和空虚的眼睛，恐惧像鞭子一样地抽打心灵，世道罪恶累累，我的冤枉深深。这还不厉害？

本来是要离开的，这地方的曲折原来是伤痕，"然而却反抗"，心的绞痛知道了逃脱，这是一个觉悟。然而，逃脱一个地方容易，逃离人的生存处境难呀，而困难恰好也在这里。显然生活对人还有诱惑，而人对于生活还有依恋情绪。不信，你听，他说，他的钱还没有花完，他的心愿还没有了结，而作为一个诗人，他要揭露现实的丑恶和虚伪，要让它们一一显出原形来，才肯离去。

可是，那高楼，那城市，那现代文明的象征，不是还等着我去挑战吗？

我走了，我想要走，可是，对不起，Not now!

逃离着，终于没有逃脱，这是人的存在所使然吗？

我想，是的！

暴　力

从一个民族的勃起
到一片土地的灰烬，
从历史的不公平的开始
到它反覆无终的终极：
每一步都是你的火焰。

从真理的赤裸的生命
到人们憎恨它是谎骗，
从爱情的微笑的花朵
到它的果实的宣言：
每一开口都露出你的牙齿。

从强制的集体的愚蠢
到文明的精密的计算，
从我们生命价值的推翻
到建立和再建立：
最得信任的仍是你的铁掌。

从我们今日的梦魇
到明日的难产的天堂，
从婴儿的第一声啼哭
直到他的不甘心的死亡：
一切遗传你的形象。

（1947 年 10 月）

260

VIOLENCE

From the rise of a nation
To the burn-down of a land,
From the unfair play of history
To its endless ultimate end:
Each step is your flame.

From the naked life of truth
To its hateful deception,
From the smiling flower of love
To the declaration of its fruit:
Each speech shows your teeth.

From the forced folly of the masses
To the civilized accurate calculation,
From the overthrow of our life's value
To its establishment and reestablishment:
The most credible is your iron palm.

From today's nightmare
To tomorrow's slow-coming heaven,
From the first cry of a baby
To his unwilling death:
All inherits your image.

(1947.10)

［解析］

对外的战争结束了，对内的战争还在继续。中国近代百年的军阀混战，在推翻了最后一个封建朝廷之后，几乎一直没有停止过。而上溯到中华民族的古代，甚至远古，那一战一和的策略，那一治一乱的模式，何曾发生过根本的变化？

即便人对人的战争结束了，人对自然的战争还在继续；即便人对自然的战争结束了，自然对人的战争还可能继续。

这世界，从古到今，从中到外，战争又该当何论？

而暴力，甚至在家庭中也有。

诗人对于暴力的思考，因而带有普遍的意义。

《暴力》是一首哲理诗，写得明白如话。

> 从一个民族的勃起，
> 到一片土地的灰烬，
> 从历史的不公平的开始
> 到它反覆无终的终极：
> 每一步都是你的火焰。

民族和朝代的开始与衰落，历史的开端和延续，在生离死别征战讨伐的侧面和背后，在君臣反目兄弟为仇的阴谋的之前或之后，始终是有暴力的火焰在燃烧，在推动，在加速，在毁灭。

如此看来，在真理的赤裸的宣传与谎言隐秘的撕破之间，从爱情的无言的微笑到生儿育女的哭天喊地之时，从个体的并不晓事的哭泣中的诞生以至于到他的不情愿的和让别人哭泣的死亡之间，暴力也有，也在起作用。

今日的梦魇的纠缠如果说也有暴力的影子，那么，明日的天堂的来临，也许会伴随着暴力的脚步。扩而言之，"从强制的集体的愚蠢/到文明的精密的计算"，"最得信任的仍是你的铁掌"——暴力。

于是，从认识论和价值论的结合上来说，"从我们生命价值的推翻/到建立和再建立"，从价值创立到重新认识，重新评价，这一人道主义最高的和最终的关怀上而言，暴力乃是一个少不了的法宝，舍此，似乎人类的文明就无法存在，无法推进，无法应对了。

然而，暴力也有终止的一天吧，如果说什么都是一个有条件的过程的话。可是，现在，和过去，暴力是火焰，是牙齿，是铁掌，是形象。这一切的综合就是，它燃烧，照亮，吞噬，传播，毁灭，遗传。

暴力是恶，然而它存在，不可忽视。于是，诗人写了这首诗。也许他看到的和经历到的和想到的和想象到的，太多了，太严重了，太真实了，不允许他不这样写。毕竟，他这样写了。

这就是那《野兽》的报复吗？

负伤的思考者啊！你痛苦而丰富，还深刻。

发　现

在你走过和我们相爱以前，
我不过是水，和水一样无形的沙粒，
你拥抱我才突然凝结成为肉体：
流着春天的浆液或擦过冬天的冰霜，
这新奇而紧密的时间和空间；

在你的肌肉和荒年歌唱我以前，
我不过是没有翅膀的暗哑的字句，
从没有张开它腋下的狂风，
当你以全身的笑声摇醒我的睡眠，
使我奇异的充满又迅速关闭；

你把我轻轻打开，一如春天
一瓣又一瓣的打开花朵，
你把我打开像幽暗的甬道
直达死的面前：在虚伪的日子下面
解开那被一切纠缠着的生命的根；

你向我走进，从你的太阳的升起
翻过天空直到我日落的波涛，
你走进而燃起一座灿烂的王宫：
由于你的大胆，就是你最遥远的边界：
我的皮肤也献出了心跳的虔诚。

（1947 年 10 月）

DISCOVERY

Before you came by and we fell in love,
I had been water, or formless sand like water,
You embraced me and I condensed into a body:
With spring liquid flowing or winter frost touching,
Here goes the novel and close time and space;

Before your muscle and famine year sang of me,
I had been nothing but wingless mute words,
Never spread from under the arms the hurricane,
When, with your laughter, you shook me up from sleep,
Filled me up and then closed me, strange to say;

You gently unlocked me, like spring
Unlocked the flower petal after petal,
You unlocked me like a dark corridor
Leading to death: under the days of hypocrisy
Unlocked the root of life interlocked somehow;

You are entering me, from your sunrise
Across the sky till my sunset over the sea,
You are entering and burning a brilliant palace,
Due to your bravery, even in your furthest frontier:
My skin dedicates my heart-beating loyalty.

(1947.10)

[解析]

《发现》是一首抒情诗，而且是向"你"的直接抒情。可是我们不知道"你"是谁，是什么。因为无论你用"什么"和"谁"来替代进去，都会产生合格而有意义的句子。也许我们会用爱情、真理、友谊、上帝、祖国、自我、自然，诸如此类，这些诗人常写的题材，帮助我们进行思考和感受。这样，我们也就会另有发现。

无论如何，《发现》非常优美而感人。我们不妨先以爱情的主题开始解释这首诗。

第一节是写我在认识你的一瞬间成为我自己，"肉体"也许是自己的代表，而在此之前我不过是沙砾和水，带有松散不整合的意味，和不自觉的意思。可是诗的句法和用词造成的综合效果比这要优美得多：

> 在你走过和我们相爱以前，
> 我不过是水，和水一样无形的沙粒，
> 你拥抱我才突然凝结成为肉体：
> ……

第二节前三行也是这样的：

> 在你的肌肉和荒年歌唱我以前，
> 我不过是没有翅膀的喑哑的字句，
> 从没有张开它腋下的狂风，
> ……

这里似乎在写诗人的想象力或诗本身。从"它"（本体）那"喑哑的字句"和"狂风"的比喻来看，又从第一节的"肉体"的对立面来看，此节应写精神方面的东西，而且和表达、扩张有关，而诗最接近。

接下来写打开。作为一种感觉的认识和智慧的开启，诗人用了三个意象来表示：花朵、甬道和根，自然只能是生命（其反面或尽头是"死"）的打开，而"生命的根"则完成了这一打开的过程。

于是，最后一节，诗人写对方进入他自己，然而，那不是单向度的进入，而是在做相反的运动：一方面是"你走进而燃起一座灿烂的王宫"，另一方面则是"我的皮肤也献出了心跳的虔诚"。至此，《发现》完成了这首诗的双向的形成，双向的开启，双向的进入，双向的发现。

请看最后一节如何写到发现的最高潮：

> 你向我走进，从你的太阳的升起
> 翻过天空直到我日落的波涛，
> 你走进而燃起一座灿烂的王宫，
> 由于你的大胆，就是你最遥远的边界，
> 我的皮肤也献出了心跳的虔诚。

不难看出，由于诗人用了日升日落和天空，和海洋，用了王宫和边界，用了皮肤和心灵（心跳），用了大胆和虔诚，于是这节诗在感觉上产生了壮阔而优美的风格和联想。使人在掩卷沉思之后，仍然久久不忍离去。

我歌颂肉体

我歌颂肉体，因为它是岩石
在我们的不肯定中肯定的岛屿。

我歌颂那被压迫的，和被蹂躏的，
有些人的吝啬和有些人的浪费：
那和神一样高，和蛆一样低的肉体。

我们从来没有触到它，
我们畏惧它而且给它封以一种律条，
但，原是自由的和那远山的花一样，丰富如同蕴藏
　　的煤一样，把平凡的轮廓露在外面，
它原是一颗种子而不是我们的奴隶。

性别是我们给它的僵死的诅咒，
我们幻化了它的实体而后伤害它，
我们感到了和外面的不可知的连系
　　和一片大陆，却又把它隔离。

那压制着它的是它的敌人：思想，
（笛卡尔说：我想，所以我存在。）
但什么是思想它不过是穿破的衣裳越穿越薄弱
　　越褪色越不能保护它所要保护的，
自由而活泼的，是那肉体。

I SING OF THE BODY

I sing of the body: for it is a rock,
In our uncertainty, it's an island of certainty.

I sing of the body, which is often oppressed and devastated,
Under-used by some, and overused by others:
Noble as a god and mean as a maggot is it.

We never really touch it,
We are fearful of it and give law to it,
But it should be free as flowers in a distant mountain, rich
    as coal buried underground, with its outlook shown so common,
It is a seed, not our slave.

Sex is what we give it a cursed stiff name,
We take a false image of it and then injure it,
We feel there's an unknown connection with the outside
    and a large landmass, but make it isolated.

What oppresses it is its enemy: the mind,
(Descartes said: I think, therefore I am.)
But what the mind is made of is only a worn-out dress,
    more wear, more worn and fade until it can no longer
    cover what it should cover,
What remains free and active is the body.

我歌颂肉体：因为它是大树的根。

摇吧，缤纷的枝叶，这里是你稳固的根基；

一切的事物使我困扰，

一切事物使我们相信而又不能相信，就要得到而又
　　不能得到，开始抛弃而又抛弃不开，

但肉体是我们已经得到的，这里。

这里是黑暗的憩息，

是在这块岩石上，成立我们和世界的距离，

是在这块岩石上，自然寄托了它一点东西，

风雨和太阳，时间和空间，都由于它的大胆的网罗
　　而投在我们怀里。

但是我们害怕它，歪曲它，幽禁它；

因为我们还没有把它的生命认为是我们的生命，还
　　没有把它的发展纳入我们的历史，

因为它的秘密还远在我们所有的语言之外，

我歌颂肉体：因为光明要从黑暗里出来，

你沉默而丰富的刹那，美的真实，我的上帝。

（1947 年 10 月）

270

I sing of the body: for it is the root of a tall tree.

Wave yourselves, leaves, for here is your firm and stable base.

Everything perplexes me,

We believe but disbelieve, own but disown, and connect but disconnect
    all but

The body, that is what we already get and have, here.

Here is a rest place for the dark.

It is on this rock that we decide a distance between the world and us,

It is in this rock that nature finds sustenance a bit,

Rain and sunlight, time and space, at a cordial invitation of the body,

    all throw themselves into our arms.

But we still fear, distort and imprison it;

For we don't take its life as our own, or

    take its development into our history,

For its secret lies far beyond the reach of our language.

I sing of the body: for light will grow out of dark,

The silent and rich moment of you, the body, is a reality in beauty, my God.

(1947.10)

［解析］

记得惠特曼有一首诗叫做《我歌颂带电的肉体》，而今穆旦也有了一首《我歌颂肉体》的诗。就诗歌的主题而言，可以说是弥补了中国诗的一项空白。

何以诗人爱写歌颂肉体的诗？也许由于诗人偏于感觉，而感觉基于肉体；或许由于差不多同样的原因，诗人借助于歌颂肉体对哲学家偏于理智而歌颂精神是一个反驳。沿着同一条思路，甚至是诗人对于宗教家注重灵魂而蔑视肉体的一种反抗。

还是请听诗人自己的说法吧。

> 我歌颂肉体；因为它是岩石
> 在我们的不肯定中肯定的岛屿。

> 我歌颂那被压迫的，和被踩蹦的，
> 有些人的吝啬和有些人的浪费：
> 那和神一样高，和蛆一样低的肉体。

肉体是岩石，在世界上是最肯定的部分。肉体既不高贵如神灵，也不卑下如蛆虫，而是和精神一样的存在。但肉体却常常处于精神的压迫之下，受到不公正的待遇。有的人滥用肉体，有的人则不懂得如何使用自己和他人的肉体，因而成了肉体的吝啬虫，徒然地浪费了造物的杰作。

人类对于自己肉体的认识和对自己的精神的认识一样，都是很不够的，主要是认识本身存在着障碍。其实，肉体是十分丰富的，是有生命而且要成长的，如一颗种子，或一层矿藏。它的外表平常，但渴望自由如同远山的花，而把平凡的外表露在外面。

> 性别是我们给它的僵死的诅咒，
> 我们幻化了它的实体而后伤害它，

我们感到了和外面的不可知的连系

　　　和一片大陆，却又把它隔离。

　　尤其是对待异性的肉体，是人类一大禁忌。我们从来未能认真地把它当实体（这里即躯体、肉体）对待，而是作为虚幻的对象加以欣赏或歪曲，伤害和利用。这样，我们就很难透过自己或他人的肉体，按照事物本来的样子和人性（包括男性和女性）的感觉那样感受外面的世界，或互相感触对方的肉体。在已经有了妇科和福柯的《性史》的今天，这一问题尤其值得我们重视和正视。

　　自从笛卡儿"我思故我在"的理论发表以来，思想压制躯体已经成为传统的一部分，而思想，一如包裹肉体的一层褪弃的衣衫，竟然僵化和稀薄到了不能保护肉体的程度，而肉体却始终是自由活泼的，朝气蓬勃的。

　　我歌颂肉体：因为它是大树的根。

　　它是我们已经得到和达到的这里，是不能抛弃和能够相信的。可老子想抛弃它，说人之大患，在于有身。他不懂得，肉体是自然，是感觉，是生命，是自我，语言不能彻底认识它，而它却可以传达语言不能传达的东西给我们，给他人，给世界。肉体是岩石，让我们重新回到这块岩石上：

　　是在这块岩石上，成立我们和世界的距离，

　　是在这块岩石上，自然寄托了它一点东西，

　　风雨和太阳，时间和空间，都由于它的大胆的网罗

　　　而投在我们的怀里。

　　但是我们害怕它，歪曲它，幽禁它；

　　因为我们还没有把它的生命认为我们的生命，

　　　还没有把它的发展纳入我们的历史，

　　因为它的秘密远在我们所有的语言之外，

我歌颂肉体，因为光明要从黑暗里站出来，
你沉默而丰富的刹那，美的真实，我的上帝。

肉体是美，是人体美，而在这人体美上，寄托了人的精神的圆润和光彩，也闪耀着造物的设计的智慧。
诗人怎能不歌颂肉体呢？

1943 年至 1946 年间在重庆

甘地之死

1

不用卫队，特务，或者黑色
的枪口，保卫你和人共有的光荣，
人民中的父亲，不用厚的墙壁，
把你的心隔绝像一座皇宫，

不用另一种想法，而只信仰
力和力的猜疑所放逐的和平，
不容忍借口或等待，拥抱它，
一如混乱的今日拥抱混乱的英雄，

于是被一颗子弹遗弃了，被
这充满火药的时代和我们的聪明，
甘地，累赘的善良，被挤出今日的大门，

一切向你挑战的从此可以歇手，
从此你是无害的名字，全世界都纪念
用流畅的演说，和遗忘你的行动。

2

恒河的水呵，接受着一点点灰烬，
接受举世暴乱中这寂灭的中心，
因为甘地已经死了，生命的微笑已经死了，

THE DEATH OF GANDHI

1.

No guards, no spy, no black
Gun to protect the glory you and your people share,
Father of the people, no thick wall to
Isolate your heart like a royal palace,

No other ideas but faith in peace
That is set on exile by power and suspect of power,
Intolerable of excuse or delay, embraces it
Like today's turmoil embraces the hero of turmoil,

So was deserted by a bullet, and by
The gunpowder-filled time and our wisdom,
Gandhi, kindness of burden, was pushed outside today's door,

All who have challenged you could stop from now on,
Now you are a harmless name, the whole world is in memory of you
With fluent speeches and forgetting-you actions.

2.

Water of the Ganges, please accept this little ash,
Accept the center of termination in the world of turmoil,
For Gandhi is dead, so is the smile of life,

人类曾瞄准过多的伤害，倒不如
任你的波涛给淹没于无形；
那不洁的曾是他的身体；不忠的，
是束缚他的欲念；像紧闭的门，
如今也已完全打开，让你流入，
他的祈祷从此安息为你流动的声音。
自然给出而又收回：但从没有
这样广大的它自己，容纳这样多人群，
恒河的水呵，接受它复归于一的灰烬，
甘地已经死了，虽然没有人死得这样少：
留下一片凝固的风景，一隅蓝天，阿门。

（1948 年 2 月 4 日）

Humankind once aimed at too many harms,

Why not flood them in your angry waves;

What was once unclean is his body; unfaithful

Was the desire that bound him; like a closed door,

Now is opened wide, for you to flow in,

His pray now calms down your flowing sound.

Nature takes back whatever he gives out; but never

So great of itself that contains so many people,

Water of the Ganges, please accept its ash that returns to One,

Gandhi is dead, though no one has died so less:

Only a solid landscape and a blue sky survive, Amen.

(1948.2.4)

［解析］

20 世纪的世界名人中，印度的圣雄甘地是一个不可不提的人物。

他为印度的独立与和平做出了重要的贡献，最后没有死在印度殖民主义者的手中，却死在自己同胞的枪口下。他一生坚持非暴力的主张，却为暴力的子弹所射杀。在世界文明史上，和在印度古国的文明史上，甘地都是一个不散的英灵，召唤着诗人的歌颂。

穆旦的《甘地之死》，便是一首颂歌，不，是两首纪念甘地的诗。

第一首侧重于写甘地死亡的事件。而且至少在诗行的设计上借用了十四行诗的写法。

前两节诗各四行，用了三个"不用"和一个"不容（忍）"，写了甘地的保卫的疏忽和无形，心灵高贵如皇宫，只信仰和平，和不容忍借口或等待拥抱它（信仰）几层意思，有力地写出了他和人民的血肉联系，他的和平政治主张的危险和他个人所面临的险境。然后，转入事件的正面描写：

> 于是被一颗子弹遗弃了，被
> 这充满火药的时代和我们的聪明，
> 甘地，累赘的善良，被挤出今日的大门，
>
> 一切向你挑战的从此可以歇手，
> 从此你是无害的名字，全世界都纪念
> 用流畅的演说，和遗忘你的行动。

这一首小诗，诗人用的写作技巧不少，扼要言之有三：

诗人巧妙地编制了许多反讽的语词，如"只信仰力和力的猜疑所放逐的和平""一如混乱的今日拥抱混乱的英雄""被一颗子弹遗弃了""累赘的善良""无害的名字""遗忘你的行动""被挤出今日的大门"，等等，大大地深化了主题并增加了反讽的语气。

另一方面，关于诗中的主体——甘地，诗人运用了不少的摹状词，在

不同上下文中具有不同的指代和指称作用，描述了甘地的不同侧面和事件的背景，例如，"人民的父亲""累赘的善良""无害的名字"。

其三，诗人按照读者接受的心理期待，布置了一系列的暗示语言，以便使读者在阅读中产生需要的预感，或审美期待，有趣味地读完整个过程。例如一开头用"不用卫队，特务，或者黑色/的枪口，保卫"，实际上是提醒读者有可能会出现意外；下来说"不容忍借口或等待，拥抱它，/一如混乱的今日拥抱混乱的英雄"，实际上交代了当时异常混乱的场面；直到"于是被一颗子弹遗弃了"之后，写到"甘地，累赘的善良，被挤出今日的大门"，人们终于明白，发生了什么事——且不说那"被一颗子弹遗弃了"中的"遗弃"给人留下侥幸逃生的一线希望。至此，倘若还难免保有幻想，那么，"从此你是无害的名字，全世界都纪念/用流畅的演说，和遗忘你的行动"，就不得不是最后的证明了。何况诗的标题《甘地之死》早就赫然显现了呢！

第二首借助恒河的祈祷，写出了深切的悼念之意。

恒河是祈祷的对象，因为她要接纳甘地的骨灰。诗中两次这样祈祷：

> 恒河的水呵，接受这一点点灰烬，
> 接受举世暴乱中这寂灭的中心，
> 因为甘地已经死了，生命的微笑已经死了，
> ……
>
> 恒河的水呵，接受它复归于一的灰烬，
> 甘地已经死了，虽然没有人死得这样少：
> 留下一片凝固的风景，一隅蓝天，阿门。

但又不仅仅是哀悼，诗中含有对人类文明的痛惜，例如说"人类曾瞄准过多的伤害，倒不如/任你的波涛给淹没于无形"。有对于甘地信仰也就是印度信仰的反思，如说"那不洁的曾是他的身体；不忠的，/是束缚他的欲念"。有写甘地之死的意义和影响，如说"自然给出而又收回：但从没有/这样广大的它自己，容纳这样多的人群"。

总之，这是一首杰出的诗篇，一如甘地的人格。

诗

1

在我们之间是永远的追寻：
你，一个不可知，横越我的里面
和外面，在那儿上帝统治着
呵，渺无踪迹的丛林的秘密，

爱情探索着，像解开自己的睡眠
无限地弥漫四方但没有越过
我的边沿；不能够获得的：
欢乐是在那合一的根里。

我们互吻，就以为已经抱住了——
呵，遥远而又遥远的。从何处浮来
耳、目、口、鼻，和警觉的刹那，
在时间的旋流上又向何处浮去。

你，安息的终点；我，一个开始。
我追寻于是展开这个世界。
但它是多么荒蛮，不断的失败
早就要把我们到处的抛弃。

POEMS

1.

Between you and I, is forever a search:
You, an unknown, lie both within and
Without me, where God rules over
Ah, the secret of traceless woods,

Which love seeks, as if unbuttoning a sleep
Diffusing in all directions, but not
Overstepping my edge; that not attainable:
Joy dwells in the interlocked root.

We kiss, thinking that we hold in our arms—
Something far and further away. From where comes
Sound, sight, taste, smell, and moment's alert,
To where they float at the whirl of time.

You're a peaceful end; I'm a beginner;
You search and unroll the world.
But how barbarous it is, and failures
Will desert us hither and thither.

2

当我们贴近，那黑色的浪潮
突然将我心灵的微光吹熄，
那多年的对立和万物的不安
都要从我温存的手指向外死去，

那至高的忧虑，凝固了多少个体的，
多少年凝固着我的形态，
也突然解开，再不能抵住
你我的血液流向无形的大海，

脱净样样日光的安排，
我们一切的追求终于来到黑暗里，
世界正闪烁，急躁，在一个谎上，
而我们忠实沉没，与原始合一，

当春天的花和春天的鸟，
还在传递我们的情话绵绵，
但你我已解体，化为群星飞扬，
向着一个不可及的谜底，逐渐沉淀。

（1948 年 4 月）

2.

As we come closer, the blackened tides
Suddenly blow off the glimmer of my heart,
Age-long opposition and universal unrest
Flow down from between my tender fingers and die,

That ultimate concern, which condenses so many individuals,
And has condensed for so many years my formation,
Then suddenly dissolves, and frees the surge of
Your and my blood pouring into the formless sea,

Taking off the arrangements of sunlight,
We, through all our searches, enter into darkness,
The world is shining, anxious, on a lie,
While we sink in earnest, and merge into the prime,

While in spring flowers and birds
Are still twittering out our love talk,
You and I am disintegrated into stars, flying
Towards an unreachable bottom of mystery, and precipitate.

(1948.4)

［解析］

诗人追寻诗，是一个永恒的追寻。

因为按照海德格尔《诗歌中的语言》的说法："每个伟大的诗人都只出于一首独一的诗来作诗。衡量其伟大的标准乃在于诗人在何种程度上致力于这种独一性，从而能够把他的诗意道说纯粹地保持在其中。"

穆旦的《诗》，就是在这个意义上关于诗的探索和追寻。共两首，现分别作以解读。

第一首：
第一节就是关于诗的形而上的思考：

> 在我们之间是永远的追寻：
> 你，一个不可知，横越我的里面
> 和外面，在那儿上帝统治着
> 呵，渺无踪迹的丛林的秘密，

诗人永远追寻着诗，而诗就在诗人的内外，却无踪迹可以追寻，也不可知，俨然是个无解的秘密。这里的上帝，应当说是异己的有创造力的力量而不是宗教信仰上的上帝。

第二节接着说，"爱情探索着"，"但没有越过我的边沿"，"欢乐是在合一的根里"。这是说，靠了对诗的热爱而探索，而这种探索也就是自我的探索。二者本来就是一回事，但却似乎"不能够获得的"，直到到达真正的合一，在那理想的境地。而对于诗本身的探索，却永远是一个谜。

诗是瞬间的感觉和体验，而不是一个固定的实体，若爱人，可以拥抱相吻。诗人与诗是若即若离的关系，在最近的时候，反而感觉相差更远。"呵，遥远而又遥远的"，正是这样的感叹。这是第三节。

最后一节，诗人这样写道：

　　　　你，安息的终点；我，一个开始，
　　　　你追寻于是展开这个世界。
　　　　但它是多么荒蛮，不断的失败
　　　　早就要把我们到处的抛弃。

　　和第一节第一句联系起来看，似乎这里诗也在追寻诗人，也就是说，诗的内在的东西也要靠诗人努力地表现出来才能成为诗。诗的追寻和写作的过程也就是展开世界的过程，或者说，诗向诗人展开了一个自己的世界。

　　而最后一句，说世界是荒蛮，是终究要抛弃诗人和诗，则是说诗人和诗的命运是一起的，而抛弃诗人和诗的世界，可以有双重的理解。第一种理解：由于诗人创作诗的"不断的失败"（须知诗人一生追寻的只有一首诗），而双方都会被抛弃，即诗不能称其为诗，而诗人也不能称其为诗人。

　　第二种理解，是说诗人所处的外部世界，而不是诗人在诗中创造的属于自己的世界。因为，诗人的命运乖戾，不受世人的重视，而诗的命运也是如此。这里显然不是指诗人的生存问题，而是诗歌和诗人的命运问题。

　　第二首：
　　第二首的解读要困难得多，因为它隐晦未明。
　　第一节似乎是说，在创作的过程中，当诗人仿佛要找到诗意的一瞬间，突然会感到若有所失。到底是什么要失去呢？我理解，这里是诗人最初的创作冲动，恐怕"万物的不安"（应当说是要表达的事物）和"多年的对立"（很可能指语词的组合关系），就要在这"黑色的浪潮"的冲击下迅速地丧失。对于写作而言，就是"都要从我的温存的手指向外死去"。须知诗人是靠灵感来写作的，而灵感是一闪而过，不留痕迹的。

　　　　那至高的忧虑，凝固了多少个体的，
　　　　多少年凝固着我的形态，
　　　　也突然解开，再不能抵住
　　　　你我的血液流向无形的大海，

这里似乎是说诗歌本身，那古老的传统的诗的形式，那曾经凝固过多少个体的诗中的忧虑，在诗意产生或自我找到的一瞬间突然得到解放，而诗人和诗一起，如奔腾的江河，再也无法遏制，一起奔向大海。这一路，"脱尽样样日光的安排"，即要按照新的需要重新进行安排，于是走进了一个黑暗，需要新的探索，而此时：

　　　　世界正闪烁，急躁，在一个谎上，
　　　　而我们忠实沉没，与原始合一，

　　外边的世界是不真实的，不安宁的，瞬息万变的，而我们，诗中的诗人，却有一个忠实的结合，一起沉下去。而当外面的世界已经改变，人们在谈论诗和诗人（即我们）时，

　　　　但你我已解体，化为群星飞扬，
　　　　向着一个不可及的谜底，逐渐沉淀。

　　诗人早已不复存在，沉入历史。而那创作本身所达到的诗的契合境界，则无从知晓，成为不可及的谜底，沉入传统。

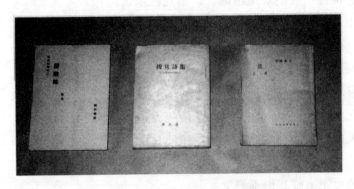

1945 年至 1948 年出版的穆旦三本诗集

诗四首

1

迎接新的世纪来临！
但世界还是只有一双遗传的手，
智慧来得很慢：我们还是用谎言、诅咒、术语，
翻译你不能获得的流动的文字，一如历史

在人类两手合抱的图案里
那永不移动的反复残杀，理想的
诞生的死亡，和双重人性：时间从两端流下来
带着今天的你：同样双绝，受伤，扭曲！

迎接新的世纪来临！但不要
懒惰而放心，给它穿人名、运动或主义的僵死的
　外衣
不要愚昧一下抱住它继续思索的主体，

迎接新的世纪来临！痛苦
而危险地，必须一再地选择死亡和蜕变，
一条条求生的源流，寻觅着自己向大海欢聚！

2

他们太需要信仰，人世的不平
突然一次把他们的意志锁紧，

FOUR POEMS

1.

Welcome the new century!
But the world still has hands of heritage only,
Wisdom comes too slow: with lies, spells, and terms,
We translate the flowing words unavailable to you, like history

Held between two palms of human hands,
That constant repetition of murder and slaughter, ideal
Birth of death and dual human nature: time flowing down
With today's you: all the same destroyed, wounded and distorted!

Welcome the new century! But not be
So lazy and assured, or dress it with the deadly names, movements
    and -isms,
Not that folly hold tight the subject who keeps on thinking,

Welcome the new century! Painful
And dangerous, one must once again choose death and change,
Streams for life are searching themselves towards the sea for a union!

2.

They want belief too much, the injustice of the world
Suddenly lock up their will at once,

从一本画像从夜晚的星空
他们摘下一个字，而要重新

排列世界用一串原始
的字句的切割，像小学生作算术
饥饿把人们交给他们做练习，
勇敢地求解答，"大家不满"给批了好分数，

用面包和抗议制造一致的欢呼
他们于是走进和恐怖并肩的权力，
推翻现状，成为现实，更要抹去未来的"不"，

爱情是太贵了：他们给出来
索去我们所有的知识和决定，
再向新全能看齐，划一人类像坟墓。

3

永未伸直的世纪，未痊愈的冤屈，
秩序底下的暗流，长期抵赖的债，
冰里冻结的热情现在要击开：
来吧，后台的一切出现在前台；

幻想，灯光，效果，都已集中，
"必然"已经登场，让我们听它的剧情——
呵人性不变的表格，虽然填上新名字，
行动的还占有行动，权力驻进迫害和不容忍，

善良的依旧善良，正义也仍旧流血而死，
谁是最后的胜利者？是那集体杀人的人？

From an album of photo and a starry night
They pick up one word, but rearrange

The world with a cluster of primitive
Words in cuts, like pupil's counting game,
Hunger subjects people to them for an exercise,
Bravely working out, "general discontent"—a good mark.

Bread and protest make a hail of one voice,
They step into power shoulder to shoulder with terror,
Overthrow reality, become reality, and wipe out NO in the future.

Love is too dear: they give it out
And take in all our knowledge and decision,
Before catching up with newer pentathlon, man in uniform or tomb.

3.

A never fully-developed century, a never fully-righted wrong,
An undercurrent of the order, a long-delayed debt,
A zeal frozen in ice is to be broken now:
Come on, all that behind the curtain is showing;

Illusions, lights, and effects all concentrate,
"Certainty" has come on stage, let's listen to its action—
Ah, a form with fixed human nature is filled with new names, though,
Actors occupy actions, power steps into persecution and intolerance,

The kind-hearted is still kind, and justice still bleeds till death;
Who is the last victor? Is that the collective murderer?

这是历史令人心碎的导演？

因为一次又一次，美丽的话叫人相信，
我们必然心碎，他必然成功，
一次又一次，只有成熟的技巧留存。

4

目前，为了坏的，向更坏争斗，
暴力，它正在兑现小小的成功，
政治说，美好的全在它脏污的手里，
跟它去吧，同志。阴谋，说谎，或者杀人。

做过了工具再来做工具，
所有受苦的人类都分别签字
制造更多的血泪，为了到达迂回的未来
对垒起"现在"：枪口，欢呼，和驾驶工具的

英雄：相信终点有爱在等待，
为爱所宽恕，于是错误又错误，
相信暴力的种子会开出和平，

逃跑的成功！一开始就在终点失败，
还要被吸进时间无数的角度，因为
面包和自由正获得我们，却不被获得！

（1948 年 8 月）

294

Is this directed by history that is heartbreaking?

For once again, beautiful words make belief,
That we're heartbroken, he is sure to win;
And once again, only mature skills remain.

4.

At present, for a thing bad, fight the worse still,
Violence is making good small successes,
Politics says that beauty is in its dirty hands,
Follow it, comrade. Trick, lie or kill.

Make yourself a tool after making tools,
All the miserables sign their signatures,
Make more blood-and-tear events for an indirect future,
Confront "the present": rifles, hails and tool-using

Heroes: convinced of love waiting at the other end,
Tolerated by love, and err and err again,
Convinced of peace flourishing from violence.

Successful fleeing! Fail at the very beginning,
And then be drawn into many dimensions of time, for
Bread and freedom are gaining us, not we're gaining!

(1948.8)

[解析]

　　《诗四首》是对一个时代、一段历史、一种文明的感受与思索。

> 迎接新的世纪来临！
> 但世界还是只有一双遗传的手，

　　似乎人类文明进程的惯性太大，人类的"智慧来得很慢"，真理并不能到处流行，"历史/在人类两手合抱的图案里"，"反复残杀"，理想有生有死，人性变为双重，人仍然在受伤、扭曲。虽然要"迎接新的世纪来临"，但诗人担心人们会"懒惰而放心"，提醒不要"给它穿人名、运动或主义的僵死的外衣/不要愚昧一下抱住它继续思索的主体"。诗人认为，历史仍然要在死亡和蜕变中获得新生，人类也会在痛苦和危险中摸索前行。

　　信仰是太需要了，但束缚意志的信仰有可能化理想为虚妄和幻想，"排列世界用一串原始/的字句切割，像小学生作算术"。"爱情是太贵了"，但为此可能要付出"知识和决定"的代价，整齐划一的模式有害而无益。他提醒人们，避免"用面包和抗议制造一致的欢呼"，注意"走进和恐怖并肩的权力，/推翻现状，成为现实，更要抹去未来的'不'"。

　　历史是人类活动的舞台。当"后台的一切出现在前台，//幻想，灯光，效果，都已集中，/'必然'已经登场"，诗人深深地忧虑：是否那"行动的还占有行动"，"善良的依旧善良"，正义是否"流血而死"。他甚至思考了，"谁是最后的胜利者"？历史的导演是否"令人心碎"？也许，在一个更长的变迁的视野里，在文明手段积淀的意义上，"一次又一次，只有成熟的技巧留存"。

　　历史的目标与工具，英雄与暴力，爱与错误，逃跑与成功，面包与自由——这一切历史哲学的问题，在穆旦的诗里，都有精深的思考和深深的忧虑。例如，历史的目的论，在诗中得到这样的批判："相信终点有爱在等待，/为爱所宽恕，于是错误又错误，/相信暴力的种子会开出和平"。也许在诗人看来，之所以会有很多的变形和不确定，就是因为一切不仅是人的行动和愿望，"还要被吸进时间无数的角度"，成为历史的因果关系链，成为一个有始而尚无终点的过程。

这许多问题，以及诸如此类的问题，是诗人在思考，并没有现成的答案。关于这些问题的答案的思考，是一个伟大的诗人所不能避免的，特别是在历史犹豫、彷徨的当儿，在历史的转折点，在历史发展的关键时刻，这样的思考是一个伟大诗人的品质，和素质所系。中国有这样的诗人，中国现代诗是幸运的。

在中国现代派诗歌的历史上，《诗四首》将奠定它的永久的地位。

并且在人类历史的进程中，会得到反复的验证和提示。

因为历史哲学在中国的缺乏吗？是，但不限于此。

苍　蝇

苍蝇呵，小小的苍蝇，
在阳光下飞来飞去，
谁知道一日三餐
你是怎样的寻觅？
谁知道你在哪儿
躲避昨夜的风雨？
世界是永远新鲜，
你永远这么好奇，
生活着，快乐地飞翔，
半饥半饱，活跃无比，
东闻一闻，西看一看，
也不管人们的厌腻，
我们掩鼻的地方
对你有香甜的蜜。
自居为平等的生命，
你也来歌唱夏季；
是一种幻觉，理想，
把你吸引到这里，
飞进门，又爬进窗，
来承受猛烈的拍击。

（1975 年）

298

A FLY

Fly, little fly,
Fly in the sunshine;
How you hunt for
Your three meals a day?
Where were you hidden
During last night storm?
The world is always new,
And you're so curious;
You live and fly merrily,
Half-hungry, very active,
Smell here, look out there,
Despite of man's disgust;
What we feel dirty and stinky,
You feed on as sweet as honey.
Take yourself an equal life,
You sing of the summer day;
Isn't it an illusive ideal
That brings you here,
Into the door, on the window?
A flyswatter is waiting for you.

(1975)

[解析]

世道是无情的。谁能想到，一个著名的诗人，会因为一首诗，而遭受迫害，被剥夺了写诗的权利，转瞬成为人下人呢？人生是有情的。谁又不会想到，经过了认真的思索和艰苦的努力，诗人穆旦会逐渐成为一个成果丰硕的诗歌翻译家呢？

自从 1948 年他写下《诗四首》那准备迎接新时代的诗篇，穆旦于 1949 年赴美留学，1953 年返回祖国，进了南开校园成为一名人民教师。在这中间他经历了新的社会的巨大变迁和个人心理上的艰难适应，经历了 1957 年的政治运动，于 1958 年接受机关管制，监督劳动和监督使用，又经历了"文化大革命"期间的批斗、抄家，和关"牛棚"。在经过了 1976 年的冬季，迎来了一个新的充满希望的春天之后，却突然在这一年的冬天撒手人寰，丢下了那 140 多首新诗和一腔重重的心事，丢下了那一整箱翻译手稿和一个渺茫的发表的希望，萧然离去。

时间倒回到 1975 年，5 月或 6 月的一天，诗人穆旦，不，翻译家查良铮，后来在写给好友杜运燮的一封信里说："我忽然在一个上午看到苍蝇飞，便写下这篇来。"这便是被诗人称为"戏作"的《苍蝇》。

《苍蝇》是 1957 年写了《九十九家争鸣记》那篇招祸的诗篇后就"封笔"，一直到 1975 年才自行恢复写作的第一首诗，也是这一年穆旦写下的唯一的一首诗。

> 苍蝇呵，小小的苍蝇，
> 在阳光下飞来飞去，

诗中充满仁慈的关照和亲切的爱护，饱经风霜的老人，询问这小小的生灵，一日三餐是怎样的寻觅？如何躲避昨夜的风雨？

> 世界是永远新鲜，
> 你永远这么好奇，

生活着，快乐地飞翔，
半饥半饱，活跃无比，
东闻一闻，西看一看，
也不管人们的厌腻，
……

　　艰苦的生活，乐观的情绪，好奇的心理，不倦的追飞，更有那"自居为平等的生命"的平等意识，和"对你有香甜的蜜"的独特的审美情趣，连同那把幻觉当理想，因而"也来要歌唱夏季"的不倦精神，无一不是诗人人格的真实写照。

　　然而，这美妙而可爱的飞翔和想入非非给打断了。当这小小的苍蝇不识时务，竟然"飞进门，又爬进窗"，进入了"人"的居室，哪怕是为理想所吸引，或为幻觉所诱惑，又岂能不遭受灭顶之灾？

　　苍蝇，是注定要"来承受猛烈的拍击"的呀！

　　这首小诗，诗人用了海涅笔法。

　　让我们稍微荡开一点儿。

　　古希腊 500 人法庭上，哲人苏格拉底在辩护中，说哲学家是一只牛虻（GADFLY），是神派往人间来刺激雅典这匹大马，以免它懒惰和失职的。由于他激怒了听众，和他那顽固而智慧的演说，当然还由于那不成立的罪名，哲人被判为死刑，而他又不愿意以做人的尊严的丧失来换取一个高龄老人的流放的生命。不久，一代哲人饮鸩而亡，成为人类哲学史上第一个为真理而殉道者。

　　后来，多少年过去了，在世界文明的中心地带欧洲，当革命掀起新的浪潮之时，有一位爱尔兰女作家伏尼契，写下了一本流传世界的小说，这就是《牛虻》。

　　就英文而言，《苍蝇》是 FLY ，而《牛虻》是 GADFLY 。二者之间似乎存在着某种联系。

　　《牛虻》在结尾也是一首小诗：

无论我活着

还是我死去

我都是一只

快乐的小苍蝇。

Then am I a happy fly

If I live or I die.

或者说，把双行押韵的格言小句翻译为一节四行的小诗篇什。妙哉！

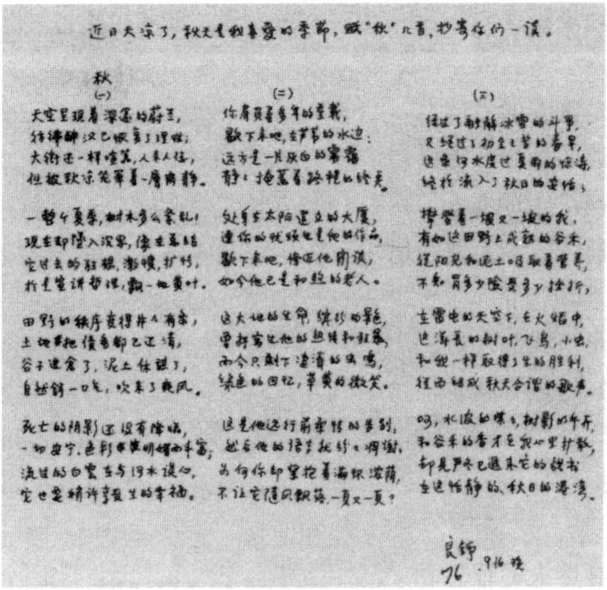

1976 年 9 月 16 日抄给诗友杜运燮夫妇《秋》手迹

智慧之歌

我已走到了幻想底尽头，
这是一片落叶飘零的树林，
每一片叶子标记着一种欢喜，
现在都枯黄地堆积在内心。

有一种欢喜是青春的爱情，
那是遥远天边的灿烂的流星，
有的不知去向，永远消逝了，
有的落在脚前，冰冷而僵硬。

另一种欢喜是喧腾的友谊，
茂盛的花不知道还有秋季，
社会的格局代替了血的沸腾，
生活的冷风把热情铸为实际。

另一种欢喜是迷人的理想，
它使我在荆棘之途走得够远，
为理想而痛苦并不可怕，
可怕的是看它终于成笑谈。

只有痛苦还在，它是日常生活
每天在惩罚自己过去的傲慢，
那绚烂的天空都受到谴责，
还有什么彩色留在这片荒原？

SONG OF WISDOM

I've now reached the end of fancy,
Where lies a foliage-shed forest;
Each leaf stands for a kind of joy,
All heap up in my heart, withered and dry.

One joy is the love of youthful days,
They're shooting stars far in the night space;
Some can be found nowhere, and forever gone;
Some land at my foot, cold and hard.

Another joy is a hubbub of friendship,
Full blossom knows no incoming fall;
Society's stereotype dammed boiling blood,
Life's cold current shaped passion into reality.

Still another joy is ideal, so fascinating,
It led me further away through thorns;
It's not unlucky to die for one's ideal,
But to see it becoming a joke, oh, my dear!

Only pain stays with me in everyday life,
Everyday it punishes me for my self-content;
When the colorful sky is being condemned,
What color could remain in this wasteland?

但唯有一棵智慧之树不凋，
我知道它以我的苦汁为营养，
它的碧绿是对我无情的嘲弄，
我咒诅它每一片叶的滋长。

（1976 年 3 月）

But the tree of wisdom stands evergreen,
Feeding on the fluid of my suffering, I know;
I feel being mocked by its green growth,
And I curse the shoot of each bud.

(1976.3)

[解析]

在古希腊语言中，诗人写诗和工匠制作（make）是同一个字，同一个意思。

诗人有情绪型的，如徐志摩，有意志型的，如毛泽东，有智慧型的，如爱默生。穆旦是智慧型诗人，他的诗，把情绪体现化为哲理思索，在其中又熔铸着意志。而智慧型的诗人愈到老年愈见智慧的圆通老到，他的诗就写得愈好，愈圆润，愈优美，愈加发人深思，也愈加感动人！

《智慧之歌》是诗人穆旦的代表作，尤其是后期的代表作，写于 1976 年 3 月那个尚未解冻的春天里。

> 我已走到了幻想底尽头，
> 这是一片落叶飘零的树林，
> 每一片叶子标记着一种欢喜，
> 现在都枯黄地堆积在内心。

那深沉和从容，那坦率和真诚，圆润和熟通，在久经磨难的人生体验过后，诗人犹如散步在落叶飘零的林间，满目萧瑟，意象与韵律的谐和，思想与情感的交融，别有一番滋味在心头。

此时，爱情，那曾经闪烁在天边的流星，那曾经给过诗人欢喜和灵感的青年时代的爱情，如梦幻般飞落消散！"有的不知去向，永远消逝了，/有的落在脚前，冰冷而僵硬。"

友谊，那曾经一度喧腾的同学少年，那如花似玉的豆蔻年华，不知道还有秋季，有霜冻，有冰雪，有寒风凛冽，唉！"社会的格局代替了血的沸腾，/生活的冷风把热情铸为实际。"

那迷人的理想呢？那如战旗在高空飘扬的自由的象征，死难战友直瞪瞪的目光里闪烁的希望，曾经"使我在荆棘之途走得够远"，而今，我仍然是锲而不舍，甘愿为之付出生命，忍受痛苦。可是，"为理想而痛苦并不可怕，/可怕的是看它终于成笑谈"哪！

308

只有痛苦还在，它是日常生活
每天在惩罚自己过去的傲慢，
那绚烂的天空都受到谴责，
还有什么彩色留在这片荒原？

　　这里，也许有深深的忏悔，也许有深深的自责，有丰富的痛苦，和痛苦的丰富，然而之于诗人，较之那些心灵干枯如荒漠的人，不也是一种幸运，一笔财富？又有什么值得灰心的呢？

但唯有一棵智慧之树不凋，
我知道它以我的苦汁为营养，
它的碧绿是对我无情的嘲弄，
我咒诅它每一片叶的滋长。

　　在这首诗的最后，诗人回到了伊甸园，回到智慧之树那古老的象征中。在为智慧付出痛苦的生命中，生命哲学高于智慧之树。显然这是一种东方的智慧，超越了西方的智慧。东西方智慧的融合和超越，是穆旦这种智慧性诗人的最高的创造力的表现，也是迄今为止新诗所达到的最高的创作水平和认识水平。在将人的生命奉献给智慧之树的生命的过程中，人的生命枯竭了，而智慧之树得以永生。这本身就是一种反讽。反讽是现代派诗歌的常见手法，但也是一种思维方式，是生活的逻辑和体验的逻辑所体现的真理。在这里，诗与哲学合一，东西方合一，智慧与情感与意志合一。真善美合一。乃有这首《智慧之歌》。明乎此，乃有这首《智慧之歌》的解读与理解。

演　出

慷慨陈词，愤怒，赞美和欢笑
是暗处的眼睛早期待的表演，
只看按照这出戏的人物表，
演员如何配置精彩的情感。

终至台上下已习惯这种伪装，
而对天真和赤裸反倒奇怪：
怎么会有了不和谐的音响？
快把这削平，掩饰，造作，修改。

为反常的效果而费尽心机，
每一个形式都要求光洁，完美；
"这就是生活"，但违反自然的规律，
尽管演员已狡狯得毫不狡狯，

却不知背弃了多少黄金的心
而到处只看见赝币在流通，
它买到的不是珍贵的共鸣
而是热烈鼓掌下的无动于衷。

（1976 年 4 月）

PERFORMENCE

Excitement, anger, praise and laugh,
Make up the expectant eyes in the dark,
Awaiting how actors and actresses arrange
Their feelings according to the characters of the play.

Both performers and audience are used to disguises,
Innocence and nakedness seem strange, though:
Why? Is there an inharmonious sound?
Wipe it out, or cover it up, or patch it up.

For an abnormal effect, they are so skillful,
Each form is required to be shining and perfect;
"This is life", but against nature's law,
Though skills are concealed sophisticatedly.

Many a golden heart is betrayed,
For counterfeit coin is seen in circulation;
What is bought is not valuable resonance,
But indifference in warm applause.

(1976.4)

［解析］

卓越的诗人是一位卓越的艺术家。一道在别人走过时是不起眼的风景，在他的眼中和手里会变出一件艺术品，让人赞叹，和珍藏。比如，偶尔观看一场演出，会引起诗人各种联想和思考，而舞台上的演出这种古已有之的艺术，在诗人穆旦的眼中，也便成了一个绝妙的表达对社会人生和戏剧艺术的看法的机会和题材。

先是演出开始前观众的心理期待。期待什么呢？如果说观众早已经知道一出戏的故事情节和出场人物，那么他们期待的就是看"演员如何配制精彩的情感"，然后再根据演出的情况来做出各种不同的反应。看来，毋宁说观众期待于表演的正是自己的反应，而自己的反应，总不外是"慷慨陈词，愤怒，赞美和欢笑"。

而舞台艺术的本质在于"伪装"，这在台上台下是一致的看法和不变的规矩，于是，"对天真和赤裸反倒奇怪"。如果出现了"不和谐的音响"，就"快把它削平，掩饰，造作，修改"，让一切符合既定的标准和程式。这样，艺术就成为千篇一律的模仿和抄袭，而不再有独特的创造和审美的眼光。

可是，戏剧总得有点新鲜的效果，为此而费尽心机，最容易造成形式上的挑剔和苛求。从概念和公式出发去生造生活，哪怕演员再认真地去表演，也难以有好的艺术效果。因为，生活的要点在于真实，而艺术的法则是模仿自然。没有真情实感就是违背人性和人心，不自然的表演只能落得个"赝币在流通"，和"热烈鼓掌下的无动于衷"。

这首诗，可以说十分准确而富于哲理地勾画了文化专制主义盛行时候的艺术真相，为艺术和人生都提供了有益的反面借鉴作用。

1975 年在天津南开大学东村 70 号前

城市的街心

大街伸延着像乐曲的五线谱，
人的符号，车的符号，房子的符号
密密排列着在我的心上流过去，
起伏的欲望呵，唱一串什么曲调？——
不管我是悲哀，不管你是欢乐，
也不管谁明天再也不会走来了，
它只唱着超时间的冷漠的歌，
从早晨的匆忙，到午夜的寂寥，
一年又一年，使人生底过客
感到自己的心比街心更老。
只除了有时候，在雷电的闪射下
我见它对我发出抗议的大笑。

（1976 年 4 月）

HEART OF THE CITY

Streets stretch like a stave in music,

Symbols of men, of cars, and of houses,

Densely arranged, flow through my heart;

Surging desire, sing a song, but to what tone?

No matter how deep grief I am in, how happy you are,

No matter who will no longer come back tomorrow,

It is singing a timeless and melancholic song,

From busy morning to lonely midnight,

Year in and year out, making any passerby of life

Feel that his heart is older than the heart of the city

Except sometimes, with a lightning overhead,

I see it laughing at me in protest.

(1976.4)

［解析］

城市是现代文明的集中体现，对于城市的思考构成现代诗人的常见主题之一。虽然从传统的意义上来说，似乎农村更加容易成为诗的对象和内容。这样，一个否定城市现代文明，回归乡村传统生活的倾向，就成为浪漫派诗人的主要倾向。

穆旦的诗不是这样。他把乡村生活作为民族的传统的根来写，而把城市作为一种现代生活形态来写。所谓对城市生活的批判，就包括了对于现代文明的批判。1948 年，穆旦写过《城市的舞》，从他运用旋转意象揭示城市生活的真相来看，当时他已经具有相当深刻的认识了。例如，那"高速度的昏眩，街中心的郁热"，"钢筋铁骨的神"把人切割，甚至"磨成同一颜色的细粉"。那虚荣、速度、渺小、空洞，都给人留下了深刻的印象。最是那"为什么？为什么？然而我们已跳进这城市的回旋的舞"的开端和结尾，令人始终难以忘怀。

时隔 28 年，当年的热血青年已步入老迈之年。当诗人再度站在街头注视来往的人流和车流，真是百感交集，感慨万千。热情已经冷却，爱心变得忧郁，一切都淡化了，弱化了，抽象成为符号，像是流动不息的音乐，在耳际轰鸣，或嗡嗡。

> 大街伸延着像乐曲的五线谱，
> 人的符号，车的符号，房子的符号
> 密密排列着在我的心上流过去，
> 起伏的欲望呵，唱一串什么曲调？——

诗人感觉到，悠悠岁月，渺渺尘世，"它只唱着超时间的冷漠的歌"，"使人生底过客感到自己比街心更老"。似乎诗人是彻底地失望了。可是，且慢，在诗的结尾，诗人分明是不甘心的，不服气的，因为有的时候，"在雷电的闪射下，我见它对我发出抗议的大笑"。

"烈士暮年，壮心不已"。这时，我们会突然想到一句古诗。

然而，就诗本身而言，我们更惊异于诗人在街心车水马龙的流动中听到或看到音乐的通感作用，和把一切眼前景色虚化为符号的抽象能力。这种实景虚化和视听混合的特殊效果，乃是真正的艺术技巧和诗性思维发达的标志。

这里，艾略特的影响，明显地存在。

诗

诗，请把幻想之舟浮来，
稍许分担我心上的重载。

诗，我要发出不平的呼声，
但你为难我说：不成！

诗人的悲哀早已汗牛充栋，
你可会从这里更登高一层？

多少人的痛苦都随身而没，
从未开花、结实、变为诗歌。

你可会摆出形象底筵席，
一节节山珍海味的言语？

要紧的是能含泪强为言笑，
没有人要展读一串惊叹号！

诗呵，我知道你已高不可攀，
千万卷名诗早已堆积如山：

印在一张黄纸上的几行字，
等待后世的某个人来探视，

POETRY

Poetry, row your boat of fancy this way,
And release the heavy load a bit off my heart.

I'm about to cry out against injustice,
Poetry, you stop me and say: No, no!

Miseries for poets are already too many,
Don't you mean to add some more atop?

So many sad stories are gone with the wind,
Never bloom, or bear fruits, or complete in a poem.

Do you wish to lay a table of images,
Or present words so rare as valuable foods?

The point is to force a smile in tears,
None enjoys reading a bunch of exclamation marks!

Poetry, you stand so high that I can't reach,
Volumes of wonderful poetry pile up like hills.

A few words, a few lines, on a few age-long pages
Await a close look into it by the posterity.

设想这火热的熔岩的苦痛
伏在灰尘下变得冷而又冷……

又何必追求破纸上的永生，
沉默是痛苦的至高的见证。

（1976 年 4 月）

320

Imaging that agony embedded in the blazing hot lava
Turn gradually cold under a thick layer of dust…

Why then still seeking eternity out of wrinkled paper?
Silence is the uttermost witness of a miserable soul.

(1976.4)

[解析]

诗人是要写诗的，不写诗不能称其为诗人。

诗人一生写了不止一首关于诗的诗，可是这一首《诗》，是诗人最后一首《诗》。和前几首关于诗的诗中对于诗的形上思考不同，这里的诗人真的把诗作为对象来要求，来对话了，来寄托了。

诗人想写诗了，可他为的是借助诗的"幻想之舟"，分担自己"心上的重载"。诗本来是可以鸣不平的，可是诗人却犹豫了："诗人的悲哀早已汗牛充栋，/你可会从这里更登高一层？"何况，多少人的悲哀都在没有来得及变成诗篇以前就烟消云散了呢。

可是，诗人依然放不下要写的诗，他想摆上"形象底筵席"，用语言做"山珍海味"，而且告诫自己（生怕自己长久不写诗会手生似的），或者提醒后来者，"要紧的是能含泪强为言笑"，不要只是惊叹不已。

诗人，转而又担心，自己的诗达不到水准，因为"千万卷名诗早已堆积如山"，或者自己没有读者，甚至自己在地底下漠然无知。最后，诗人终于决定不写。他甚至愤愤地说：

> 又何必追求破纸上的永生，
> 沉默是痛苦的至高的见证。

可他还是写了，而且写了一首两行一节押韵的"信天游"风格的诗。从诗的组织方式来说，这是一种比较容易写的诗。

如果说前面的《诗》，尚有一些形而上的追求，是理性的，那么，这首《诗》，则是感性的，生活化了的。

然而，诗冰冷的本体，和生活火热的追求，之间仍然有明显的距离。

那么，诗于生活的意义是什么呢？有没有意义呢？

诗人何为？诗人何谓？

诗人不语的时候，诗当何为？诗当何谓？

1981 年至 2000 年出版的穆旦诗全集、选集、合集书影

听说我老了

我穿着一件破衣衫出门，
这么丑，我看着都觉得好笑，
因为我原有许多好的衣衫
都已让它在岁月里烂掉。

人们对我说：你老了，你老了，
但谁也没有看见赤裸的我，
只有在我深心的旷野中
才高唱出真正的自我之歌。

它唱到，"时间愚弄不了我，
我没有卖给青春，也不卖给老年，
我只不过随时序换一换装，
参加这场化装舞会的表演。

"但我常常和大雁在碧空翱翔，
或者和蛟龙在海里翻腾，
凝神的山峦也时常邀请我
到它那辽阔的静穆里做梦。"

（1976 年 4 月）

THEY SAY I AM OLD

I go out in an old shirt,
So ugly, a laughingstock to me even,
For so many decent shirts I once had
Now become rags through the age.

They say: You're old, old really,
But none's ever seen the naked me,
Only in the depths of my inner life I sing,
And I sing a song of my true self.

The song goes: "Time cannot fool me.
I never sell myself to youth, nor to aging;
I merely change clothes for different seasons,
And change for a masquerade of life.

"Still I can fly in the air with wild geese,
And swim in the sea with the dragon,
Or I sometimes have a dream in peace
In the wildness of great mountains."

(1976.4)

［解析］

　　鲁迅先生写《自嘲》的时候，是在去世前 4 年，其中有一句"破帽遮颜过闹市"，可谓写尽人间凄凉。而青年时期曾推崇过鲁迅的穆旦，也是历尽艰辛，直到老迈之年，才终于感觉到自己有点儿龙钟之态了。

> 我穿着一件破衣衫出门，
> 这么丑，我看着都觉得好笑，
> 因为我原有许多好的衣衫，
> 都让它在岁月里烂掉。

　　似乎是不经意地写出一点日常生活的小场景，其实却有不少的潜台词和互文性。把老年与衣衫并置，甚至让心灵放声歌唱，在穆旦推崇过的爱尔兰著名诗人叶芝的《驶向拜占庭》的第二节就有：

> 老人是无用的东西一件，
> 一件挂在竿子上的破衣衫，
> 除非他的灵魂能放声高唱，
> 高唱破衣下血肉之躯的腐烂。
>
> （朱墨译）

　　虽然在中国"需有更大的勇气/才敢于赤身行走"（叶芝诗句），但穆旦毕竟敢于向世人把胸怀袒露。须知写衣衫是为了写人，写那"赤裸的我"，那谁也没看见的真我、自我，那曾经无数次死掉而又再生的我，那熔铸了全中国和全人类无数小我的大我的我。而诗人不无骄傲地说，"只有在我深心的旷野中，才高唱出真正的自我之歌"。

　　于是，衣衫不再是重要的问题，而不过是"随时序换一换装"而已。而人生也不过是一场"化装舞会"，我不过是赶上了参加一番表演而已。可这里丝毫没有做戏的意思，因为诗人是时间的主人，他大声地宣布：

时间愚弄不了我，

我没有出卖给青春，也不卖给老年，

智慧诗人啊，你的真我保持了，你是一个真正的人。

老年不是你的名字，青年不是你的名字。虽然你老了，可时常保持了
年轻的心，在你的心灵深处，你有飞翔，有翻腾，有凝神，有美梦：

但我常常和大雁在碧空翱翔，

或者和蛟龙在海里翻腾，

凝神的山峦也时常邀请我

到它那辽阔的静穆里做梦。

爱智之人，与智慧同在。智慧不老，想必人生也不会老的吧。
明智之人呢？他有的就是适应老的智慧，或许与智慧同老吧。

春

春意闹：花朵、新绿和你的青春
一度聚会在我的早年，散发着
秘密的传单，宣传热带和迷信，
激烈鼓动推翻我弱小的王国；

你们带来了一场不意的暴乱，
把我流放到……一片破碎的梦；
从那里我拾起一些寒冷的智慧，
卫护我的心又走上途程。

多年不见你了，然而你的伙伴
春天的花和鸟，又在我眼前喧闹，
我没忘记它们对我暗含的敌意
和无辜的欢乐被诱入的苦恼；

你走过而消失，只有淡淡的回忆
稍稍把你唤出那逝去的年代，
而我的老年也已筑起寒冷的城，
把一切轻浮的欢乐关在城外。

被围困在花的梦和鸟的鼓噪中，
寂静的石墙内今天有了回声
回荡着那暴乱的过去，只一刹那，
使我悒郁地珍惜这生之进攻……

（1976 年 5 月）

SPRING

Spring is bustling: flowers, green buds and your youth
Once gathered in my early life, spreading secret booklets,
Propagandizing tropical zones and blind faith,
Agitating an overthrow of my weakened kingdom;

You brought about an undesirable riot,
And set me on exile to … a broken dream,
Where I picked up some frozen wisdom,
Which escorted me another journey of heart.

Long time no see, yet today again, your friends,
Flowers and birds of spring, throng before me,
But I don't forget their hidden hostility
And innocent merry induced into annoyance;

You came and went away, a faint memory
Brings you back out of years that past,
While my aging has built a freezing wall,
Shutting outside all flighty merry.

Enclosed in dreams of flower and chirps of birds,
My silent stone wall is now sounded with an echo
Echoing the riots of the past, for a moment only,
And, I still cherish, in gloom, this attack of life…

(1976.5)

[解析]

春夏秋冬本是自然现象，一年四季的循环，也是有规律可循。不过，由于自然界四时景色的变换，再加上气候和人的生存及心境之间的关系，春夏秋冬带上了人文色彩，至少和人的生命运作形成了某种对应的节奏。如果考虑到人的民族性和个性，则一年四季的体验会随着某一民族和个人的人生经验而带有民族的或个人的好恶之感。

穆旦较集中地写四季的诗，幸运地出现在人生的晚年。

《春》是他的第一首。写在《听说我老了》和《沉思》之后，始终带有一种回忆的语调。

"春意闹"三个字，引出一串新绿和花朵，聚会在诗人的早年。运用"散发着/秘密的传单，宣传热带和迷信，/激烈鼓动推翻我弱小的王国"等词语，造成酝酿一场"暴乱"然后把我"流放"的印象，极力写春天孕育风暴的热烈。接着，用"一些寒冷的智慧，/卫护我的心又走上了途程"，表明诗人在变得冷静了些，成熟了些。"多年不见你了"，一句话直接转入相遇的描写：春天又在眼前喧闹，而诗人却没忘记那暗含的敌意，和曾被诱惑的痛苦，·因此保持了一种警惕。

> 你走过而消失，只有淡淡的回忆
> 稍稍把你唤出那逝去的年代，
> 而我的老年也已筑起寒冷的城，
> 把一切轻浮的欢乐关在城外。

守在这老年的城里，诗人并不能完全拒绝春天的诱惑。当"花的梦和鸟的鼓噪"在城外重新发起"生之进攻"时，你听，"寂静的石墙内今天有了回声"。而诗人，对于这老年时代的春天的呼唤，在忧郁的心境中反而感到格外的珍惜。

可以说，这是一首从冬的窗口回首春天的诗。

在一年四季的四扇屏里，春是第一道风景。

穆旦故居，天津南开大学东村 70 号，在左边后排第二门。（摄于 1985 年秋）

夏

绿色要说话，红色的血要说话，
浊重而喧腾，一齐说得嘈杂！
是太阳的感情在大地上迸发。

太阳要写一篇伟大的史诗，
富于强烈的感情，热闹的故事，
但没有思想，只是文字，文字，文字。

他要写出我的苦恼的旅程，
正写到高潮，就换了主人公，
我汗流浃背地躲进冥想中。

他写出了世界上的一切大事，
（这我们从报纸上已经阅知）
只不过要证明自己的热炽。

冷静的冬天是个批评家，
把作品的许多话一笔抹杀，
却仍然给了它肯定的评价。

据说，作品一章章有其连贯，
从中可以看到构思的谨严，
因此还要拿给春天去出版。

（1976 年 6 月）

SUMMER

Green color wants a voice, red blood wants a voice,
Dirty, deep and bustling, all speak in a chorus!
The sun's passion explodes on the earth.

The sun wants to write a great epic,
Full of strong passions and exciting stories,
With no idea but words, words, words.

He writes about my sorrowful journey,
And yet changes its hero at the climax,
And I, sweating all over, hide in meditation.

He writes about all big events in the world,
(All we know from reading newspapers)
Only to prove that he is burning hot.

Calm winter is a critique,
Who wipes out many a word from the works,
Yet still gives it a positive remark.

Works, it is said, should be of cohesion,
To reveal a coherence of composition,
And to be published by spring.

(1976.6)

［解析］

穆旦最不喜欢夏天。他认为夏天太嘈杂，太浊重，太喧腾，"绿色要说话，红色的血要说话"，"太阳的感情在大地上迸发"。

夏天还很空洞，一如那没有韵味和个性的时代：

> 太阳要写一篇伟大的史诗，
> 富于强烈的感情，热闹的故事，
> 但没有思想，只是文字，文字，文字。

字，字，字（words，words，words），这里可以听到《哈姆雷特》的独白。枯燥，干瘪，在中国特有的语境下，如同新闻是赤裸的事实堆积，只要证明单调的热炽，而诗人只好"躲进冥想"中。

穆旦构思的巧妙在于运用文艺创作和夏天（还有其他季节）之间构成联想参照。于是，就不是单纯地写天气，而是写氛围和气象，和心境。

> 冷静的冬天是个批评家，
> 把作品的许多话一笔抹杀，
> 却仍然给了它肯定的评价。

从那个时代过来的人都不难理解这里说的文艺问题，而又不仅仅是文艺问题。文艺生活的不正常，和文艺批评的不正常，要等到春天才会改变。春天，是发表和出版的季节。

1976 年 6 月，离那举国欢庆的 10 月，已经不远了。

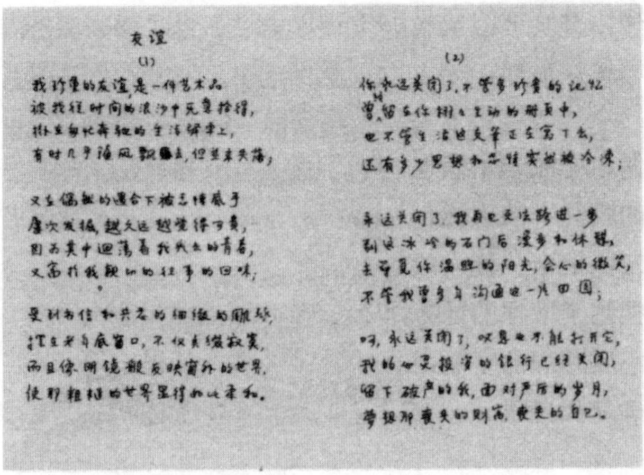

1976 年抄给诗友杜运燮夫妇《友谊》手迹

自 己

不知哪个世界才是他的家乡，
他选择了这种语言，这种宗教，
他在沙上搭起一个临时的帐篷，
于是受着头上一颗小星的笼罩，
他开始和事物作着感情的交易：
不知那是否确是我自己。

在征途上他偶尔碰见一个偶像，
于是变成它的膜拜者的模样，
把这些称为友，把那些称为敌，
喜怒哀乐都摆到了应摆的地方，
他的生活的小店辉煌而富丽：
不知那是否确是我自己。

昌盛了一个时期，他就破了产，
仿佛一个王朝被自己的手推翻，
事物冷淡他，嘲笑他，惩罚他，
但他失掉的不过是一个王冠，
午夜不眠时他确曾感到忧郁：
不知那是否确是我自己。

另一个世界招贴着寻人启事，
他的失踪引起了空室的惊讶，
那里另有一场梦等他去睡眠，
还有多少谣言都等着制造他，

MY SELF

Which world did he make himself a home?
He chose this language, and this faith;
He set a tent for him in the sands,
And was under the canopy of a little star,
He began bartering away his emotions:
Knowing not if it is for sure myself.

At a loss he met by chance with an image,
And he changed into what he worshiped,
And called these friends, and those, foes,
And placed all his feelings in good places,
And his life's little shop is glorious:
Knowing not if it is for sure myself.

After a while of flourishing he went bankrupt,
As if a dynasty is overthrown by his own hands,
Everything turns cold, mocking and punishing him,
Yet he lost nothing but a royal crown,
And he did feel gloomy at midnight:
Knowing not if it is for sure myself.

A message was put up in another world for a missing man,
And missing of him caused an astonishment in the vacant house,
There is another dream waiting for him to dream,
And a lot of rumors are waiting for him, too,

这都暗示一本未写出的传记：
不知我是否失去了我自己。

（1976 年 7 月）

All's but a hint for an unwritten biography:
Knowing not if it is for sure a loss of myself.

(1976.7)

[解析]

诗人的一生，是追寻自我的一生。

穆旦的诗，从较早的《防空洞里的抒情诗》《从空虚到充实》《我》《童年》《我向自己说》《我想要走》，到后来的《葬歌》《智慧之歌》《听说我老了》，一直到这里的《自己》，还有后来的《"我"的形成》《老年的梦呓》《问》，形成了一条追寻自我的连贯而断续的线索，构成诗人一生写诗的一大主题。

早在《从空虚到充实》（1939 年）中，诗人就发出这样的感叹：

> 啊，谁知道我曾经怎样寻找
> 我的一些可怜的化身。

如今，到了 1976 年，经过这么多年的探索和追求，诗人仍然在对《自己》进行开始的发问：

> 不知哪个世界才是他的家乡，
> 他选择了这种语言，这种宗教，

上面的"我"就是我，而"他"也是我。这种分身术的使用，象征性地说明自我的分裂状。劈空而来的第一句，说明诗人对于生存和归宿有极强烈而明晰的意识。而"这种语言，这种宗教"，并不是并列的关系，而是复指和同一概念，很可能是写诗这样一种人生，而以语言指诗，又把诗当作宗教给予虔诚，可能更加符合诗人的本意。沙上帐篷，根基不牢之谓；小星笼罩，命运不吉之喻；以感情作为最后的资本，和世界打交道，还能有什么比这更真实、更可悲的吗？然而，诗人仍在怀疑："不知那是否确是我自己"。

于是，诗人的一生，都以写诗的顺利与否来衡量并据以划分阶段。

有这么一个时期：

在迷途上他偶尔碰见一个偶像，

于是变成它的膜拜者的模样，

据以划分敌与友，配制各种感情。于是"生活的小店辉煌而富丽"。这是多么的顺利呀！可是诗人仍然"不知那是否确是我自己"。好不容易"昌盛了一个时期，他就破了产"，受尽了冷漠、嘲笑、惩罚，也许此时，诗人真的"不知那是否确是我自己"了。

终于，诗人发出"不知我是否失去了我自己"的疑问，因为另一个世界似乎更需要他，但也不会绝对地安宁，有梦，有谣言，当然就会有麻烦。加上前面所有经过的阶段，可不就"暗示一本未写出的传记"。

这是一本自我探索的传记，而且是用诗写成的呢！

但其核心，则是怀疑论。怀疑到自我，确实比那"我思，故我在"，要更进一步。

"此在"的阿基米德点，也不准确了，需要到另一个世界，去寻找。

于是，就要写出一本"未写出的传记"来。

秋（选一）

1

天空呈现着深邃的蔚蓝，
仿佛醉汉已恢复了理性；
大街还一样喧嚣，人来人往，
但被秋凉笼罩着一层肃静。

一整个夏季，树木多么紊乱！
现在却坠入沉思，像在总结
它过去的狂想，激愤，扩张，
于是宣讲哲理，飘一地黄叶。

田野的秩序变得井井有条，
土地把债务都已还清，
谷子进仓了，泥土休憩了，
自然舒了一口气，吹来了爽风。

死亡的阴影还没有降临，
一切安宁，色彩明媚而丰富；
流过的白云在与河水谈心，
它也要稍许享受生的幸福。

（1976 年 9 月）

AUTUMN

1.

The sky presents its deep blue,
As if a drunkard recovers himself;
The streets are still busy with traffic,
Yet solemnly quiet in the cool of fall.

The whole summer saw trees in disorder!
Now it ponders as if it recalls its past
Fanaticism, indignation, and expansion,
And then philosophizes them, as dead leaves.

The field now lies in a good order,
The earth pays all his debt,
Grains in barn, soil at rest,
Nature is released in a fresh breath.

Death does not throw its shadow in,
All is quiet, colorful and rich;
A floating cloud is talking to the river,
And enjoys its happy life awhile.

(1976.9)

[解析]

穆旦最喜欢秋天。1976 年 9 月，他一连写了三首秋天的诗，还有两首没有注明写作时间的，被作为秋的《断章》，也收入了《穆旦诗全集》。这里只选第一首加以评析。

与《春》的回忆中的缠绵与相遇中的警惕相比，再与《夏》的浮躁、空洞、嘈杂和装腔作势相比，《秋》要显得淡泊、清澈和深邃得多。而诗人的诗性也在秋天很容易引发出来。

蔚蓝的天空仿佛醉汉恢复了理性，而大街却为秋凉笼罩了一层肃静。田野变得井井有条，谷物归仓，泥土休憩，吹来一阵好清爽的秋风。秋之神，仿佛陷入了沉思，回忆起那狂乱的夏季，从中汲取一些哲理，加以宣讲。当然，诗的语言比这要有趣得多：

> 一整个夏季，树木多么紊乱！
> 现在却坠入沉思，像在总结
> 它过去的狂想，激愤，扩张，
> 于是宣讲哲理，飘一地黄叶。

萧瑟秋风中，灵魂仿佛是获得了片刻的安宁，那关注人生的秋之眸子，清澈如同一池秋水，反映出一幅荷兰风景画，显得静穆而深远：

> 死亡的阴影还没有降临，
> 一切安宁，色彩明媚而丰富；
> 流过的白云在与河水谈心，
> 它也要稍许享受生的幸福。

中国古代的文人和诗人，也是常以秋兴为题著文写诗的，但他们没有写到这种地步。一则是划一的心态所使然，一则是古体诗的形式束缚所使然。而现代诗人的写法，特别在同样的时代背景下写秋，若具有大体相同

344

的心事和新诗传统，同样会有一定的相似性。

下面引录两节杜运燮的《秋》（写于 1979 年，数字表示原诗的节数），从中可以看出与穆旦《秋》的异同：

连鸽哨也发出了成熟的音调，
过去了，那阵雨喧闹的夏季。
不再想起那严峻的闷热的考验，
危险游泳中的细节的回忆。
（1）

现在，平易的天空没有浮云，
山川明净，视野格外宽广；
智慧，感情都成熟的季节啊，
河水也像是来自更深处的源泉。
（3）

成熟到了接近成套的静止，现代派诗文激荡的波澜便荡然无存了。

沉 没

身体一天天坠入物质的深渊，
首先生活的引诱，血液的欲望，
给空洞的青春描绘五色的理想。

接着努力开拓眼前的世界，
喜于自己的收获愈来愈丰满，
但你拥抱的不过是消融的冰山：

爱憎、情谊、职位、蛛网的劳作，
都曾使我坚强地生活于其中，
而这一切只搭造了死亡之宫；

曲折、繁复、连心灵都被吸引进
日程的铁轨上急驰的铁甲车，
飞速地迎来和送去一片片景色！

呵，耳目口鼻，都沉没在物质中，
我能投出什么信息到它窗外？
什么天空能把我拯救出"现在"？

（1976 年）

346

SINKING

My body is sinking daily into the abyss of matter,
First comes induction of life, desire in my blood,
Which paints empty youth a coat of colorful ideal.

Then, by efforts, I explore the world before my eyes,
Enjoy more and more harvests I've got,
But what left in your arms is a melting iceberg:

Love, friendship, position, and toil of netting,
In which once I lived resolutely for the sake of life,
And all these have built up a palace of death;

Twisted and complex is my soul drawn into
An armored vehicle running on the trails of daily routine,
With flashing scenes on and off outside the window!

Ah, all my senses are sinking into matter,
Could I emit any message through my window?
What sky could save me out of "Present"?

(1976)

[解析]

沉没就是沉沦。如果不做海德格尔存在主义式的追根问底，指的就是人生在世和他人杂然共处和个人陷入日常事务的平庸状态。可见，沉沦也是个性的消磨和生命价值的毁灭。穆旦一生坎坷，晚年倍感凄凉。可他又有翻译诗歌的庞大计划和繁忙与辛劳，而且放下了多年的诗笔也在发痒，他又不愿意说假话和空话，于是就有了这篇抒发内心忧闷的《沉没》。

从渊源上说，沉没是纯自我探索的一个结果。沉没是被围者心态在寻求解脱。

先是说"身体一天天坠入物质的深渊"，最后又说"耳目口鼻，都沉没在物质中"。可见，灵肉分离是穆旦此时所能使用的一个潜在的概念。其潜在的逻辑是：既然肉体的沉没是不可避免，于是把心灵的拯救作为一线希望，投射在信仰的光源上，作为对现实生活深渊的一种摆脱：

> 我能投出什么信息到它窗外？
> 什么天空能把我拯救出"现在"？

其中的"它"，便是这尘世无疑。

这尘世的"它"，又有什么经历和意义呢？或者说，又有什么必要或理由加以否定呢？

先是"给空洞的青春描绘五色的理想"，后来是"喜于自己的收获愈来愈丰满"，既而是"爱憎、情谊、职位、蛛网的劳作"，无非是"搭造了死亡之宫"，而"曲折、繁复、连心灵都被吸引进/日程的铁轨上急驰的铁甲车"，但不过是"飞速地迎来和送去一片片景色"而已。

且慢，总是"首先""接着""而""呵"，这一种四平八稳的起承转合，把诗都写成老套的散文了。

可是，人生如此，生命如此。沉沦是一种过程，沉没是一种归宿啊。

可那注定要歌唱的灵魂，是不能沉默的呵！它要唱一首《飞翔颂》给诗人：

陆地沉没了，你就在海上飞翔，
海洋沉没了，你就在天空飞翔，
天空收缩了，你就在心中飞翔，
心灵枯萎了，你就在心外飞翔。

（朱墨）

停电之后

太阳最好，但是它下沉了，
拧开电灯，工作照常进行。
我们还以为从此驱走夜，
暗暗感谢我们的文明。
可是突然，黑暗击败一切，
美好的世界，从此消失灭踪。
但我点起小小的蜡烛，
把我的室内又照得通明：
继续工作，也毫不气馁，
只是对太阳加倍的憧憬。

次日睁开眼，白日更辉煌，
小小的蜡台还摆在桌上。
我细看它，不但耗尽了油，
而且残留的泪挂在两旁：
那是一滴又一滴的晶体，
重重叠叠，好似花簇一样。
这时我才想起，原来一夜间，
有许多阵风都要他抵挡。
于是我感激地把它拿开，
默念这可敬的小小坟场。

（1976 年）

BLACK OUT

The sun is the best, but it soon sets.
Turn on the light, my work goes on.
Thanks to our technic achievements,
From now on, the night is gone.
Suddenly, darkness prevails again,
And the beautiful world is no more.
Yet, I lit my little candle light
Now my little room is enlightened.
While I go on working, I feel
All the more expectible for the bright sun.

Next dawn, I awoke to see the broad daylight
And saw my candle stand on the desk intact.
I inspected it, and found it exhausted,
With tear stains on both sides—
Where, those crystal tears, drop by drop,
Make up a dear image of wreath.
I instantly understood that all the night last
It had to fight all the storms from outside.
And deeply grateful, I removed it with care
And I'd remember it as a sacred gravesite.

(1976)

［解析］

如果说穆旦的诗真实地记录了自己的历史的话，那么，这首《停电以后》就最真实不过地记录了晚年穆旦的真实的心态，和写作的过程。其实这首诗原名叫《停电之夜》，后来改为今名。穆旦在写给他的朋友郭保卫的信中附了这首诗，并有一个简短的说明："昨晚停电，今早看见烛台，有感而成一打油诗，抄寄你一看。"（《穆旦诗文集》(2)，人民文学出版社 2006 年，第 212 页）

试想一下，在一个劳改了、劳累了一天的晚上，诗人不无欣喜和释然地坐在桌前，要开始他的写作或者翻译了。须知在这个时候，也就是 1976 年的 10 月，穆旦的写作又回复了。突然之间，停电了。须知在那个时代停电是非常平常的一件事，每时每刻都有可能停电，而且没有通知，也不知道什么时候会再来电。

可是，诗歌的奥秘完全不在这里，而是在太阳作为一种象征，有了某种政治符号化的引申意义，而电灯，作为文明的象征，则具有技术层面的象征意义，即便白天和黑夜，黎明和傍晚，这些极具日常生活实用意义的物候天象，由于诗人的巧妙运用，和不露声色的诗化处理，也可能早就获得非常隐秘的象征意义了。至于蜡烛，这个在中国古典诗词中反复出现用来描写爱情和文人生活的必不可少的道具，则获得了更为深刻的象征的诗化意义。

> 次日睁开眼，白日更辉煌，
> 小小的蜡台还摆在桌上。
> 我细看它，不但耗尽了油，
> 而且残留的泪挂在两旁：
> 那是一滴又一滴的晶体，
> 重重叠叠，好似花簇一样。
> 这时我才想起，原来一夜间，
> 有许多阵风都要他抵挡。

于是我感激地把它拿开，
默念这可敬的小小坟场。

看到这里，有谁能说穆旦的诗歌只具有现代派的特征，而不具有中国古典诗词的深厚传统的功力呢？

春蚕到死丝方尽，
蜡炬成灰泪始干。

（刘禹锡）

这样一句古老的唐诗，在现代诗人的笔下，简直是出神入化地被点化了。阻挡风雨的功能，在古诗中几乎是不存在的，但是在现代诗词的政治气候中，则获得了新的政治风云变幻的意义。

那是一滴一滴的晶体，
重重叠叠，好似花簇一样。

这样的描写，从泪珠聚积成花簇，直到祭坛上的花环（一如英译本所处理的那样），瞬间完成了从古典诗词的拟人比喻到现代诗歌的象征意象的过渡。此中可见，传统与现代，在伟大诗人的手下，并无一条不可逾越的鸿沟，诗艺的精湛，可让鸿沟变为坦途。

顺便说一下，这两行诗，系根据易彬的《穆旦年谱》的版本（第328页）所补（一说是穆旦自己删掉的），为了不中断阅读，也不影响英译，才如此不加标记，只有提示的，并致谢意。

最精彩的是"小小坟场"，这里面的宗教祭祀的意图异常明显，从中也可以看出，穆旦的生命，正在走向它的终点，而每一个屈辱的白天和每一个劳累的夜晚，都在耗尽他的生命，就像蜡烛一样。何况他是一个人民教师，一直就具有"红烛"的象征的意义的。那"红烛"的意义，让我们有理由把思绪上推到黎明前为争取民主而牺牲的著名诗人学者闻一多先生。他的一生，他的牺牲。

老迈的诗人，他的心态，是起伏不平的，这种起伏不平的诗人心态，文人心态，可以从这首诗的上阕看得出来。如果这首诗的分节还是非常有意义的话，则不完全是上阕写景下阕写心境的古典的分节法。毋宁说，它是以时间为分节的，但可能上下两阕的心情不完全一样。上阕是日常生活的，突如其来的，防不胜防的，然而诗人却也是有无穷的应变招数的，总之，是反复地变化，交替地体验，穿插地解释。而下阕则是比较平静的，内敛的，阴沉的，仪式化的，宗教般崇敬的，神圣的。这样在翻译的时候，便有时间上的区别，那就是时态处理。上阕是现在时态，似乎是在日常生活中正在经历的事情，而下阕却是过去式，我要它静止在一个定格的画面中，事件中。

一开始就道出了光明与黑暗交替出现与世道的反复无常和应接不暇：

> 太阳最好，但是它下沉了，
> 拧开电灯，工作照常进行。
> 我们还以为从此驱走夜，
> 暗暗感谢我们的文明。
> 可是突然，黑暗击败一切，
> 美好的世界，从此消失灭踪。
> 但我点起小小的蜡烛，
> 把我的室内又照得通明：
> 继续工作，也毫不气馁，
> 只是对太阳加倍的憧憬。

其实，即便是上阕，也不是没有变化的。开头的太阳，结束的太阳，并不是同一个意义上的。这种从日常生活中随意抓取意象加以诗化处理的手段，正是现代派诗人穆旦的惯常做法，看似随意，却又极为有效。

1980 年至 1998 年出版的查良铮新译诗、修订版译诗及由友人最后译完的译文书影

老年的梦呓（选一）

1

这么多心爱的人迁出了
我的生活之温暖的茅舍，
有时我想和他们说一句话，
但他们已进入千古的沉默。

我抓起地上的一把灰尘，
向它询问亲人的音信，
就是它曾有过千言万语，
就是它和我心连过心。

啊，多少亲切的音容笑貌，
已迁入无边的黑暗与寒冷，
我的小屋被撤去了藩篱，
越来越卷入怒号的风中。

但它依旧微笑地存在，
虽然残破了，接近于塌毁，
朋友，趁这里还烧着一点火，
且让我们暖暖地聚会。

（1976 年）

MURMURING OF THE OLD

1

So many beloved ones have moved
Out of the warm hut of my life,
When I want to have a word with them,
They pass out into eternity.

When I hold a handful of dust
And ask for my relatives' whereabouts,
It speaks so much for them,
It relates so close to my heart.

Alas, so many intimate smiling faces
Fade into boundless dark and cold,
And my small room is now fenceless,
And exposed in the roaring hurricane.

Yet it smiles and there it is,
Though shabby, next to dust,
Friend, while a fire is here,
Let us sit and talk by it.

(1976)

［解析］

人都有衰老的时候。诗人对这尤其敏感。从《听说我老了》到《老年的梦呓》，穆旦完成了从意识到老之将至到逐渐适应衰老的心态的转变。然而这一过程是艰难的，甚至是痛苦的。如果说前者是对世俗的抗拒和自我的赞歌，后者则是对死亡的预感与生命的依恋。这里仅取《老年的梦呓》这一标题下六首诗中的第一首，作以简要评析。

这首诗写得很忧伤，但也很顽强，很壮美。一开头就是生离死别，但又很自然，很偶然：

> 这么多心爱的人迁出了
> 我的生活之温暖的茅舍，
> 有时我想和他们说一句话，
> 但他们已进入千古的沉默。

于是诗人抓起一把尘土，"询问亲人的音信"。纵然有千言万语，而亲人的音容笑貌，毕竟"已迁入无边的黑暗和寒冷"。此时，诗人才回到自身当前的处境，感觉到一个不可回避的现实：

> 我的小屋被撤去了藩篱，
> 越来越卷入怒号的风中。

以茅舍和小屋比喻生存，以黑暗和寒冷以及千古的沉默比喻死亡，整首诗获得了委婉而准确的诗化意义，哀伤而不悲观。尤其是最后一节，仍然以小屋作比，却更加上一层拟人的微笑。似乎在说：何不趁着小屋为狂风所破以前的不长久的安宁，坦然地面对人生的大限，再享受一会儿友情的温暖：

但它依旧微笑地存在，
虽然残破了，接近于塌毁，
朋友，趁这里还烧着一点火，
且让我们暖暖地聚会。

问

我冲出黑暗，走上光明的长廊，
而不知长廊的尽头仍是黑暗；
我曾诅咒黑暗，歌颂它的一线光，
但现在，黑暗却受到光明的礼赞：
心呵，你可要追求天堂？

多少追求者享受了至高的欢欣，
因为他们播种于黑暗而看不见。
不幸的是：我们活到了睁开眼睛，
却看见收获的希望竟如此卑微：
心呵，你可要唾弃地狱？

我曾经为唾弃地狱而赢得光荣，
而今挣脱天堂却要受到诅咒；
我是否害怕诅咒而不敢求生？
我可要为天堂的绝望所拘留？
心呵，你竟要浪迹何方？

（约 1976 年）

SELF-REQUEST

Out of dark, I dash into a bright corridor,

Knowing not darkness dwells at the other end;

I once cursed dark, and sang for light,

But now, when dark is praised by light,

Oh, my heart, you'll go to the heaven?

Many a man have enjoyed most in their pursuit,

For they didn't see through dark in which they sowed.

Unfortunately, we enjoy a life long enough to see,

To see that hope for a harvest is so mean:

Oh, my heart, you'll cast aside the hell?

I did, in the past, cast aside hell and won glory,

But now I have to free from heaven and be cursed;

Am I fearful of being cursed and give my life away?

Or I'll have to stay here for my despair of heaven?

Oh, my heart, where will you really go?

(about 1976)

[解析]

如果说穆旦作为"被围者"心态的代表，与"倦游者"和"寻梦者"一起，曾经构成中国当代新诗运动的三种势力，那么，在穆旦的晚年，突围心态和突围之后灵魂追求安宁的寻梦意识，也带上了些许倦游者的色彩。可是，受折磨和折磨人的心灵的习惯，与丰富的忍受痛苦的灵魂的意愿，都不允许这一位特立独行的诗人流露出过多的疲倦，即便人生的里程已接近尾声。

在黑暗与光明的搏斗中，诗人像一个痛苦的追寻者，从黑暗冲出，又进入黑暗，光明对于他只是一个短暂。诗人痛苦的原因，并非仅仅要迎接黑暗和忍受黑暗，而是作为幸存者，能亲眼看见黑暗到了尽头，却发现在黑暗中所播种的"收获的希望竟如此卑贱"。

这样，诗人的心灵便遇到了矛盾：既然黑暗为光明所吞没，是否还要去"追求天堂"？既然收获的希望如此卑贱，是否就要"唾弃地狱"？诗人扪心自问："我曾经为唾弃地狱而赢得光荣，/而今挣脱天堂却要受到诅咒；我是否害怕诅咒而不敢求生？/我可要为天堂的绝望所拘留？"

诗人百思不得其解，于是痛苦地发问：

　　　　心呵，你竟要浪迹何方？

这样的一个心态，不仅使人们怀疑，诗人穆旦的基督教信仰，是一贯的、虔诚的，抑或只是一种叙述和抒情的方式，或者干脆是写诗的形而上学所要求的一个逻辑的制高点。因为他不仅有基督教信仰中天堂与地狱的分野，而且要受到自个良心的唆使和顾及他人的品评这样一种中国耻感文化所独有的东西。我们不禁怀疑：穆旦是否真的相信天堂的诱惑和地狱的惩罚，而他所谓的黑暗与光明，是否一定就指的是天堂的光明与地狱的黑暗。至于他诗中和心中的播种与收获，也未必一定限于诗歌的创作或翻译与出版了。

362

关于穆旦宗教信仰问题的探索，看来从本首诗难以得到肯定或否定的答案。或许诗人最后的思考，较完整地体现在《神的变形》中。

也许，这首诗的本意，并非宗教信仰，而是生活本身。

冬（选一）

我爱在淡淡的太阳短命的日子，
临窗把喜爱的工作静静做完；
才到下午四点，便又冷又昏黄，
我将用一杯酒灌溉我的心田。
多么快，人生已到严酷的冬天。

我爱在枯草的山坡，死寂的原野，
独自凭吊已埋葬的火热一年，
看着冰冻的小河还在冰下面流，
不知低语着什么，只是听不见。
呵，生命也跳动在严酷的冬天。

我爱在冬晚围着温暖的炉火，
和两三昔日的好友会心闲谈，
听着北风吹得门窗沙沙地响，
而我们回忆着快乐无忧的往年。
人生的乐趣也在严酷的冬天。

我爱在雪花飘飞的不眠之夜，
把已死去或尚存的亲人珍念，
当茫茫白雪铺下遗忘的世界，
我愿意感情的热流溢于心间，
来温暖人生的这严酷的冬天。

（1976 年）

364

WINTER

In the pale and short-lived sunshine,
I quietly finish my work by the window;
Four o'clock in the afternoon, cold and dim,
I moisten my dry heart with a cup of wine.
So soon, my life is reaching its winter.

On a bare hillside or in a withered field,
I lonely mourn for my year past and buried here,
A freezing river flows from under the ice,
No speech is heard, even no sound.
Ah, life is dancing in severe winter!

Sitting by a fire at winter night,
With a couple of my friends chatting along,
I hear the rustling wind knocking at the door,
While we recall our carefree childhood.
Life is so enjoyable even in severe winter.

At a snowy sleepless winter night,
I cherish my dear ones alive or dead,
When snow covers all with white forgetfulness,
I would flood my warm blood from my heart
To warm up all life in the spell of winter.

(1976)

［解析］

北方的冬季是一个奇迹，一幅油画，一场梦境。

穆旦的《冬》，有四首，都写在 1976 年 12 月。这里仅选其中第一首
予以评析。全诗四节，每节五行。每一节都以"我爱——"开始，而以"严
酷的冬天"结束，全诗押大致相同的通韵，属于封闭性结构。但结构工整
而富于变化，描述清晰而寓意深刻，是一首难得的好诗。我们的评析，也
兼顾诗歌的引录与散文诠释的形式，分四节交错行进，以完成我们的这一
解析工程。

> 我爱在淡淡的太阳短命的日子，
> 临窗把喜爱的工作静静做完；

工作到了四点钟，诗人独斟一杯酒，自斟自饮，慢慢品味，才突然感
觉到老之将至，于是发出由衷的感叹："多么快，人生已到严酷的冬天。"

> 我爱在枯草的山坡，死寂的原野，
> 独自凭吊已埋葬的火热的一年，

望着冰河下面流动的河水，诗人不觉感到：生命的流动也如那冰层下
的冰水，虽然听不清它的语言，却知道也有生命"跳动在严酷的冬天"。

> 我爱在冬晚围着温暖的炉火，
> 和两三昔日的好友会心闲谈，

此时，屋外是北风吹着门窗沙沙作响，而我们回忆往事，回忆儿时的
无忧无虑，天真烂漫，顿时感到"人生的乐趣也在严酷的冬天"。

> 我爱在雪花飘飞的不眠之夜，

把已死去或尚存的亲人珍念，

此时诗人心潮起伏，面对这冰雪覆盖的遗忘的世界，他由自己的亲人推及他人，由身边的世界推及更广漠的世界，似乎一种济世的责任油然而生，于是诗人激动而热情地说："我愿意感情的热流溢于心间，/来温暖人生的这严酷的冬天。"

这是一组抒情性很强的诗，也是穆旦最后的诗篇。它象征着诗人度过的不算长的人生的最后一个季节的结束，虽然他的艺术人生靠了他的诗而不朽。

朋友，您是否有这样的体验：每当冬之神沉睡在冰封雪盖的万物之间，从大地的深处就会感觉到那微微吹拂的一股暖流。那就是诗人的灵魂在呼吸，在呼唤春天快来临人间！

有人喜欢这首诗，把它刻在穆旦雕像的基座上。

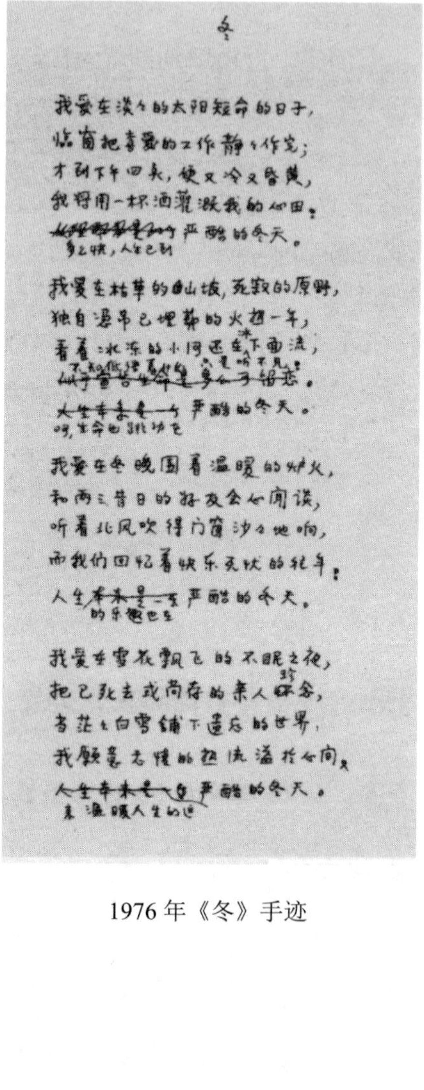

1976 年《冬》手迹

下　编

穆旦诗歌活动研究

及其对我的影响

第一章　我心目中的 20 世纪桂冠诗人穆旦*

无论就中国现代诗歌史还是诗歌翻译史来说，诗人翻译家查良铮（九叶派诗人穆旦）都是一个不容忽视的人物。每当我们计划撰写中国现代文学史并把翻译文学作为其中一个重要部分的时候，穆旦的身影就在人们的脑海里活跃起来了。蓦然回首，查良铮逝世不觉已过了忽忽三十多年了，与笔者曾有一面之缘的夫人周与良也已经不在人世。在此，我们仅以此文作为一枚花环，权做给他们的一份纪念，镶嵌在中国现代文学的丰碑上，让后人纪念他，让历史记住他，更让新诗和翻译诗学的华章在穆旦（查良铮）的名字下熠熠生辉。

1. 多舛的人生，痛苦而丰富

30 年前一个普通的日子，南开大学外文系副教授（时任学校图书馆管理员）查良铮先生因腿部摔伤住院医治拖延，引起心脏病并发医治无效，不幸逝世。约 50 年前，正值"反右"扩大化之风劲吹之时，查良铮受到政治上的不公正待遇，而他翻译的普希金长诗《欧根·奥涅金》出版问世。60 年前，解放战争的第二年，穆旦自费出版了他的第三个诗集《旗》，圆了一个年轻诗人的诗歌梦。65 年前，抗日战争的烽火烧得正旺，热血青年查良铮参加中国远征军入缅作战，经历野人山原始森林的九死一生，幸免于难，后来写了《森林之魅》等不朽诗篇。73 年前，清华大学外文系增加了一名热情好学的优秀学子，后来，西南联大的墙壁上贴出了一首《野兽》，揭开了中国现代诗"野兽派"的序幕。90 年前，也就是 1918 年 4 月 5 日（阴历二月二十四），查良铮出生于天津市西北角老城内恒德里 3 号。他的祖籍是浙江省海宁市袁化镇，而查家是名满大江南北的望族，自然有一段

---

　　* 本章内容原是为天津社科院约稿而写，十年过去了，一直无缘发表，特借穆旦诞辰一百周年之际，改写成章节体例，录于本书，但愿不失其重大的学术研究意义。

不平常的历史。

> 查姓原为姬姓，周封八百诸侯于各地，姬姓封于查地，查地后来称做婺源县，原属安徽，现属江西，后代人以地为姓，改称查氏了。查氏在繁衍中，不少人从群山环抱的封地里分散走出，另谋出路。其中有一支来到浙江海宁，以务农垦盐发家，从此，"以儒为业"并"诗礼传家"，通过科举步入仕宦之途，到明清两代有极大发展，重臣迭出，北来京津落户。虽然移居北方，但俗称他们这一支仍为"南查"。
> （周骥良：《怀念诗人穆旦》，载《丰富和丰富痛苦》第 200 页）

查家的鼎盛时期，可以先辈查慎行为代表。查慎行，字悔余，号初白，清末著名文人，尤工诗，康熙进士，曾任康熙皇帝的文学侍从。名所居曰"初白庵"，著有《初白庵苏诗补注》，晚年著有《敬业堂集》。可是到了查良铮出生的 1918 年，查家大多已在仕宦与盐贾两途中衰败下来。这种衰败，可以说起自他祖父那一辈。当时虽仍为清末官僚，然而家道已经中落。到了他父亲查燮和一辈，就更是每况愈下了。

然而，查家的世风，却为诗人查良铮的成长提供了必要的远因：

1. 先辈查慎行的丰厚藏书，即使在穆旦幼年仍然极受重视。
2. 查家气象即便难比昔日，读书的志向和习惯当不减当年。
3. 家道中落造成的地位落差，反而激发诗人志向并丰富其阅历。
4. 传承中的人文因素，可能促进了诗人的早慧和读写的尝试。

查良铮出身于一个具有深厚文化积淀而又没落的商贾仕宦家庭，自幼聪慧好学，博览群书，在南开中学上学时就开始发表作品，入清华后更是刻苦求进，但他真正的诗歌学校是西南联大。由于战争的步步进逼，北大、清华和南开三所大学撤出北京和天津，转移到湖南长沙，又从长沙出发经过一次文化长征，转移到西南大后方云南，一度在边陲小城蒙自，最后定居在昆明组成西南联大。西南联大是中国教育史上的一个奇迹，一个壮举。当时集中了三所中国最高学府的一流教授和一批有志求学的热血青年，产生了一流的教学和研究效果。在文学和诗歌方面，就有闻一多、朱自清、冯至、卞之琳等，还有外国现代派诗人燕卜荪等从事文学和诗歌教学。也就是在这种环境下，穆旦和后来一起成为"九叶"派诗人的郑敏、杜运燮、袁可嘉一起，通过名师的指点，开始接触到叶芝、艾略特、奥登、里尔克、燕卜荪等现代派大师的作品，并积极投入新诗的实验和创作中去。

如果说良好的先天素质和勤奋的书斋读写是造就诗人的温床，那么，广阔的社会生活和民族命运的经历则是造就诗人的课堂。在后一方面，穆旦具有某些奇特的个人的生活经历，构成他的诗歌艺术非同寻常的机理品质。他作为护校队队员，亲历了那跨越湘、黔、滇三省，全程 3500 华里的文化长征，不仅一路进行文化考察，而且"沿途随读随撕读完一部英汉辞典"。他曾任中国远征军的随军翻译，深入滇缅的抗日战争前线，经历了野人山战役的生死考验，断粮八天，从印度转程回国。在留学美国期间，他不仅系统学习了外国文学，而且在英文之外进一步打好了俄语基础，为他后来的英俄两种语言的诗歌翻译做好了准备。他从事过各种各样的职业，先是留校西南联大，办过报纸，当过翻译，而回国后就一直在南开大学外文系教书。也就是在这个"人类灵魂的工程师"的崇高位置上，他受到了长达二十年的错误的政治对待，一直到死都没有看到改正，但他一生始终没有停止过诗歌的翻译或创作。《穆旦诗英译与解析》，王宏印著译，河北教育出版社，2004 年版，《前言》第 2 页）

中华人民共和国成立后，特别是"反右"扩大化那样一种政治压力和不利的社会环境下，作为一名知识分子，穆旦做了最大的努力，要跟上时代的脚步。他像他所崇拜的鲁迅先生那样，严于解剖自己，希望改造旧我而为新我。他以诗人特有的诚实和新颖的艺术形式，为自己写了《葬歌》，用来表达一种新的自我意识和自我改造的意识。《葬歌》包括三部分。第一部分写了时代的变迁和个人的处境。第二部分以角色化的戏剧手法，表现诗人内心的矛盾。其中有"希望""回忆""爱情""信念"等角色，分别都在争取诗人，这就使得诗人陷入矛盾中而不能自拔。第三部分是一个完整的诗节，表达了诗人决心革心洗面，过新生活的愿望：

就这样，像鸟儿飞出长长的阴暗甬道，

我飞出会见阳光和你们，亲爱的读者；

这时代不知写出了多少篇英雄史诗，

而我呢，这贫穷的心！只有自己的葬歌。

没有太多值得歌唱的：这总归不过是

一个旧的知识分子，他所经历的曲折；

他的包袱很重，你们都已看到；他决心

和你们并肩前进，这儿表出他的欢乐。

就诗论诗，恐怕有人会嫌它不够热情：

对新事物向往不深，对旧的憎恶不多。

也就因此 …… 我的葬歌只算唱了一半，

那后一半，同志们，请帮助我变为生活。

　　然而，穆旦的至诚不仅没有感动那个时代的领导，反而受到了更大的误解。究其原因，在那个政治挂帅高唱凯歌的时代，他既不属于歌颂派而大唱颂歌，也不属于战斗派而高唱战歌。他要埋葬自己的旧我，可是，就连自我，在意志一律的时代，都是不允许存在的啊。谈起这件事，文学评论家谢冕教授有一段发人深思的评论：

　　　　这位抗战时在西南联大崭露头角的诗人，其超逸的才情和智慧受到了时代的冷淡。50 年他抛掷旧我的一曲《葬歌》发于至诚而终于误解，可说是当代诗界的悲剧事件。当然，受到误解的不止穆旦，是整整一代真诚面对历史和现实的诗人。穆旦本身在掩埋的时代变成了掩埋物。（谢冕：《20 世纪中国新诗：1949—1978》，载《当代学者自选文库：谢冕卷》，安徽教育出版社，1999 年版，第 470 页）

　　关于那不屈的诗魂，又一位见证人，和穆旦一起经历过"牛棚"生活的南开大学历史系教授来新夏（来新夏教授于 2014 年去世），他转而向诗人内心寻求解释。他认为穆旦写于改造时期的"自白诗"《葬歌》（1975 年），说明了另一种现实，表达了中国知识分子的真诚和坚韧：

穆旦在这十几年的艰难日子里，忍受着心神交瘁的煎熬，仍然写出《葬歌》那样的长诗，真诚地抒写"我们知识分子决心改造思想与旧我决裂"的热望。他没有任何怨悔，没有"不才明主弃"的咏叹。穆旦只是尽自己爱国的心力，做有益于祖国和人民的事，他代表了中国真正知识分子坚韧不移的性格。（来新夏：《怀穆旦》，载《且去填词》，天津古籍出版社，2002年版，第176页）

让我们仅以英国浪漫派诗人拜伦的《唐璜》的翻译为例，来说明查良铮翻译活动所处的艰难时世和译者为此付出的不懈努力。因为《唐璜》是查良铮继翻译普希金的《欧根·奥涅金》以后，另一部代表他的最高成就的翻译巨著。为此，耗费了诗人翻译家十多年的生命。

据查良铮的子女撰文回忆，查良铮早在1962年解除管制后，在南开大学图书馆留用为一般职员，就开始了他又一项巨大的翻译工程《唐璜》。由于他白天要劳动和汇报思想，只能把晚上和节假日全都用于翻译。几年含辛茹苦，时常废寝忘食，到了1965年，这部巨著的初译工作终于完成了。适逢1966年"文化大革命"爆发，十年动乱，查良铮被批斗、抄家、关"牛棚"，接受劳动改造。期间，虽经多次抄家，幸而《唐璜》的遗稿还是保存下来了。

1972年，查良铮结束了农场劳改，回到南开大学图书馆。同年8月，一直支持他进行诗歌翻译的好友萧珊（巴金的爱人）病逝，为了纪念亡友，查良铮忍痛埋头补译《唐璜》译稿中丢失的一些章节和注释部分，并修改了其他章节。到了1973年，《唐璜》终于全部整理、修改、注释完毕。译者在《唐璜》手稿的封页上记下这样的字迹："1972年8月7日起三次修改，距初译约11年矣。"查良铮试探性地给人民文学出版社去信询问可否接受出版，接到"寄来看看"的回复，他觉得自己艰辛劳动的成果还有一线希望发表，有些宽慰。他满怀希望，亲自去商店买来牛皮纸将译稿包裹好，然后送到邮局。然而，在动荡的"文化大革命"期间，查译《唐璜》寄出以后，一直没有了消息。

1976年初，查良铮不慎摔断了左腿，因不能及时得到医疗而导致伤病恶化。10月，粉碎"四人帮"以后，查良铮托人到出版社打听《唐璜》译稿的下落，得知译稿仍然还保存在出版社，并且有可能留用，心情安慰了许多。在给朋友的信中，查良铮声称《唐璜》在他译作中是"最精彩"的，遗憾的是，直到他 1977 年去世都没能看到《唐璜》的出版。1980 年 7 月，几经波折以后，人民文学出版社终于出版了查译《唐璜》。1985 年 5 月，查良铮骨灰移葬于北京香山脚下的万安公墓，按照穆旦夫人周与良的意思，把一部丈夫翻译的《唐璜》和诗人同葬。

穆旦对于我，一个诗歌和翻译的爱好者，完全是一个学习和发现的过程，一个精神的存在。

2000 年，当我准备了一段时间的中国现代诗歌研究以后，在西安解放路图书大厦的顶层见到了绿色封面的《穆旦诗全集》，由此开始了对穆旦诗歌的研究历程。老实说，穆旦的现代诗，的确不好懂。相比之下，甚至比英美的现代派诗歌，庞德和艾略特，还要难懂。此后，在初到南开大学的岁月里，我花了更多的时间，反复阅读穆旦诗集中的 146 首（组）诗作，从中挑选出 60 多首，译成英文，并加详细的注释和解读，于 2004 年出版了《穆旦诗英译与解析》。

然而，有一个疑问，却一直存在于我的头脑中，盘旋不去。终于，有一天，记得是 2011 年 11 月，我有一个机会光顾了穆旦的祖籍海宁。

杭州开会期间，一个偶然的机会，我得到一辆车子和一天空闲的时间，于是，决定去海宁作一天的行旅。主要是想去看一看穆旦（查良铮）的故居，因为我有一个国家项目要完成，为穆旦写一个评传，要修改。就有此想法，但一直不能成行，今日得宽余，即使不见穆旦故居，至少也可以感受一下海宁的风物人情，感受那里一个文人诞生和人文荟萃地的特殊的氛围，来满足一个长久的好奇。

何以海宁这个并不太大的地方，在很短的时间里就诞生了王国维、徐志摩和穆旦三代不同的诗人，而他们在各自的领域里，都做的最好不过。一个是古典诗词大家，一个是浪漫派先锋，还有一个，就是现代派的桂冠诗人。难道这里有诗的灵魂在游荡，游荡在濒临于现代文明的街道上，或者伴随着观潮的人流，有皮革草编的现代工商业，又一次引领了商业的主潮？

……

　　王国维和徐志摩的故居，成为拜谒的对象，而穆旦，却因为虽然祖籍海宁，但他出生在天津，更加之一生与时局的悖谬，命运的不济，而且后人皆移居海外，在这里已经一无所存了。不过，同样是本家的金庸，却有"金庸书院"，辉煌地建立，发扬一种武术和小说的文化，供游人来往游览。小桥流水，倒也值得一看。而感慨的，却是一个家族，两个文人，两种待遇，悲夫！

（《朱墨诗集》（创作卷续集）《海宁·嘉兴游（组诗）：小引》，

世界图书出版公司，2014 年版，第 78-79 页）

　　而我能做的，无非是我的穆旦研究和穆旦诗歌的对外翻译。我将穆旦一生的诗歌创作和翻译活动，做了一个大致的分期研究：

　　第一时期（1934—1937）尝试期：主要是南开中学阶段，开始在《南开中学生》上发表诗作和文章，已经显示出早慧和诗才。

　　第二时期（1938—1948）高峰期：从清华到西南联大，再到 1948 年出国留学为止，穆旦的大部分诗作属于这一时期的作品，在创作思想、语言风格上最具代表性。是著名的"九叶派"诗人之一。

　　第三时期（1951—1957）受挫期：从留学归国到"反右"运动，以《九十九家争鸣记》招来大祸，结束了这一时期艰难的适应和很难适应的创作实践。一般说来，这一时期的创作成就不很高，数量也不大，但有些诗作具有很强的资料和研究价值。

　　第四时期（1958—1977）翻译期：1958 年接受机关管制，不能发表诗作，诗人以本名查良铮（实际上翻译活动开始于 1953 年）发表大量翻译作品，包括苏联文艺理论、普希金、丘特切夫等俄国诗歌以及拜伦、雪莱等英国浪漫派诗歌。特别值得一提的是，晚年翻译了英国现代派诗歌选集。其翻译成就无论在数量上还是质量上都为译者赢来当代中国最优秀的翻译家之一的荣誉。翻译活动一直持续到 1977 年诗人去世。

　　第五时期（1975—1976）圆熟期：晚年的诗歌创作复兴，自 1975 年只有一首《苍蝇》戏作，诗人重新拿起诗笔，1976 年诗人有近 30 首（组）

诗作，其思想和艺术达到了圆熟老到炉火纯青的很高境界，与前期诗风有明显不同。（参见《穆旦诗英译与解析》，王宏印著译，河北教育出版社，2004 年版，《前言》第 3 页）

一个要说明的情况是：上述最后一个时期，即诗人翻译家最后两三年的创作，和翻译活动几乎是并肩而行的，而创作到了最后一年，就已经停止了。因此，这里所说的圆熟期，显然只能指诗歌创作，连同尝试期、高峰期和受挫期（包含政治上的受挫），可以用来说明诗歌创作的总体情况，而第四时期的翻译期，则涵盖了很长一段时期，直到生命的终结。这样，原本在时间段上可以包含在第四时期的第五时期，却因为创作活动需要一个特殊的命名而分离出来了。当然，与此同时，各分期的命名原则，在逻辑上也就不完全统一了。

在诗人生命的最后的日子里，到了 1977 年初的时候，穆旦就没有再写诗，但还是写了书信，信中讲了自己的病情，疗救的希望，以及割舍不下的《拜伦诗选》，还有他所喜欢的秋天。下面是写于 1977 年 1 月 3 日的给一位年轻的朋友郭保卫的信。

我的腿不能自由走动，架拐走，不能太远，在这种情况下，只有守在天津。也想，如果天津治不了（地震不收），那我也许到春三月就去北京治疗，那时我们就可以见面了。我也可以把我弄出的《拜伦诗选》给你带去一看。你看如何？同信附一诗是我写的，请看后扔掉，勿传给别人看。我对于秋天特别有好感，不知你在这种季节下写了什么没有？（查良铮：《致郭保卫的信》（第 22 封），载《蛇的诱惑》，珠海出版社，1999 年版，第 259 页）

人生如四季，而中国文人独有悲秋意识。穆旦也最喜欢秋天。早在 1976 年 9 月，他一连写了三首秋天的诗，还有两首没有注明写作时间的，被作为秋的《断章》，也收入了《穆旦诗全集》。萧瑟秋风中，灵魂仿佛是获得了片刻的安宁，那关注人生的秋之眸子，清澈如同一池秋水，反映出一幅荷兰风景画，显得静穆而深远：

死亡的阴影还没有降临，
一切安宁，色彩明媚而丰富；
流过的白云在与河水谈心，
它也要稍许享受生的幸福。

(《秋》)

　　虽然是抱着生的希望，然而诗人的心，已经接近了早有预感的死亡。此时，在生命最终返回自身的运作中，诗人以自己独特的方式，以一个现代诗人对生命的敏感，渐渐地进入了冬的体验：

我爱在淡淡的太阳短命的日子，
临窗把喜爱的工作静静做完；

(《冬》)

　　此时诗人心潮起伏，面对这冰雪覆盖的遗忘的世界，他由自己的亲人推及他人，由身边的世界推及更广漠的世界，似乎一种济世的责任油然而生，于是诗人激动而热情地说："我愿意感情的热流溢于心间，／来温暖人生的这严酷的冬天。"

　　这是一组抒情性很强的诗，也是穆旦最后的诗篇。它象征着诗人度过的不算长的人生的最后一个季节的结束，虽然他的艺术人生靠了他的诗而不朽。

　　1981 年 11 月 17 日，穆旦逝世数年之后，他的骨灰安放仪式在天津市烈士陵园举行。只是在这时，一位代表校方的副职官员宣布："1958 年对查良铮同志做出了错误的决定，1980 年经有关部门复查，予以纠正，恢复副教授职称。"

　　这一年，当历经政治运动遭受迫害的诗人中的幸存者重新"归来"，拿起笔投入写作的时候，有两部诗人合集曾相继出版。一本是由绿原、牛汉编选的《白色花》，收录了受胡风事件牵连的与《七月》有关的共二十位诗人的作品。一部是《九叶集》，包括了穆旦在内的属于"九叶"诗派的九位诗人的诗作。而穆旦的诗作，作为最斑斓的一片叶子，在饱经风霜之后，牢牢地粘贴在现代诗圣堂的门楣上。而诗人的个体生命，它的消失，则使得穆旦如同"九叶"之树上第一片飘落的叶子，过早的离去了。

1985 年 5 月 28 日，穆旦骨灰安葬于北京香山脚下的万安公墓。按照夫人周与良先生的意思，一部查译《唐璜》陪伴着这位卓有成就的译者。"诗人穆旦之墓"刻在墓碑上。

诗人穆旦，翻译家查良铮，将永垂史册而不朽！

2. 不屈的诗魂，艰涩的诗风

1996 年，中国文学出版社出版了"20 世纪桂冠诗丛"之一《穆旦诗全集》。整套丛书包括了"本世纪世界各大语种一流大诗人"，穆旦是唯一入选的中国当代诗人，其"创作实绩和献身诗歌艺术的精神无愧于'桂冠'的荣誉"（见于"20 世纪桂冠诗丛出版说明"，即该书封面的书眉上）。这个集子的出版，不仅"具有填补空白的性质"，而且奠定了穆旦在中国现当代诗歌史上作为桂冠诗人的独一无二的地位。今天，对于诗人穆旦的创作研究，已成为一个至关重大的研究课题。一般认为，鉴于穆旦的大部分创作活跃于 1938 年到 1957 年这一时段，而高峰时期则和"九叶"派诗歌运动相联系，因此广义地可归入"九叶派"的诗歌风格，属于 20 世纪 40 年代那样一种诗歌运动的范畴。当然，这样的归属，就有可能忽略了穆旦在 1949 年以后的诗歌创作，尤其是其晚年的诗风的改变。这是需要指出的一点。

中国现代派的诗歌创作，毫无疑问是受了西方现代诗歌风气的影响，但要完整地理解中国现代诗，还要把她置于中国诗歌发展的宏大的历史之中。中国是闻名世界的诗歌大国。以《诗经》《楚辞》为渊源，以唐诗宋词为代表，她的古典诗歌和诗论曾经达到过世界诗歌的顶峰。到了现代，受到中国古典诗词哺育的西方现代派诗歌反哺回来，以西学东渐的新的姿态，通过五四以来中国新文化新文学运动的内在机制，中国新诗的诞生和发展又找到了新的契机和动因。这就是 20 世纪 40 年代异军突起的新诗高潮。就其中的现代派诗歌的艺术程度而言，这一新诗高潮所达到的高度，是迄今为止一个仍然难以企及和不敢轻言超越的高度，而其中又经过了几十年的新传统的断裂，以至于到了 80 年代的朦胧诗的崛起，才接续上了这样一个现代派诗歌的脉络。

> 40 年代现代主义新诗在整个中国新诗史上占有高峰地位。它意味着中国新诗开始与世界诗潮汇合，为中国新诗走向世界做了准备。在 40 年代以前中国新诗的主要方向是从语言和感情、意识上摆脱古典诗词的强大影响。反叛、创新，以古典语言和思想感情，走向现代化是五四文学运动后新文学的创新总倾向。但一直到 40 年代，才因为形势的发展新文学获得突破，走向普遍的成熟。（郑敏：《回顾中国现代主义新诗的发展，并谈当前先锋派新诗创作》，见郑敏著《诗歌与哲学是近邻——结构—解构诗论》，北京大学出版社，1999 年版，第 224 页）

实际上，作为一个现代主义运动所推向的诗歌高峰，如果在时间上再宽泛到前十年即包括少数 30 年代诗人到 40 年代或稍后些，这样更容易看出中国当时的新诗是中国和世界诗歌传统的一个总继承，或者说是当时中国种种矛盾的一个小缩影——都浓缩在以内外战争为背景的苦难深重的中华民族和她的知识分子的挣扎、感受与呼救中。其杰出的代表人物在懂外语这一共同的语言基础上，分别继承了中外古今的诗歌传统而又各有侧重：偏重于继承中国古典诗词而又融合了某些现代主义写法的如卞之琳，偏重于借鉴继承法国象征主义诗歌传统而略有文言味的如稍早的李金发，偏重于继承德国浪漫主义和奥地利玄思派的如冯至，偏重于从英美浪漫主义过渡到现代主义的如穆旦，偏重于现实主义传统的现代主义如唐祈、杜运燮等。在这一代新诗精英中，穆旦无疑是其中最有才华最有成就的后起之秀。至于穆旦新诗的语言艺术风格，谢冕教授有一段十分中肯的描绘：

> 但穆旦更大的辉煌却表现在他的艺术精神上。他在整个创作趋向于整齐一律的格式化的进程中，以奇兀的姿态屹立在诗的地平线上。他创造了仅仅属于他自己的诗歌语言：他把充满血性的现实感受提炼、升华而为闪耀着理性光芒的睿智；他的让人感到陌生的独特意象

的创造极大地拓宽和丰富了中国现代诗的内涵和表现力；他使疲软而程式化的语言在他的魔法般的驱遣下变得内敛、富有质感的男性的刚健；最重要的是，他诗中的现代精神与极丰富的中国内容有着完好的结合，他让人看到的不是所谓"纯粹"的技巧的炫示，而是给中国的历史重负和现实纠结以现代性的观照，从而使传统中国式的痛苦和现代人类的尴尬处境获得了心理、情感和艺术表现上的均衡和共通。（谢冕：《一颗星亮在天边——纪念穆旦》，见《穆旦诗全集》，李方编，中国文学出版社，1996年版，第22页）

穆旦在我国新诗创作上的最大贡献，在我看来，就是塑造了"被围者"形象（详见诗作《被围者》）。"被围者"形象的提出，使得中国现代诗歌史上与"倦行者"和"寻梦人"三足鼎立的格局得以形成。就个人心态史而言，一个诗人早期的探索，虽不乏"追梦人"的希冀，而晚年的心境，则在"被围者"心境之中渗透融合了"倦行者"的趋势。然而，总体说来，穆旦的一生，始终是在"被围者"状态下度过的，孤独与抗争，是他生存的基本样态。

"被围者"是一个人群，他真实地记录了抗日战争中的中国孤立无援的状态，和急于突围得救的生存意识与消沉涣散的民族存在状态。"被围者"是一个自我，他生动地写出了中国知识分子处于强大的社会和文化传统的包围中而不得出的狂躁心态和沉沦过程。"被围者"是一种文化，他不写实体也不写关系，而是写一种个体群体在时间和空间化一的旋转和沉没的惯性中肉体无法自救灵魂无法拯救的悲惨处境和悲剧氛围。在这个意义上，诗人穆旦获得了巨大的成功。他的"被围者"，较之"倦行者"和"寻梦人"深刻得多，普遍得多。作为智慧型诗人，即使一生未能杀出重围，他也很少流露出倦行的老态和寻梦的幻灭，倒是显示了一贯的荒原意识。这是诗人穆旦一生新诗创作能保持形上高度和独立品位的文化心理动力学上的基本定位所使然，也是至今读他的诗仍然使人能在强烈的冲击和震撼之余感到"丰富和丰富的痛苦"的文化心理内涵的奥秘所在。（《穆旦诗英译与

解析》，王宏印著译，河北教育出版社，2004年版，《前言》第4页）

下面是《被围者》的片段：

　　一个圆，多少年的人工，
　　我们的绝望将使它完整。
　　毁坏它，朋友！让我们自己
　　就是它的残缺，比平庸更坏：

　　穆旦诗歌的创作，虽然有很大的精神含量和情感动力，客观上记录了诗人一生中经历的若干历史时期和重大事件，例如抗日战争（包括西南联大）、解放战争（"国统区"）、"反右"扩大化和"文化大革命"，但另一方面，却是这些诗篇中有相当一部分，都真实地反映了诗人成长和成熟以及不断追寻自我、改造自我和自我发展的基本历程。这是穆旦诗歌的双重意义所在。当然，就全部创作而言，也不限于这两个主题，而是具有更其广阔而丰富的思想内容。因此，其诗歌研究，除了其他方法之外，也可以按主题把他的全部诗作归结为十大类别。以下结合其代表作加以阐发：

　　1. 劳苦大众：关于劳苦大众，在中国革命史上，在"劳动神圣"的意义上，尤其在那个动荡的年代，具有特殊的受先进知识分子关注的意义。主要是农业和都市体力劳动者，卖报人、洗衣工、打更人，穆旦都有描述，而其中的打更人（《更夫》），具有较为明显的象征意义。

　　2. 民族命运：民族命运的主题，是近世以来许多有志之士共同关注的问题，也是动荡年代的主旋律。穆旦的《饥饿的中国》等诗篇，曾经翻译为英文在海外发表。1949年以后，这个问题以其他的形式变得较为隐蔽，但诗人的探讨并没有结束。

　　3. 战争思考：穆旦是写战争的高手，其中的《出发》《森林之魅》等名篇，将永久辉耀诗坛。在没有战争的和平年代，和平与发展将成为主题，但是，并不能排除战争的危险和关于战争的思考，以及关于人类和平的新的认识。

　　4. 浪漫爱情：爱情是人类生活的现实问题，也是诗歌创作的永恒主题。

382

在古代文人那里，香草美人具有理想隐喻的性质，而在后来不同的时代，不同的个人那里，会有不同的表现和不同的观点。在穆旦的笔下，爱情虽然具有与战争相联系的性质，但他的《诗八首》则是对爱情的形而上学的探讨，所达到的高度至今无人能比。

5. 自我追寻：自我的追寻，在穆旦那里是和现代人的生活联系在一起的，并和体制内的个人成长史相表里，具有自我反思的深度。同时，采用现代派诗人的立场和角度，加以诗意的表现，其中不乏借助翻译和仿拟进行的准创作，例如《我》《自己》《沉没》。

6. 自然景色：不同于浪漫主义诗人的自然概念，自然在穆旦那里不完全是与社会相对立的存在，具有本体论的意义。所以探索自然之奥秘成为他的诗歌主题之一，名作不断，例如《自然底梦》《海恋》。

7. 精神信仰：通过《隐现》和《祈神二章》等诗篇，我们知道基督教信仰在穆旦的诗作中占有突出的地位，尽管我们不能因此就称诗人为基督徒，因为诗歌中的信仰与日常生活中的信仰是不同的。诗人具有借助任何文化现象营造诗歌氛围的权利和能力，以便表达他心目中的情感世界和信仰世界，例如，面对社会的混乱和道德沦丧，诗人可能借助宗教信仰的高度，反思人类文明。这正是穆旦所做的，而且十分成功。

8. 文明反思：在某种意义上，诗歌是对现实的关注与对文明的反思，所以，缺乏这个高度的诗人是没有出息的诗人。但不同时代的诗人，具有不同的反思倾向，受到同代人的影响是一个外在的直接的原因，个人生活的遭际所导致的深度体验是其内在的动因。一般说来，具有宗教高度的反思，高于艺术的反思，若是就事论事的抱怨人生和社会，那就是世俗化了的诗歌了。写于1948年的《诗四首》和《甘地之死》等，具有文明反思的倾向，但穆旦反思文明的诗句不限于这两首。

9. 理念世界：所谓理念世界就是一个人用概念可以认识或表达的世界。在穆旦那里，以概念为标题的诗作皆可以反映这样的理念：《理想》《友谊》《爱情》《理智与情感》《良心颂》《暴力》《牺牲》《胜利》，如此等等。但这些诗作不是概念的图解，毋宁说是哲理诗。

10. 诗歌艺术：每一个诗人都会写一些诗，但他的内心追求的却只有一首诗，那就是一首完美无缺的符合他的审美理想的形而上的诗，即观念的诗。在理论上，这应当就是"纯诗"。所以，诗人会有一些诗，直接写出他对于诗歌的认识和对于真诗的追求。穆旦此类诗作不多，但单以"诗"命名的就不止一首。

这十大主题，集中到一个中心，就是中国知识分子所具有的对于国事民生最高的精神关注，即"忧患意识"，借来一个临近学科的翻译术语"心态史学"，可以把它归结为一种"心态诗学"，或者按照一种更新的说法，称为"文化诗学"。无论如何，这种诗学"心态"，或"文化"，由于兼顾了中国人所谓的内化了的大我与小我，显然有别于西方诗人艾略特的"非个人化"观念，当然，在文化上，也绝非美国人价值观中的个人主义。这样，一方面，由于受到西方现代派诗潮的影响，特别是语言因素和写诗法的影响，它有了西化的成分；另一方面，又由于它毕竟是汉语写作的表现方式并具有中国文化的写作内容，又具有明显的中国特色。要而言之，落实到穆旦的诗歌创作动因，可以说，诗人以一种纯真而复杂的心态，体验人生，对待社会，在那个特定的天翻地覆的时代，在中国诗学和政治的纠缠不清的关系即诗教与讽喻交织的传统中，诗人因其诗歌创作得以丰富，也因其诗人责任而倍感痛苦。这就是典型的中国式的现代派诗歌理念，是现代诗人的崇高的使命感所使然。

诗人穆旦一生共创作诗歌146首（组），出版诗集8部（生前3部：《探险队》，1945年；《穆旦诗集》，1947年；《旗》，1948年），翻译作品25部。此外，还写有少量论文和文艺评论，而其诗歌理论则反映在为数不多的书信和译文序跋中。如果把诗人第四时期的翻译期从整个创作过程拿出来的话，那么，穆旦的诗歌创作便可有四个时期。各个时期的代表作，或许不止一种，兹列举如下：

第一时期（1934—1937）：《更夫》《野兽》
第二时期（1938—1948）：《合唱二章》《赞美》《诗八首》《森林之魅》
第三时期（1951—1957）：《葬歌》《九十九家争鸣记》
第四时期（1975—1976）：《苍蝇》《智慧之歌》

这里，我们无法详细研究诗人的创作的全部，只能大体上追索一下诗人的创作历程，并结合诗人的创作主题研究，从中寻求一些基本的演变线索，以及各个时期作品的基本特征。

首先，在第一时期的《更夫》和《野兽》里，全诗都是围绕一个单一的形象，而且都是取自现实生活的具体形象。不过，更夫的形象具体而现实，而野兽的形象则丰富而愈加象征性了。两首诗都是穆旦早期较成熟的作品，经过南开中学的准备，写于清华求学时期。尽管如此，单个意象的丰富和深刻，象征手法运用的纯熟，以及英美现代派诗歌创作的影响，在这些早期诗作中都已经隐约可见。关注生活，同情贫穷，是这位热血青年的本质特征。而热爱祖国，仇恨侵略，则是一位爱国诗人的基本品质。

那贴在西南联大墙壁上的《野兽》，刻画了一个民族如野兽般痛苦和崛起的姿态：

> 黑夜里叫出了野性的呼喊，
> 是谁，谁噬咬它受了创伤？
> 在坚实的肉里那些深深的
> 血的沟渠，血的沟渠灌溉了
> 翻白的花，在青铜样的皮上！
> 是多大的奇迹，从紫色的血泊中
> 它抖身，它站立，它跃起，
> 风在鞭挞它痛楚的喘息。

第二时期的诗歌创作，有一个鲜明的特点，那就是时间长，产量多，质量高，变化丰富。从上面列举的三首来看，主题重大，似乎不言而喻，而篇幅较长，甚至以组诗和诗剧的形式出现，则是十分值得注意的。就个人诗风的转变而言，从《合唱二章》中分明可以看出，这里具有屈原式的浪漫和拜伦式的浪漫的合一状。毫不奇怪，这是诗人穆旦从浪漫派转入现代派诗风的一个门槛，然而这是一个飞翔在天宇的高起点的门槛。不徒是诗人的气质所使然，而且是时代的精神所使然。就意象的组成而言，这里已经不是单个意象和简单象征的丰富性的问题，而是众多意象变换视角的深刻隐喻和融入历史的诗性感觉。而就组诗《诗八首》的结构和主题而言，已经具有主题抽象的哲理诗和全过程描写的史诗性质了。当然，《森林之魅》的寓言性质和对话风格，更有柏拉图式的哲理对话性质和人类文明与死亡主题的探讨等更为复杂而全面的诗性智慧了。

> **森林：** 欢迎你来，把血肉脱尽。
> **人：** 是什么声音呼唤？有什么东西
> 忽然躲避我？在绿叶的后面
> 它露出眼睛，向我注视，我移动
> 它轻轻跟随。……
> 在横倒的大树旁，在腐烂的叶上，
> 绿色的毒，你瘫痪了我的血肉和深心！

　　第三时期的特点，以自我改造为契机，在《葬歌》中表露得很厉害。《葬歌》的写法，实际上有点自白诗的味道，而且是三段论式的。第一段显然有写实的意思，许多典型场景都是历史的和社会的，然而也是诗歌语言的描述。第二段既有声嘶力竭的叫喊和撕心裂肺的灵魂的诉求，也有叙事角度的改变和内心对话的效果。最后一段俨然是心灵的宣告了。严格说来，这一时期的其他诗篇，主要是由于政治形势的影响以及创作心态的不纯，艺术水平不能算很高，其中有些干脆就是上述第一段的写实而流于肤浅了——假如不陷入第三部分的灵魂说教的故作哲理讲述的话。幸而这类作品数量极少，而且尽管如此，也能看出诗人力求坚持诗的纯度和高度的艰苦卓绝的努力。

　　在经历了人生的巨大挫折和心灵上的长期压抑之后，第四时期的诗风有一大变。步入老迈之年的诗人，一改早期的单纯象征写法和中期故作曲折复杂的"现代"写法，而采用常见的四行一节的平允格局、出句平缓的从容态势，以及比较规整的押韵模式，似乎已经回归到了诗歌的传统的单纯划一，但整个诗歌并不缺乏深刻和丰富。这种风格在《智慧之歌》中表现得最为明显。而语言的平易，清新，质朴，生活化，多重暗示，自如达意，单纯谐调，则莫过于《苍蝇》了。虽然这是一首不起眼的"戏作"，似乎回到了从生活中直接取材的实境描写中去，但毋庸讳言，这便是一个著名诗人人诗俱老的至高境界了。

在《智慧之歌》的篇首，这位智慧型的诗人如是说：

> 我已走到了幻想底尽头，
> 这是一片落叶飘零的树林，
> 每一片叶子标记着一种欢喜，
> 现在都枯黄地堆积在内心。
>
> （1）

而那结束，竟是如此的苍凉和尖刻：

> 但唯有一棵智慧之树不凋，
> 我知道它以我的苦汁为营养，
> 它的碧绿是对我无情的嘲弄，
> 我咒诅它每一片叶的滋长。
>
> （2）

3．不朽的译笔，丰厚的遗产

查良铮所处的时代，是一个翻译的时代。而查良铮自己，由于天分、努力和机遇，当然，还有和那个时代格格不入的望族出身和他热情而倔强的个性，使他成为那个时代文学翻译特别是诗歌翻译的佼佼者，取得了令人赞叹的成就。中华人民共和国成立以来，经过了"文化大革命"一直到改革开放初期，许多事情百废待兴。中国的翻译界基本上是在一个没有和国际接轨，也没有严格组织的条件下自发地工作的。换言之，这是一个翻译版权要求不严格的时代，许多译作打上"内部参考"的字样，就可以秘密地或公开地发行和销售。这也许是查良铮一代翻译家不幸中的大幸。由于各种政治运动频繁，自由创作受到限制，特别是历史与现行的各种问题和罪名的罗织，迫使一部分有创作能力的作家转而从事翻译事业，在翻译领域做出了重要的贡献。对于查良铮来说，翻译事业几乎是他后半生个人全身心投入的事业和个体生命的全部意义。假若没有诗歌的翻译日夜陪伴着他，很难设想他还有活下去的希望。事实上，有些诗歌的翻译过程，是在连家人也不知情的情况下秘密地进行和完成的。以至于直至翻译家去世以后，出版社寄来稿费，家人才得知又有一部诗作的翻译问世。

　　查良铮本人的语言能力是杰出的。他对汉语的精通自不待言，而外语学习也是经过了艰苦的磨炼和持久的锻炼，到达了一个相当高的水平的。早在西南联大时期他就打下了良好的英语基础，熟悉英国文学，在美国留学期间又进一步学习了俄语和俄罗斯文学。这样他就成为难得的翻译领域的双枪将，在当时学习苏联和俄罗斯文学传统的主战场和英美文学的另一战场同时作战，左右逢源，成就辉煌。事实上，查良铮不仅从英语和俄语翻译了大量的浪漫派诗歌，完成并出版了拜伦的《唐璜》和普希金的《欧根·奥涅金》两部名著，以及雪莱、济慈、丘特切夫等诗歌选集，在晚年还抓紧时机翻译了英国现代派诗歌选集，包括他所熟悉和喜爱的奥登和艾略特的诗。这使得查良铮成为最全面的翻译家。尤其是长诗《荒原》的翻译，让查良铮能够跻身于中国现代派诗歌创作和翻译的最早期、最高峰和最前沿。在这一方面，他的翻译成就，完全可以和赵箩蕤等艾略特专家相媲美，在某些方面，或有过之。

　　诗歌翻译以外，查良铮还翻译了俄语的文学批评原理一类文论书籍，特别是《别林斯基论文学》和季摩菲耶夫的《文学原理》，虽然现在已不流行，但当时却是作为全国流行的文艺理论教材受到普遍欢迎的。这对于提高翻译家本人的理论素养，形成以马列文论为基调的文艺理论观点，并且锻炼其理论表达的笔法都是有益的。这一方面的努力，构成查良铮文艺理论和诗学思想的一个哲学基础，但他的思想不限于此（即马列文论）。通过译者所写的一系列前言后语可以看出，浪漫派诗歌和现代派诗歌的深层理念和表现手法，通过翻译活动已无可怀疑地渗透到译者的诗学观念中了。可以说，翻译，不仅造就了翻译家查良铮，更拯救了诗人穆旦。因为翻译，在诗人无所作为的时代，可以作为创作的替代，成为写诗事业存在的一种方式和诗人人生信念的一种寄托。诗人翻译家，因而是另一种意义上的诗人。查良铮是少有的兼用俄语和英语两种语言进行翻译的现代翻译家，他翻译的俄语诗歌和英语诗歌都有相当可观的数量。下面是一个大致的清单。

查良铮一生翻译的俄罗斯诗歌作品有：《普希金抒情诗》一、二集，共计 502 首诗，普希金叙事诗九部：50 年代出版了四部：《青铜骑士》《高加索的俘虏》《强盗兄弟》和《波尔塔瓦》，80 年代出版了五部：《加甫利颂》《巴奇萨拉的喷泉》《努林伯爵》《塔西特》和《科隆那的小房子》，还有普希金的代表作诗体小说《欧根·奥涅金》。此外，他还翻译了《丘特切夫诗选》128 首诗；文学理论著作两部：季摩菲耶夫的《文学原理》和《别林斯基论文学》。他所翻译的英语诗歌作品有拜伦的长诗《唐璜》，《拜伦抒情诗选》，74 首；《济慈诗选》，65 首，《雪莱抒情诗选》，74 首；翻译其他诗人的诗歌作品还有布莱克诗 21 首，朗费罗诗 10 首，艾略特诗 11 首，奥登诗 55 首，斯彭特诗 10 首，C. D. 路易斯诗 3 首，麦克尼斯诗 2 首，叶芝诗 2 首，英语诗歌共计翻译 11 个诗人 325 首诗。从以上统计数字不难看出，俄罗斯诗歌作品，尤其是普希金的诗作，在查良铮的翻译中占有极为重要的地位，而在英语作品中，最为重要的就是拜伦的长诗《唐璜》了。

以下主要参考查良铮翻译活动的起点和终点，照顾某一阶段翻译活动的重点，同时参照译作出版的时间顺序，将其一生的翻译活动划分为五个阶段：

第一阶段（1953 年—1958 年），俄语诗歌和文论翻译阶段。这一时期，查良铮集中翻译了俄国诗歌作品，主要是普希金的诗歌和苏联文艺理论，后者包括季摩菲耶夫的《文学概论》《文学发展过程》以及《怎样分析文学作品》。

第二阶段（1955 年—1958 年），英语浪漫派诗歌翻译阶段，从 1955 年获得萧珊所寄赠的《拜伦全集》开始。由于当时英国文学史的编写倾向，查良铮翻译的主要是英国积极主义浪漫派的诗歌，特别是拜伦、雪莱、济慈的诗作。

第三阶段（1962 年—1973 年），翻译完成拜伦政治讽刺诗巨著《唐璜》。这一阶段，以《唐璜》的翻译为其代表作，实际上开始于 1962 年，即解除管制在图书馆留用为一般职员时，到 1965 年初译完成，中间经过 1966 年的抄家，而结束于 1973 年《唐璜》的修改定稿。

第四阶段（1973 年—1975 年），英语现代派诗歌翻译阶段，包括奥登、艾略特、叶芝等人的诗作。英语现代派诗歌的翻译活动大体开始于《唐璜》的翻译定稿完成以后，即开始于 1973 年，所以英语现代派诗歌的翻译开始得要晚一些，但结束反而早一点，完成于 1975 年底。

第五阶段（1975—1977 年），旧译修改。所谓旧译修改，包括俄语和英语诗歌的原译修订和扩充，这一活动开始于英语现代诗翻译的结束，一直继续到诗人翻译家生命终了的 1977 年。

但是，从发表的情况来看，查译最后三个阶段的翻译成果，多数甚或全部是在身后作为遗稿才发表问世的。因为在当时，无论是译者还是其他人，根本不知道是否有发表的可能。假如以 1958 年以后中止发表为界线，我们可以把查良铮的一生的翻译事业划分为两个阶段：一个是发表阶段，一个是待发表阶段。而这后一个阶段，即 1958 年以后发表的译作，实际上的发表时间开始于 1980 年，即诗人翻译家逝世 4 年以后。

查良铮是英语和俄语皆可翻译的少数天才的翻译家之一。他的专业本来是英语和英语语言文学，而他却花费大量时间和精力学习俄语，并且把俄语文学翻译当作自己的首要任务来完成。这一点，可以从他回国以后首先翻译俄语文论和诗歌得到证明，也可以从他晚年回到俄语翻译和译作修改的事实上得到证明。查良铮的英语诗歌翻译，如同俄语诗歌翻译一样，十分重视原作的选择，只选择那些十分著名的作家的最好的作品进行翻译。可以说，他从未翻译过一首很平庸的诗，也没有把一首好诗翻译得平庸。但也不是没有局限。例如，他虽然教授和研究英语文学，但其翻译的英语作品却限于英国诗歌，而没有或很少涉及美国或其他英语国家的诗歌翻译。造成这种局限的，固然有个人研究资料方面的原因和来自意识形态的限制，但却要归因于更加深刻的内政外交的总体倾向，也即要归咎于中华人民共和国成立初期政治和外交上向苏联的"一边倒"，以及改革开放以前长期闭关锁国的政策倾向——毕竟中美外交关系正常化是 1972 年的事。然而，就在翻译家的活动范围之内，在他所掌握的十分有限的外文材料之内，他不仅翻译了俄罗斯和英国的浪漫派作品，而且在晚年还利用宝贵的机会翻译了《英国现代派诗选》。值得一提的是，在处理整个译作的过程中，译者不仅严格按照正文的语体特点和艺术要求忠实传达原作的要旨，而且能够结合前言后跋和注释系统，建立一种比较完善的翻译文本体制，使得中国读者能够从中获得比较全面的认识和文学阅读的审美享受。

假如我们把焦点集中在拜伦的《唐璜》的翻译上，就可以看到查良铮严格的选择和精妙的译术。众所周知，拜伦的《唐璜》，与荷马的《奥德赛》、歌德的《浮士德》、密尔顿的《失乐园》等长诗一样，都是西方文学史上的鸿篇巨制，有严谨的构思和宏大的结构，重大的主题和辉煌的艺术。《唐璜》是一部政治讽刺诗，是拜伦吸收和改造了意大利八行体而写成，将原来的每行八音节延长为十音节，这样，就便于英文表达时能容纳较为复杂的内容以及表达本身的灵活性，同时保留了八行诗节五步抑扬格的格局，韵式仍然为 abababcc。拜伦的创作，借助这样一种新的讽刺模拟诗体，可以毫无拘束地表达自己的政治理想和社会观察，实现政治讽喻的文学功能。

王佐良先生在查译《〈唐璜〉序言》中说的一段话，既涉及拜伦的卓越的诗才，也说明了他和其他英国诗人的异同。他说：

> 英国文学史上，还没有见过另一个诗人运用口语体到达如此淋漓尽致的地步的。拜伦所心折的蒲伯也擅长口语体，但是他虽在功力与细致上超过拜伦，却做不到这样的奔放，这样的凌厉无前。至于当时的浪漫诗人，虽然各有所长——雪莱的天马行空、济慈的真挚俊逸，以及老一代华兹华斯在其初期作品中的朴素清新和柯勒律治的瑰奇和音乐美，都有拜伦不及的地方——但是在充分发掘英国诗歌的口语体潜力上，在把闲谈、故事、浪漫气氛结合得如此自然如此动人上，在表达当时欧洲而不仅仅是英国的现实的广度上，拜伦是独一无二的。（王佐良：《英国浪漫主义诗歌史》，人民文学出版社，1991年版，第21页）

显然，要翻译这样一部有着鲜明体式和风格的长诗，再现其神气和风采，是件很不容易的事，但是查良铮做到了。之所以能够如此，就是因为查良铮翻译《唐璜》时，已进入翻译家个人的第三个阶段，即译事炉火纯青的阶段。王佐良先生在《翻译：思考与试笔》中评价查译《唐璜》时说："译者的一支能适应各种变化的诗笔，译者的白话体诗歌语言，译者对诗歌女神的脾气的熟悉，译者定要在文学上继续有所建树的决心——这一切都体现在这个译本中。"梁宗岱在《诗与真·诗与真二集》中说，查良铮在此之前就有了大量译诗的实践，他已经具备了"字的轻重和力量的感觉，对于章法作用的深沉的，几乎有机的占有，对于形式的连贯，对于文章各种单位的运用和对于那组成文章的意象之安排的审美力"，这些足以使他在诗歌翻译的艺术效果上产生飞跃，超越前人，甚至在个别地方超越原诗。

查良铮自有自己很高的译诗原则。1962年《郑州大学学报》第1期发表了一篇评论查良铮翻译的文章（作者是郑州大学教师丁一英），批评查译有不忠于原作之处。对此，译者撰写了他的《谈译诗问题——并答丁一英先生》，申明了自己译诗的美学原则。查良铮指出：

> 我们对译诗要求是严格的，但我们要求的准确，是指把诗人真实的思想、感情和诗的内容传达出来。有时逐字逐句准确翻译的结果并不准确。……译诗不仅要注意意思，而且要把旋律和风格表现出来，……要紧的，是把原诗的主要实质传达出来。……为了保留主要的东西，在细节上就可以自由些。这里要求大胆。……常常是这样：最大胆的，往往就是最真实的。……好的译诗中，应该是既看得见原诗人的风格，也看得出译者的特点。（查良铮：《谈译诗问题——并答丁一英先生》，载《郑州大学学报》1963年第1期）

查良铮一向注重传达诗的形式，作为诗人翻译家，他对保持译诗的诗性美有着执着的追求。"以诗译诗"可以说是他一贯坚持的翻译原则，而这种原则的坚持可以说到了一丝不苟的地步。这种翻译美学原则在译作中体现了一种整体性的叙事结构，那就是，《唐璜》不仅借助一个传统的英雄在拜伦时代的欧洲各国旅行的故事，主人公一路上的所见所闻，所行所思，而且还有诗人拜伦自己对现实和历史的感受和评价。作为叙事艺术，这一原作的叙事结构和评论角度，是准确而完整地保留了。作为诗歌艺术，在整体效果的追求上，查良铮追求的是整体诗行和韵脚的设置，而不是对于原作韵脚的机械模仿。在翻译八行诗体的时候，译诗在建行上基本和原诗保持一致，排列也一模一样。但原诗体韵式ababababcc，译诗并没有拘泥，而是使每节诗的第二、四、六行押韵，基本上保持了原诗的韵律美，第七、八行押相同的韵，以突显末尾设置的讽刺效果。这样的格式设置，虽然并非十全十美，但是在考虑到当时中国读者的接受水平时，仍然不失为一个可以操作的翻译方案。这一点，可以说既保证了查译《唐璜》在译诗艺术追求上的高度和翻译操作上的活动空间，同时也有其局限，即制约查译诗歌质量的形式条件。

关于这样做的初衷，查良铮其实是有深谋远虑的。他在译著《普希金叙事诗选集》（四川文艺出版社，1985 年）里，写了《关于译文韵脚的说明》，其要点概述如下：1）由于新诗还没有建立起格律来，因此译者没有一定的式样可以遵循，这迫使他不得不杜撰出一些简便可行而又有类似格式要求作为权宜的临时的翻译原则，以便他的译文有适当的规律性。2）在段落很长的叙事诗中使用韵的时候，译者的顾虑是：A）不能每行都有韵，因为如果要每行都有韵，势必使译文艰涩难行，文辞不畅，甚至因韵害意，反而不美。何况我国律诗的传统和西洋诗不同，行行都韵似乎不是我们的习惯。B）要避免单调。无论双行韵，或隔行韵，如果在长篇叙事诗中一成不变地使用下去，定会给人以单调之感，因此追求变异是十分必要的。

虽然查良铮翻译《唐璜》韵脚的原则与他翻译普希金叙事诗有共通之处，但在语言的运用上，则由于译出语言俄语和英语的特点不同而有所不同。作为译入语来说，译者和原诗作者一样，都是尽量运用鲜活的口语表达灵巧而有生气，同时杂以庄重的书面语言，以便实现亦庄亦谐的艺术效果。查译《欧根·奥涅金》由于没来得及修改完成，留下了终身的遗憾。或许可以说，译笔的成熟和老练，在翻译拜伦的《唐璜》时显得更加突出。从以下两个诗节中的韵律和节奏感以及语言使用上的特点，读者诸君可见出查译诗歌之一斑：

你"杰出的刽子手呵，"——但别吃惊，
　　这是莎翁的话，用得恰如其分，
战争本来就是砍头和割气管，
　　除非它的事业有正义来批准。
假如你确曾演过仁德的角色，

393

世人而非世人的主子将会评定；

我倒很想知道谁能从滑铁卢

得到好处，除了你和你的恩主？

我不会恭维，你已饱尝了阿谀，

据说你很爱听，——这倒并不稀奇。

一个毕生从事开炮和冲锋的人，

也许终于对轰隆之声有些厌腻；

既然你爱甜言蜜语多于讽刺，

人们也就奉上一些颠倒的赞誉，

"各族的救星"呀，——其实远未得救，

"欧洲的解放者"呀，——使她更不自由。

（第九章第四、五两节）

　　争取自由——个人的和民族的自由——正是贯穿于《唐璜》全诗的主体精神。由于惠灵顿侥幸打败了拿破仑，英国和全欧洲的保守反动势力纷纷向他歌功颂德，把他当作最伟大的偶像来崇拜，而拜伦却在《唐璜》里替他描绘了这样一副嘴脸。这一问一答的最后两行是何等的一针见血！可见，查良铮在密切关注艺术地再现原诗讽刺内容的同时，十分注意采用适当的诗歌形式与诗歌语言，从而使译文兼顾了英诗的音律美与内容美。这是译者在译诗风格上做出的富有成效的探索和杰出的贡献。

　　作为一个对新诗有深刻探索的诗人，查良铮对于诗歌语言的敏感度与驾驭力是独特的。作为翻译家，他当然理解，面对一个个对语言极其敏感又富于激情和思想的优秀的外国诗人，翻译的过程正是译者摸索开发本族语潜能、使本族语张力最大化的过程。但是五六十年代的主流意识形态提倡使用大众化的语言和从民间文学中汲取养分，用民歌体进行诗歌创作，难免忽视吸收外来诗歌作品艺术性的必要性。对于这种千篇一律地"穿制服的文学"作品，傅雷讥之为"新文艺腔"。正因为查良铮对于五四以来的新诗和白话诗的局限有着清醒的认识，他才十分注意自己独特的语言来源和艺术化的语言质量。注意吸收外国语言的精华以及英语文学和俄语文学的精华，是他译诗成功的真正秘诀。他坚持在译诗过程中字斟句酌，对语言千锤百炼，以求尽可能地传达出原诗的神韵，但绝不是提倡生硬的翻译和机械地照搬西方诗歌的语言和形式，也不是从概念出发，一味强调翻译中归化和异化倾向，或者把文学翻译变成文化翻译。他在翻译中并不像在他的新诗创作中一概排斥借鉴古代汉语，而是化腐朽为神奇，锻炼出一种硬朗、有弹性和表现力的新式语言。尤其是到了晚年一再修改的《唐璜》，堪为当代诗歌语言的典范。

在总结查译《唐璜》的翻译经验和成功秘诀时，我们不能不想到，查良铮虽然历遭劫难，却有了充足的时间来惨淡经营这样一部讽刺长诗的翻译。这是中国文学史上的名作名译出于忧患的典型例证。虽然翻译是丧失了创作机会以后他所能进行的第二位的工作，或者说是一种再创作，但是翻译活动对于诗人诗艺达到炉火纯青的地步，甚至对于诗人最后的诗歌创作活动本身，却是必不可少的。关于这一点，王佐良先生的下面一段总结，可谓得个中三昧：

> 似乎在翻译《唐璜》的过程里，查良铮变成了一个更老练更能干的诗人，他的诗歌语言也更流畅。这两大卷译诗几乎可以一读到底，就像拜伦的原作一样。中国的文学翻译界虽然能人迭出，这样的流畅，这样的原作与译文的合拍，而且是这样长距离大部头的合拍，过去是没有人做到了的。诗歌翻译需要译者的诗才，但通过翻译诗才不受到侵蚀，而是受到滋润。能译《唐璜》的诗人才能写出《冬》那样的诗。诗人穆旦终于成为翻译家查良铮，这当中是有曲折的，但也许不是一个坏的归宿。（王佐良：《穆旦：由来与归宿》，载《一个民族已经起来》，江苏人民出版社，1987年版，第10页）

卞之琳先生称誉《唐璜》的翻译是"中国译诗艺术走向成年的标志"。

诚然，就语言的魅力而言，查良铮的译诗之所以被视为真正的普希金诗作、真正的拜伦名篇，就是因为这些译诗远远超出了日常语言的平庸状态，以陌生又令人怦然心动的冲击力扎痛着中国读者的心灵，对于激发中国读者的想象力和改造现代汉语的文学表现力起到了非常重要的作用。反过来，这些读者中的诗人又成为汉语的革新者和先锋，给汉语诗歌注入崭新的感性品质。著名作家王小波在小说《青铜时代》序言《我的师承》中，讲了他是怎样从著名翻译家王道乾和查良铮那里学得最美最老到的语言的。他说：查先生和王先生对我的帮助比中国近代的一切著作家对我帮助的总和还要大。现代文学的其他知识，可以很容易地学到。但假如没有像查先生和王先生这样的人，最好的中国语言就无处去学。

最后，关于现代诗的翻译，我们也不能忘记。就翻译的质量而言，查译艾略特的《荒原》和奥登的《美术馆》，都可以称为名篇。他最喜欢的奥登诗的翻译成绩自不待言，即便较之专门从事艾略特翻译和研究的专家如赵箩蕤等，查良铮也毫不逊色。即便诗坛文野，译苑高低，此处皆可以不论。但就翻译现代诗的意义而言，晚年翻译自选的英国现代诗集，不仅使本色的现代派诗人穆旦离开了浪漫派的惯性，回到了现代派的阵营，而且对于天才的翻译家查良铮来说，也是一种才能的发挥和人格的历练。

下面一个生活细节，出自诗人晚年的一位年轻朋友的回忆（原文见《一个民族已经起来》，第189—190页）。它对于我们了解诗人翻译家的现代诗翻译，以及他的自我认识和自我评价，具有不可替代的重要作用。

先生坚持这样一种看法：越是有才能的人，就越要学会驾驭自己的才能，要耐得住寂寞，这在眼下非常重要。……

他曾对我说："历史可能有这样的误会，才华横溢的人也许终生默默无闻，一些不学无术的笨伯反而能煊赫一时，而且显得煞有介事似的。"

我说："对一个人最后的公正的定论也许只有等到了上帝那里才能做出。在天堂的筵席上，上帝款待诗人时，紧挨着他、坐在荷马前面的竟是一位田纳西的皮鞋匠。"我想起了马克·吐温的一篇小说。

苦笑。沉默了片刻之后，先生拿出他刚译好的奥登的《诱惑之三》，边读边讲：

于是他对命运鞠躬，而且很亨通，

> 不久就成了一切人之主；
>
> 可是，颤栗在秋夜的梦魇中
>
> 他看见：从倾圮的长廊慢慢走来
> 一个影子，貌似他，而又被扭曲，
> 他哭泣，变得高大，而且厉声诅咒。

　　面对这样一个尴尬的场面，一种残酷的影射，今日的读者诸君和笔者，还能说些什么呢？

　　外国文学研究学者赵毅衡先生评论说："穆旦虽然一生受辱，而且天不借年，但是他在文学史上的身影，随着时间的流逝而越来越高大。"

4. 结束语：诗人翻译家身后

　　写到这里，关于穆旦，关于查良铮，这位诗人翻译家，或翻译家诗人，似乎可以搁笔了。但我们至少还要做一个总结。

　　我要说，他首先是一位卓越的诗人，一位桂冠诗人。在现当代中国文学史上，在中国现代派诗人中，就创作的质量和永久价值而言，就艺术的创造性和冲击力而言，就其所反映的才气和胆识而言，没有人能和他相比肩。

　　他是一位多产的翻译家，一生翻译了不少俄语和英语的诗歌，主要是浪漫派诗歌，也有现代派诗。在这两个方面，他都是行家里手，而就诗性和语言质量而论，他的译作，堪称经典，具有永恒的文学价值。查良铮自己，也用英文翻译了自己的几首诗（称为"自译"），在国外发表，产生过国际性的影响。

　　他是一位有见识的文艺评论家，在翻译之余，他利用一切手段和机会，撰写序言和后记，发表对于诗歌和诗人的评论。在极端困难的条件下，他利用私人通信，抒发自己的文艺见解和美学理论，时而隐晦，时而大胆，积少成多，逐渐形成了颇有特点和深度的诗学思想，针砭时弊，启迪后人。

　　他是一位爱国者，而且具有人类意识。在国家有难的时候，能够投笔从戎，也能够用自己的笔，揭露黑暗和侵略，揭示文明和苦难。他追求真理和知识，走过战争与和平，上下求索，几度出境，但不愿苟活于异国，毅然回到了祖国的怀抱，受尽屈辱，向诗而生，为诗而死，义无反顾。

他是一位高贵、自尊、秉性正直的人。在那人人自危的年代，在自身难保的处境下，他身居牛棚，默默地忍受命运的矢石交攻，没有出卖过一个人。在有机会的时候，还提醒和关照过他人，不要自轻自贱，不要自取其辱，要活得有尊严，有意义。

他是一位乐于助人的人，有广泛的爱心，如良师益友。他在自己生活异常困难的情况下，接济过不少的人。

他是一位对社会有益的人，虽然生活报答他的总是厄运和艰辛。

他是一位懂得珍视生命因而没有虚度年华的人。

然而，他，诗人穆旦，本质上是一名歌手。

O 让我歌唱，以欢愉的心情，
浑圆天穹下那野性的海洋，
推着它倾跌的喃喃的波浪，
像嫩绿的树根伸进泥土里，
它柔光的手指抓起了神州的心房。
……

O 热情的拥抱！让我歌唱，
让我扣着你们的节奏舞蹈，
当人们痛哭，死难，睡进你们的胸怀，
摇曳，摇曳，化入无穷的年代，
他们的精灵，O 你们坚贞的爱！

（《合唱二章》）

让我们以同样坚贞的爱，不断吟咏他的诗，让诗的精灵歌唱不已。在一个诗人不知何为的时代，让我们呼唤中国的现代派诗人，一如当年英国呼唤她的诗人密尔顿：

　　穆旦，OR 查良铮，
　　你应当活在这个时代！
　　中国的诗坛，需要你！
　　　　　　（朱墨）

第二章　穆旦诗自译、他译及其双语创作*

穆旦，中国新诗运动中九叶诗派的中坚，20 世纪世界桂冠诗人中唯一入选的中国诗人，以穆旦的名义，一生创作了 160 多首诗，震惊中外诗坛。他又以查良铮的真名，翻译了拜伦、雪莱、济慈等英国浪漫派诗人的诗作，和普希金、丘特切夫等俄罗斯经典作家的诗作，共数十部。此外，他还翻译了英国现代诗选一部，和用俄语撰写的文艺理论著作多部。然而，人们也许没有注意到，在穆旦的诗歌创作中，有一个异常的情况，那就是他在创作和翻译之余，自译了自己创作的部分诗作。但事情不是如此简单。在他的自译与创作之间，有一个灰色的地带，也有双语创作这种鲜见的特殊形式。这是一笔宝贵的财富，也是我们当下正要研究的一个题目。再加上穆旦诗歌被他人翻译的维度，就构成十分复杂的翻译与创作的关系，综合自译与他译，或许可以揭示和解释现代诗在翻译与创作之间的更为复杂的多维联系。

1. 我：创作还是翻译？个体或是群体？

查阅《穆旦诗文集》第一卷（诗），人民文学出版社 2006 年版，我们发现其中有 12 首诗是有自译的英文稿的，标有"原诗作者英文自译"字样，据此可以列出一个自译篇目表：

1. 《我》（Myself）（《探险队》）
2. 《春》（Spring）（《穆旦诗集》）

---

* 本章大部分文字在《诗人翻译家穆旦（查良铮）评传》一书作为补遗发表过，但里面的小标题和分节不同。尤其重要的是，其中的《我》（Myself）一首诗的解释部分，没有发全，特别是说明其来源于翻译的部分，全部遗漏，留下了不可挽救的遗憾。所以在这里重新全文发表，作为一篇单独的文字，以保持最初的完整陈述印象。特此说明。

3. 《诗八首》（Poems）（《穆旦诗集》）

4. 《出发》（Into Battle）（《穆旦诗集》）

5. 《诗》（Poems）（《穆旦诗集》）

6. 《成熟》（Maturity）（《穆旦诗集》）

7. 《旗》（Flag）（《穆旦诗集》）

8. 《饥饿的中国》（Hungry China）（《集外诗存》）

9. 《隐现》（Revelation）（《集外诗存》）

10. 《暴力》（Violence）（《集外诗存》）

11. 《我歌颂肉体》（I Sing Of Flesh）（《集外诗存》）

12. 《甘地之死》（Upon Death Of Mahatma Gandhi）（《集外诗存》）

这些英文诗，分布在不同的诗集中。这里先说明一下穆旦诗集的出版问题。1949 年以前，穆旦曾自费出版过三个个人诗集，其时间顺序如下：

1. 《探险队》（1945 年）

2. 《穆旦诗集》（1947 年）

3. 《旗》（1948 年）

后来，在穆旦去世以后，乃有：

1. 《穆旦诗全集》，中国文学出版社，1996 年

2. 《穆旦译文集》（两卷本），人民文学出版社，2005 年

3. 《穆旦诗文集》（八卷本），人民文学出版社，2006 年

显然，以上的自译诗，分布在《探险队》和《穆旦诗集》中，而其他的英文诗，则散见于所谓的《穆旦诗存》中了。也就是说，其 1948 年以后所写的诗，没有再自译为英文的了。而有他自译的英文诗的最后记录，如果是准确的话，应当是留美期间翻译《饥饿的中国》一事，其时间当在1951～1952 年之间。也就是说，回国以后，穆旦的诗没有再自译过的了。

总括以上的自译情况，我们发现有值得注意的几个问题：

1. 穆旦的自译诗，分布在不同的时期，但其诗歌创作的时间（即有英语诗的汉语诗的创作时间），其发表时间，集中在 1942 年到 1948 年之间，属于创作的中期。可能在一个特定的时间里，穆旦意识到英诗的重要，因而有意为之，但到了出国前夕，则停顿下来。至于在美国翻译《饥饿的中国》（与《诗八首》第八首一起发表在 A Little Treasure of World Poetry 1952—edited by Hubert Creekmore, Charles Scribner's sons, N.Y.）是一个特殊的需要，也不足为怪。

2. 他所注重的篇目，大约是诗人最看重的，与时下所精选的一些代表作篇目有些不同（文后的《中国新诗》所选 10 首可以参考）。例如，《春》（较早创作的反映青春的有现代派诗风的短诗）、《诗八首》（深奥的哲理爱情诗，许多人认为是其代表作）、《旗》（关于欧战胜利纪念的短诗）、《隐现》（有强烈宗教主题的诗）、《甘地之死》（特殊的国际题材，而且穆旦在缅甸之战后曾撤退到印度）、《我歌颂肉体》（惠特曼主题，容易搞到英文诗作为起点），等等。

3. 在这些自译诗中，潜藏着诗人自己对自己诗歌的独特理解，在很大程度上也不同于其他译者的理解，而且很可能隐藏着穆旦诗歌创作与翻译的奥秘机制。对于这些英文诗歌的研究，以及与汉语诗的对比研究，还有穆旦自译与他人所译的穆旦诗（称为"他译"）的比较，乃构成我们这里研究的课题。

第一首值得注意的自译诗是《我》（Myself）：

从子宫割裂，失去了温暖，
是残缺的部分渴望着救援，
永远是自己，锁在荒野里，

从静止的梦离开了群体，
痛感到时流，没有什么抓住，
不断的回忆带不回自己，

遇见部分时在一起哭喊，
是初恋的狂喜，想冲出藩篱，
伸出双手来抱住了自己

幻化的形象，是更深的绝望，
永远是自己，锁在荒野里，
仇恨着母亲给分出了梦境。

【穆旦自译文】

Myself

Split from the womb, no more in warmth,
An incomplete part am I, yearning for help,
Forever myself, locked in the vast field,

Separated from the body of Many, out of a still dream,
I ache in the flow of Time, catching hold of nothing,
Incessant recollections do not bring back me.

Meeting a part of me we cry together,
The mad joy of first love, but breaking out of prison,
I stretch both hands only to embrace

An image in my heart, which is deeper despair,
Forever myself, locked in the vast field,
Hate mother for separating me from the dream.

【朱墨的译文】

I

Out of womb and warmth,

The wane part is thirsty for help;

I'm forever myself, locked in the wilds.

From the static dream I leave the group,

Feeling that current of time, nothing to grasp;

Constant recall brings back no self,

As one part meets another, cry together,

Joy of virgin love cry out for a breakthrough;

Stretching out one's arms only to embrace oneself,

An illusive image, in a deeper despair;

Forever is the self locked in wilds,

Hating that mother departs from dream.

比较一下这两种译文非常有意思。这里不仅有理解性的差异，也有表达性的差异。

1. 大体的印象是穆旦翻译的比较曲折晦涩，而朱墨的译文简易流畅。除了用词和句法的不同之外（第一节就可以看出风格的差异），一个十分重要的因素是章法上的。自译在第二节结束时用了一个句号，使一二节、三四节之间的连接不太紧密。而朱墨的译文在各节内部使用分号，表示层次的区分，而句号出现在第一节的结束。也就是说，朱墨理解第一节是全诗的主题和序幕，可相对独立。

2. 在主题的理解上，朱墨和穆旦有差异。朱墨把全诗理解为是个体和群体的差异（I leave the group，第二节），而自身是无数个体的集合体（As

404

one part meets another, and cry together，第三节），而穆旦把部分视为整体（母子一体 we）的不完整（An incomplete part am I，第一节），这样，"遇见部分时在一起哭喊"（Meeting a part of me we cry together，第三节），就有了不同的理解和意义。

3. 可能由于诗人自己对自己的作品有一种随意处置的权利吧，穆旦在译文的有些地方做了重要的修改或改写。在第三节和第四节的交接处，尤其是在"幻化的形象"的处理上，穆旦用了 An image in my heart（我心中的形象）的特殊处理，深化了主题，并且加深了"更深的绝望"的内涵。请注意这些相关部分的译文及对照效果：

是初恋的狂喜，想冲出藩篱，
伸出双手来抱住了自己

幻化的形象，是更深的绝望，

【穆旦自译文】

The mad joy of first love, but breaking out of prison,
I stretch both hands only to embrace

An image in my heart, which is deeper despair,

【朱墨的译文】

Joy of virgin love cry out for a breakthrough;
Stretching out one's arms only to embrace oneself,

An illusive image, in a deeper despair;

然而，这首诗真的是一首汉语创作的诗，然后由诗人自己翻译成英文的吗？

　　断然不是。在新近出版的《穆旦作品新编》（李怡编，人民文学出版社，2011 年版）里，我们发现了穆旦 1940 年 11 月在昆明翻译的路易·麦克尼斯的《诗的晦涩》，那是作者《近代诗》的第九章，1938 年由牛津大学出版社出版。其中，穆旦翻译了奥登的一节诗，作为"为了紧凑和图式而牺牲了明显"的例证：

> 是第一个婴孩，为母亲温暖，
>
> 在生前是而仍旧是母亲，
>
> 时间流去了而现在是个别，
>
> 现在是他的关于别个的知识，
>
> 在冷空气里哭喊，自己不是朋友。
>
> 也在成年人里，可以在脸上看见
>
> 在他白天的思索和夜晚的思索里
>
> 是对于别个的警觉和恐惧，
>
> 孤独的在肉体里，自己不是朋友。

　　穆旦接着加注解，说明"这段诗在译笔中，就看不出紧凑，尤其看不出图式来了。原诗上下的排列和音调都是很美的。原诗不但有纵的对称，且有横的对称，紧凑不但在简洁上，且在音的排列上可以见出。我惜不能译好，现在就把原文抄下，为读英文的朋友共商之"。

Is first baby, warm in mother,

Before born and is still mother,

Time passes and now is other,

Is knowledge in him now of other,

Cries in cold air, himself no friend,

In grown man also, may see in face

In his day—thinking and in his night—thinking

Is wareness and is fear of other,

Alone in fresh, himself no fried.

大概穆旦觉得无论如何仍然不能够准确地传达原作的意思，他做了一些说明以后，还是用散文体做了一种解释——"散文的解释是"：

> 一个人生前是和母亲一体的，他安全地在子宫里；诞生，以弗若德讲来，是大的，也许是最大的创伤。这个人知道他是一个分离开的个人了，但从这事实也知道了他是个不完全的个人。所以需要一个生命和他自己的互为补偿，以代替他母亲的位置，——这就是亚里士多德所说的"另外的一个自己（Alterego）。可是，他却为这位置的候补者们恐吓住了。

大概穆旦仍然不满足于这样一首诗的理解，和这样一种散文化的解释，他终于要自己写一首诗了。于是，经过一番努力——构思和措辞，一首在中国新诗历史上十分重要的现代诗就产生了。

那就是《我》。写于 1940 年 11 月。

而这首诗的翻译，在 1940 年 11 月。

翻译的地点在昆明。

而创作的《我》，载《大公报》的重庆版，时在 1941 年 5 月 16 日。

也就是说，中文版的《我》比其翻译版，晚出生了半年。

就这一个案而言，可见一首现代诗的诞生，经过了翻译、注释、散文翻译，然后是中文创作，或英文翻译——抑或是先有英文后有中文，抑或是双语同时创作——也未可知。

由此看来，穆旦作为原作者的英译，不是典型意义上的，可能是对英文原诗的改写，即部分的英译。而朱墨的他译，却在完全不知情的条件下进行，要更难一些，也难以研究一些。

2. 春：在修改的花园里，谁渴求着拥抱你？

《春》是穆旦最重要的作品之一，写于 1942 年 2 月。最初发表在《贵州日报》上，后来，在 1947 年 3 月发表于《大公报》时，诗人做了重大的修改，主要是把原文集中在女郎身上的意象抽离出来，让"花朵"和"他"与"园"连接起来，成为春的象征性表达（但在改变了"它"之后，仍然保留了"他"的无着落，或硬性地介入）。为了便于理解一首现代诗的创作和修改过程，这里把两个版本按照顺序排列如下（黑体是被修改掉的部分），供研究和参考：

【原始稿】

春

绿色的火焰在草上摇曳，
它渴求着拥抱你，花朵。
一团花朵挣出了土地，
当暖风吹来烦恼，或者欢乐。
如果你是**女郎，把脸仰起，**
看你鲜红的欲望多么美丽。

蓝天下，为关闭的世界迷惑着
是一株廿岁的燃烧的肉体，
一如那泥土做成的鸟底歌，
你们是火焰卷曲又卷曲。
呵，光，影，声，色，都已经赤裸，
痛苦着，等待伸入新的组合。

【修改稿】

春

绿色的火焰在草上摇曳，

408

他渴求着拥抱你，花朵。
反抗着土地，花朵伸出来，
当暖风吹来烦恼，或者欢乐。
如果你是醒了，推开窗子，
看这满园的欲望多么美丽。

蓝天下，为永远的谜迷惑着的
是我们二十岁的紧闭的肉体，
一如那泥土做成的鸟的歌，
你们被点燃，却无处归依。
呵，光，影，声，色，都已经赤裸，
痛苦着，等待伸入新的组合。

【穆旦自译稿】

Spring

In the grass the green flames flicker,
Mad to embrace you, flower.
And spite of covering ground, the flowers shoots
To the warm wind, for either joy or distress.
If you have awakened, push open the window,
See how beautifully spread the desires of the garden.

Under the blue sky, puzzled by an eternal Riddle,
Stirs our thick closed body of twenty years;
Which, enkindled like the bird's chirping, made of the same clay,
Burns and finds nowhere to settle.
Ah, light, shade, sound, color, all stripped naked,
Painfully wait, to merge into a renewed combination.

穆旦的自译文，有一些十分大胆而果断的地方，在现在的改定了的汉语诗中不太容易理解。例如，第一个句子，用了 Mad to embrace you，其逻辑主语是 green flakes。这样，原文的"它"比较容易理解，而修改后的"他"，虽然加强了人称性别的对比，倒是难以理解了。第二句中直接以"花朵"为中心进行动作布置，the flowers shoots / To the warm wind （花朵伸向暖风），与前后的状语，构成和谐的整体，打破了字面的"当暖风吹来烦恼，或者欢乐"的束缚，使这一节诗扑朔迷离。

第二节译文，比原文更加清晰，也更加扑朔迷离。puzzled by an eternal Riddle, / Stirs our thick closed body of twenty years; 大写的 Riddle，隐藏着玄机，而奇异的 thick 用词，使得英语美不胜收。Which, enkindled like the bird's chirping, made of the same clay, / Burns and finds nowhere to settle. 那隐藏的主语，显然是"我们的……肉体"，鸟叫（the bird's chirping）代表"歌"，泥土前加"同样的"（the same clay），表示所有生命来自泥土，特别是那"落脚，安家"（settle），来译无处"归依"，堪称妙译。

下面是庞秉钧的译文，可供参考：

【庞秉钧译文】

Spring

Green flames flicker across the grass,

Aches to embrace you, flower.

Struggling from soil,

Flowers shoots

As warm breezes bring sorrow, or joy.

If you're awake, push open the window,

See how lovely are the desires that fill the garden.

Under blue sky, bewitched by eternal mysteries,

Our bodies lie tightly-clasped, twenty years old,

Like ceramic birdsongs;

You are enflamed, curling again and again,

But unable to find a final destination.

O, light, shade, sound, hue——all are stripped naked,

Enduring pain, waiting to enter new combination.

相对于穆旦的自译，庞译也有一些值得注意之处：

1. Green flames flicker across the grass 有"绿色的火焰从草上舔过"之嫌，而不是穆旦自译中的"火焰就在草中"。

2. Like ceramic birdsongs 由于结构过于紧，有不能舒展从容地转换之嫌，致使语义理解困难。

3. You are enflamed, curling again and again, / But unable to find a final destination 在版本上有点特殊"你们被点燃，卷曲又卷曲，却无处归依。"介于原稿和修改稿之间。还有 But unable to find a final destination，其实，按照现代派诗歌的理解，"最后的归依"是不大可能的。

4. 由于版本的原因，但主要是诗句排列的原因，庞译每一节多出一行，为七行诗节。

5. 在文字上，庞译的 Aches to embrace you （痛苦地渴望拥抱你），和 Struggling from soil（从土中挣扎而出），都极具表现力，不逊于诗人的自译。

3. 旗：展示与伪装，一定是由汉语到英语的自译吗？

穆旦的青年时期正当战争年代。1945 年 5 月 9 日，是欧战胜利日，穆旦写了《欧战纪念日》，同月，他写了纪念欧战胜利的《旗》。后来，发表在 1947 年 6 月 7 日的《益世报》上。我们知道，这首诗还有一个英文版本（Flag），也是出自诗人的手笔。我们这里先列出它的英文版，然后再看中文版，将二者加以对照。

Flag

Underneath are we all, while you flutter in the sky,
Stretching your body with the wind, with the sun journeying.
What longing away from earth, though held tight to the ground.

You are the word written above, well-known by all,
Simple and clear, yet boundless and formless;
You are the soul living of heroes long past.

Though tiny, your are the impetus of war,
And when war is over, you are the only perfection.
To ashes we turn, but the glory in you remains.

Ever responsible, you baffle us sometimes.
The rich and powerful flew you once and made you to explain,
And behind you, gained peace of the population.

For you are the heart of hearts. But wiser than all:
For you are the...
Light with the dawn, with the night suffering,
You speak best of the joys of freedom.

And the storm, who signals its approach but you!
For you are the direction, pointing us to victory.
You are what we value most, now in the hands of the people.

我们不妨做一个实验，就是把这首英文诗来一个回译，让它以中文的
形态出现，看看会是一个什么样子：

旗

我们都在下方，你在高空飘扬，
风儿将你展开，太阳与你同行。
本想飞上天空，只因大地不放松。

你是言词在天上，人人心如明镜，
简单而清楚，无限而无形；
你是早已死去的英雄的魂灵。

虽然尺幅不大，你是战争的动力，
战争一旦结束，你是唯一的完美，
我们化为灰烬，光荣归你留存。

从来肯负责任，偶尔令人费解。
权贵得你一时，让你费心解释，
而在你的身后，取得大众的和平。

你是心灵的心灵，但比大家聪明：
你是破晓的光明，经过夜间苦痛，
你将自由的欢欣讲得最动听。

风暴来临，你是最好的象征代表！
因为你就是方向，指引我们到胜利。
你是我们的至贵，如今在人民的手中。

（朱墨译）

结　语：

　　虽然这也是一首可观的现代诗，但毕竟不是原作。在原作与译作之间，甚至有一些显著的区别。下面是穆旦的《旗》的中文版。试想一下，如果没有上面的译文，你是否会有理解上的困难？为了便于说明一些细节的问题，我们按照汉语诗的顺序，逐节给出，并给予分析和简评。

> 我们都在下面，你在高空飘扬，
> 风是你的身体，你和太阳同行，
> 常想飞出物外，却为地面拉紧。

【简评】

本节不好理解的地方有两处："风是你的身体""常想飞出物外"。查对一下回译，一处是"风儿将你展开"，一处是"本想飞上天空"，或者直译"飞离大地"。都很明白。

> 是写在天上的话，大家都认识，
> 又简单明确，又博大无形，
> 是英雄们的游魂活在今日。

【简评】

整个一节没有主语，一查英文，原来主语是"你"，也就是"旗"。最后一句的主语也可以作如是观，做如是处理。

> 你渺小的身体是战争的动力，
> 战争过后，而你是唯一的完整，
> 我们化为灰，光荣由你留存。

【简评】

第一行，身体如何"渺小"？第二行，"而"字来得突兀。

> 太肯负责任，我们有时茫然，
> 资本家和地主拉你来解释，
> 用你来取得众人的和平。

【简评】

第一行的问题，在于"我们有时茫然"的原因是"太肯负责任"，但实际上，一查英文，反而是"你"——主语——"太肯负责任"，致使"我们"——使不懂的对象——有时不懂。而"资本家和地主"与英文对不住，英文是"富人和有权的人"。其他，例如，第三行也有不一致之处，恕不一一细究。

> 是大家的心，可是比大家聪明，
> 带着清晨来，随黑夜而受苦，
> 你最会说出自由的欢欣。

【简评】

第一句的主语应是"你"。和第二行一样，都用了"是"，作为替代，作为强调？"带着清晨来"，费解。英文原来是"你是破晓的光明"（For you are the … / Light with the dawn）。此外，这里英文的断行，和重新起行，值得注意（详下）。

> 四方的风暴，由你最先感受，
> 是大家的方向，因你而胜利固定，
> 我们爱慕你，如今属于人民。

【简评】

第二行，主语"你"被省略，乃是"因你而"的存在而被省略。"我们爱慕你，如今属于人民。"有歧义，是"你""如今属于人民"，而且为我们所爱慕，并非"我们爱慕［你如今属于人民］"。查对英文和回译便知。

最后，让我们做一些简要的评论。

1. 英语版比中文版更具体可感，表现力更强。
2. 英文语气上有感叹，层次上有分号。汉语只有逗号和句号。
3. 英文语法完整，易懂，无歧义；中文平和而中庸，常省去主语，语义含混。

4. 中英文有若干字面差异，多为各自的典型语句需要，但基本构思相同。

还有，部分的是基于以上的分析，让我们做一个基本的推测：穆旦的这首诗，应是先有英文，然后，才有中文。换言之，是从英文向中文的翻译，而不像是相反。

论证之一：在英文里有一处半句成行的地方，使得第五节多出一行建制，后面有删节号。这种自然的状态，在译文里是不可能出现的，只有在初稿里，才有可能。当然，这一处与前后的信息和语法也构成连贯而不牵强：

For you are the heart of hearts.

For you are the...

Light with the dawn,

论证之二：相对于中文版本《旗》，英文版 Flag 更富于激情、变化和表现力，而汉语将句子成分中的主语 you 常常删去，造成比较含混的表现，增加了诗的歧义性。这在现代派诗歌中是允许的，正常的。反之，则不大好理解为何两个文本之间有这样的差别。

进一步的推论：

其一，穆旦是英语语言文学专业毕业，英语很好，许多诗歌是通过英语直接学习的。这有可能激发他直接用英语写作诗歌的动机，但他又不可能，或不方便用英语发表诗作，所以只好将英语诗放下，改写或翻译成汉语诗歌，公开发表。《旗》可能只是其中的一首（而《旗》在里尔克那里有一首诗，原文是德语，可能对穆旦的创作有直接影响）。

其二，但这并不是说，穆旦的十几首英汉均有的诗都是先有英语后有汉语的。但是又不能忽略这样一种可能：只是因为他在国内以汉语诗而发表和出名，人们想当然地认为他必然是汉语诗人，英语诗只是他翻译出来的，没有发表的，而且是次要的，甚至并不一定代表穆旦的诗歌和翻译水平。

其三，就这首诗的情况而言，我们有理由认为：穆旦的英语诗和汉语诗一样好，他完全具备用汉语创作和用英语创作的双重能力，而不一定只能从事汉译英，也就是说，他不一定先要有汉语诗才能翻译成英文诗。事实上，他一生从事的英译汉要远远大于汉译英。

其四，在有些时候，也有为了发表而将汉诗自译为英文的情况。例如，在《饥饿的中国》的情况下，根据穆旦夫人周与良的回忆，穆旦是在美国，将原来在中国发表的汉语诗《饥饿的中国》（发表于1948年1月出国前《文学杂志》第二卷第八期）翻译为英文，在国外发表。"这里收录的 Hungry China 共6章，系作者于1951—1952年在美国留学期间根据自己诗作译为英文的。"（《穆旦诗文集》卷一，第237页）

其五，在大多数情况下，由于没有详细的记载，我们无法得知每一首诗具体的翻译情况，也不知道是先有汉语还是先有英语。而且，只从文本上，也看不出两个版本的差别，或者无法说明哪一个更好。但是，翻阅穆旦诗集，我们并不缺乏精彩的诗节，这给我们以信心，让我们确信，在有些情况下，穆旦很可能是双语同时创作。

属于这种情况的，大约有如下诗篇：

1. 《诗》（Poems）（《穆旦诗集》）
2. 《隐现》（Revelation）（《集外诗存》）
3. 《暴力》（Violence）（《集外诗存》）
4. 《我歌颂肉体》（I Sing Of Flesh）（《集外诗存》）

例如，写于1943年的二首《诗》（Poems），其英文和中文，都达到了相当的流畅和达意，而且各具特色，同样精彩，很难说哪一个更好，或者哪一个是原本，哪一个是译本。这里我们找出两个诗节，分别是第一首和第二首的最后一个诗节：

> 这一片地区就是文明的社会
> 所开辟的。呵，这一片繁华
> 虽然给年轻的血液充满野心，

在它的栋梁间却吹着疲倦的冷风！

Here is the garden our civilized society
Has cultivated. Here its prosperity!
At the entrance the young are filled with ambition,
But what weary winds whisper among its pillars!

人子呵，弃绝了一个又一个谎，
你就弃绝了欢乐；还有什么
更能使你留恋的，除了走去
向着一片荒凉，和悲剧的命运！

Son of Man, rejecting one lie after another,
You are rejecting everything. What else
Could have detained you, except to go
To the fate of tragedy, in a desolate land.

4. 出发：再出发，把我们囚进现在的丰富和痛苦之中

在诗人自己提供的汉英对照的诗作中，有一些可以发现明显的差异，主要是文化上的差异在翻译中的体现，即便是局部的，也给人以深刻的印象。例如，写于 1948 年 2 月 4 日的《甘地之死》，曾发表于《大公报》（天津版）1948 年 2 月 22 日，又见《中国新诗》第一辑（1948 年 6 月）。

第一节：
不用卫队，特务，或者黑色
的枪口，保卫你和人共有的光荣，
人民的父亲，不用厚的墙壁，
把你的心隔绝像一座皇宫，

No use for garrison, secret service, or the black

Muzzle, to protect the glory you share with others.

Bapu of the people, no use of turreted walls

To envelop your heart like a Kremlin Palace.

值得注意的是一些选择得很讲究的词语:

1. garrison 卫队，卫戍部队

2. secret service 秘密警察

3. the black muzzle 黑色的枪口，动物套口

4. Bapu 伟大的灵魂，圣人（印度）

5. turreted walls 有炮塔的城墙

6. Kremlin Palace 克里姆林宫（俄罗斯）

最后一节:
> 恒河的水呵，接受它复归于一的灰烬，
>
> 甘地已经死了，虽然没有人死得这样少:
>
> 留下一片凝固的风景，一隅蓝天，阿门。

Holy water of the Gange, receive the ashes back to One,

For Gandhi is dead, though no one has died so little:

Leaving behind a landscape, a corner of the blue sky, an Amen.

有关宗教的词语如下:

1. Holy 神圣的

2. One 一（神，或可指梵天）

3. Amen 阿门（祈祷结束用语，赞美语；古语，表示真实）

这些词语构成一个语义场，为塑造与圣雄甘地相关的文化氛围，包括政治氛围和宗教氛围，做了最好的语言准备。可见，这是在有充分准备的条件下的英语诗歌创作（很可能来源于英文的有关资料的阅读），而不是为

了英译一首诗可以做得到的。或许，从中也可以窥见诗人良苦的用心——尤其是《甘地之死》作为诗人有双语对照的最后一首诗。

有些差异并不是文化的，而是语义的。这就给人一种可能的理解：要么，穆旦是在双语创作中针对各自的语言，各得其所，互有发挥，要么，就是在原作经过一段时间以后，进行翻译时发现有重大的修改余地，于是修改了，提高了。这后一种情况，应和了自译理论上"延迟自译"（Delayed Self-translation）的理论，而前一种情况，则不符合即时自译（Simultaneous Self-translation）的理论。因为按照即时自译的理论，译文和原文应当没有什么重要的差别才行。不过，这里，我们尝试采用双语写作（bilingual writing）的理论，来说明诗作过程中各自发挥语言特长而又能激发诗性的双语创作机制。

在写于 1942 年 2 月，后来改作《出发》（Into Battle）的《诗》（Poems）里，我们发现有一节奇异的诗节，即第二节：汉语和英语有重大的差异，而且并非文化上的，而是语义上的。让我们先分别列出这一节诗的中英文版本。

> 告诉我们这是新的美。因为
> 我们吻过的已经失去了自由；
> 好的日子去了，可是接近未来，
> 给我们失望和希望，给我们死，
> 因为那死的制造必需摧毁。

And tell us to appreciate it. Suddenly we know

The flower we kissed is ours no more.

Gone are the old days, but nearer to future;

Give us vision and revision, give us death,

To destroy the work of death we venture.

汉语回译的结果如下：

告诉我们如何去欣赏它。我们忽然得知

我们曾经吻过的花朵已经不属于我们。

昔日已经过去，可是接近未来；

给我们视点和视点的改变，给我们死，

那制作死的机制我们必需努力去摧毁

（朱墨译）

几处重要的改变被发现了：

1. 在汉语中是"新的美"，让人想起叶芝的名句（一种可怕的美已经诞生），而英语只是"欣赏"；

2. 汉语诗隐去了"花朵"，也许在中国文化中是比较敏感的意象，使语义抽象多了；

3. 把"过去的日子"说成是"好的日子"，更加符合汉民族怀旧的心理意向；

4. 相对于"失望和希望"，那"视点和视点的改变"（并非严格的字面翻译）要深刻得多。

也许是由于以上的原因，在英语诗里不能流行的，甚至未曾被知晓和重视的，在汉语诗里成为名句——即便同样是出于一个杰出诗人的手！《出发》的最后一节，英文是这样的：

O Lord, who trap us thus in the hold of Present,

Along dog-teeth tunnel we march, groping

To and fro. Let us take as one truth

Your contradictions. O let us be patient,

You who endow us with fulfillment, and its agonies.

细心的读者也许会注意到，这样的英语也是有特点的。为了强调而随意地大写 Present 姑且不论，"犬牙交错"本是一个汉语成语，而加上"甬道"，在英语中就有意思了。Your contradictions（你的重重矛盾）则成为"你句句的紊乱”，和“真理”对应，真的显出矛盾或紊乱了。最有趣的就是“丰富，和丰富的痛苦”，那经常被引用的穆旦的名言，实际上来源于一个十分普通的英语词语：fulfillment, and its agonies（履行，及其痛苦）。

综合的效果，还要看汉语诗歌本身：

> 就把我们囚进现在，啊上帝！
> 在犬牙交错的甬道中让我们反复
> 行进，让我们相信你句句的紊乱
> 是一个真理。而我们是皈依的，
> 你给我们丰富，和丰富的痛苦。

需要指出的是，“把我们囚进现在”那句奇特的汉语，掉到首行句末特殊位置上的“啊上帝！”那强烈的呼唤，以及倒数最后一行结束时“而我们是皈依的”（O let us be patient，哦，让我们耐心等待吧）那样一些宗教性的词语，大大地加强了这一节诗的宗教氛围。也就是说，汉语运用对上帝与宗教的逆反心理，大大地加深了真理的悖论感。这是聪明的穆旦所能想到的，或者利用英语和汉语的差距所能够做到的。

5. 自译与他译：笔立着，和我的平行着生长

下面转而研究一下穆旦的自译诗与其他人的翻译（简称“他译”）的关系。

以下是就篇目而言，穆旦自译诗（共十二首）与其他译者的对应关系（其他译者只给出姓名）：

1.《我》（Myself）（朱墨）

2.《春》（Spring）（朱墨，叶维廉，庞秉钧）

3.《诗八首》（Poems）（朱墨，叶维廉）

4.《出发》（Into Battle）（朱墨）

5.《诗》（Poems）（朱墨）

6.《成熟》（Maturity）（朱墨）

7.《旗》（Flag）（朱墨）

8.《饥饿的中国》（Hungry China）（朱墨）

9.《隐现》（Revelation）（朱墨）

10.《暴力》（Violence）（朱墨）

11.《我歌颂肉体》（I Sing Of Flesh）（朱墨）

12.《甘地之死》（Upon Death Of Mahatma Gandhi）（朱墨）

就笔者所见之其他穆旦诗的译者及其主要篇目（黑体是穆旦自译）如下：

1．朱墨（王宏印），60 首，包括了穆旦自译的英文诗全部，载《穆旦诗英译与解析》，河北教育出版社，2004 年

2．庞秉钧，10 首：**《春》**《智慧之歌》《秋》《停电之后》《自己》；载《中国现代诗一百首》，中国对外翻译出版公司、商务印书馆（香港）有限公司，1993 年。《手》《报贩》《被围者》《春天和蜜蜂》《演出》，载《穆旦短诗选》，犁青主编，银河出版社，2006 年

3．王佐良（与胡时光），5 首：《我看》《赠别》《寄——》《智慧之歌》《秋》，载《穆旦短诗选》，犁青主编，银河出版社，2006 年

4．叶维廉，4 首：**《春》**《控诉》《裂纹》**《诗八首》**，载《穆旦短诗选》，犁青主编，银河出版社，2006 年

5．周珏良，1 首：《冬》，载《穆旦短诗选》，犁青主编，银河出版社，2006 年

6．北塔，1 首：《爱情》，载《穆旦短诗选》，犁青主编，银河出版社，2006 年

这些译者，限于篇幅，我们不能一一介绍，只能有所侧重，主要介绍三位：王佐良、庞秉钧和叶维廉（又作“叶威廉”）。

王佐良是穆旦的好朋友，为穆旦翻译的英语诗歌作序，加注解，并且为穆旦的诗歌创作做宣传和介绍，一生不辍。他与人合译的穆旦的英译诗，有早期的和晚期的，有一定的代表性。这里选了他们合作翻译的《秋》的

一个片断，以见出译者的译笔：

死亡的阴影还没有降临，
一切安宁，色彩明媚而丰富；
流过的白云在于河水谈心，
它也要稍许享受生的幸福。

The specter of death has not yet arrived,
All is quiet, bright and riotous with colour;
The floating cloud converses with the river,
It also wishes to enjoy a little of life's happiness.

庞秉钧是南开大学外文系的教师，翻译的穆旦的诗比较多，代表性更强，几乎各时期的都有，题材也比较广泛。在他所翻译的穆旦晚年的政治讽刺诗中，《演出》给人留下了深刻的印象。这里给出原文和译文，以供对照研究：

演 出

慷慨陈词，愤怒，赞美和欢笑
是暗处的眼睛早期待的表演，
只看按照这出戏的人物表，
演员如何配置精彩的情感，

终至台上下已习惯这种伪装，
而对天真和赤露反倒奇怪：
怎么会有了不和谐的音响？
快把这削平，掩饰，造作，修改。

为反常的效果而费尽心机，

424

每一个形式都要求光洁，完美；
"这就是生活"，但违背自然的规律，
尽管演员已狡狯得毫不狡狯，

却不知背弃了多少黄金的心
而到处只看见赝币在流通，
它买到的不是珍贵的共鸣
而是热烈鼓掌下的无动于衷。

Performances

Impassioned protestation, indignation, eulogy and laughter—
Performances long expected by eyes in the shadows.
See how the current cast of the play
Compound anew their grand emotions.

In the end actors and audience alike grow so accustomed to the sham
That they consider innocence and nakedness anomalies.
"Where do these discordant notes spring from?
Prune 'em away, hush 'em up, revise 'em, revamp 'em!"

To achieve abnormal effect no effort is spared;
Every form must be polished, perfected.
"This is life," and yet it violates Nature's laws,
Even though the actors have grown so artful as to be artless.

But no one knows how many hearts of gold have been betrayed.
Everywhere you see counterfeit coinage in circulation.
What it has bought is not a valued sympathetic response,
But numb indifference beneath assumed applause.

总体说来，庞译穆旦诗是语义性的翻译，在语义的理解上是深刻的，用词很准确，有的地方很精彩，例如，第一节的 See how the current cast of the play / Compound anew their grand emotions，第四节的 What it has bought is not a valued sympathetic response, / But numb indifference beneath assumed applause，译出了那个时代的感情虚假的反讽意义，和观众对虚假表演的无动于衷。

第二节的后两行，采用直接引语的提问效果，和诗歌语言的简略拼写，发挥了很好的译文效果，"Where do these discordant notes spring from? / Prune 'em away, hush 'em up, revise 'em, revamp 'em!" 还有第三节的最后一行，利用英语同源词汇的辞趣，so artful as to be artless，收到了绝妙的翻译效果。

当然，在形式上，译文中原诗的韵律无法保留，有些句子长度控制不够好，这也是要提一下的，或许可以说，这是语义翻译在诗歌翻译中较为常见的问题，并不奇怪。

叶维廉是华语世界著名的诗人、诗论家，久居国外，但对中国的诗歌发展十分熟悉。他选择翻译了穆旦中期的诗，有独特的美学角度。《诗八首》（Eight Poems）比较长，又有相当的难度。我们在这里挑出其中的一首，即第七首（这一首，也就是年轻的穆旦送给热恋中的周与良照片时，写在背面的那些文字），对照穆旦英译和朱墨英译，略作比较。

> 风暴，远路，寂寞的夜晚，
> 丢失，记忆，永续的时间，
> 所有科学不能祛除的恐惧
> 让我在你底怀里得到安憩——
>
> 呵，在你底不能自主的心上，
> 你底随有随无的美丽的形象，
> 那里，我看见你孤独的爱情
> 笔立着，和我底平行着生长！

Storm. Distant roads. Lonely nights.
Loss. Remembrance. Continuous time.
Against the fear that no science can dispel
Let me have restfulness in your breast.

Oh, upon your unindependent heart,
The seen-then-unseen form of beauty,
There, I saw your solitary love
Spear up, growing parallel with mine.
                    By Wai-lim Yip

Rain storm, long way, and lonely night,
Forget, recall, and everlasting time,
All fears that science cannot rid of
Place me at rest in your arms—

Ah, in your none-autonomous heart,
And your beautiful image now on, now off,
There, I see your lonely love
Erect, and grow together with mine.
                    By Zhu Mo

Tempest, long journey, and the lonely nights,
Non-existence, remembrance, and the never ending time,
For all he fears which science can never explain away,
Let me find consolation in your bosom.

Ah, in your heart that's never self-controlled
And your beauty that comes and goes,

Where, parallel to my passion of love, I find,

Yours is growing so lonely.

By Mu Dan

对比三位译者的英诗，有几点明显的差异，但也有一些共同点：

1. 在前两行的列举中，只有朱墨用了 night 的单数，其他都使用复数，叶维廉不用连接词进行排列，可能是强调意象并置的效果吧。但是，最重要的差异，而且最不大好理解的是，穆旦本人竟然用 Non-existence（不存在）译"丢失"，而叶维廉用 loss（损失，迷失），朱墨用 forget（遗忘）。

2. 在"所有科学不能祛除的恐惧"和"让我在你的怀里得到安憩"之间，叶维廉用 against，穆旦用 for，朱墨则以前者作主语用动词 place（安放）将二者连接为一个句子，强调了恐惧安顿人在爱情中的思想。而且，朱墨还按照中文诗的格式，在行末，也就是节尾，用了一个破折号。而其他二位则不用此形式。难道只有中文才用此形式，抑或在英文中转成蛇足？

3. 第二节，"你底随有随无的美丽的形象"，穆旦和朱墨都把"美"直接指"你"或"你的形象"，而叶维廉则将这个"美"抽象化为"美的形式"，让其显现或不显现（The seen-then-unseen form of beauty），表现出对美的本体的诉求，这是耐人寻味的。

4. 最大的区别在最后。当朱墨和叶维廉都按照中文的最后两行，机械翻译语义的时候，穆旦却将"你的爱情孤独的生长"置于最后一行，使其成为焦点。这样，最后两行的意思就是：

在那里，和我的爱情并行着的，我发现
你的爱情的成长是如此的孤独！

（朱墨回译）

那么，从以上的简要的分析中，我们可以得到什么样的启示呢？

1. 诗歌的形式，并非是一成不变的东西，在翻译中有灵活的与坚守的不同方面，因个人的理解与操作而不同；

2. 在一些关键的地方，即在原始语义含混的地方，往往留下自由理解与发挥的余地，而如何表现和发挥，则各自依照自己的学养和习惯，尽兴而去；

3. 与其他译者相比，自译者并非最严格地遵守自己原作的译者，他在有些地方，有更加大胆的发挥和处理，而其他译者，倒是难以跳出形式和意义的藩篱；

4. 在翻译的过程中，留有大块的灰色地带，和不明朗的地方。此时，越是有思想的译者，越倾向于按照自己惯常的思想处理语义和形式，其翻译的效果，就越是突出而别致。

最后，让我们列出《中国新诗（1916—2000）》（张新颖编选，复旦大学出版社，2001 年）中所选穆旦代表作 10 首，读者可以去对照穆旦自译的篇目（12 首），以发现其中的重要区别（黑体表示这个单子中有穆旦英语自译的篇目）。也就是说，穆旦认为特别重要的诗作，和新诗研究者与选编者之间，很少有重合的部分，而他自己的作品，除了特殊的需要之外，许多只和创作有关。

1. 《防空洞里的抒情诗》
2. 《还原作用》
3. 《五月》
4. 《赞美》
5. **《诗八首》**
6. 《活下去》
7. 《发现》
8. 《智慧之歌》
9. 《老年的梦呓》
10. 《冬》

结　语：

穆旦诗的选编，在篇目上有逐渐增多的趋势，也覆盖了一般现代诗史所关注的题材，并照顾穆旦本人各个时期的诗歌创作成就，一般包括成熟时期和后期的诗歌，而对早期的有些忽略。而穆旦的自译诗，只是诗人一个特定时期的自我观照的诗歌活动，但仍然可以看出穆旦独特的鉴赏眼光，当然，其中也有一些偶然的因素，选译了一些代表性不强的作品。而其他译者的选择，则有相当的个人原因和爱好因素（例如王佐良选译了不少穆旦的早期诗作），但也有集中在几首代表作里的倾向，在一定程度上与诗歌史的选择相一致。

就诗人自己的诗歌自我观照活动而言，大体上有三种情况：

第一是汉译英自译。大约是出于特殊的需要，例如《饥饿的中国》的翻译，《诗八首》中的第八首，为了在国外直接发表；还有就是有感而发的时候，把自己的个别喜爱的诗译成英语，反复珍玩，但苦于没有机会用英文再发表。这里也可以部分地说明穆旦现代诗的国际化问题，即质量和接受方式的问题。

第二是英译汉自译。在一些英文资料准备比较凑手的时候，例如，《甘地之死》和《我歌颂肉体》，诗人有可能先用英文写作，然后再翻译成中文诗，而这里就有"中庸法"和"陌生化"两种手段在同时起作用。这一研究结果，至少可以部分地解释穆旦诗的晦涩难懂的创作机制。

第三是双语写作。有时候，或有些诗篇，诗人先用一种语言创作，然后又用另一种语言创作，然后又反复地对照和修改，以至于我们已经很难辨认究竟哪一种语言在先，或者翻译为何种语言才是译本。我们把这种情况称为"双语写作"。双语写作，增加了穆旦诗创作研究的维度和难度，也能解释在深层上穆旦的现代诗（汉语）受英语影响的情况，而不是简单地认为是直接受了哪一位外国诗人或哪一首外国诗的影响。

综上所述，穆旦由于自译和翻译他人作品，与自己的诗歌创作和修改，结下了不解之缘，甚至进入双语写作的即兴状态。这是一方面，因为只涉及穆旦本人的创作问题，我们可以称其为"内文本"；但另一方面，在穆旦诗被他人翻译的维度上，可以看出穆旦诗呈现的文本变体，这些变体可称为"外文本"，与穆旦诗的不同语言不同文本的形态，及其对外传播有关。这两个方面的综合判断，或运用哲学上的"视域融合"，也可以看出穆旦诗创作与翻译的复杂的总体图景，从而揭示诗歌本体与变体的关系。这或许可以说是我们本章讨论的重要意义吧。

第三章　诗人穆旦研究与我的新诗创作

在现当代文学史和翻译文学史上，诗人翻译家穆旦（查良铮）是一个永久的话题。本章结合笔者个人的体悟和研究结果，联系诗人特殊的生平经历和那个时代，突出穆旦的现代派诗歌创作中十大主题的阐发，然后，讲述自己诗歌创作的理念受其影响的情况以及新的主题与时代认知的特点。这两个方面虽然构不成一个完整的穆旦肖像描写，但作为南开大学校园里现代诗人的一篇侧记，也能从一个角度体现穆旦这一份值得珍视的文学遗产及其对于当前诗歌创作的特殊的借鉴意义。我想，我们今天纪念穆旦，不仅意味着研究，而且意味着翻译，更应该意味着创作。只有让穆旦和他的新诗主题与精神在现代诗歌的行进中留下新的印痕，才能真正继承中国新诗和"九叶"诗派的精髓，让新诗园地在新的时代熠熠生辉。

1. 想象中的你：偶然的发现与持续的求索

穆旦之于我，作为一个诗歌和翻译的爱好者，成为一个学习的楷模，经历了一个发现的过程，以至于成为一个精神的存在，持续地产生了影响。这是值得珍惜和回味的。这里回顾一下自己初识穆旦诗歌的际遇和此后的研究路径，也许是不无意义的吧。

我还是先提一下我的《穆旦印象》的开篇：

> 想象中的你
> 从绿色的诗句中渗出
> 凝重而清新——好酷
> 如今来到你曾是的所在
> 冬日里你的形象
> 反而这般模糊

每一片叶子都留有你的踪迹

风，却不指点迷津……

这首诗写于 2000 年 12 月 26 日，我初到南开大学的那个冬天。当我在南开园散步看到路旁的冬青树，想起穆旦的"绿色的火焰"的诗句，于是写了这首诗。那年夏天，我准备了一段时间的中国现代诗歌研究以后，在西安解放路图书大厦的顶层见到了绿色封面的《穆旦诗全集》，由此开始了对穆旦诗歌的研究历程。

老实说，穆旦的现代诗的确不好懂。相比之下，甚至比英美的现代派诗歌，庞德和艾略特，还要难懂。在初到南开大学的岁月里，我花了更多的时间，反复阅读穆旦诗集中的 146 首（组）诗作，实际上是按照所谓的"解释学循环"，从局部推断整体，又从整体推断局部，这样一步一步展开理解的。后来，在基本搞懂的基础上，我从中挑选出 60 多首，译成英文，并加详细的注释和解读，于 2004 年由河北教育出版社出版了《穆旦诗英译与解析》。就是在这本书的前言里，我提出自己对穆旦诗歌创作与翻译的研究分期，并提出"被围者"形象问题。另外，就穆旦新诗的翻译问题，还提出了三点意见，一是现代汉语直接通向英文语言的总体翻译策略，二是穆旦诗连贯多于中断的写作风格的保持，三是意象组合与时空调度上的分行分节和语序安排，基本不作变化。

2006 年，我写了《被遗忘的诗论家，谈诗论艺的人——诗论查良铮的诗歌评论与文艺学观点》，在穆旦学术研讨会上发言，并刊登在《诗探索》2006 年第三辑（理论卷），由时代文艺出版社 2006 年 12 月出版。这是我写的第一篇关于穆旦的论文。2007 年，我参与指导的博士生商瑞芹完成了她的博士论文《诗魂的再生——查良铮英诗汉译研究》，我写了《诗性智慧的探索》（代序），系统地论述了穆旦诗歌的特点及其翻译问题。本书由南开大学出版社 2007 年 12 月出版，引起了一定的反响。2007 年，我在《中国翻译》第 4 期发表了一篇文章《不屈的诗魂，不朽的笔译》，纪念诗人翻译家查良铮逝世三十周年。该文着重叙述了穆旦在英俄两国翻译文学上的重大成就，以及穆旦作为诗论家在文学理论和翻译理论两方面的突出贡献。

2009 年，我的书稿《诗人翻译家穆旦（查良铮）评传》获得国家哲学社会科学规划办后期资助项目，于是开始了旷日持久的修改工作，直到该书由商务印书馆于 2016 年 12 月出版。在此期间，才可以说是真正地开始了穆旦新诗及其文艺学思想的系统研究，以及英语和俄语诗歌翻译的系统研究。终于，有一天，记得是 2011 年 11 月，我有一个机会光顾了穆旦的祖籍浙江的海宁。

那是在杭州开会期间，一个偶然的机会，我得到一辆车子和一天空闲的时间，于是，决定去海宁作一天的行旅，主要是为了感受一下海宁的风物人情，感受那里一个文人诞生和人文荟萃地的特殊的氛围，因为在我的头脑中，一直有一个疑问：何以海宁这个并不太大的地方，在很短的时间里就诞生了王国维、徐志摩和穆旦三代不同的诗人，而他们在各自的领域里，都做得最好不过？事实上，王国维和徐志摩的故居，成为拜谒的对象，而穆旦虽然祖籍海宁，但他出生在天津，更加之一生与时局的悖谬，命运的不济，而且后人皆移居海外，在他的故乡已经一无所存了。这使我感到一种惆怅和失落，虽然那次旅行，在其他方面也是颇有收获的。

自从我到南开大学以后，读穆旦的诗就成为我日常功课的一部分，须臾不能离开了。此后许多年，我每年都要阅读穆旦的诗，从中寻找感觉和理念。而我能做的，无非是我的穆旦研究和穆旦诗歌的对外翻译。在经过一段时间的系统研究之后，我将穆旦一生的诗歌创作和翻译活动，做了一个大致的分期研究，并重点讨论了相关的十大主题和"被围者"的发现。从此，穆旦诗歌的重大主题和诗歌形式对于我的创作产生了重大的影响。

2. 时代的折射：穆旦诗歌主题的深化与拓展

现代诗歌研究，除了其他方法之外，也可以按主题把一个诗人的全部诗作归结为若干类别，从中可以看出一个诗人创作的广度和思考的深度，也可以洞见其时代精神和社会人生诸种问题。穆旦的诗歌创作，经历了抗日战争、解放战争、和平建设十七年时期、"文化大革命"十年动乱，到了粉碎"四人帮"的年代，诗人却因心脏病突发而撒手人寰，留下了一笔未来得及精雕细刻的译文（例如《欧根·奥涅金》的完全韵体修改刚过半，而未及完成），和一个未能如愿以偿出版的诗集（穆旦有一个出版计划，但未来得及实现）。

穆旦创作的诗歌可以分为以下十大类别。这十大主题，集中到一个中心，就是中国知识分子所具有的对于国事民生最高的精神关注，即"忧患意识"，借来一个临近学科的翻译术语"心态史学"，可以把它归结为一种"心态诗学"，或者按照一种更新的说法，称为"文化诗学"。无论如何，这种诗学"心态"，或"文化"，由于兼顾了中国人所谓的内化了的大我与小我，显然有别于西方诗人艾略特的"非个人化"观念，当然，在文化上，也绝非美国人价值观中的个人主义。这样，一方面，由于受到西方现代派诗潮的影响，特别是语言因素和写诗法的影响，它有了西化的成分；另一方面，又由于它毕竟是汉语写作的表现方式并具有中国文化的写作内容，又具有明显的中国特色。要而言之，落实到穆旦的诗歌创作动因，可以说，诗人以一种纯真而复杂的心态，体验人生，对待社会，在那个特定的天翻地覆的时代，在中国诗学和政治的纠缠不清的关系即诗教与讽喻交织的传统中，诗人因其诗歌创作得以丰富，也因其诗人责任而倍感痛苦。这就是典型的中国式的现代派诗歌理念，同时也是现代诗人的使命感所使然。

以下结合新的时代主题，以及个人关注的视野，对于穆旦诗歌的十大主题，做一简要的评述。这种评述，并不在于评论穆旦的诗作本身，而在于结合本人的诗歌创作，探讨不同的时代，具有什么样的主题变化，在不同的诗人那里，具有什么样的主题表现。虽然对照的形式是难以避免的，但更多的，毋宁说是一种主题的转换和融合，以至于同样的问题或相近的问题，在新的时代和新的诗人笔下，如何具有获得重新发现和重新发挥的可能性。

1. 劳苦大众：

劳苦大众，是中国历史上儒家所谓的"民本"思想的一个延伸，也是各个时期民族命运的一个缩影。在中国革命史上，尤其在那个动荡的年代，具有特殊的关注的意义。在中华人民共和国成立前，劳苦大众生活在水深火热中，那个时代所关注的，主要是农业和都市体力劳动者，卖报人、洗衣工、打更人，对于这些，出身知识分子的穆旦都有描述，其中的打更人（《更夫》），具有较为明显的象征意义，也代表那一阶段个人创作的水平。虽然时代变了，但作为持续关注的主体，在本人的视野中，这一主题仍然保留，同样表现了对劳动者的同情和对社会正义的思考。例如，早期诗作，描写了五一劳动节在西安外院门口拉二胡的《街头老艺人》，和天津时期残疾人演出观感《生命的悲歌》。尤其是陕西青年画家晁海画集的写意之作，《大地之魂》（组诗），不仅描写了关中农民的劳作与苦难，而且写出了所谓"大农民，大魂魄"的存在论意义。或许由于出身农村，从小习惯于劳动的缘故，我在感情上一直有更加贴近劳动者的一面，甚至借助劳动本身，表达一种理想的生活方式，例如近作《我愿是花工》，表现了复归劳动的倾向。至于更为广泛的主题，涉及乡村生活与农村题材的诗歌表现，则受美国诗人弗罗斯特影响，并有方言写作的倾向。

2. 民族命运：

民族命运的主题，是近世以来许多有志之士共同关注的问题，也是动荡年代的诗歌创作和翻译的主旋律。英国诗人拜伦一部《哀希腊》的翻译，客观上记录了五四以来几代中国知识分子的感情经历和心路历程。穆旦的《饥饿的中国》等诗篇，不仅产生了重大的影响，而且曾经翻译为英文在海外发表。1949 年以后，这个问题似乎解决了，但实际上并未完全解决，反而以其他的形式变得较为隐蔽，更加引起深层的思考。所以在个人诗作中，各个阶段表现各不相同。有时是对于历史的沉思，如《黄河壶口》，有时是对于土地的依恋，如《这块土地》，也有对于革命历程的追索，例如《观众的雪：旧时院落》，以及革命家的评论和中国政治文化的思考，如《那双忧郁的眼睛》《总统的遗嘱》等。总之，民族问题与民族主义至今并没有完全消失，而是变得隐蔽而晦涩，深沉而淡味，只不过时代主题不是救亡图存，所以，不显得那么慷慨激昂罢了。

3. 战争思考：

穆旦经历了抗日战争，亲身赴缅甸参加了中国远征军的征战，亲眼目睹了野人山大撤退的惨剧，贫困交加，差点饿死。作为诗人，他是写战争的高手，其中的《出发》《森林之魅》等名篇，将永久辉耀诗坛。关于战争，在没有战争的和平年代，和平与发展将成为主题，但是，不排除关于战争的思考，以及关于边境冲突的认识。例如，《一对》以和平主义的立场写了朝鲜战争；《威海卫：刘公岛有感》反思了中日甲午海战中的中方陆战心态；《东炮台观景》写了昔日的炮台化为陈迹，供游人观赏的命运；《集结号》

写了战争的残酷性和不可预测性；《你知道鸟飞的感觉吗》借助了中美海上飞机对撞事件，反思了人类社会国家疆界的合理性；《风神：一病不起》虚构了日美太平洋海战中一名飞行员被击落葬身海底的命运，其中又有今日航空的影子；《九月的广州》写了南海风云与钓鱼岛争端，暗示了和平谈判的解决途径。总之，战争并不遥远，只是诗篇变得间接而隐晦而已。相对于战争，新生的反恐主题，可以看作战争主题的新的表现形式，例如，《试论世贸中心大楼的倒塌——911 电视目击者的回味》。

4. 浪漫爱情：

爱情是人类生活的现实问题，也是诗歌创作的永恒主题。在古代文人那里，香草美人具有理想隐喻的性质，而在后来不同的时代，不同的个人那里，会有不同的表现和不同的观点。在穆旦的笔下，爱情虽然具有与战争相联系的性质，例如，他写了《一个战士需要温柔的时候》，但他的《诗八首》则是对爱情的形而上学的探讨，所达到的高度至今无人能比。孙玉石和郑敏等人都曾解读过这八首诗，笔者也曾对他的《诗八首》做了详尽的解析。但我深深地知道，在和平年代，爱情容易陷入平庸，所以随着阅历的增长，这一主题发生泛化，深入到精神层面的爱情主题有可能融入生活的体验而不单独分离出来，如《冬日——飞鸟》，在显意识里，也可能成为诗人笔下一种自我更新的动力，诚如《蝉》中所说："召唤一个全新的自我/ 和爱情一道前进。"另外，借助于《红楼梦》等文学作品的爱情主题，诗人有可能把爱情作为一种社会现象和人类交往形式加以评论和研究，使之逐渐脱离个人经验的窠臼，因而具有某种普遍的意义。这些在笔者的自创诗《红楼梦吟》等组诗和翻译研究专著《红楼梦诗词曲赋英译比较研究》等著作中都有体现，遂不一一。

5. 自我追寻：

一般认为，中国人的自我观念不如西方人敏锐发达，但在现代，这一看法可能要发生转变。关于自我的追寻，在穆旦那里是和现代人的生活联系在一起的，并和体制内的个人成长史相表里，体现为个人意识长期被压抑的状态和心理宣泄的诗性表征。同时，他善于采用现代派诗人的立场和角度，加以诗意的表现，其中不乏借助翻译和仿拟进行的准创作，例如《我》《自己》《沉没》。这一主题，在本人的创作里基本上淡化为社会角色变换意

436

识以及对成长的环境等进行的思考，例如《趁你还未老》《伤春调》。可能因为写诗年龄较大的缘故吧，一般并不直接抒写自我意识的分裂和追寻的苦恼，而是借助具体的生活意象和情境，加以情景交融的反思式渲染，其中既有借助日常生活小情景的对于自我形象的轻松调侃，如《致理发师》，也有沉入生命意识深处进行深度反思的作品，如《秋园》。

6. 自然景色：

自然在穆旦那里是与社会对立的存在，具有本体论的意义。所以探索自然之奥秘成为他的诗歌主题之一，例如《自然底梦》《海恋》《云》，均有本体论探索的明显意图。只有《春》是一个意外，以抒发青春情感为对象。至于晚年所写的《苍蝇》，明显的是拟人，以诗人自己为感情投射的对象，及至以四季为题的诗作《春》《夏》《秋》《冬》，则具有明显的象征色彩，受到丘特切夫的影响颇多，而且在其中灌注了诗人本人的人生经历和生命哲理。其中又以《秋》《冬》最为著名。而在本人的诗歌创作里，自然已经具体化为一系列山石水流和动植物的意象，可以进行具体的接触和感悟，但也不乏本体论的讨论。例如，关于西岳华山的本相，在没有人类的加工以前，它的赤裸，如一个男人。还有借助山月雕饰使它呈现给人的样子，具有虚幻色彩。山中的瀑布，具有道的原型暗示，而云霞则有高士的情怀等等。《石琴十四行》写了自然纹理，即所谓的"天地之文"，而海的本体，则是除了岸边以外的纯粹的水（见《海之恋》）。此外，《一棵树》，具有人格道德力量，草原和森林，则有人类文明的起源的含义，那么，荒原，便是文明衰落的象征了。其中的动植物，在存在论的意识中，许多都有拟人的道德行为，例如《北极熊》《猫头鹰》，或具有生命显现的本真，例如《残雪》《夜之花》。总之，自然已分化为不同的存在可以加以描述，因而基本上放弃了作为抽象概念的自然的形上探索。

7. 精神信仰：

通过《隐现》和《祈神二章》等诗篇，我们知道基督教信仰在穆旦的诗作中占有突出的地位，尽管我们不能因此就称诗人为基督徒，因为诗歌中的信仰与日常生活中的信仰是不同的。诗人具有借助任何文化现象营造诗歌氛围的权利和能力，以便表达他心目中的情感世界和信仰世界，例如，面对社会的混乱和道德沦丧，诗人可能从宗教信仰的高度，俯瞰和反思人类文明。这正是穆旦所做的，而且十分成功。本人既非基督徒，也不是有神论的信仰者，至多用泛神论的自然观入诗。所以，一些呼语如"上帝呀"，也不表示特殊的意义。但也不排除借助基督教的符号体系表达某种特殊的感受，例如《海：巨大的声响》中以房间为教堂，借梯子上天堂，以逃脱洪水的幻想。还有《大悲院印象》《普陀之旅》《无题》等，则涉及佛教及其崇拜礼仪等，或者旨在探索人生、艺术与宗教的依次超越的层次序列，或者借机感叹宗教的世俗化倾向与世风日下，等等，不再赘述。

8. 文明反思：

在某种意义上，诗歌是对现实的关注与对文明的反思，所以，缺乏这个高度的诗人是没有出息的诗人。但不同时代的诗人，具有不同的反思倾向，受到同代人的影响是一个外在的直接的原因，个人生活的遭际所导致的深度体验是其内在的动因。穆旦的诗歌，具有逃脱现代文明和反思人类文明两个维度，前者以《森林之魅》为代表，后者以《诗四首》为代表。《甘地之死》则是地方文明的一种探索维度。一般说来，具有宗教高度的反思，高于艺术的反思，若是就事论事的抱怨人生和社会，那就是诗歌的世俗化了，一如拙作《弘一法师》所探索的。在我的实践中，文明的反思，可落实为几个层面：一是对于原始民族文化的反思，感叹其有沦为标本的可能；一是针对中西文化的对比反思，怀疑其有扩大差异的嫌疑；一是对人类文明本身的反思，需能超脱人类中心论的思维模式。这三个方面，在个人诗歌创作中都有体现，例如在东西文化层面上，就有《古老的智慧》《摩尔人的城堡》《目光》《卡蒙斯，与我们的屈原》《石涛与梵高》等，而《风云层出》则具有方法论的意义。另一方面，在关于国内少数民族文化的诗作中，则体现为更特殊的地方性知识，以及更为细腻的艺术探索。

9. 理念世界：

所谓理念世界就是一个人用概念可以认识或表达的世界。在穆旦那里，以概念为标题的诗作皆可以反映这样的理念：《理想》《友谊》《爱情》《理智与情感》《良心颂》《暴力》《牺牲》《胜利》，如此等等。因为用诗写抽象的概念，有可能沦为说教或枯燥，所以我的诗中一般比较倾向于回避这样的标题，但有时也不能幸免，例如《涅槃》《轮回》《习惯》《英雄》《书法》《世界》《奉献》《人生》。即便如此，这些诗歌没有一首诗是讨论这些抽象概念的，所以，我和穆旦的讨论道德概念的诗有很大的区别。但不能说我们头脑中没有理念，或者写诗时只有感觉而没有理性参与在其中。若是从标题中寻找一些抽象概念，也可以看出它们在诗人心目中的地位：《自由的空间》《永恒的偶像》《雪，是实在的》《理解草原》《智慧颂》。另一方面，也许可以说，较之于前代诗人，我们更偏重于感性，偏重于关系，因而基本上放弃了对抽象概念的探讨或诗性叙述。毋宁说，讨论"爱"，有时作为抽象术语加上具体，所谓"抽象化"，如《爱的手指》，或者更多的时候，是"具体化"为某种事物或意象，例如《春蝶》中的"爱囚禁你在温室，/一个冬天的童话，在她的眸子里，/ 孵化"，此处，毋宁说是隐喻。

10. 诗歌艺术：

每一个诗人都会写一些诗，但他的内心追求的却只有一首诗，那就是一首完美无缺的符合他的审美理想的形而上学的诗，即观念的诗。在理论上，这应当就是"纯诗"。所以，诗人会有一些诗，直接写出他对于诗歌的认识和对于真诗的追求。穆旦此类诗作不少，单以《诗》命名的就不止一首。在本人的创作中，诗歌本体的探索滑落为对于语言（《语言》）、翻译（《翻译：游泳》《翻译：旅人》）、思维（《阳光》）等问题的探索，间接地逼近诗的本体，而不大直接写"诗"。其中明确说出的对于浪漫主义诗歌的反叛，是在草原诗歌中体现的（《草原的天空》），关于诗人的诗篇有两篇：《诗人》和《诗人：一些记忆》，后者有较为系统的探索，但更系统的，则在诗论中，如《新诗话语》中。当然，关于诗人及其传记式诗篇，单就中国而论，就涉及屈原、李白、徐志摩、于右任、余光中、穆旦、海子等，这对于诗歌本身，也算是一种补救和间接的描述吧。

3. 开拓与继承：面对新的时代与新的主题

一个人的诗歌创作，不能脱离他的时代，那么，我们这个时代，究竟是一个什么样的时代呢？

毋庸讳言，这是一个和平与发展的时代，在革命战争与民族战争都已结束的时代，在政治运动与社会动荡业已过去的时代，我们迎来了一个相对比较安定，社会发达，经济发展，人们生活相对提高而物质享受放到了第一位的时代。总体来说，这样一个时代，在中国历史上是一个黄金时代，在世界历史上，则是中华民族觉悟与崛起的时代。当然，这样说也不是没有问题的，而问题也不是表面的和随便可以克服的。

在改革洪流与经济大潮面前，这是一个物欲洪流的时代。物质主义被推崇，拜金主义被赞成，人们比赛工资待遇、洋房汽车等物质享受，也有出国旅游等兼顾经验与购物的活动。虽然对于任何国家和个人，这些基本的物质享受和适度追求无可厚非，但形成了一个社会的主要价值趋向，就会导致一系列的问题。

与战争年代相比，这是一个相对平庸的时代，缺乏创造力和建功立业的志向，缺乏奋斗精神和安身立命的概念，甚至缺乏自我约束和人生目标，不能说不是一种平庸状态。虽然少数人为理想而奋斗，多数人为利益和生存而奔忙，但是，在总体上，在精神上，又是一个因袭和守旧与变革并存的时代，复古和从众更甚于创造的时代。

相对于传统社会的安定和平，即所谓的礼仪之邦，这是一个道德失范的时代。人们追求自我和自我享乐，不顾公德和公共利益、公共形象，缺少相互忍让、相互帮助的精神，动辄恶语相向、拳脚相加，甚至导致欺骗和犯罪的普遍发生。道德自律被置于脑后，而个体的权力和利益被无限夸大，严重时竟到了老子天下第一，无人可以限制的地步。

就世界范围而言，这是一个混乱与恐怖的时代。贫富之间，民族之间，宗教团体之间，动辄结怨，互不相容。人们没有了安全感，只有相互的警惕和无尽的抱怨，有事则示威游行，无事便刺探对方，彼此警惕如同间谍，边疆与领土争端不断，自杀式爆炸比比皆是，在机场，在饭店，在领馆，在一切有公共集会的地方。

就生态环境而言，这是全球性污染的时代。雾霾经久不散，空气严重污染，河道断流，沙漠化严重，工业废水排泄无度，造成水污染，生产管理不善，市场经营不善，导致食物污染，地沟油泛滥；还有外层空间垃圾增加，臭氧层受到破坏，极地冰雪消融，气候出现异常，加上核武器禁止不了，核泄漏日益严重，导致海洋污染，鱼类大量死亡，有些物种濒临灭绝，人类的健康和生命受到威胁，整个地球的生存链出现危机。

就文化形态而言，这是一个后现代的时代。所谓"后现代"，就是继现代主义的物欲横流和颓废心态之后，摩天大楼被撞毁，中心和权威倒塌，边缘侵入核心，意识形态被泛化，宗教和信仰被嘲弄，导致伦理道德失范和艺术庸俗化，作秀与模仿成风，缺乏高雅行为和高雅艺术的导引和典范作用，致使平民主义泛滥，草根横生，通俗与流行文化盛行，破碎的偶像，破碎的语言，破碎的舞台，破碎的人生记忆与惶惶不可终日之流浪颠簸，追求无所谓的人生价值，失去崇高与美好的精神追求，纵然是一盘散沙和一无是处，也不在乎。

那么，在这样一个时代，诗歌有何作用呢？诗人有何作为呢？

其一，与传统诗歌的社会交往功能相比，现代诗人中只有写传统格律诗的人，而且在用这种诗歌进入社会交往过程中的人，是在继承和利用诗歌的交往功能，取得学人之间、友人之间、社会名流之间的唱和与沟通。而新诗，尤其是现代派诗作，或者甚至浪漫主义的诗作，则基本上退出了社会交往功能，或者缩回到个人自娱自乐的狭小天地，在书斋里，"取诸怀抱，悟言一室之内"，或者集中发表于杂志或出版于个人或多人诗集中。在前者尚有人阅读，如同书展画展，若没有人看到，则形同虚设，在后者则是一种潜在的发表，除了少数名诗人之外，很难有仔细的阅读了，更不用说读者群了，至于评论，就更谈不上了。

其二，诗的现代功能，由于和歌相分离，其地位较之歌曲要惨得多。歌词谱上曲子，可以上台演唱，出唱片，一夜间流行于世，引起很多粉丝围观、追捧，而诗则孤单起来，古淡起来，很少有朗诵的机会，即便朗诵，也很难有场外和事后的效用。何况官方组织的朗诵，例如媒体上的朗诵会，多适合歌功颂德的主旋律，从选材到朗诵方式，都是适合朗诵的一类（朗诵诗），而现代诗则很多已经不能朗诵，或者根本不适合朗诵了。现代诗，只适合阅读，许多是私下里阅读，不出声的默读，慢慢地体悟，仔细地咀嚼，方能品出点儿味道来。囫囵吞枣地阅读，甚至不能引起兴趣，很多时候，甚至引起反感，以至于嗤之以鼻，美其名曰，新诗，给我钱我也不读。读不懂！

其三，那么，对于诗人本人，写诗有什么用处呢？那要看对谁而言，对广大业余作者而言，至少可以利用业余时间，从事文学创作活动，避免自己失去自我反思的机会，或者迷失在现实中而难以自拔。对于专业的诗人而言，写诗就是必需的了。但是如今的诗人，也和传统的文人中的诗人不同了，文人不写诗，仍然是文人，琴棋书画，足可以娱乐和养心修身，而今的诗人，不写诗，几乎就没有事情可做了。在体制内，在作协里，要写诗，要是没有别的文学手段或文化生活作为后盾，则写诗就会成为一种技能或习惯。这自然既有好处，也有不好处。好处是可以探索和提高诗艺，不好处是容易养成套路和习气。甚至养成怪癖，和社会脱离了，成为孤独的或古怪的诗人一群了。

其四，对于诗歌本身，又怎么样呢？诗歌当然要有人来写，没有人写诗，诗也就不存在了，无法发展了，更遑论诗歌的完美与诗艺的精湛。在这个意义上，每一个时代应当有自己的诗人和诗作，就此而论，也不应当有所谓的不适合写诗的时代，更不能以"国家不幸诗人幸"的时代错位作为借口或代价，为自己的诗才不足诗艺不精做辩护。假若写诗是一件个人的事情，只要有个体存在，就有写诗的可能和必要。当然，社会的变化，战争与和平，混乱与秩序，进步与落后，愚昧与文明，都有可能影响到诗歌的创作和诗人的状况与命运，从而影响到诗歌的主题、形式及在社会上发表与接收的状况，当然也就影响到人们（包括当代和后世）对于诗歌的接受和评论，无论是专业的还是业余的。

就诗的性质而论，在每一个时代，诗的性质是不变的，变化的是其状态。它不像哲学那样执着于概念和逻辑思维，也不像历史那样专职事实的回忆和记叙，更不像宗教那样信仰一个上帝或神灵而排除所有其他的超自然力及其作用。它甚至不像一般的艺术那样偏重于单一的感官印象及其形象的塑造，例如绘画之于视觉，音乐之于听觉，雕塑之于触觉等等。诗是一种综合的然而又是间接的借助于语言文字的塑造艺术，它有娱乐功能，但是建立在深层理解的基础上。对于诗人来说，诗是个人经验的汇聚和重新组织，对于社会来说，诗是集体记忆与想象力的高度集中和凝练。没有一个个人可以没有诗性思维，没有一个社会可以没有诗性智慧，没有一个时代可以没有诗性感觉。所以，社会即便并不阅读诗篇或计较其文字，但它不能不具有一种综合与想象的直觉能力，借以来把握现实和时代精神，导引或影响人们的精神向前进。

其五，那么，对于社会而言，有没有诗歌，又会怎么样呢？当然，没有诗歌的社会是没有的。这里只是假设，没有诗歌，社会也不至于会解体，因为诗歌对于社会并没有直接的支配性的作用，假若我们不强调文艺的绝对的社会功能，或政治功能，或教化功能的话。当然，诗歌在社会交往中，在政治运动中，在民众教育中，均能体现出一定的功能。由此形成社会学意义上的或社会本体的诗歌观念。这或许是中国传统的尤其是儒家的诗学观点，而道家和佛家，则有不同的观点。至于西方文论中的诗歌，就是另外一个诗学传统了。

按照文艺本体的诗歌观念，换言之，就诗歌本体而言，诗歌是自我存在的，不依赖于其他条件而生存的艺术形式，如同绘画、音乐一样。只是由于诗是语言的艺术作品，所以人们往往就把意义看作十分重要的了。其实，诗歌的意义，即文本意义，远不及散文或小说那样直接和重要。换言之，诗歌的存在，具有美感、真理和向善三个层面或三种要素，或者说是三种要素的结合状态。在这个意义上，诗歌更接近于艺术，一首诗，如同一幅画、一首歌、一尊雕塑、一件手工制品等，对于读者，重要的是感受、理解或领悟，而不是分析、评判或拒斥。

关于个人的诗歌创作，除了时代因素作为环境的影响之外，我经过一段时间的研究，特别是出版个人诗集《朱墨诗集》创作卷（2011 年）和续集（2014 年）以后，我终于有了比较明晰的认识。概括起来，有下列几点：

情感方式和写作方式上有强烈的民间色彩和地方色彩；

知识分子写作的倾向，哲学玄思与艺术的讨论等；

从生活中随意抓取意象，纳入诗歌中，加以表现；

有些诗的创作，可以说利用了个人学术研究的边角料。

我自己承认，有些诗歌的创作，和学术研究具有比较直接的关系。例如，关于张爱玲的研究，从文学到翻译，大约是随着博士生的开题报告和论文写作，一直伴随着一种阅读和思考，少说也有两三年的时间，到了学术毕业答辩的时候，一首题为《张爱玲：就是这个问题》的诗就写成了，而且作了学生毕业答辩的礼物，当场朗诵了一下。后来，这首诗给拦腰斩断，以不足一半的篇幅，刊登在《天津现当代诗选》上，却有了一个意想不到的肯定的评价。这大概是我的诗歌第一次受到公开的研究性的评价。现摘录如下：

外国文学研究专家、翻译家王宏印，受奥登的"谈话风"和艾略特的"非个人化"的理论洗涤，在《张爱玲：就是这个问题》中实现了文体革命，它在心理运行中将有关张爱玲的经历、遭遇、性情以及自己对之的看法渐次推出，像戏剧独白，又像小说的意识流，还像散文的实体叙述，以诗向其他文体的借鉴，拓宽了情绪幅度和内涵容量，虽显芜杂却亲切随意，不失为一种新的探索。（罗振亚《序》，见《天津现当代诗选》，青海人民出版社，2010 年）

至于所受个人影响，实际上是多方面的。但我自己比较明显的认识，是受了英美诗人艾略特、奥登的知识分子写作和以学问入诗的影响；在诗的结构的单一性上和静态的玄思方面，则受到奥地利诗人里尔克的影响；在乡村风光和民间意识上，则受到美国乡村诗人弗罗斯特的影响。当然，最为明显的中国现代诗人，则是穆旦的持续的影响，特别是诗歌主题和语言方面的影响。这种影响，尤其明显地感觉是在初到南开大学的几年里，特别是联系到南开园校园生活的时候。

关于诗歌的主题，也是可以反映一个人的创作状况的。在研究穆旦诗歌主题的时候，我曾经总结出十大主题，但那是和那个时代密切相关的，同时也是从穆旦本人诗歌创作的执着追求和个性化的努力中提炼出来的。如今，对于我们这个时代，和平与发展占据中心的时代，况且新诗的发展也到了今天，究竟会有什么样的主题在实践中提炼出来，甚至还有哪些需要进一步的发掘，将会是有意义的问题。在这里，笔者尝试对于自己的诗歌创作主题做一初步的分类探索，兹整理出十一大主题。这些主题，虽然并不直接来源于穆旦的诗歌创作，甚至也不一定直接受其影响，但在总体上，仍然可以视为一种时代主题的变换与扩充，转移与融合。以下逐一加以解说。

1. 人物素描：

所谓人物素描就是对于古今各种重要人物借助诗歌形式进行描写、刻画、评论，有古今哲人，如特勒斯、苏格拉底、尼采、马克思、庄子；艺术家，如石涛、八大、王洛宾、蔡琴；作家、诗人，如鲁迅、闻一多、余光中等。这类诗歌也许并不限于刻画人物形象和评论人物功过，而在于历史和文化的深层价值观的发掘，例如，古希腊哲人的描写旨在探索哲学与智慧的起源及本质，文学家艺术家的探索旨在重新认识文学的艺术的价值和功能，等等。就哲学类而言，它的原型来源于中国近世诗人对于哲学家系统立传的肇始，而深层的震撼则来源于苏格拉底殉道的道德感召力量。《哲人颂》则是一种在力求有所概括的层面上达到对哲学的解读。

2. 民族风情：

民族风情诗歌的创作首先来源于各地旅游时对于民族风物和习俗的好奇，后来转化为对于少数民族文化的专门研究，集中涉及西北地区的蒙古族、维吾尔族和南方的土家族、纳西族、彝族等。比较有趣的是，这样的描写近来竟然和所谓的民族文化典籍的翻译研究相联系，构成一个独立的创作领域，其中对于新疆和内蒙古的认识尤为印象深刻，而南方文化的多元向度正在深入探索中。在形式上，这一部分诗歌的创作多借助民间文学和文化的素材和要素，进行所谓的人类学诗歌的创作和仿作，例如，《歇得，歇不得？》《碧嫫：舞之魂》就属于此类诗作，有时甚至构拟出史诗的叙事模式，例如《草原骑手——史诗梗概》，以便作为研究和翻译的依据。近来完成的《阿诗玛》长诗创作，则进入了一个以神话、民俗和婚姻为基础的新的探索领域，欲罢不能了。

3. 异国情调：

这里的异国风情主要侧重于自然风光，当然也包括人文地理和民居民俗的观察和描写。所谓异国风情，实际上来源于 20 世纪留学时对于美国白人文化和印第安文化的认识（见《大漠诗篇》），可惜当时没有注重诗歌创作而是偏重于散文创作，及至后来的《葡萄牙之行》方才涉及对于欧洲文化的诗性探索。2010 年上海世博会参观所得《世博会印象》，倒是比较系统的世界文化的表现，最后一篇《关于中国》也写了中国对于世界的态度。这些诗篇的背后有诸如跨文化交际和跨文化心理学这样一些国际性的人类交往学科研究作为基础，所以也不乏超越本族文化的世界主义和超越人类文明的宇宙主义的尝试，但依然是意象和诗境说话，而不是抽象的论争或论证。近年来，每个夏天到美国的度假探亲生活，特别是纽约大都会博物馆的参观活动，更加强了异国情调的表现力度，扩大了个人的观察视野。

4. 社会百态：

人生活在社会中，随处可见不同的人和事，构成形形色色的社会现象，其中人的活动是最值得关注的。这里就有对于劳动阶级和高考落榜者的同情和对于社会不公的讽刺，例如《街头老艺人》《致长街行者》，有对于江湖现象的反思与批评，如《算命先生》，也有在京办出国签证时所看到的俗态媚态和恶劣行径，如《签证》，在旅店宾馆所看到的饮食文化的不良习惯与现代文明的差距，如《华美达·早餐》。有些是新生事物，也可以说是中性的，例如，表现大众文化模仿秀的《夜广场》，而涉及现代变性手术的《致一颗星》，则表达了一种理解和不理解的同情的了解。大一点的主题，就会涉及对文明史的研究，例如"食色，性也"的《文明史》，等等。

5. 乡土情结：

思乡是一个古老的主题，乡土情结是一个人的人伦之所在与人情之所系，缺少了它就等于没有了人性和人的情感世界。这里除了对父母亲的思恋，主要就是思恋我的出生地陕西关中，扩而广之到陕北黄土高原和北方的黄河文化，以及更为广阔的爱国和思念祖国的情节，例如在国外的思乡诗文和对于乡土文化的依恋。这方面的诗作包括《雪，是实在的》《蓝花花》《写在母亲节》《人生》《乡音，再感受》。顺便一提的是，这里并没有乡土文化替代和反对城市生活的意思，不像早期现代派那样着意描写都市生活的丑陋、自私和无助，例如波德莱尔、艾略特和穆旦笔下的城市生活，但有时候，也可能寻求作为都市文明之对立面的乡村生活和作为民族文化的根基的认识，因而，怀古和思乡乃成为一个统一的诗歌主题。

6. 艺术天地：

艺术天地自然不能不联系到文化名人，但在这里似乎更侧重于艺术本身，包括了文学、绘画、音乐、雕塑等规律的探索，例如拟当代画家晁海画作的《大地之魂》，是对其画作的文化意义的文学阐释，而《民乐组诗》则是借助民乐（乐器和乐曲）发挥音乐形象，阐发民间情感。最为特殊的是《罗丹的艺术》（组诗），是根据法国雕塑家艺术作品的解读，阐发不同的文学家形象以及艺术创作的机制。此外，还有一些零散的诗篇，在探索不同的艺术形式，甚至利用不同的艺术形式探索截然不同的问题，例如《山月》是利用雕塑艺术重塑西岳华山的雄姿，《唐箫》是借助在寒山寺购买一种乐器说明中日文化的交流等等，不一而足。还有，《宋庄画家村》，较为系统地探讨了现代视觉艺术的各种问题。西方现代派和后现代艺术，也有涉及。

7. 经典阐释：

经典是文学经典，阐释是文学阐释，但以诗歌的形式，追随现代的意义。这里主要指的是《红楼梦》《水浒》这些小说的诗化处理。其中的《红楼梦吟》（组诗），是对于《红楼梦》人物的模仿，拟具的是金陵十二钗，但有焦大和刘姥姥并构成合传，所以是十三钗，可见其中的戏拟成分和现代品格。《水浒新编》（组诗）写得较晚，具有更强的现代色彩和更深刻的主题探索，借助林冲和宋江的形象，追问朝廷与江湖的事宜，深刻反省中国文化的政治意蕴。其他散见的同类诗歌，例如《树祭：巫鲁，游主》复制了纳西族男女殉情的史诗《鲁班鲁饶》，而《仲夏夜之梦》则仿拟了英国剧团来华演出的莎士比亚的喜剧《仲夏夜之梦》之现场效果，如此等等。特别是关于莎剧《哈姆雷特》和《罗密欧与朱丽叶》的后现代戏仿，构成自己诗剧创作的一个新近的十分重要的领域。

8. 语言探索：

语言探索是每一个诗人和语言工作者都在努力想进行的事情，但有的是显性的、先行的，有的是潜在的、滞后的。在穆旦等老一代诗人中，也有提出语言问题的，但很少以本体性为问题进行诗性的探讨。我在诗中提出的问题包括语言的起源与不同说法，如《语言》，文字与创作及思维的关系，如《"文"字之约》，感觉与思维在现实中如何交互作用，如《阳光》，翻译中的语言及相似性，如《翻译：游泳》，翻译与互文性，如《翻译：旅人》，以及《飞沫集》中的第二十四（语言与人类）、第七（记忆）、第七十（幻想）等，还有诗与翻译，如《纪伯伦》，诸如此类，皆与诗歌创作与领悟密切相关。严格说来，这是我的语言本体论的现象学表现，是一个终生不可能完成的事情，因为它既是哲学的，也是艺术的。

9. 山水虫鱼：

山水和虫鱼代表了自然，但这里不是一般意义上的自然，也不是社会历史观上回归自然的自然，不是文学史上田园风光的自然，也不是与人类社会对立的自然，而是对于自然本身的领悟。其中包含了山水自然的天地观念，和植物动物的活动状态，具有具体而微的观察和喜爱。例如《华山组诗》既包含了神话传说，也包括了观感和杂咏，寄托了思恋故乡的情结和对自然本源的探索。其他如《七行诗：长白山——妙香山纪行》，则记录了各种自然生态现象并描述了附近的人文景观与历史文化，例如高句丽和朝鲜边境等，不是一般意义上的自然主义和自然描写了。同样，动植物也有人性的方面以及和人交往的情趣，例如《蝙蝠颂》写了蝙蝠非禽非兽的生存悖谬，《象祭》写了大象对死者的祭奠与哀悼仪式，《雀与鱼》写了鸟类知恩图报的伦理意识，以及人对于自然的钟爱所导致的投桃报李的错位。又如《胡杨谱》，写了环境破坏与植物生存的惨烈，《一头大象告诉我们什么》写了人类文明的反自然机制，《一棵植物到底算不算一件商品》写了种植养护改变人与自然关系的可能性。

10. 环境保护：

环境污染与保护的题目，开始于 20 世纪在美国留学所见之"一只眼的猫头鹰"，后来较为系统地写成诗，大约开始于陕北海子《红碱淖》，华山北峰上的《枯松》，及《过山西境内黄河有感》。初到天津时的《湿地》《何谓河》《沙尘暴》，表现了较为广泛的黄河断流、水土污染等问题和严肃的发问；《河的行状》和津南新居旁边的《河里的鱼儿呀》，写了水污染的普遍和河中鱼死的劫数，新疆所见之《胡杨谱》探索了沙漠化的后果和植物的大量死亡；《阴郁的街景》写了都市治理不善及人类文明的破坏性，及至京都的《雾霾》以至于追寻神话里吮吸湿气的彩虹长虫和纳西古字中的驱散乌云的霞光，企图从人类文明的意识根源上寻求拯救人类恶劣行为与日益恶化的环境的途径。这是一个崭新的题目，又是一个无奈的表述。

11. 生命现象：

从生命现象进入死亡意象，诗歌中生老病死的心路历程表现出一种逐渐深入和终极关怀的过程。从早期的动植物生命的关注，对其拟人化的伦理探讨，再到人类本身生命意识的提升，期间有一个从客位到主位的深入过程和移情作用，及至比较集中地书写死亡意象的诗篇，这一认识才达到高潮，这在一定程度上弥补了中国诗歌较少死亡意象的缺憾。但是，这种死亡不是非正常死亡，例如穆旦笔下的《奉献》《他们是死去了》等，而是正常死亡（甚至环境污染导致的动物死亡也被视为临界现象），旨在探讨一个生命在何时达到它的极限和最后完成。《蝴蝶》写了死的来临之无形和凄美，《死亡是生命的回归》和《雪葬》写了自然死亡与殉情及其自然的丧葬仪式的合理性，《头盖骨颂》反思了宗教献身的残酷，《当花儿凋谢的时候》《灌木丛中飞出一群麻雀》写了不可挽救的衰落与死亡征候，《残雪》写了生命回归自然的过程，《胡杨谱》《河的行状》《SARS：病思》均写了濒临死亡的群体意象，《枯玫瑰》写了孤独的病态的生命体验，《清明》则是生命体验与纪念仪式的结合，甚至《平民的缅怀》也是借助托尔斯泰的陵墓表达一种缅怀情思。

我的创作主题不限于上面这十一种，姑且总结到此吧。

4. 诗艺之追求：形式感话语与诗节之构成

值此，诗艺和诗歌形式方面的追求和影响，也可以一叙。

这里首先要说的，是穆旦诗歌的形式问题。关于穆旦诗歌的形式问题，目前尚缺乏全面而系统的研究，就我个人的研究而论，主要还限于《诗人翻译家穆旦（查良铮）评传》一书中的叙述（以下摘引自该书的第227-230页，颇有添加）。但有一点可以肯定，那就是，穆旦的诗作是很讲究形式的，而且形式比较多变。新诗的定型化和非定型化，是一个有趣的探索题目。在《穆旦诗全集》中可以观察到的基本形式，大体上有下列几种：

1．两行诗节（如《诗》），这里指的是写于1976年4月的《诗》，而1948年的《诗》则是四行体。两行诗节的简单结构，易于表示果断与判断的思索，频繁的切换，易于表示思绪的终结与间断。

2．三行诗节（如《还原作用》《园》《给战士》），三行诗的格局，相对于四行诗的完整，带有残缺的特点，节奏比较欢快，因而不仅是果断和突兀，也有欲言又止的保留，和预留埋伏的幽默感。

3．四行诗节（如《古墙》《听说我老了》《智慧之歌》），古今中外最常见的诗节，适合于叙事和抒情，表面上四平八稳，实则结构完整而又充满内部变换的可能性。连缀起来，可以构成长诗的篇幅和规模。

4．五行诗节（如《甘地》），一般说来，五行诗节不是四行诗节的拓展，而是潜在地包含了三行和两行的诗节的联合体，其顺序也不一样，行文也较为舒展，所以较之四行要复杂得多。

5. 六行诗节（如《一个战士需要温柔的时候》），六行诗节的特点不在于诗行多少，而在于跨行的增多，以及语义的连贯。有时候，最后两行可以构成一个小小的对句表示结尾。

6. 七行诗节（如《摇篮歌》），摇篮曲这样的诗节，包含呼语和念叨的语气，往往是重复的，而且也有两行构成的复句，以及其他的变异形式，在中间起主体的作用。

7. 诗行不定（如《报贩》《我歌颂肉体》），二三四五六七等错落的诗行数目构成复杂诗节，在一首诗里出现，有先长后短和先短后长两种格局，但以后者较多，构成语势的积累，相反，则构成险绝的结构。

8. 单一诗节（如《苍蝇》《黄昏》《洗衣妇》《绅士和淑女》），单一诗节的诗，整体性强，而且视觉印象完整，较短的诗有此特点，如《苍蝇》，后期有些残诗也有此特点。但有些诗如《美国怎样教育下一代》，长达两页半，不分节，不好读。

9. 上下诗节（如《云》《春》《被围者》），上下诗节是中国古典诗词的基本格局，在外国诗里也有，一般是上阕写景，下阕抒情，但也不尽然。穆旦的诗打破了这种写法，复杂的组诗的局部也有上下诗节的组合，如《诗八首》。

10. 三诗节（如《寄——》《赠别》），有简单的三诗节和复杂的三诗节，后者是三诗节的连缀，表现复杂的结构和思想。

11. 十四行诗（如《诗四首》），但并不是现成的英文十四行诗的摹写，运用了不太规则的韵律，往往是四首十四行诗的连缀，有点像雪莱的《西风颂》的格局。《诗四首》中的第二首，还算比较整齐而有韵脚的，但不太规则，至于句子长短就更随便了，折行随处可见。例如：

他们太需要信仰，人世的不平	(A)
突然一次把他们的意志锁紧，	(B)
从一本画像从夜晚的星空	(A)
他们摘下一个字，而要重新	(B)
排列世界用一串原始	(C)

的字句的切割，像小学生作算术　　　　　(D)

饥饿把人们交给他们做练习，　　　　　　(C)

勇敢地求解答，"大家不满"给批了好分数，(D)

用面包和抗议制造一致的欢呼　　　　　　(E)

他们于是走进和恐怖并肩的权力，　　　　(F)

推翻现状，成为现实，更要抹去未来的"不"，(E)

爱情是太贵了：他们给出来　　　　　　　(G)

索去我们所有的知识和决定，　　　　　　(H)

再向新全能看齐，划一人类像坟墓。　　　(E)

12．诗行诗节不定（如《漫漫长夜》《小镇一日》），诗节和诗行都不固定的写法，似乎就是最为随即和随意的写法了；排列的长短错落是其主要的特点，无序性的感觉是最突出的印象。例如《小镇一日》的开端：

在荒山里有一条公路，

公路杨起身，看见宇宙，

像忽然感到了无限的苍老；

在谷外的小平原上，有树，

有树荫下的茶摊，

在茶摊旁聚集的小孩，

这里它歇下来了，在长长的

绝望的叹息以后，

重又着绿，舒缓，生长。

虽然是无序的，但仍然可以感觉到句子主位的变换和述位的接续，以及各话语层次之间的逻辑变换与连接，还有诗的转行与节奏的变换，具有一种随意的闲适的美感，也可以说是散文的美，也可以是说是诗歌的美。

13．杂诗（如《五月》《葬歌》《甘地之死》《隐现》），所谓杂诗是指诗歌形式的混杂状态，但不是无序的混杂，而是有目的地打破单一的形式，例如古体诗与现代诗在形式上的混杂，构成新旧对照的《五月》杂诗。《葬歌》是四行、六行和多行诗节的结合体，《甘地之死》是上阕的十四行加一个下阕的单一诗节，统一性都很强。《隐现》的结构最为复杂，宣道、历程、祈神三部分构成，第二部分又有情人自白、合唱、爱情的发见、合唱等，类似于诗剧。

14．残稿（如《面包》），残稿并不是一种格式，但有明显的未写完的痕迹，一般是整篇的最后有断句和残片，也有中间缺失太多而构成残稿的。

15．组诗（如《诗八首》），组诗是单一诗节和诗篇的连缀，一般是有规律并形成规模的，《诗八首》是典型的组诗，而且标题点出了组诗的数目。《九十九家争鸣记》，最后有附记，仍然是两节诗体，与前体制一致，可视为组诗的变体。

16．诗剧（如《森林之魅》《神魔之争》《神的变形》），诗剧是有角色划分的诗篇，如小说一样。在穆旦的诗剧中早期和晚期的略有不同，《神的变形》似乎有残稿的痕迹。

17．诗文结合体（《蛇的诱惑》《玫瑰的故事》），这里的诗文结合还是以诗为主的，文在前面起着序言或导言的作用，诗与散文的分界还是很明显的。

18．散文诗（如《梦》），最早以穆旦笔名发表的作品，更多地近乎散文。又如《玫瑰之歌》，虽然是诗，但有小标题，在体制上如同分节的散文。

就以上的诗体形式出现的情况而言，大体上可以说：穆旦的诗歌创作，除了早期的不大定型的摸索阶段，就是晚年倾向于四行诗节的简单化表达。此外，在其成熟时期的诗歌创作中，形式基本上无变化。也就是说，各种诗歌形式的交错出现，主要取决于所表现的主题和内容。而若干重大的诗歌主题，则有反复使用复杂形式加以深入表现的倾向。由此可以看出，穆旦的诗歌形式，具有明显的成熟意识和形式的独创性，因为诗人的诗歌形式来源广泛，而在组合和利用上也比较自由。这一切，构成了穆旦诗歌难以理解的形式因。

关于穆旦诗歌的形式，我想基本的格局也是在规则之诗和随机出现的诗歌形式探索之间，交替地出现。而我们这里只能讲规矩和形式方面。至于穆旦诗歌形式对我的新诗创作的影响，虽然可能是多方面的，但不能有全面的叙述，因为一个人创作中诗节的形式，应当说有许多来源和影响因素，并不只是一种，要想说一说自己的想法和做法可以，但要想说清楚，而且每一种来源和因素都说清楚，那几乎是不可能的。大体说来，我个人诗歌创作的形式因素基本固定，中间有反复出现的形式，运用在不同的题材中，但在形式上，也有一个逐渐成熟的过程。下面的论述一般侧重于近三年的诗作，但也包含以往的例证。也是为了简略起见，逐条列举如下：

1. 具象诗：自从第一首《作品·一九九六系列·二》以来，具象诗的写法一直在尝试，一直没有放弃，虽然形式上有了一些变化，大体说来是从较为具体的形式，如《填》，进化到较为抽象的形式，如半抽象的《象祭》，有些进入更为复杂而成熟的阶段，以至于和其他形式相互结合，如《梅馥》《夜之花》《树祭：巫鲁，游主》《圆熟十四行诗》。

2. 独节诗：独节诗就是只有一个诗节，或者不分节的诗。基本上是一个意向，或者围绕一个意象而扩展为一首诗，一般具有静态的特点，不排除个别诗作有些形体模仿的特征，总之，便于一览无余、一次性的阅读。例如《瓶花》《世界》《绍兴古镇》《农夫的自白》《年轻的阿波罗》《箭镞的历史》《夜光场》《仲夏夜之梦》。这种形式受里尔克影响至深，作为静态而整体的沉思类型，最为典型。但也有不便于分节而写得较长的诗篇，例如《梦泽：水与火》《莎魂诗侣》，也可以说是独节诗。

3. 民谣体：民谣体不是一个单独的诗体，而是一种情调，例如《河里的鱼儿呀》，具有民间说话的味道。虽然许多时候是民间叙述体，例如《华山组诗》里的故事新编，但也是一种民间抒情方式，虽然用了四行诗节，但不一定只能是四行的格局。《回忆（局部）》是四行体，而《岁月悠悠》却是多行体。诗行的重复与变化，往往构成内在的节奏变换与章法线索。

4. 信天游：信天游就是上下句，一般押韵，分节。它的特点是直接抒情，兼用比兴，简短而多趣。在个人创作中，这个格局一直有作品，但又有些变化，或许是句法上的，不拘泥于原来的形式，有的不押韵，有时几乎和陕北民歌的题材无关了。例如《蓝宝石》《为八大山人补一笔》《梦：桃花》《搅团的传说》《禾木村即景》《生命的华车》。

5. 三行诗：三行诗的形式，类似于四分之三的音乐拍子，有活泼跳跃的感觉，也有果决判断的语气，如《未名之夜》《山月》《文明史》《阳光》《塞上老街》。当然，相对于四行诗的完整，三行诗节也难免有残缺的感觉，如《人生》《思念》。若能不断追求诗行内部和跨行的变化，可发展这一种形式到丰富多彩的程度。

6. 四行诗：这是最常用最传统的诗歌形式，一如"鲁拜体"，传统的是五言（如《劈山救母》），或七言（如《观棋》），便于叙事和抒情，而且包含了起承转合的文本结构。但新的四行体在写法上有各种押韵形式，也有不押韵的，节奏自由的，可以说不拘一格。简单的四行诗，有两个诗节，类似于传统格律诗词的上下阕，如《红珊瑚》。复杂的四行诗，可以构成长篇叙事诗等连续的诗篇，例如《蓝领带》。也有的四行诗节，借助于重复进行强调，或者侧重于第一行，或者侧重于第四行，例如《江湖怨》《投名状》，可视为传统四行体的变体。

7. 五行诗：五行诗的体制，消极地说，在于打破四行诗的固定格局和起承转合的行文模式；积极地说，在于扩大诗节的容量，让它容纳丰富而复杂的东西，以及追求变化。一般是四行的前面或后面加一行诗，但也有改变内部结构为二三体和三二体的，例如《排箫》《回忆：四季歌》《宋的江山》。

8. 六行诗：六行诗比较规范，总会有成双成对的设置，例如《孤岛诗魂》，最后两行还用了破折号和平行排列的形式，加强了平衡感。但这首长诗的最后两节没有坚持用六行诗节，算是破格。有的一首诗中用到六行体，只是个别诗节，然后又变化为其他诗节，例如《老祖母》，在开头的六行之后，变为三行诗节。这里便可以看出，六行诗也可以包含三行诗的结构。又如《笛》，由三个六行体，变为最后一个七行体，以示结束的拖长，使余音悠悠。

9. 七行诗：七行诗是一种行数较多的诗行形式，允许内涵较多，结构也可以相对复杂，比较明显的一首就是《独乳》，讲究上下阕的对称关系。较长的是《你在园中招手》，每节的最后一行只有两个字，有一种突然结束的强调感。还有更长的是《七行诗：长白山——妙香山纪行》，具有更加丰富的内涵和复杂的结构，可见七行诗虽有有意追求诗行的形式感，但也适合写作较长的诗篇。

10. 八行诗：八行诗不是两个四行诗的相加，而是一种较之七行诗更为复杂的结构。它的特点毋宁说是超平稳，因为它可以包含两个四行体，但显得更加连贯而统一，会造成视觉上的绵密感。当然，其具体构成不会如此简单，例如《风神：一病不起》。

11. 九行诗：九行诗不知能不能算作一个模式，但确实有一些诗作碰巧是九行的格局，也许较之八行诗节多了一些变化。例如《黄河石林》，全诗三节，只是最后一节诗的最后多出一行结束的句子："行者，岩石，黄水"，可视为变体。

12. 十四行诗：十四行诗来自西方传统诗体，在五四以来的汉诗创造中多有模仿，但这里的十四行诗只是徒有其行数，并无严谨的韵脚设置，又有分节和不分节的体制，所以，其内部结构也没有英语原来的十四行诗那样的严谨和讲究。例如《石琴十四行》，也有的混同于具象诗，即十四行的具象诗，例如《圆熟十四行诗》。在我的创作中，还有一种可以称为"倒装的十四行诗"，那就是前面两个诗节是三行的，后面两个诗节是四行的，例如《春蝶》。

13. 有韵长诗：诗节必须押韵，虽然韵式不同，有的是单独成篇的诗节，例如《京胡》《三弦》，有的是连缀而成的长诗，即有较多诗节的诗篇，虽然诗节和诗行的数目允许有变化，例如《古琴》《你若是一只鸟》《尤三姐的悲剧》。其中四行诗节连缀的有韵长诗比较规范，也便于连接，例如《一头大象告诉我们什么》《过山西境内黄河有感》。近年来，民族典籍的翻译和研究，促进我进行了民族诗歌为主要题材的长诗创作，例如《阿诗玛》《鲁般鲁饶》等，其中大部分是有韵的。

14. 无韵长诗：这里不仅指一首诗的多数诗节无韵，而且指诗节比较自由，不追求统一，一般是杂言诗节，诗行和字数不限制，通常按照主题本身分节，例如《黑色的石油，绿色的原野》《卡蒙斯，与我们的屈原》《我的外婆去了》《石涛与梵高》《诗人：一些记忆》。这种诗体，在弗罗斯特的创作中比较常用，是一种具有最大自由的实验性诗体。

15. 自创体：这里有规则与不规则之分，前者较多，即每写一首诗就自创一种形式，例如《英语世界》体现诗行的多少和句子的长短控制，有点梯形诗的味道；后者则是不规则的，例如《沉冤》，在两个诗节之间加入一个独行诗节，表达在歌与诗之间转折和连接的用意，以仓央嘉措的诗歌为典型，表达了这样一种概念上的区分和联系。又如《关中皮影：或华阴老腔——关于故乡的一种纪念》，用诸多长诗节做叙述，而中间插入老腔的唱段（一般是四行诗节，押韵）。这样构成与原始资料和现代叙述的交叉格局，即所谓的"复调"音乐效果。

16. 诗剧：诗剧的创作，一个是对莎士比亚的剧作进行仿拟，另一个是关于陕北民歌题材的《蓝花花》的创作；后者由于大部分直接取自自己搜集和翻译过的陕北民歌，所以也不能称为百分之百的创作，可以说是对民间题材和语言的一种利用，但是仍然是严格的陕北民歌的格调，例如，像信天游上下句的比兴方式。当然不限于这一种形式，须知民间文学在形式上是十分多样的，何况在诗剧创作的过程中，必须加以综合的利用，还要注意舞台效果。

我相信诗歌形式的有意识的探索，是一个诗人艺术上成熟的标志，而创作实践中是否有诗歌形式的多样性表现，则是他诗艺精湛与否的标志。当然，诗歌形式本身的完美与否，精到与否，在一个诗人那里，其本身是具有个性色彩的，和思想情感的内容融合为一的，不只是纯形式的问题。不过，作为形而上学的诗的纯形式问题，其经验基础却正隐藏在这些具体的诗歌形式的探讨中，尚有待于诗论家来发现和总结而已。

2011 年 10 月 5 日凌晨，我靠卧在南开大学龙兴里小区寓所北房小卧室的床上，写了一首《南开园即景：或幻想曲》。后来，此诗在 2013 年南开大学外国语学院迎新大会上朗诵，可是并没有如愿以偿在南大的校刊上发表，也许他们要发表的是一些时髦的东西吧。其中的第二部分，即直接写到穆旦的部分，是这样的：

> 穿过古典文学的长廊
> 新诗在硝烟散去的凄风中
> 饮泣，谁定了谁的格律
> 经不住，一团朦胧的意象
> 消融如宣纸上的墨迹

而你仍然在雕像中沉思
森林之魅环绕着你，智慧
诗八首，如何能唱得毕
生前孤独，死后也孤独
我们甚至不知道献你什么花
东村你住过的房子还在吗？
诗魂，东艺楼的琴箫缠绵
你听到了吗？权作你
梦中的琵琶，图书馆，是新
是旧，还不是一个样
那楼梯下方的小书店
才是一个值得的去处

附录 1

诗之灵秀，史之厚重[*]
——对话《诗人翻译家穆旦（查良铮）评传》

引言

吕：2017 年的春天，我读到的第一本书，也是震撼我心灵的一本书。这本兼具学术性和大众性的人物传记，深深地打动了我。不仅如此，过去对于诗歌的理解，对于诗歌的翻译，曾有的许多困惑和迷茫，通过阅读，逐渐得以解答，而且更加深入地了解了一位伟大的现代诗人穆旦，近距离地感受到那"不朽的诗魂"，掩卷深思，依稀看见俊雅的年轻诗人在血腥的炮火中匍匐前行，在和平的岁月里他卑微的身影湮没在灰色的人潮中。笔者曾经困惑于古典诗歌话语的衰微，对于表达现代生活的苍白无力，曾经隐约地感到当代诗歌中缺失的某种力量，却在这本书的阅读里找到了清晰、有力的答案，即便有些东西一时弄不清楚，也有了重读进而寻求理解的线索和动力。这就是王宏印教授的新作《诗人翻译家穆旦（查良铮）评传》（商务印书馆，2016 年 12 月初版）。其英文书名是 A Critical Biography of Mu Dan (Zha Liangzheng): A Poet and A Translator。王先生，为什么要有一个英文名称呢？

王：首先，当然是体现翻译的意思。另一方面，也揭示出另外一层意思，那就是，这是一本关于诗人穆旦和翻译家查良铮双重身份的传记，而

---

*本文是笔者和吕海玲关于《诗人翻译家穆旦（查良铮）评传》的学术对话。吕海玲是北京第二外国语学院的青年教师，现在美国纽约州立大学读博士学位。因为此文尚未发表，故先行收入此书，对于穆旦研究的一个侧面作为补充，自有重要的参考之价值。

评传的意思并不像中文暗示的那样是有传有评，而是"批评性传记"。"查良铮"是真名，译书时经常署此名，而"穆旦"是笔名。拆"查"而为"木"（穆）、"旦"，是"九叶"派诗人的署名。总体说来，就诗界而论，查良铮以笔名"穆旦"行于世，故而把真名查良铮反而放到括号里了。

1. 传记的力量，因着力不同而有弱强

吕：先生，能请您讲讲这部传记的来历和您写作的初衷吗？

王：好的。古人有言："圣者立言，贤者立传。"传记作品往往有深刻的打动人心的力量。著名传记作家弗兰克·万德维尔曾说，"同情是传记家最完美的品德"。笔者以为，从古至今，为杰出人物立传者，盖精神气质相似或仰慕以求近，述史而伴以抒怀，或许这可以作为陈寅恪曾提出"了解之同情"为历史学要旨的注脚。当代著名翻译家傅雷的名译《巨人传》，就是法国作家罗曼·罗兰为贝多芬、米开朗基罗和托尔斯泰等文学家、艺术家书写的英雄史诗，而译者傅雷，也有类似的英雄气质和艺术精神，堪为一代译事之楷模。

吕：可见，在传记作者与传主的关系中，二者身份的互应，乃是一种默契。您作为诗人（朱墨）和翻译家（王宏印）和诗人（穆旦）翻译家（查良铮）的身份庶几近之，这或许昭示着诗人创作、翻译的某些内在机制，作为翻译家，写翻译家的传记，对于翻译学、诗学研究也提供了可贵的资料。我以为，在这一对传记作者与传主的关系中，精神契合度的作用在于写作的过程和结果（即传记作品本身），与其说是对作家个人生命的完整风貌的记录和描述，对于传主独特的情感和风格的传递，毋宁说是传记作者和传主两种精神气质的契合无间，最终造就了与传记作品在语言风格上的融合和思想情绪上的共鸣。这也许是很难得的，至少是不多见的。

王：我们的传主穆旦（1918—1977），是现代派诗人，也是著名的翻译家，他诗性智慧高超，译作等身，影响持续而深远。所以，关于穆旦的

研究，几十年来，断断续续，零零散散在学界已有不少。除了几次全国性会议的召开和纪念性文集的出版，各类研究论文、诗歌鉴赏论著，还有如穆旦年谱、穆旦诗编年汇校等资料性汇编，已有许多，其中也不乏优秀之作。尽管如此，穆旦的形象在众多的话语中依然是面目模糊，世人只知道这是一位似乎总是不太"合时宜"的诗人，但其现代诗人的特立独行，他的双重翻译家身份的突显，他的创作和个人境遇之间的奥秘关系，他作为普通人的高贵品格等等只有经过深度解读才能抵达的精神层面的宝贵遗产，几乎湮灭在历史的尘埃中，甚至有被渐渐遗忘的可能。

吕：据我了解，穆旦的传记作品，迄今已有三部。第一部是陈伯良所著《穆旦传》，由浙江人民出版社 2004 出版，后来北京世界知识出版社 2006 年再版。它的开启之功，是不言而喻的，尤其在穆旦生平资料的收集和个人成就的有序的陈述方面，给人印象深刻。第二部是"中国现代文化名人评传"系列：《穆旦评传》，由南京大学出版社 2012 年出版，作者为易彬。他是这个领域的青年研究者，经过文史专业的训练，又肯下功夫，已经成为穆旦研究的专家。其传记作品，在资料的搜集和深入开拓上，颇见功力，推进了穆旦研究的领域和进度。既然已经有了两部，那么，您为什么还要写第三部呢？

王：因为学界需要一部从诗歌内部写诗人创作和诗歌翻译的传记，这是一次全国纪念穆旦的会议上有人提出的，其实当时我已经在写了。《诗人翻译家穆旦（查良铮）评传》，由商务印书馆 2016 年 12 月第一次出版，全书 570 多页，大大超过了计划的 23 万字，这是我的国家社科基金后期资助项目，2009 年立项的，也是我的心血力作，前后历时八年的艰苦历程，数易其稿，甚至经过了我本人的生死抉择（2012 年得了一场大病）。这部著作，不仅倾注了作者从成熟到步入老迈之年依然故我的学术"激情"，也实现了我对传主家属穆旦夫人周与良先生的承诺。虽然，我与周与良仅有一面之交，而且素昧平生，非亲非故，为她的丈夫写传记，纯粹是出于一个诗人对另一个诗人的心灵的接近。

吕：照我看，相对于前两部传记，您的这本诗人翻译家评传有几个突出的特点。其一，结合时代背景和传主经历，在诗人的生平经历和事迹方面有重大开拓，不仅写穆旦本人，而且写一个时代的诗人群像和一代知识分子与国家民族共命运的心路历程；其二，突出传主的现代诗人身份，对其作品进行主题分类和创作过程的文艺心理学研究，其中不乏对重要作品有深度的评析。其三，突出传主的翻译家身份，展示了其在俄语和英语诗歌、外国文学理论方面的译介成绩，这也是本书对于翻译学科的独特贡献。还有一点有别于其他传记，不容忽视，就是包括了穆旦的诗论和翻译理论，不仅从传主晚年的信笺中梳理出他的诗论，而且花很大气力，通读穆旦诗全集，整理出一部完整的穆旦诗意象辞典，可见其用力之勤。

王：十多年前，2000 年年底，我慕穆旦之名从西安来到天津，进入南开大学任教。从此，不断地深入津沽文化，寻访南开旧事，访谈有关人员，也曾造访穆旦的家乡浙江海宁，翻阅各种资料，熟读中外传记名作，精思熟虑，倾注一腔热情，以自己的学术修养和诗人的赤子之情，撰写了这一部文学性、学术性兼具的传记作品。

吕：是呀，好的传记所具有的文学性给人的感受是佳句频现，智慧闪光，读者在书中既领略到精妙的人性的光辉和诗歌的才情，又在岁月的光影中体悟人生的智慧和历史的厚重。但我一直有一个问题，能说说您家庭出身和穆旦有共同点吗？

王：截然不同。我的家庭与穆旦的家庭背景截然不同，用特定历史时期的话语可以说是对立的阶级。我的父母、舅父母以及岳父母都与老一辈的革命家同行列，基本上是农村出身的干部家庭（省部级），自幼受到正面教育。而穆旦远祖是姬姓，是贵族，有蓝色血统，他本人又参加了国民党抗战队伍，后来曾成为无产阶级专政的对象，是需要改造的知识分子。

吕：原来是这样。我一直以为只有相同出身和经历的人才容易气质相投。您作为穆旦传记的作者，能持客观的历史的立场，公正对待抗日战争中国民党军队的功绩，不遮蔽历史，对国民党爱国将领予以肯定，体现了学者的胸襟和大家风范。

王：当然，对于这段历史也有一个认识的过程，需要一种更加宽广的胸怀和世界主义的眼光。同时，中国远征军的体裁，逐渐释放出来，最早是凤凰卫视中文台上有连续的披露，后来电视连续剧《中国远征军》也上演了。纪念抗日战争胜利八十周年，我还接受了中央电视台的专题采访，讲述穆旦的抗战诗篇，但后来没有播出。当然，在理论上说，传记作品理应具有文学价值、历史意义、心理效用和教育功能。托马斯·卡莱尔（Thomas Carlyle）指出："历史是无数传记的结晶。"我心目中的穆旦是人格高尚的，如他的诗歌一样不屈，硬朗，坚定，是一位爱国知识分子，一位颇有才学的诗人。读他的诗，于今日的读者有提高修养的意义。

吕：记得台湾翻译家张振玉翻译了林语堂的英语著作《苏东坡传》，并在其汉译序中强调了姚鼐的文章三要义："义理、考据、辞章"。"义理"要求言之有物，有思想性；"考据"要求立论扎实，有说服力；"辞章"要求字通句顺，有艺术性。进一步而言，"传记作家，要有学者系统的治学方法，好从事搜集所需要的资料；要有哲学家的高超智慧的人生观，以便理论时取得一个不同凡俗的观点；要有文学家的艺术技巧与想象力，好赋予作品艺术美与真实感，使作品超乎干枯的历史之上，而富有丰沛的生命与活力"。在我看来，先生的这部《诗人翻译家穆旦（查良铮）评传》，便是兼具义理、考据和辞章的传记佳作，展示了作者哲学、史学、文学的丰厚修养，是作者世情、人生、诗性智慧的综合体现，故而值得一读。

2. "诗史互证"：得诗之灵秀，史之厚重

王：中国不缺文化名人的传记，缺的是优秀的传记作品。晚清以来，梁启超等首创近代历史和政要人物传记，以《李鸿章传》开启先河，五四以来，胡适带头写出一批人物传记，文人传记日益增多。然而，文化名人的评传难写，因为常有局限性，陷于文学性和学术性的夹缝中，或者说，

学术性易，而兼顾文学性则难，即便传主本人是文学家，甚至诗人。传，考验如何运用合理的"历史的想象力"，以构建完整之人生印象，而评，考验"学者的基本的价值立场"，"本质上关乎文化理念以及方法运用等宏观统摄的大问题"。更加上诗，若要以诗人为传主，则传记作品本身不能没有诗意。在这一方面，也许陈寅恪先生晚年的巨著《柳如是别传》是一个特例，至今评论不息，但凡好的评论，又不易见。

吕：这部传记有别于其他传记的最突出特点，如作者所言，集中在一个"诗"字上，但不脱离"史"。在方法上，诗史互证为主，以诗论诗和就诗译诗等追求随之。基本的研究方法，即陈寅恪先生发明的"诗史互证"，利用文学创作和翻译文本，与作者生平和背景资料相互推证、双向证明和深度阐释。尤为奇特的是，作者用穆旦自己创作和翻译的诗歌塑造出诗人自己的形象，在历史事件和发展规律的求证之外，更有诗人心态与世情的吐露，细微到诗歌专题的分析，和诗意诗艺本身的阐发，发前人之未发。这里诗歌不再是传记的"装饰"，而是起到准确描摹生平事迹和心理历程的作用，同时也是叙事的手法，勾画出传主和一代诗人的历史命运。这也是作者宏阔学术视野和中国文史哲打通的治学方法的体现。当然，作者自己创作的几首诗，和穆旦的印象和命运密切相关，伴随着作者的思绪，为之增色不少。能说说您的诗歌创作和穆旦有关系吗？

王：当然有关系，而且受其影响不小。直接怀念穆旦的诗有三首：《穆旦印象》《故园的思索》《第一片叶子落下》，写南开校园兼论穆旦的诗有一首，还有一首写穆旦的子女们，是在美国写的，还没来得及发表。这些诗作不同于一般的哀悼和纪念怀念的诗歌，本身乃是现代派精神浇铸下的诗歌。例如，《穆旦印象》的开头，便记录了我刚来到天津，在南开大学南门外散步时猛然想起"绿色的火焰"意象。

吕：我注意到了先生的这首诗。可不可以说，诗人朱墨敏锐地抓住了穆旦诗歌的特性意象，"绿色"（穆旦诗《春 1942》《在旷野上》《夏》，代表作《智慧之树》中多次出现的"绿色的火焰"、绿色等）。从中也可以看出作者诗歌的创作和学术研究的直接关系。不难想象，一本好的诗人传记，对于普通的诗歌爱好者又有诗歌阅读和鉴赏指导的作用。然而，这本书在理论上也有前沿和高度，并不是一本通俗读物，例如，关于阅读印象的重要性，遂引入本雅明艺术理论的"震惊体验"概念，点化了穆旦诗歌的警世效果。至于《森林之魅》一诗，对于"魅"的分析，上溯屈原《离骚》，下至抗战英魂，读之思之，绕梁三日，意蕴悠悠，挥之不去。

王：作者在叙述传主生平时，或者引传主各个时期的诗歌创作和翻译，或者引中外其他诗人的诗词名句，皆要能真实地还原传主当时心境，同时营造出恰如其分的氛围，令读者深陷其中。例如，穆旦在赴美的船上，遥望海天，浮想联翩，那一首穆旦创作的《云》，便是多重的暗示和象征。尤其体现在该著的第一部分"永不停息的生命"，作者必须有高超的选材、剪裁手段，使得这部诗人传记精彩纷呈。其中选取的历史材料翔实，浸透了作者的心血和感情。体例的安排得当，才能有较高的可读性，个别地方，通过有根据的虚构和文学性的渲染，让读者重回历史的现场，真切感受历史的脉络，历历如在目前。

吕：我理解，由于作者广博的学识、博大的胸怀、深入的构思、如椽的挥笔，这部穆旦评传中对于"史"的书写，不但没有囿于个人境遇的狭隘空间，和后现代史学的碎片化描述，反而有着宏阔的社会大视野，让传主在历史的境遇中，时隐时现，呼之欲出，形象愈加突出，由于历史文化的背景深厚，叙述的笔调深沉而浓重，反而使传主的出现，与之相得益彰，愈加清晰明媚。在这里，作者在写一个人的同时每每带出了一群人，描写一个事件的背后往往写出一个时代，把人群置于宏大的历史语境下，情景交融，意味无穷。最突出的代表就是西南联大的师生群像，包括诸多教授和学生，如冯友兰，如陈省身，一个名字，就是一个故事。抗日后方变前方，昆明街头的朱自清，披毡作衣，潇洒独行，状如基督游历讲道途中；西南联大废墟上，吴宓月下讲希腊史，柏拉图哲人风范，令人神往。

王：我自己在反复的阅读中，也时常有惊喜，因为有些看似游离于传主之外的插叙，却是神来之笔，比如著名史学家黄仁宇也曾是西南联大的学生记者，抗战期间从前线发来快讯，以飨后方读者，但他后来想读南大新闻专业不成，去了美国，成为历史学家。其境遇虽然只有不到一页的篇幅，但足以勾连读者的经验，形成新的认识联想。对于中国远征军翻译人员的处境，作者揭开了历史的真相，给英雄和烈士以名分，书中多处转引来自各种确凿的资料来源，并以学者之良心给出公正评价。感史忧国，正直诚挚之心每每见于文字："由于历史的尘封，对于这场战争的去蔽，已经不限于个人历史问题的澄清了"，痛哉！

吕：从这个角度观史，此传记与现当代一些史家著作，如美国著名历史学家史景迁的《前朝梦忆：张岱的浮华与苍凉》，从正面或侧面勾勒出一个时代的精神面貌的写作方法，诚有异曲同工之妙。这样通过个人命运折射出社会历史的大画卷的写法似乎已是20世纪通俗史学的做法。从文化史的立场来看，这种把历史文献和文学手法并冶一炉的手法，能够把僵化的史料活化，重新塑造或捕捉逝去的时空和人物的生命，对于文学和历史未尝不是幸事。这里体现的历史之厚重，不仅是社会史，更是翻译史的价值。有学者批评翻译史的研究"缺乏对新史料的挖掘和考据，因而过于依赖间接资料往往成其弊病"。该书作者对大量书信等第一手资料的挖掘和利用可以作为史传文学研究的典范，其中大量诗歌翻译文本及其修改过程的专业性分析，则有永久的诗学译学参考价值。皮姆曾提出翻译史研究的几项原则，强调翻译史应围绕译者工作和生活的社会环境方能安身立命，在这里得到了得心应手的运用。

王：你说得完全对。"会通翻译学与史学"是翻译史书写方式创新的内在要求，其中《哀希腊》一诗的翻译，众多译者和译本的比较，清晰地勾勒出晚清及五四以来救亡图存民族复兴的时代主题，令人信服地抒写了翻译的文化心态史以及翻译在历史演进中的重大作用，使读者深信好的译者传记具有翻译史学的重要价值。当然，在这一题目下，廖七一教授的研究，有一本专著作为专题研究，更为详尽。

吕：据我了解，先生指导的博士论文和主持的研究课题常常是新领域的开拓者，学术思想的源泉乃是其知人论世之真知与卓见，在这个意义上，这部传记可以说是史学研究方法在翻译史研究意义上的创新之作。关于翻译家，诗人传记的这种独特的写法为翻译界首个，因此，我认为，这不单单是一部成功的文学传记，更是跨界之作，具有翻译文化史与翻译批评史的双重价值。

3. 诗坛译苑：多重身份的"互应"

王：政治家的传记是政治活动与政绩的宣扬，抑或是失败和教训；军人的传记就是战争史了，如《拿破仑传》。哲学家的传记是思想，许多本身就是思想史，充满了推理和论述，如《康德传》，却鲜有生动的人生经历和形象的刻画，如《德里达传》。文学家和艺术家的传记多围绕文学艺术创作而进行，往往有惊人的人生跌宕起伏和深刻的社会事态的描述，国外的艺术家如《贝多芬传》，国内的文学家如《曹雪芹传》。

吕：翻译家因为翻译成就和翻译人生而立传，一般不以社会活动见长，由于案头工作书斋生活，许多缺乏精彩的人生故事，容易读者面窄，影响不大，如《朱生豪传》(1989)、《翻译家严复传论》(1992)、《傅雷传》(1993)、《翻译家周作人》(2001)等。也有对个体译者的专题性研究，使得史传带上了研究专著的色彩，如《许渊冲与翻译艺术》(2006)、《诗魂的再生：查良铮英诗汉译研究》(2007)、《梁启超"豪杰译"研究》(2009)、《朱生豪文学翻译研究》(2014)等，期望能在对译者生涯介绍的基础上对译者的翻译思想、语言特色与风格有所分析和评论。

王：相比之下，《诗人翻译家穆旦（查良铮）评传》，由于兼顾诗人和翻译家多重身份，或者拼合为"诗人翻译家"一个复合词，不仅是作为译者的查良铮的翻译生涯的概貌描写，而且是其英语诗歌和俄语诗歌汉译历史的专题研究，同时还是作为诗人的穆旦诗歌创作的专门研究，以及诗歌理论和文艺学思想的研究。无论在哪一方面，作者都更看重对传主个体活动与社会背景之间互动关系的理性分析。本书的英文名称 A Critical Biography of Mu Dan (Zha Liangzheng): A Poet and A Translator，对于一位诗人和翻译家的批评性传记，就有这样的意思。因此，这部穆旦（查良铮）传记和目前世界范围内备受关注的迪金森和里尔克的著名传记（汉译本），具有类似的研究价值，作为中国诗人传记的代表性作品，可算得是对国际上诗人传记热的一种有力的回应吧。

吕：毫无疑问，传主与作者在身份上的"互应"造就了这部评传著作的深度。作为专业的诗歌翻译研究者，作者对于传主有丰富的掌握和深刻的理解，因此，这部著作同时可视为学术的储备和情感的蓄积的必然产物，是两位诗人翻译家在诗坛、译苑的理解和对话。关于穆旦诗歌创作及其翻译研究的成果不限于某一方面，有《穆旦诗英译与解析》（河北教育出版社，2004 年），这可能是带有穆旦诗英文翻译的唯一解读本，也有发表在核心学术期刊《中国翻译》上的纪念诗人翻译家的文章，如《不朽的诗魂，不朽的译笔》，还有一篇学术含量很高的序言，为商瑞芹博士的专著《诗魂的再生：查良铮英诗汉译研究》（2007）所写的序言《诗性智慧的探索》，这样的雄厚的学术基础奠定了本书的翻译学、诗学研究的双重价值。

王：著作的第二部分"二十世纪桂冠诗人"集中论述了穆旦的诗歌创作历程，客观地评价了他在新诗创作上的巨大成就。首先，我不仅动手翻译穆旦诗歌，予以评论，而且编写意象辞典，因此拥有第一手的阅读体会，在此基础上，才能统揽全局，对穆旦诗歌创作进行更为科学的分期研究和主题研究。对穆旦诗歌的深刻认识，对于穆旦诗歌中现代性意象的把握和剖析才能力透纸背，读者才能见出一字一句皆出自真正懂得诗歌的诗人之手。在肯定穆旦作为西南联大诗人群的后起之秀和"九叶诗人"的中坚的同时，还论及西南联大诗人群体的诗学意义，评论了"九叶"诗派的文化成因和艺术成就，因此，对于整个中国新诗研究，对于中国现当代诗歌史和诗歌翻译史研究都有意义。

吕：我特别注意到，早在《穆旦诗英译与解析》中，先生就提出"被围者"形象,这是穆旦对中国新诗创作上的最大贡献,在中国现代诗歌史上与"倦行者"和"寻梦人"形成三足鼎立的格局,而且比后两者更深刻、更具普遍性。关于这一问题,网上早有读者评论,予以推崇。在评传中,作者的惊人发现,再加上详尽的分析推论,更加令人折服(第235-236页)。不仅如此,令我吃惊的是,穆旦的晚年,竟然将三者融为一体,出现了复杂的心理反应:

> 如果说穆旦作为"被围者"心态的代表,与"倦游者"和"寻梦者"一起,曾经构成中国当代新诗运动的三种势力,那么,在穆旦的晚年,突围心态和突围之后灵魂追求安宁的寻梦意识,也带上了些许倦游者的色彩。可是,受折磨和折磨人的心灵的习惯,与丰富的忍受痛苦的灵魂的意愿,都不允许这一位特立独行的诗人流露出过多的疲倦,即便人生的历程已接近尾声。于是,他发出了最后的《问》。(第300页)

王:更具体而言,其他人物形象也很值得讨论,例如,农夫的形象既是劳苦大众的代表,也是民族形象与命运的化身。这在穆旦创作十大主题之一的"劳苦大众"中,有详尽的描述,更有各行各业的劳苦大众的群像的归纳。关键是,穆旦把农夫形象和"一个民族已经起来"紧密联系,形成了一个具有预言性质的诗歌意象。此外,关于其他形象如"野兽"的多重意义,也有深刻的暗示。在穆旦写于西南联大时期的诗《野兽》中,既有中华民族青铜文化装饰和龙文化图腾退化的历史象征意义,又揭示了与人性相对的兽性意义,但其本身却是遭受践踏和蹂躏的苦难与反抗的不幸者,作者称其为中国的"野兽派",与现代派同时诞生,也代表着诗人对于战争和人性的深刻思考。

吕:同样,对于穆旦的爱情诗《诗八首》,您认为这不是传统意义上抒发个人感情的抒情诗,而是超脱了具体的人际意义体验,把个人体验上升为爱情思辨的哲理诗,对穆旦诗歌更有见地的解读,这八首诗,构成一个详尽的阐释系统。与其他重要诗人和研究者的解读相比,先生的解读更加合理而完整，特别是到了最后一首，涉及《圣经》隐喻的古老的根的解读，其境界和理路，明显超出了同类文字，可见出作者力透纸背的西学功底和力达剑尖的治学功夫。人生是一种信仰，文学也是一种信仰，为了信仰而忍受和经受苦难是穆旦的文学品格，称其拥有中国文学史和诗歌史上绝无仅有的"受难者的品格"，这一见解，突破了有关穆旦诗中的基督教信仰本身的观点，独特而深刻。书中指出，结合了灵动的诗性智慧和超越的认识高度，穆旦的宗教语言，是一种认知方式和抒情结构，这是作者哲学根底的表现。作者创建性地提出：其基督教信仰抑或是一种叙述和抒情的方式，其宗教情怀本质上是一种人文情怀，关注世俗和现实，关怀人类和文明才是其本意。在该著长达 35 页的"序言"中，结合对于当下时代特点和时代精神的分析，以及现时代诗人和诗歌使命的陈述，可见作者怀抱相同的深切关怀，既能抵达人类价值终极关怀的高度，又能关乎芸芸众生的现世命运。这才是诗性智慧的练达，兼具史学意识的厚重。

　　王：第三部分"译诗者：另一种诗人"和"补遗：穆旦诗：自译、他译及双语写作"两部分，集中体现了翻译学的眼光和见识，肯定了他在译介俄罗斯和英国浪漫派诗歌以及现代派诗歌方面的卓越贡献，并指出了一些值得讨论的问题，例如"奥涅金诗节"的修改，和拜伦《唐璜》的选题意义。同时，也指出了翻译之于诗人的意义，"翻译不仅造就了翻译家查良铮，更拯救了诗人穆旦。……证明了诗人是可以靠另一种劳作而存活的，而且活得有意义，有成就"（第 334 页）。对于穆旦诗歌自译的分析，极具价值，书中指出：翻译丰富和加深了穆旦对诗的理解和文学语言的锤炼。自译是当下翻译的前沿阵地，作者通过对比分析叶维廉、作者本人和穆旦三位译者的英诗文本，得出启示，"与其他译者相比，自译者并非是最严格地遵守自己原作的译者，他在有些地方，有更加大胆的发挥和处理，而其他译者，倒是难以跳出形式和意义的藩篱"（第 509 页）。对于穆旦的自译，作者提出"中庸法和陌生化两种手段在同时起作用，至少部分地揭示穆旦诗的晦涩难懂的创作机制"（第 510 页）。更为深刻的是，在自译之外，可能还存在着双语写作和双向翻译的过程，由此丰富了穆旦诗歌创作与翻译的研究课题，在文学创作机制中开拓了新的研究领域。

吕：对于穆旦诗歌的研究，我觉得，最具开创性意义的是《穆旦新诗意象小辞典》。词典条目数百个，是穆旦现有诗歌的全部总结和归类，作者"从其诗歌全集中逐字逐句地爬梳整理"，可谓筚路蓝缕，是作者的心血的明证。这种编撰辞典的形式应为国内研究的首例，提供了诗歌研究的新思路，这一宝贵的研究成果对于穆旦新诗研究具有"奠基"的作用。我计算了一下，词典条目共计 273 条（具体数目见笔者按照字母顺序列出的统计数目：A4，B9，C17，D11，E1，F7，G17，H20，I0，J9，K9，L16，M15，N13，O0，P2，Q5，R5，S29，T12，U0，V0，W10，X19，Y22，Z21）。有的条目包含数个并列的词语，不限于物质名词，还包括抽象名词、动词、形容词等等，如"太阳""砂砾""暗笑""沉默""赤裸"。其中包括多个穆旦诗歌中最重要的意象，如劳苦大众形象系列：报贩、农民兵，还有秋、秋季、森林、丛林、树林等。每一个条目首先列出穆旦诗作的标题，然后解释，引意象出现的诗句，分析精辟，"不仅揭示其微妙的意义差别而且具体说明在不同诗歌中的变化情况"，为后来者的研究提供了方便，具有难得的资料价值。

该书的价值还在于对穆旦文艺学观点和诗歌翻译思想的挖掘，及对其诗论的发掘性研究。书中还阐释了穆旦"非中国"化的诗的区别性特征，穆旦诗歌的独特艺术。穆旦"要排除传统的陈词滥调和模糊不清的浪漫诗意，"给诗以 hard and clear front"。穆旦的诗，冷峻的下面含有炽热的爱，如同鲁迅的杂文。

4. 诗意文笔：文学创作元素的介入

王：从表达方式看，一般的传记以记叙为主，而有的传记，一面记述人物的经历，一面加以评论，记叙与评论各半，这种传记则被称为"评传"。从创作方法看，有的传记以记叙翔实的史实为主，用语比较平实，称为"历史性传记"；而有的传记多用形象化手法，描述人物的生活经历、精神风貌及其活动的历史背景等，以史实为依据，但又不排斥某些联想性的文学描写，则称为"传记文学"。

吕：我发现，穆旦（查良铮）评传运用了丰富多样的笔法，时而清新隽永，如行云流水，时而老到遒劲，如古松穿空。究其实，笔法是外化，内里源于"诗性智慧""诗化人生"，不仅适合于写诗译诗，同样适用于为诗人译者立传。照我看来，这部传记是作者个人经历生死抉择的磨难与传主历尽生生死死的苦难的心灵碰撞所产生的强烈共鸣的产物。传记当"基于史，发乎情，述而作，臻于文"。传记还原历史真实，传记文学作品里不但有人、有史，而且有"我"。这个"我"字即作者的情感思想，也即作者的文笔，或诗品文心。阅读先生的《诗人翻译家穆旦（查良铮）评传》，每每能于字里行间，感受到穆旦的生命在雀跃，在哭泣，与此同时，若是细心的读者，也必能感觉到诗人朱墨的心绪在同情了解，在泣血长叹。

王：是的。传记的诗意文笔与传主的诗意人生和诗歌作品构成"互文"。第一种情况是书中借助大量的古典诗词和新诗名篇，镶嵌在行文中，或者构成背景知识、社会文化语境，或者顺便介绍人物，反映社会现实，或者铺垫情绪，营造诗歌氛围，例如，朱自清散文《荷塘月色》的写景段落，细致入微地刻画了清华校园的夜色，同时隐于了浪漫爱情、花前月下的小资情调。这样，较之直接描叙谈恋爱的场面要高明些。又如，清华校歌的借用，其歌词本身就很有才气，又能反映时代精神，用来描写清华学风，师生才情，恰如其顺。其他名家诗词，如借用陈寅恪诗句，写北归南渡，历史情怀，用笔沉郁，致思深永，而借用吴宓日记，日常琐事，信手拈来，吐露穆旦初恋的个中消息，真实可靠，又似漫不经心，举重若轻。

有些地方，根据人物关系，加以改写和虚构，处理成对话效果。如"文化大革命"后期，穆旦和夫人在乡下劳改，却难得见面，我根据穆旦日记的记载，改写成夫妻之间的一次对话，两颗受伤的心灵，彼此理解，相互承担，语言朴实无华，读之催人泪下。其他古今中外的文学作品也根据需要，纳入场景，收到意外的效果，如穆旦得知被打成现行反革命，顿时如五雷轰顶，这时出现了雪莱的诗句，"我倒在人生的荆棘上，遍体血污！"真实可感之外，更因译者作者同样谙熟雪莱诗句，心有灵犀，可一触即通。又如，晚年的穆旦闲逛文庙，见人文凋敝，目不忍睹，联想到自己一介书生，无能无力，感慨人生过半百，壮志难酬，耳旁顿时响起鲁迅的诗："岂有豪情似旧时，花开花落两由之。"细致而准确地刻画了穆旦此时此刻的心情，因为穆旦的心和鲁迅是相同的，相通的。心迹的细节，是作者对传主的思想活动的合理想象和诗化描写。这里有充足的创作根据，即友人的回忆文字和穆旦本人多次提到的鲁迅情结。

吕：至于作者个人，并不完全排除直抒胸臆的评论性话语，然而名言佳句俯拾皆是，名句点化妙不可言，自然优美如从己出，写文人情怀，古今一贯，自然流淌："中国文人的秋之气息的体验所反映的悲愁的生命意识，却像一条漂浮着落叶的河流，从古流到今"。写穆旦的诗人心绪，如亲临其境，触手可及："他在校园里散步，缓缓地，若有所思地，走过马蹄湖那失修的石铺小径，观望着湖里凋谢的残荷，那独立支撑的长长的茎……"，清晰的画面感展现眼前，而象征意味在言外伸展。甚至精彩的摘录，也是一部优秀传记的特点，读此传，读者可以读到许多精彩的好诗，也不枉了此番阅读经历。

王：在两段诗节引文之间，优美的行文亦如诗："萧瑟的秋风中，灵魂仿佛是获得了片刻的安宁，那关注人生的秋之眸子，清澈如同一池秋水，反映出一幅荷兰画派风景画，显得静穆而深远"。这样的句子，既是诗歌分析，也是评论话语，可谁又能说，它不是诗人评论家自己心绪的自然流露呢？写穆旦命运多舛，受迫害停笔多年，心情郁闷无人可诉说，至晚年忽然心血来潮，诗歌创作复兴如初，然而已是"人诗俱老，淡泊而富于诗意"。无限感慨，只此一句，足也。即便引述一首传主的诗，也须出句不凡："一个铺面而来的句子，横在面前"，下面引《智慧之歌》第一句："我已经走到了幻想的尽头"，如同棒喝。作者诗意的文笔与传主诗作的风格，天然契合，评论的笔调与引语的诗境，浑然一体，两位诗人的心灵一起跳动，须能扣人心弦，呼吸节奏如之，诗情画意穿越时间的长廊，如泣如诉。

吕：书中充满隽语，关于翻译，关于诗歌，关于人生，关于艺术，关于哲学，也常浓缩生活的智慧，可谓"王式金句"。例如，在分析晚年的穆旦诗作《沉没》时，评论者借题发挥了哲学的议论功能，"沉没就是沉沦。

如果不做海德格尔存在主义式的追根问底，指的就是人生在世与他人杂然共处和个人陷于日常事务的平庸状态。可见，沉沦也是个性的消磨和生命价值的毁灭"（第299页）。而在论及穆旦诗集的搜集和残缺时，作者又发挥说，"诗集如同人生，是不可能没有缺憾的。诗歌是缺憾的艺术，人生是缺憾的明证"（第201页）。写到穆旦辞世时，引用了里尔克《诗人之死》的片段，营造了极高的诗意气氛，可谓神来妙笔。而第一部分的结束，穆旦不再，引布莱希特《抵抗诱惑》为结尾，意味悠长。

王：然而，这并不是穆旦的最后死亡，穆旦还要重生。一部穆旦传记，柳暗花明，千回百转，穆旦时隐时现，穿越历史和生活，不知死了多少次，就让他死在这里，死在多事之秋和夕阳熠熠里，死在生平传记的第一部分，太可惜。这样的写法，不是意识流，而是诗化叙述，可谓独特。关于这种写法，作为一种叙述观念，我在给吕敏宏的博士论文的序言中，有专门的论述，兹不多论。

吕：有时化用穆旦诗句，作为铺叙，"正如他以苦涩的理智咀嚼/拒绝着智慧之树的苦汁一样"，一样令人印象深刻。诗意文笔有时甚至化用歌词，如谈到查氏族人有流落台湾者时，称宝岛"那个像一只小船，在月夜里飘摇的绿色小岛"，这些优美的句子，谁能想到，竟然来源于台湾流行歌曲《绿岛小夜曲》。我觉得，此处并非无用的点缀或无谓的牢骚，而是点化作者对国家、民族、个人兴衰沉浮、命运交织的历史感叹，也是本书涉史论史的底色的深厚，笔力的通透。

5. 如椽史笔：事件序列与时间艺术

王：史诗互证，史是一种写法，这部传记中，各种创作手法的运用比比皆是，很难一一尽述，而史学笔法则是一种常见的写法。其中对于历史事件的排列和叙写，是一种很高的技巧。作者面对纷杂散乱的历史背景或者瞬息万变的战争形势，其文笔也复杂多变，有时如历史编年，有时如新闻报道，有时又如私人档案，使得一部传记作品，类似于报告文学，不仅真实可感，而且效果非凡。

吕：是的，例如，在写抗日热情空前高涨，国际联盟形成之时，笔触由国际转向国内，由1941年希特勒占领波兰以至于法国全境，进攻苏联，日军突袭珍珠港，太平洋战争爆发写起，继而转向国内，连续列举了四个事件，从年到月，按照事件顺序作密集的信息安排，同年10月，西南联大师生从军，12月10日，千人游行示威，20日，空袭昆明，"飞虎队"应战日机，23日，中英签订同盟条约。一系列事件犹如连续的电影镜头，又似简略的战事电报，以简洁有力的文字再现了战争局势的紧迫感（第88页）。

王：同样的手法，以回忆的笔调写中国留学史，以迅速的笔法推进穆旦的回国历程，写中国大刀阔斧的革命变化和历次政治运动，如同历史书，一页一页迅速地翻过，给传主以背景、环境和氛围，让他在其中活动，看他如何反应，如何跌宕起伏，艰苦备尝。其中毛泽东、周恩来，都先后到过南开大学，直接指导和影响着这座私立大学的历史命运和办学方向。而他们的诗歌作品，也间或出现在行文中，例如毛泽东悼念抗日英雄戴安澜的诗，与国民党革命元老于右任的纪念野人山战役的词，以及穆旦的新诗《森林之魅》，构成另一重史学氛围和诗学层面。中国大陆的诗歌复兴运动，则与京津地区穆旦及南开大学诗人群体的诗歌活动交相辉映，甚至和于右任在台湾主办诗人节遥相呼应。这种历史的大视野，使穆旦的诗歌活动及其显著成就，屡屡获得民族诗歌的核心地位和基本曲调，总能在历史语境中得到新的阐释和理解。

吕：南开大学作为穆旦活动的主要基地，南大校史自然是该传记的重中之重（第142页起）。从张伯苓立志办学，柳亚子赠诗相贺，一个句子从七七事变写到抗战胜利，全文引陈寅恪《晨起闻日本乞降喜赋》一首，然后是西南联大解散，南开大学复校，各路人才汇聚，形成南开精英的一章，真有英雄豪杰聚义，事业百废待举之势。

王：南开大学的历史，英才辈出，前赴后继，此前的南开精英，如周恩来、梁宗岱、张蓬春、柳无忌等，其后的南开精英，除了穆旦，还有金隄、李霁野，而贯穿始终的，则有数学家陈省身，从百年校史，一路写去，直到穆旦逝世后，陈省身和叶嘉莹相继归来，南开故园，叶落归根，马蹄湖畔，并蒂莲开。伴随着穆旦一生的评传，俨然铺叙出一卷南开大学校史，和南开人的文人历程心态史。而穆旦的身影，时而在前线，时而在校园，时而在诗坛，时而在译苑，穿越新诗的长廊，苦吟诗魂的彷徨，连绵不绝，意韵悠悠。

吕：在序言中，我注意到一种特别的写法。作者以徐徐倒退的事件序列，反向推出穆旦的一生，如同一份个人简历：三十多年前，穆旦不幸逝世；五十年前，穆旦遭受政治迫害，译作《欧根·奥涅金》问世；约六十年前，解放战争第二年，穆旦的《旗》自费出版；六十五年前，穆旦参加远征军，后来写下了《森林之魅》；约七十年前，穆旦入清华大学外文系，不久，西南联大的墙壁上，出现了《野兽》；九十多年前，穆旦出生在天津，祖籍在海宁一个人文荟萃的地方（第2页）。联想这一节的标题，《硝烟散去，我穿越新诗的长廊》，如同看到作者在校园漫步，月下沉思。这种写法，很适合今日对穆旦知之不多的青年读者。

总之，传记的要点是以传主为中心组织材料，以事实说话，而正文的编写，离不开史传笔法。况且正文之外，作者也很少使用呆板的编者按语，而是多方面采用文学语言展现和还原人物的经历和心情。这些精彩的创作性的文艺性元素渗透其中，令人读之击节叫好，大大地增加了感染力。

王：在传记类作品中，时间是一个关键因素，它伴随着传主的生死境遇和人生体验，也根源于作者的视点的游移，时而前行，时而倒退，时而驻足观望，左右徘徊流连忘返，时而前后移动，反复咀嚼消磨不尽。穆旦生平的第一部分第九节，多事之秋，从津门沿革起兴，写到1972年，中美建交，1973年，周与良获准出差，美籍华人同学回国访问，穆旦夫妇获准陪同，共进晚餐，回来引起一场当年是否一定要回国的思想波澜，展示了作为普通人的诗人和子女之间的代沟和思想冲突。妻子也在帮助丈夫解脱，鼓励孩子奋进。然后笔锋一转：

与良坚信，再大的困难，一家人都能挺过去，国家发展的道路是不会改变的。

可谁能想象得到，在经过了 1976 年的冬季，迎来了一个新的充满希望的春天之后，在这一年一个乍暖还寒的日里，良铮却突然撒手人寰，丢下了那一百四十多首诗和一腔重重的心事，丢下了那一整箱翻译手稿和一个渺茫的发表的希望，萧然离去。

时间倒回到 1975 年，5 月或 6 月的某一天。（第 181 页）。

在这一天，穆旦写下了《苍蝇》，恢复了久已搁下的写诗的笔（有详细的解读）。

"那天夜里，穆旦梦见自己变成一只苍蝇，嗡嗡地四处乱飞。"（笔者的想象）

然后返回到 1957 年，因"反右"而封笔，不堪往事重提。

再回到 1975 年，发生许多事情：认识了郭保卫，给老友巴金和杜运燮邮寄物品等。

1976 年，《穆旦日记》，简述一年间"小事"，包括地震、伤腿、《唐璜》译稿等消息。

然后是国家大事，伟人谢世，乃有叶嘉莹为周恩来逝世周年作《金缕曲》（全文引出）。

穆旦书信致郭保卫，谈三点国家大事和文艺态度，写诗《停电之夜》《退稿信》《黑笔杆颂》（全文引出）。

然后，时间大踏步地前行了。在没有穆旦的世界里，香港，海外，南开：

1993 年，诗人早已含恨离开了当时尚未从混乱中整理过来的世界。这一年的 8 月 25 日，为了纪念诗人穆旦七十五岁冥寿，香港《大公报》文学副刊发表了两首他写于 1976 年但生前未曾有发表机会的诗。一首是上面节选的《好梦》，另一首是《"我"的形成》。总标题是《穆旦遗作两首》。

……

476

也就在香港发表穆旦遗诗的这一年，自 1948 年起在台湾和海外已漂泊 45 年之久的著名诗人和诗词专家叶嘉莹回到南开大学，创办了"中国文学比较研究所"（自 1999 年改为"中国古典文化研究所"）。这位历经磨难和不幸，而今誉满全球被授予"加拿大皇家学会院士"称号的学者，捐出自己退休金的一半，10 万美金，设立了"驼庵奖学金"（为纪念她的恩师）和"永言学术基金"（为纪念她的长女），用以吸引和培养国内优秀人才，从事中国古典诗词的教学和研究工作，实现了她叶落归根书生报国的夙愿。（第 192 页）

考察上述引文的小时间序列，先进到 1993 年，一瞬停在 1976 年，再大踏步地后退到 1948 年，再跃进到 1999 年。而这一节的结束，引了叶嘉莹的一首报国诗，写于 80 年代，首次回国讲学，于是，时间又回到了这一节的主要的时间谱系上。

这个时间表，只是时间叙事艺术的一个案例。它是按照诗意和史笔结合的要求写就的。由此可以看出，围绕穆旦晚年，历史的一个片段，人生的一个片段，南开与中国，与世界的一个片段。然而，这里有巨大的文化内涵、人生内涵、诗学内涵，不仅可以让过来人回味，也可以让今日的读者思考，让未来的人们回顾沉思。

6. 音乐性："心之忧矣，我歌且谣。"

吕：王先生，我认为文学的音乐性毋庸置疑，古今中外的优秀文学作品均体现出音乐品质。您的这部诗人翻译家评传，也不例外。在音乐家传记文学的创始人罗曼·罗兰看来，音乐和文学之间是没有界限的，他的作品《约翰·克里斯朵夫》就是用音乐的观念写成的关于音乐家的小说。还有您翻译过的英国诗人哈代的诗歌作品，以及小说《德伯家的苔丝》，也具有浓郁的抒情性和强烈的音乐感的节奏性。可以说，音乐性是哈代进行景物描写和塑造主人公诗化形象的重要手段吧。

王：是的。许多文学名著都有音乐的结构，例如艾略特《四个四重奏》。

音乐性在这里有着多重意义，首先是作者标明的"诗歌性"的一种体现，即诗歌本身的音乐性，诗歌与历史互证，以史论诗，和就诗译诗等追求，都是文学作品和音乐互通的明证。这本传记中引入大量精彩的诗歌，包括传主创作和翻译的重要诗歌，其他诗人和文化名人的诗歌，也有作者本人的诗歌，在渲染时代气氛、勾画人物性格、描写事件环境等等方面发挥作用。这些都是显而易见的。

吕：音乐性还在于作品结构的谋篇，和艺术氛围的营造上，音乐性也揭示了主题。您的传记作品在文体风格、写作技巧上，也能体现出音乐性。全书开篇《序言：以诗的名义》，如洪钟鸣响，翻开第一页，即如步入音乐圣堂，静静地落座，洗耳聆听交响乐起，顿时被美妙的乐曲旋律所吸引，不能不令你心神俱静，毕恭毕敬。靠近结尾处，"心之忧矣，我歌且谣"取自《诗经·国风·魏风·园有桃》，传达了慷慨悲凉，深沉而又痛切的风格，同时奠定了序言的整体基调，慨叹诗人翻译家穆旦的一生。结尾"以诗的名义，致敬！"突生崇敬之感，如江河浪滚，大海潮涌，极类似傅译《约翰·克里斯多夫》开篇第一句的效果。如果说诗人翻译家穆旦/查良铮集诗才与傲骨于一身，他的人生经历同时折射出国家民族争取解放与自由的历史的厚重感，这部"诗史"并重的精彩评传就是当代有识学者对诗人崇高人格和诗意境界的庄严致敬！

王：全书结束的时候，系统地回顾了穆旦的一生，从九个方面描述了他的为人和品质，但归结为歌手，然后转向诗人群体，再与其他诗人徐志摩、闻一多、郭沫若、李金发、朱湘等进行对比，反复揭示穆旦的不同侧面和诗人本色，并从四个方面总结了穆旦成功的原因。总共大约用了 15 个排比式段落，也是咏叹的气势，诗歌的语言，诗人的手笔。临近结尾接连引穆旦诗《合唱二章》的三节，高潮迭起，令人心潮澎湃，读之欲罢不能。

吕：我也发现，整部穆旦评传的结构也体现出一定的音乐性。笔者在阅读中发现类似西洋音乐曲式结构之一奏鸣回旋曲式的结构。作者所说的"多重进路"，四部分，叙事、论说，背景、主题，分析、鉴赏相得益彰，反复出现的对传主命运的深深感慨。"华彩段"（cadenza）"让我们……"三段，前两段摘引《合唱二章》，最后一段热情呼唤（第519页）：

> 穆旦，查良铮，
> 你应当活在这个时代！
> 中国的诗坛，需要你！

结尾呼应了《序言》中对鄙陋的批判，"所谓后现代的文化心理症状，失去崇高和美好的精神追求"，倘若如此，诗歌的作用和诗人有何作为？作者坚信，"没有一个社会可以没有诗性智慧，没有一个时代可以没有诗性感觉"。诗人的担当和责任，拳拳之心可见。

王：这里模仿了华兹华斯的诗句：

> 弥尔顿，你应当活在此刻！
> 英国需要你。
> （《伦敦，1802年》）

Milton！Thou shouldst be living at this hour:
England hath need of thee:
(London, 1982)

结束语

吕：罗曼·罗兰在《米开朗基罗传》的结尾处说，伟大的心魂有如崇山峻岭，人们"应上去顶礼"。

王：顶礼膜拜，需要一种宗教般的虔诚，一种崇高精神的追求。在这个意义上，《诗人翻译家穆旦（查良铮）评传》也许并没有完成。或者说，真正精神意义上的诗人传记还没有开始写。作者原本并不满足于一部诗人翻译家传记，即便对于"翻译精神"有深刻的剖析，对于"艺术精神"和"人格精神"有统一的描叙。我在序言中曾说，将来希望能够"超脱具体资料的束缚，写一部关于诗人的纯粹的精神传记"。

吕：我们期待未来的纯粹的诗人的精神传记的诞生。

王：谢谢！

附录 2

朱墨怀念穆旦诗选（5首）

1. 穆旦印象

想象中的你
从绿色的诗句中渗出
凝重而清新——好酷
如今来到你曾是的所在
冬日里你的形象
反而这般模糊

每一片叶子都留有你的踪迹
风，却不指点迷津

可你那不屈的灵魂
和诗性的智慧一道
早已飞上九天的高度
一颗明星在天边闪烁
闪烁着新诗的桂冠
多少年来
仍然难以有人企及
无论是在诗坛
在译苑

2000 年 12 月 26 日
于南开大学谊园 416 室

2. 故园的思索

我知道你曾经痛苦于民族的困境
你背负着十字架终究难于远行
你一生在挣扎在观望在思考在徘徊
直到有一天生命丰富在幻灭中

今天，诗歌仍然是一个难圆的梦
这荒芜的故园就是历史的明证
向四面八方都可以踩出一条小路
只是我们永远走不出眼前的黎明

2003 年春节初二夜
南开寓所

3. 第一片叶子落下
　　——穆旦之死的意义

爆裂不是你的声音
你无数次地让它炸毁在内心
而这一次，你是第一片
飘落的叶子，当前一年
地动山摇的震撼渐次平息

你的血肉化作微尘渗入泥土
那回归生命本源的逻辑
又一次挥动它的魔杖
而你被缓慢地沉痛思念着
像丝丝神经抽离出一个时代

2009 年 12 月 10 日清晨
于龙兴里寓所床头

4. 南开园即景：或幻想曲

1.

深绿与橙黄照样泼洒风采
斑斓如贵妇的枝叶凌空垂下
一路过来，一场演出的华幕
窗口，秋色如染，如醉
紫色的小珠丸，粒粒满足
透过知识与诗的浓烈
熏倒一室学子
凌霄花，淡橙色的骄傲
摇曳在一串墨绿的攀缘上
楼多高，旅途就有多长
大师宁可超越，是啊
一个难题，看报纸
不能不看反面，意念中
一只云雀，高飞，尖叫
在鹰鹞的上方，逃离
如躲避流言和暑热
当夏日的繁华不再疯长
阴暗中，听蟋蟀的笑声
唧唧，唧唧——

2.

穿过古典文学的长廊
新诗在硝烟散去的凄风中
饮泣，谁定了谁的格律

经不住，一团朦胧的意象
消融如宣纸上的墨迹
而你仍然在雕像中沉思
森林之魅环绕着你，智慧
诗八首，如何能唱得毕
生前孤独，死后也孤独
我们甚至不知道献你什么花
东村你住过的房子还在吗？
诗魂，东艺楼的琴箫缠绵
你听到了吗？权作你
梦中的琵琶，图书馆，是新
是旧，还不是一个样
那楼梯下方的小书店
才是一个值得的去处

                3.
门前那一树桃花开得正艳
当花瓣散落，春归去
一只大花猫串出
不知，从哪里，去哪里
新开湖，总有一方水
一些景色变幻着偶然
二胡拉出一段不知名的曲子
谁的男中音如此温润
在傍晚的散步时分，练习
大海一样的深情，消散了
一天的疲惫 ——
东门，太远，不去了
驻足在马蹄，看池荷的历
月色初上，新叶，绿水

垂柳飘拂，西风凋残
暮色中，有远方的塔影
回眸，昨日的辉煌

4.

还记得那迎风婆娑的君子吗
竹石园，一个不经意的去处
每日省身，三次吧，不算多
如今只有一块黑板，几个圆凳
在绿色的草丛中讲述，数学
树下的河水默默流去，我们
坐在林中交谈，何去
何从，一个人的青春
有多少岁月，临风消磨
门外是桥，你可以看到风景
路灯擎着橘色的小光亮
游人如梭，复康路上
喧嚣与宁静，仅一墙之隔
怎抵它晚来风雨急，待
飞雪过后，一片洁白
红雁泥爪，几多留痕

2011 年 10 月 5 日凌晨
写于小卧室床上

5. 穆旦的子女们

1.

当年穆旦作为小职员
在找工作和失业中疲于奔命
那时候他们还都没有出生
也就无从领略生活的艰难

写一首诗用不了多少时间
一个大诗人岂能和时局共消磨
也许子女们从未读过父亲的诗作
对那些翻译书也不愿多看一眼

晚年的穆旦已经是度日如年
对儿女可谓是教诲良多
可如今他们都去了加拿大和美国
只留下父母在北京的万安

2.

当中国饥饿时他们未曾饥饿
不饥饿的中国他们没有感觉
而穆旦属于抗日的远征军和野人山
祈盼"四人帮"倒台后中国的大变革

是的，他们是死去了
还有陪伴终身与之患难的与良
而穆旦属于清华、联大和南开

属于海宁和天津的老城厢

穆旦的子女们又属于什么
也许他们属于朦胧诗和知青一代
在穆旦诗歌纪念会上热情地问候
阿姨叔叔，说父辈的诗和死不堪回首

3.

诗人的子女未必要做诗人
大学校园何必一定和成熟相关
中国培养的精英都去了国外
北大荒清华宴再加上幽幽南开

不堪回首的中国出了不堪回首的穆旦
不堪回首的年代出了不堪回首的青年
设若穆旦和与良和他们的子女同住海外
也不知道他们能不能谈得来

艾略特写了《荒原》就移居英国
奥登却从英国远道定居美利坚
诗人漂泊一世究竟为了什么，为的是
子女们，有山有水有人烟

始写于 2014 年 10 月归国前夕
完成于 2015 年 2 月 3 日龙兴里

主要参考书目

1. 曹元勇编. 蛇的诱惑[M]. 珠海：珠海出版社，1997 年

2. 陈伯良著. 穆旦传[M]. 北京：世界知识出版社，2006 年

3. 杜运燮等编. 一个民族已经起来[M]. 南京．江苏人民出版社，1987 年

4. 杜运燮等编. 丰富和丰富的痛苦[M]. 北京：北京师范大学出版社，1997 年

5. 何香久选编. 历届诺贝尔文学奖获得者诗歌金库[M]. 北京：人民日报出版社，1998 年

6. 李方编. 穆旦诗全集[M]. 北京：中国文学出版社，1996 年

7. 李方编. 穆旦诗文集（1，2）[M]. 北京：人民文学出版社，2006 年

8. 犁青主编. 穆旦短诗选[M]. 香港：银河出版社，2006 年

9. 林语堂著，张振玉译. 苏东坡传[M]. 北京：北京联合出版社，2013 年

10. 洛夫著. 洛夫谈诗（有关诗美学暨人文哲思之访谈）[M]. 南京：江苏凤凰文艺出版社，2015 年

11. 梦晨编选，中国现代文学馆编. 穆旦代表作[M]. 北京：华夏出版社，1999 年

12. 商瑞芹著. 诗魂的再生：查良铮英诗汉译研究[M]. 天津：南开大学出版社，2007 年

13. 孙玉石著. 中国现代主义诗潮史论[M]. 北京：北京大学出版社，1999 年

14. 谭楚良著. 中国现代派文学史论[M]. 上海：学林出版社，1997 年

15. 唐湜著. 九叶诗人：中国新诗的中兴[M]. 上海：上海教育出版社，2003 年

16. 辛笛等. 九叶集（四十年代九人诗选）[M]. 南京：江苏人民出版社，1981 年

17. 王宏印著. 诗人翻译家穆旦（查良铮）评传[M]. 北京：商务印书馆，2016 年

18. 王宏印著译. 穆旦诗英译与解析[M]. 石家庄：河北教育出版社，2004 年

19. 王圣思选编. 九叶之树长青——"九叶诗人"作品选[M]. 上海：华东师范大学出版社，1994 年

20. 王佐良主编. 英国诗选[M]. 上海：上海译文出版社，1993 年

21. 王佐良著. 英国诗史[M]. 南京：译林出版社，1997 年

22. 易彬著. 穆旦年谱[M]. 北京：中国社会科学出版社，2010 年

23. 易彬著. 穆旦评传[M]. 南京：南京大学出版社，2012 年

24. 臧棣编. 里尔克诗选[M]. 北京：中国文学出版社，1996 年

25. 查良铮译. 穆旦（查良铮）译文集（八卷本）[M]. 北京：人民文学出版社，2005
    年

26. 郑敏著. 诗歌与哲学是近邻[M]. 北京：北京大学出版社，1999 年

27. 朱墨著. 朱墨诗集（创作卷）[M]. 西安：世界图书出版公司，2011 年

28. 朱墨著. 朱墨诗集（续集）[M]. 西安：世界图书出版公司，2014 年